闪耀

陈梓钧 著

新星出版社 NEW STAR PRESS

图书在版编目（CIP）数据

闪耀 / 陈梓钧著. —— 北京：新星出版社，2023.1
ISBN 978-7-5133-5045-7

Ⅰ. ①闪… Ⅱ. ①陈… Ⅲ. ①幻想小说-小说集-中国-当代 Ⅳ. ①I247.7

中国版本图书馆CIP数据核字(2022)第183336号

光分科幻文库

闪耀

陈梓钧 著

责任编辑：杨　猛
监　　制：黄　艳
特约编辑：田兴海
责任印制：李珊珊

出版发行：新星出版社
出 版 人：马汝军
社　　址：北京市西城区车公庄大街丙3号楼 100044
网　　址：www.newstarpress.com
电　　话：010-88310888
传　　真：010-65270449
法律顾问：北京市岳成律师事务所

读者服务：010-88310811　service@newstarpress.com
邮购地址：北京市西城区车公庄大街丙3号楼 100044

印　　刷：北京天恒嘉业印刷有限公司
开　　本：910mm×1230mm　1/32
印　　张：12.25
字　　数：340千字
版　　次：2023年1月第一版　2023年1月第一次印刷
书　　号：ISBN 978-7-5133-5045-7
定　　价：59.00元

版权专有，侵权必究；如有质量问题，请与印刷厂联系更换。

目 录

序一　从"黑暗森林"到"世界尽头"　i
　　　　夏笳
序二　严谨的科学追求，澎湃的宇航诗情　v
　　　　曲吉小江
闪　耀　1
海市蜃楼　65
寒风吹彻　97
爱尔克的灯光　131
卡文迪许陷阱　141
凤凰劫　161
海洋之歌　213
咒　语　243
冷湖六重奏　253
尽头之海的美食家　313
附录：超自动化时代的太空探索　359
后　记　371

序 一

从"黑暗森林"到"世界尽头"

夏 笳

  2013年,我在北京大学读博士时,受邀为清华大学科幻协会十周年会刊《真子集》作序。这本文集里收录了陈梓钧的两篇作品:《海市蜃楼》与《凤凰劫》。我当时这样评价:"有一种高手,初出茅庐,眼睛里面光明磊落宠辱不惊,然而平平一掌推出来,你才知道张无忌所谓天生纯阳之体是怎么一回事。"彼时陈梓钧还在清华读本科,与我刚开始发表作品时年龄相仿。转眼间九年过去,初出茅庐的新人已踏入江湖,并留下许多传说。这次受邀为他的选集作序,深感荣幸的同时,也有一些新的感受与思考。

  "后刘慈欣时代"的青年科幻作家应该如何写作,这是我近年来始终关心的问题。新世纪之初,面对市场上流行的科幻题材与风格,刘慈欣曾略带悲怆地感叹,自己选择了一条少有人走的路。然而自《三体》成功以来,这条路已俨然变成某种主流范式。当一个文明陷入危机时,怎样的整体性拯救方案能够带来最后的希望?类似这样的"刘慈欣式问题",成为作家们比拼才智的主赛场。然而许多这类故事,都容易陷入外星救世主,或AI神力的机械降神套路,读多了难免审美疲劳。与之相比,陈梓钧则以科幻优等生的姿态,祭出一个又一个令刘慈欣本人也为之惊艳的科技奇想——《海市蜃楼》中,是在一个不可靠的宇宙中寻找新家园的星际移民工程;《寒风吹彻》中,是用核弹制造的粉尘提升全球温度;《凤凰劫》中,是发射微型中子星解除太阳氦闪危机;《冷湖六重奏》中,是打破尺度界限,与另一个文明建立联系……阅读这些故事,你甚至能感受到作者在构想这些方案时的兴奋和愉悦。如果科幻写作真有所谓的"内功",应该正是来自这种愉悦本身。

　　刘慈欣笔下的整体性拯救方案,都具有鲜明的"一揽子买卖"特征,即依靠周密的数学建模,设计出时空尺度惊人的超大工程,关键时刻,主人公按下启动按钮等待结果,成则绝境逢生,败则全军覆没。值得注意的是,在陈梓钧的早期创作中,已展现出对于经典刘慈欣式一揽子买卖的突破和创新。《海市蜃楼》中,全人类将遥远的"伊甸园"当作唯一救赎,因此,联合政府在全世界范围内甄选最优秀的人登上移民飞船。在两位小主人公眼中,他们的人生,就是千军万马过独木桥,是一场看不到尽头的"内卷"。然而,当学习成绩更好的"我"如愿以偿当上领航员之后,却从反对派那里得知,支撑星际移民工程的一整套宇宙理论都是不可靠的。在《流浪地球》结尾处,年迈的主人公寄希望于子孙后代,梦想几代人的牺牲奉献,终能换来一个光明的未来;而在《海市蜃楼》中,子孙后代则在漫长的旅途尽头确证,自己为之苦苦奋斗的目标原来真的不存在。这种立场和态度的分野,究其原因,恐怕正来自"后刘慈欣时代"作者们最为普遍的生命经验。

　　如果说,在刘慈欣那里,一揽子买卖的合法性总能得到确证,那么陈梓钧则恰恰要颠覆这种确证。将前者的《混沌蝴蝶》与后者的《寒风吹彻》对照阅读,可以帮助我们更加清晰地把握这一至关重要的区别。蝴蝶效应的本意,是指"亿万只蝴蝶同时拍动翅膀,其中任何一只的任何一次运动都有可能影响全局,甚至形成风暴"。但在《混沌蝴蝶》中,作者却有意将其误读为"只要精确操纵某时某刻某地某一只特定蝴蝶的特定运动,就可以制造一场风暴"。通过这种误读,不可预测的非线性系统,就被简化为可预测的线性系统，从而令主人公通过改变天气干扰军事行动的一揽子买卖成为可能。而在《寒风吹彻》中，精心筹备的拯救计划，却毁于一个过度简化的气象模型。作者借小说中的数学家之口指出，与现实本身的复杂性相比，无论多么精密的数学模型都太过粗糙。为了方便操作，科学家们只能"引入假设，不断简化，直到方程成为粉饰现实的遮羞布"。方程是线性的、可预测的，而现实则是非线性、不可预测的。无论多么精细的数据采集、多么庞大的存储量和计算能力，都不可能实现百分之百精确模拟。无论多么周密的科学设想、多么先进的技术能力，都无法排除非线性干扰所带来的风险。从科学理性的角度来看，所有一揽子买卖都注定是孤注一掷的赌博。但现实毕竟只有一个，无法反复实验，抹去坏的结果，只留下好的。

然而，在《海市蜃楼》与《寒风吹彻》中，人类最终还是得到了拯救。在一揽子买卖失败之后，在万念俱灰之际，竟还有小小的希望种子，在未曾预料到的地方生根发芽。这是故事中最温暖最有力量的地方，也是陈梓钧对于刘慈欣最为深刻的继承。在后者的《微纪元》中，旧人类们未能实现的梦想，却由细菌那么点大的"微人"实现了；而在《圆圆的肥皂泡》中，"父亲"耗尽大半辈子造林治沙，却由女儿造出的"大大的肥皂泡"提供了神助攻。前辈与后辈，"父一代"与"子一代"，最终殊途同归。

学者王昕曾用"非等价交换"来总结刘慈欣的科幻美学，而我则称之为"希望的辩证法"。即先是"以大换小"（耗费全人类之力去换一个几乎不存在的希望），继而"以小换更大"（由几乎不存在的希望换取最后的拯救）。陈梓钧则将这种"非等价交换"做到了极致：一颗小星星带来光亮与温暖（《海市蜃楼》），一团马粪改变全球生态（《寒风吹彻》），一句咒语锁死一个文明（《咒语》），一位姑娘的诗意幻想开启星际探索之路（《闪耀》）……拯救人类的希望，可以被装进一只巴掌大小的盒子里，古老的潘多拉寓言被科幻想象所重构。当作者满怀诚意地打开盒子，揭示其中的秘密时；当盒子

iii

中的拯救方案出人意料，却又令人心悦诚服时；当读者们愿意悬置怀疑，去共同进入那看似不可能的可能性时，属于科幻的独特魔法便这样生效。

最后，我想谈一下本书中最后一篇非虚构作品《超自动化时代的太空探索》。陈梓钧颇为专业且细致地绘制出一幅关于太空探索的未来蓝图，试图以此打破"星辰大海VS元宇宙"的僵局。我非常赞同文中所提出的观点——科技不是一棵"树"，而是一张"网"，因此航空航天与人工智能技术并不矛盾。这也同样提示我们，在面对那些看似"没有选择的选择"时，除了非此即彼、针锋相对之外，还有必要重新审视一下问题的前提，反思其背后的认知图绘是否已然框定了我们进入问题的方式。唯其如此，我们才有机会破刘慈欣之"壁"，去探索黑暗森林之外的广大世界；我们才有可能做现实主义者，求不可能之事。

这是我对陈梓钧的期望，也是对所有后来者的期望。

2022年1月28日
于西安

序 二

严谨的科学追求，澎湃的宇航诗情

曲吉小江

大概四五年前，八光分文化的创始人、我的好朋友杨枫，给了我一篇小说《闪耀》，说是清华大学航空航天专业的博士生陈梓钧写的，让我看看是否可以拍成电影。这是一个女宇航员独自远航到木卫二探索未知世界的故事。我对这样的故事没有免疫力，因为《超时空接触》是我一遍遍重温的电影。我很认真地考虑过小说改编的可行性，但还是被其他主旋律电影项目占据了时间，未能实现。很快作者开始自己动手写剧本，那时他还没毕业。从此，这个叫陈梓钧的男孩留在了我的脑海里，总觉得欠他点什么，将来要还的。

后来听说他博士毕业选择单位的时候，在航天部门和航空部门之间很是纠结，因为都是他心仪的方向，都能放飞他的理想。位于北京南苑的航天部门是我从小生长的环境，据说也是刘慈欣老师年轻时曾经背包来朝圣的地方；航空部门在成都，那里是《科幻世界》和八光分文化所在地，科幻之都。我记得当时曾提议说，还是到航天部门来吧，待遇挺好的。其实我心里想的是，这下跟学霸离得近了，可以多交流。但后来陈梓钧自己选择了航空方向，定居了成都。听说是因为航天与科幻的联系更紧密，"保持距离"反而能写出更好的航天题材科幻。我不知道这是开玩笑还是认真的，但我确实通过《闪耀》这本科幻短篇集，看到了很多关于宇宙和航天的精彩故事。

接到杨枫让我写这部短篇小说集序言的邀约后，我被催过三次稿，正好这段时间比较忙，几个项目都在开发中。最重要的是，这些小说我无法匆匆翻过就放下，我必须把每一篇都看透才能对得起邀约，但恰恰每一篇都有硬核的科幻设定和繁复的技术细节、方程演算。我这个文科生像是在读理科博士论文，还要给论文写评语。陈梓钧的每篇小说在科学阐释和计算方法的描写上相当用心，而我又不能把这些硬核细节略过，因为这是他作为科幻小说家最大的优点。有些科幻小说只要知道了基本概念，就跟完整阅读没什么区别，而陈梓钧的小说最厉害的都在细节推演和理论支撑，需要耐心消化这些难啃的骨头，才能得到属于技术科幻的乐趣，体会属于他的宇航诗情。

《闪耀》女主角孙诗宁的飞船在木星遇到磁暴，为了营救她，地球掀起了新一轮轰轰烈烈的太空探索运动。对我来说，一个单身女性在宇宙中孤独漂流是极致浪漫的生存状态，当然这个女性要美丽、高知、不屑于爱情，向往的只是无尽的宇宙奥秘（陈梓钧塑造的所有女性形象几乎都是这样的）。《闪耀》里面提到的"北辰计划"来自他在清华大学参加"航天科工杯"飞行器设计比赛的论文，可以想见，为什么他能有那么专业的技术描写，其实这就是他当时真实的研究方向。这篇小说与《尽头之海的美食家》形成了一个闭环，构成了"尽头之海"的宇宙。

《冷湖六重奏》讲述在青海柴达木盆地的三位旅者，梦到冷湖附近的三个坐标。在不同的坐标地点三人各自做了一个梦，每个梦里都有着不同的世界：巨岩世界、荆棘世界、风暴世界。经过三个梦境的串联，一个不同于人类社会的"微文明"浮现在众人眼前。故事两条主线，一条是微尺度种族为了拯救自己的文明展开"余烬计划";一条是两千七百年前的人类部族将"余烬"作为传说开始寻找昆仑玉,直到当代冷湖之旅,女主角才与三位"先驱者"一同解开其中的秘密。两条主线紧密相扣,在两个时间跨度上讲述了两个种族文明的"奥德赛之旅"。

作为整个故事核心的"余烬计划"是基于测不准原理展开的,是一个微尺度种族对于超出自身的时间尺度进行跨越的尝试,它们的思维能力和文明程度超越了人类,但升级版余烬计划之所以能够实现,则得益于人类文明的进步(互联网的出现)。故事里有对当代"祛魅"和沉溺享乐世界的反思,这三位聚集到冷湖的冒险家代表了人类文明发展的希望。

朝菌不知晦朔,蟪蛄不知春秋,既可以说另一种智慧生物是朝菌,也可以说人类才是。面对宇宙层面的先驱文明,人类不也是渺小而无力吗?整个故事是双线的螺旋上升结构,在双线叙事的基础上,一步步挖掘出主角的往事和数千年的历史,一步步揭示出另一个种群为了生存和发展而不断进行的"大航海"探索。量子力学观察者效应、迷失域、群体幻觉、纳米尺度,以及故事所展现的巨岩世界和荆棘世界、风暴世界,如《阿凡达》异世界一般惊艳魔幻,兼具微观与宏观的双重史诗感。这是我个人非常喜欢的一个中篇。

《凤凰劫》通过两个不同时期地球生物的故事,来展现人类从碳基生命到硅基文明的涅槃重生。太阳由于内部核聚变反应枯竭即将死亡,地表将变成五百多摄氏度的恶劣气温环境,生命不复存在。人类实施"方舟""补天"两种行动,方舟计划通过潜地船"希望号",将大量受精卵带到地表之下繁育;补天计划通过"凤凰号"将"中子星"物质投入太阳,使其内部稳定,以阻止太阳的死亡。小说极具想象力,比如厄尔斯星的"梦者""知者"可以继承祖先人类的记忆和知识。厄尔斯星时代跟地球时代:小说结构精巧,两条故事线并行。主题是末日,也是末日的末日。在太阳毫无征兆的崩坏,整个太阳系异变之下,人类以及厄尔斯人都显得无比脆弱。人类文明的最前沿在面对宇宙级力量时,在物理和哲学双重层面上都是无意义的。

"补天"和"方舟"代表着人类在面对灭亡时的两种态度:"补天"是燃尽最后火光的背水一战,把自己作为女娲而不是夸父,对荒诞的结局发出挑战;而"方舟"却是弃绝生命意志,将机械细胞作为人类文明的延续。最有科幻亮点的部分就是"简并材料"和"机械细胞","简并材料"的表面粒子之间强大的简并力,使得它能把外界的热量几乎隔绝,这是无论要接近太阳还是地心都十分必要的条件,这使它在两种救世方案中都大放异彩;"机械细胞"的构想则带有一丝"忒修斯之船"的意味——仅仅具备与人类相同的记忆,除此以外在生物层面与人类完全不同的种族,可以继承人类的文明吗?

《海洋之歌》这篇小说讲述的是,故事主人公陆哲的母亲二十年前在海底发现了一种熔岩生命,却从此消失在了海底。二十年后,陆哲宿命般地来到母亲失踪的同一片海,与熔岩生命对话。音乐成了打开智慧之门的钥匙,它们被海洋之歌唤醒,引发海啸地震,导致数亿人类死亡,熔岩生命体被抛出地球,飞向太阳系寻找新的家园。

这篇小说涉及宇宙伦理:虽然开启另外一个物种的智慧造成了几亿地球人付出生命的代价,但熔岩生命冲向宇宙的那一刻,还是令人悟到:宇宙自有他的意志,繁衍是所有文明的本能。陈梓钧说,中世纪的炼金术和星象学为现代化学、天文学埋下了伏笔。在我看来,二十世纪的一战、二战、冷战,虽然对人类个体和社会发展是重大的打击,但是科学探索因为军事的需要而高速发展起来,这就是科幻人特有的宇宙历史观和伦理观。

我非常喜欢这篇小说的结尾:熔岩中的涡胞生命,宇宙中飘飞的生命种子,惊天动地的大喷发,拓展了生命的定义,重新找到了人类在宇宙中的位置。而这一切,都开始于陆哲母亲决定冒险下潜的那个时刻——那时，舷窗外无数微粒正飞掠而过，仿佛一闪即逝的繁星。

《尽头之海的美食家》是木卫二版的荒野求生。这也是我很喜欢的一篇，"世界尽头的海"是亚历山大大帝东征的目的地，这也是陈梓钧很多小说的意象。陈梓钧在这篇小说里展现了非常高级的幽默感，很接地气。一个全球知名的荒野求生播主，一个满脑子都是"怎么吃才好"的星际开拓者，没有悲壮的使命感——"一个废物，只想回家"，充满外星烟火气。尤其喜欢主角在木卫二火山温泉旁，用外星鱼做烹饪料理的那一段描写，简直能笑出声来。

《咒语》有类似《降临》的设定。人类与褐星战争期间，阿莱作为人类的间谍假意投降褐星，为褐星人创造了新的语言交流方式，表面上看这种语言效率极高，在战争中发挥了很大优势，但却隐藏了一个重大缺陷。这篇可以看作宇宙谍战片。

《海市蜃楼》是一个关于远航的故事，为了到达太空中的伊甸园，领航员抛弃一切，只为到达宇宙的尽头，结果发现"伊甸园就是地球本身"。这个科幻点子我非常喜欢，也在某种程度上体现了佛学的世界观：一切都是镜像，心外无物，心造诸世间。

《寒风吹彻》是一个关于末日拯救的故事，蕴含着道法自然的东方哲学，冯渊的核弹路线是科技派的方法，孙诗宁的生物方法则颇有东方韵味。《爱尔克的灯光》中，科学家发现了在宇宙中有一条由四十二个星系组成的直线路标直指地球，和《卡文迪许陷阱》类似，描述了宇宙尺度的超级文明造物。

还要特别提到这本小说集的附录《超自动化时代的太空探索》。这是书里唯一一篇非虚构科普作品，是陈梓钧所有小说的理论背景。从宇航的历史写到了两百年后的未来：1957年到2021年，是化学燃料火箭的时代；21世纪初IT产业兴旺发展，带来的自动化与信息技术将发射质量的航天变为发射信息的航天；第三阶段是2021年到2050年，从无人工厂到奥克松斯妖怪，化学燃料火箭运输信息化种子在太空建立自我复制的无人工厂；第四阶段是2050到2200年的超自动化时代，从太空转轮到太阳系铁道，人类成为多行星物种，彻底解决太空工业元素短缺的问题；第五阶段则是远未来——行星地球化改造、戴森球与超时空接触，将人类的身体信息数据化，以电磁波、中微子、引力波的形式发射向太空。

陈梓钧是幸运的，他把自己的研究专业和科幻创作结合在一起，赋予核心科幻创意以复杂的演算，使之能够成"真"。他的研究与科幻创作相得益彰、相互借力。在很多篇小说的结尾处，都有清华紫荆公寓的落款，那真是他的人设的一个很好的注脚。

佛教里面有一种拓宽心量的观想方法，即将意识从人类个体烦琐的、丢失了自我的生活细节中抽离出来，让心去想象更广阔的事物。科幻就是一种非常好的训练。我们跟着科幻小说在宇宙中漂流，瞬间遍访多维的时空，见识各种各样的生命形态。"超三十三重天以上，渡百千万亿劫之中"，于一念见三世。

我家书桌上会习惯性地摆几本计划常看的书，而一本从来不变的就是基普·索恩厚达358页的《星际穿越：电影幕后的科学事实，有根据的推测和猜想》。索恩是这部科幻电影的唯一科学顾问，全球顶尖理论物理学家，是电影科学性的最强保证，也是原创编剧（第一稿大纲是他写的），他要求导演克里斯托弗·诺兰对尚不明确的物理定律和宇宙猜想要源于真正的科学。电影中的很多设定：黑洞、虫洞、引力波、奇点、宇宙风暴、第五维度等等的场景设计，索恩都会先通过数学模型初步模拟出效果，再发给特效团队打造成高品质的电影图像。

在写作《星际穿越》的时候，索恩正在进行宇宙时空弯曲的研究。《星际穿越》这部超级优秀的科幻电影正是从索恩的理论物理研究发展而来的，根植于实实在在的、人类认知最前沿的科学，"给观众呈现出物理定律能够或可能创造的神奇事物"。我常常想起书里描述的一个场景：2006年6月2日，加州理工学院，索恩办公室外走廊，开了一场长达八小时的《星际穿越》剧本研讨会，参加者有太空生物学家、行星科学家、理论物理学家、宇宙学家、心理学家、空间政策专家，以及制片人琳达和导演斯皮尔伯格（后来导演换成了诺兰）。这是众多智慧大脑为了创生一部科幻电影而撞击在一起的高光时刻。

我相信陈梓钧的科幻小说与他的科学研究也会是并行的，在不远的将来定会有高光的交集。我想象有一天拍摄他创作的科幻小说，在清华大学或者某个高科技研究所的办公室里，由他亲自担任科学顾问，在黑板上演算着电影的每个场景、每个细节、每个特效所需要的空气动力学计算方程式。他的理论和演算可能会复杂得难以理解，会被注重情节的电影人们时不时拉回来，但是，在场所有人都会对电影的坚实科学基础充满信心。我相信这个场景是一定会发生的。

中国科幻电影鲜有这样精密的计算和扎实的科学支撑，这对科学、科幻、影视行业的发展太重要了。借用索恩的话：每一次吹毛求疵都是一个维度打开的机会，每一帧华丽的特效都是一场严谨的科学追求。

愿梦想成真。

闪　耀

做远方的忠诚的儿子和物质的短暂情人。

1. 八亿公里外

【事故发生后8小时，北京，2050年】

这是一个寻常的早晨。

朝阳中学的高三楼里，响起了第一节课的上课铃声。

这是祁风扬担任物理老师的第八个年头。一如以往，他没有带任何讲义，也没有做任何课件，有些木然地站在讲台上，望着台下睡倒一片的学生，等待上课铃把他们叫起来。

"上课。"

"起立！"

"老师好！"

"同学们好。"祁风扬说，"请坐。这节课是复习课，我们来回顾一下万有引力定律，然后完成相关习题。"

讲台下，大家不情愿地翻开讲义，哈欠在教室里四散蔓延。

见到大家的疲态，祁风扬又说："唔，看来大家都觉得这很无聊。干脆先来提提神吧。今天是九月二十号，有没有人知道这是什么日子？"

听到这里，才有几个学生抬起头来。

"今天是'波塞冬号'飞船抵达木星的日子。"祁风扬伸出双手比画着，"它是人类迄今制造的体积最大、航程最远、速度最快的载人飞船，将在木卫二上着陆，探测这颗冰卫星的地下海洋。这是有史以来规模最大的航天任务。今天凌晨，它终于抵达了目的地。好，问题来了，有人知道它从地球飞抵木星要多久时间吗？"

一片沉默，刚才抬起来的几颗脑袋又倒下去了。

"没人知道吗？这是考点啊！开普勒第三定律，已知轨道半长轴求航行周期。地球距离太阳大约一点五亿公里，周期一年。半长轴之比的三次方开根号，可以算出来'波塞冬号'航行时间大概在十到十一年之间。"

"可是，新闻里说它只用了一年……"一个学生说。

"很好！你的直觉很敏锐！"祁风扬高兴地朝他点了点头，"知道这是为什么吗？"

"因为……它的轨道不是……不是……"

"不是圆锥曲线。"祁风扬抓起粉笔，在黑板上吱吱嘎嘎地画起来，"嗯，当然，大家之前做过的都是这样的题——从半径为a_1的圆轨道变轨到半径为a_2的圆轨道，中间用一个椭圆轨道连接，所有轨道都是圆锥曲线。在航天中，这叫霍曼转移轨道，是瞬时推进力作用下的最节省能量的轨道，也是仅有的能靠高中知识求解的轨道……

"然而，'波塞冬号'不采用这样的轨道。它在2049年发射，首先加速逃离地球，然后绕太阳运行五圈，依次被火星和金星的引力弹弓加速；在第五圈结束的时候，也就是去年八月十五号，它以每秒三十公里的速度与地球擦肩而过，这时宇航员才发射升空，与之对接……所以，他们在太空中的航程只有不到一年的时间。这真是个不错的主意，对吧？"

祁风扬满心期待地望着台下，但依旧只看到一片低垂的脑袋。

"算了……我们还是继续讲题吧。"

他无奈地叹了口气，拿板擦擦掉了黑板上错综复杂的轨迹，开始抄写讲义上的习题。然而，这些习题完全勾不起他的兴致，求解它们，就好像用宝剑来削土豆皮。

唉，想当年……

打住，打住，哪来的这么多"想当年"！

祁风扬苦笑一下，现在的自己早该知足了——作为中学物理老师，月收入一万，加上周末的补课费，以及带高三、竞赛班和集训队教练的津贴，每月有将近两万五的税后收入。不仅买了房子，也可以匀出钱给父亲治病了。比起当年647基地的苦日子，难道不该知足了吗？

就在这时,他的手机响了。

他抓起手机,看到那是个陌生的号码,于是挂了它继续讲课。但几秒后手机又响了,仍然是同样的号码。于是他给学生布置了一道习题,走出教室拨了回去。

"喂,请问您是……"

"我是霍长浩。你没忘了我吧?"

"啊!"祁风扬大吃一惊,半晌才回答道,"当然没有。呵呵,居然有幸接到首富的电话,这可真是惊喜啊。"

"没时间扯淡了,你在哪儿呢?"

"在学校上课,怎么了?"

"抱歉,你能不能请个假?就请三天,然后走到学校门口,有辆车在那儿等你……我有个急事想求你帮忙。"

"帮忙?你居然还有脸找我帮忙?"

"没办法,除了你我别无选择。"霍长浩说,"你知道'波塞冬号'吧?"

"当然,怎么了?"

"今天凌晨,它在木星失事了。"

八小时前。

在木星的云海之下,一场电磁暴正在酝酿着。

对于木星而言,这样的电磁暴很常见。这个宇宙巨怪有着太阳系中最强大、最动荡的磁场,不断辐射出电磁波。从射电波段看,木星是夜空中最亮的光源,不停闪烁着,好像黑夜里的一只接触不良的电灯泡。这种无规律的辐射一直以来困扰着天文学界,许多理论模型被提出,但还没有一个能准确预测电磁暴的产生。

这一次的电磁暴也是如此。那时,无论人眼还是各种波段的仪器,都只能看到木星的云层在一如既往地翻滚,却看不见那红褐色面纱之下的剧变。

那是一个喜怒无常的世界。

木星大气层厚三千公里，含有氢气、氦气、氨气、甲烷和水蒸气，也有少量的硫化物。赤红、褐色和青白的云纹一刻不息地奔涌着，形成紊乱而斑斓的条带；"大红斑"旋涡在其中潜游着，仿佛混沌之海中的巨鲸，又像一头蛰伏着的猛虎的眼睛。在它之下，是一片浩瀚无际的液氢"海洋"。这片海洋是无界的，没有波涛汹涌的海面，氢气从气态渐渐变厚、变重、变黏稠，最终变成液体。曾经，美国宇航局的"伽利略"号在这里投下了一颗盾形探测器，深入到木星云底一百五十公里的位置，在那里，压力达到十个大气压，探测器被压成了碎片。

人类已知世界的疆域到此为止。

再往下，就只能靠想象了。随着深度增加，压力继续升高，液氢变得越来越致密，分子间距被挤压得越来越小。理论表明，在"海平面"下三万公里处，由于超高的压力，氢分子间距将与电子云的直径相当。此时，液氢会突然转变成一种能导电的凝胶态物质，被称为亚稳态金属氢（MSMH）。这种物质存在于木星内核和星幔之间，厚度不均匀，可能在数千公里到一万公里不等。它缓慢自转，其中的环形电流是木星磁场的主要起源。

很遗憾，这个原理是在事故后才被证实的。

当然，即便早已发现，工程师们也很难预测到这场事故。早在"波塞冬号"启程之前，由于木星内核的某种喷发作用，一股凝胶态金属氢正从木星内核缓慢上抛。这是很壮丽的图景——在暗无天日的木星核的表面上，一万公里厚的凝胶金属氢"海洋"在透明的液氢"海洋"之下缓缓涌动着，金属氢中运行着电流，幽幽蓝光照亮了一小片海面，也照亮了海面上落下的亘古不息的氢雨。"海面"上偶尔会溅起一个个硕大而柔软的暗蓝色液滴，缓缓上升，好像潜游的水母。那是亚稳态金属氢的抛射物，宛如暴雨中池塘里溅起的水花，只不过每朵水花都有亚洲大小……由于木星内部物质极为稠密，物质运动很缓慢，这个上抛–下落的过程或许已经持续了上百年，和著名的"大红斑"风暴一样长寿。有可能早在祁风扬刚出生的时候，甚至早在法国大革命的时候，灾难就已经埋下了伏笔。

金属氢只能在极大压强下存在。但有趣的是，凝胶态的金属氢具有亚稳态的特征——也就是说，当金属氢形成后，如果再缓慢降低外压，即便降低到临界压强以下，金属氢凝胶仍可以继续保持原状，但它处于不稳定的状态，仿佛一只放在马鞍上的小球，稍加扰动，它就会从亚稳态跌落，转变为普通的液态。在转变时，它将从导体变为绝缘体，电导率将在极短时间内变化十几个数量级，急剧压缩磁通量，将储存的电磁能向四面八方辐射出去。

换句话说，这是一颗巨型"电磁脉冲炸弹"。

在过去的几个世纪中，有一颗这样的史无前例的大"炸弹"形成了。它的体积相当于好几个地球，包含着数百年积累的电磁能。在上升过程中，它周围的压力慢慢减小，降低到临界压力以下后，它便处于随时可能崩溃的状态，好像是一个踮脚站立在高跷之上的杂技演员，一块被推上了山顶的巨石。一天，两天，它尚且能维持不倒，但时间久了，一点风吹草动之下，它也终有撑不住的时刻。

这个时刻，便是八小时二十二分前。

那时，"波塞冬号"恰好飞抵木星轨道。

一点儿微弱的扰动，迅速产生了雪崩般的效果。一道夺目的闪电从木星核中迸发出来——亚稳态的金属氢突然溃灭，超过十的二十四次方焦耳的电磁能被瞬间释放，大部分转化为热能，剩下的一小部分作为电磁脉冲发射出去。巨量的液氢被这道闪电汽化，变成一团不规则的高温高压的气泡，足有好几个地球大小。它在几毫秒内急剧膨胀了数千公里，然后又在几毫秒内向心坍缩、崩解、破碎，第二次释放能量。电磁脉冲以光速向外扩散，零点三秒时扰乱了木星的磁层，又过了零点五秒，击中了"波塞冬号"。

磁暴对飞船的破坏是灾难性的。首先被摧毁的是电子设备。具有四路冗余的控制导航计算机全被烧毁，飞船彻底进入休克状态；高增益天线被毁，与地球的通信由此中断。但最致命的损伤来自VASIMR（可变比冲磁等离子体火箭）引擎。这个依靠射频波加速工质[1]的发动机从来没考虑过在如此之强的电磁脉冲下工作。磁暴发生时，引擎中的电磁场严重畸变，等离子射流被壅塞，好像一个病人在被惊吓后突发心肌梗死一般，几秒后就发生了大爆炸。爆炸将推进段炸开了一个两米多长的大缺口，整艘飞船的空气瞬间泄漏殆尽，成了漂流在太空中的一口冰冷的棺材。

一个孕育了数百年的天文事件，"波塞冬号"竟然赶上了它爆发的那一秒，这可谓是不幸中的大不幸了。

幸运的是，有人活了下来。

【事故发生后24小时，加州旧金山湾桑尼维尔市，NASA（美国国家航空航天局）艾姆斯研究中心】

湾流X981优雅地掠过万里无云的蓝天，降落在墨菲特机场的跑道上。

此时正值中午，阳光很猛烈，湾流飞机的修长机身反射着耀眼的光，好像一把银光闪闪的长剑。这是世界上最昂贵的商务机，也只有这样的飞机，停在那些NASA验证机[2]之间才不会显得太过落伍。

霍长浩戴着墨镜潇洒地向祁风扬走来，说："怎么样，这飞机不错吧？"

"嗯，最大速度3.5马赫[3]，确实是最先进的商务机。"

"我前年买它的时候花了九亿美元。"霍长浩说，"现在市价只有八亿，亏大本了，可为了她，我也只能忍痛把飞机卖了。"

---

1. 即工作介质，指实现热能和机械能相互转化的媒介物质。如制冷机中的氟利昂、汽轮机里的蒸汽等。
2. 用于测试某项新技术可行性的飞机。
3. 马赫数是速度与音速的比值，其值并不固定。

"她?"

"是的。"霍长浩说,"以你的聪明,早就猜到她是谁了吧?"

说罢,他指了指候机大厅里的大屏幕。屏幕上正播送着新闻,在一行大字"SHINING ON EUROPA[1]!"的下面是一个女子的照片。她穿着宇航服,硕大的头盔把她衬托得很娇小,仿佛是从盔甲里生长出来的一株纤弱的植物。

对着那张照片,霍长浩大声宣布:"你要帮我造一艘飞船,在一百二十天内飞越八亿公里,飞到木星,把孙诗宁救回来!"

祁风扬怔怔地看着他,半晌才说:"你疯了!"

"激情四射而已。"

"你的目标简直比登陆太阳还荒谬。"

"为什么?"

"我可以告诉你,21世纪最快的单程木星任务是'普罗米修斯号',全程耗时两年;'波塞冬号'名义上只飞了十个月,但在那之前也经过了长达五年的预加速过程。就此来看,你的目标完全就是妄想。"

"哈?咋就成妄想了?你忘了吗,'北辰计划'就可以实现这样的目标。"

"那也和你的妄想不一样。"

"别再说什么你的我的了。就算是妄想,那也是咱们的。"霍长浩说,"我知道你不待见我,但现在我希望你能把那些事暂且搁下。我要救孙诗宁,只能靠你;你要想实现梦想,只能靠我。"

"我的梦想早就被你毁掉了。"

"现在你能重新捡起它。"霍长浩说,"我肯定不会再坑你。孙诗宁的遇险引起了大量关注,因此咱们能调动巨量的资源,比当年的647基地至少要大两个数量级。这是创造历史的大好机会,你难道想放弃吗?"

---

1. 译为"闪耀欧罗巴"。欧罗巴是木卫二的名字。

"当然不。但请你记住，我这样做不是为她，更不是为你，而是单纯地为了满足我的夙愿而已。"祁风扬僵硬地说，"我会尽力而为。"

"嗯，很好，这才像你的风格。"霍长浩说，"走，咱们先去说服CLIPPER公司的那些老顽固。"

艾姆斯研究中心是NASA的大型研究机构，CLIPPER公司的几个重要实验室就设在这里。其中最壮观的是E-09大楼里的真空模拟舱。那是一个三十米高的巨型真空罐，用于飞行器全尺寸实验。祁风扬看到里面有"哥伦布"登陆舱的正检星[1]，在它旁边，一个大胡子男人正焦急地来回踱步。

"我回来了。"霍长浩直截了当地说，"介绍一下，这就是祁风扬博士，著名轨道设计专家；祁老弟，这位是奥尔·马丁尼兹，'波塞冬号'飞船的技术总监，现在负责筹划我们即将开展的拯救任务。"

"坦率而言，霍先生，这是个不可能的任务。"马丁尼兹说。

"但也是必须完成的任务。"

"霍先生，您不妨自己算算：现在木星与地球直线距离八亿两千万公里，航行轨迹会更长，但我们可以取它为保守值估算。还要考虑为可能出现的意外情况留出冗余量，我们按一百天飞行时间来算，飞船的平均速度至少需要达到每秒十公里，初速大概和第三宇宙速度相当。现在的技术——比如Super-SLS[2]——当然可以做到这一点。但是……"

"但是，救援飞船的制造需要时间。"祁风扬说。

"是的。按照常规，飞船组装和发射需要半年左右；如果三班倒，抛弃一半的检验环节，整个北美太空发射联盟全速运转，至少需要两个月，这已经是相当惊人了。所以，飞船的平均速度至少要提高四倍，如果再考虑到加速和减速的过程，飞船的发射速度还要更高。我刚才估算

---

1. 航天任务中常常制造两架完全相同的飞行器，留在地面供实验测试的被称为正检星（测试星），发射入轨的被称为发射星。
2. Space Launch System（太空发射系统），美国下一代重型运载火箭。

了一下，大概要每秒一百二十公里，八倍于第三宇宙速度！"马丁尼兹无奈地摊开手，说，"我们从来没有发射过这么快的载人飞船。加上可靠性、成本和容错性等等其他因素的话，这已经超出目前人类的宇航能力。所以，霍先生……"

"我明白。"霍长浩说，"这正是我请祁风扬来的原因。"

"不瞒您说，我认识祁先生比您更早。"马丁尼兹说，"我们在国际轨道设计大赛上交过手——是第几届我记不清了。他是个天才，霍先生，他设计的轨道简直匪夷所思，居然用上了四颗大行星的引力弹弓，哪怕加上了各种苛刻的限制条件，仍然比第二名快了将近百分之二十。'波塞冬号'任务就是基于这个轨道开始规划的……"

祁风扬苦笑一下，说："真的吗？那实在是太荣幸了。"

"尽管如此，祁先生，我并不认为你能解决这个难题。"马丁尼兹打开了笔记本电脑，"先来介绍一下情况吧。在今天中午一点——也就是你们的凌晨，我们失去了与'波塞冬号'的联系。我们首先调用了深空通信网络，但由于木星电磁暴的破坏，数百颗卫星受损，深空网络已经基本瘫痪。不过幸运的是，在磁暴爆发时有一颗卫星刚好处于火星背面，幸存下来，并起到了通信中继的作用，因此我们得以确认'波塞冬号'的状态。

"爆炸发生后，飞船的四个主舱体——'曙光号'指挥舱、'团结号'节点舱、'星辰号'服务舱均无响应，各路信号全无反馈，可以认定已经损毁；'哥伦布号'登陆舱信号大部分中断，但低增益天线发出的自检信号正常。在这个信号中，我们发现有一套宇航服的接续状态是'使用中'，那是孙诗宁的宇航服……"

"这样就说她幸存？未免太草率了吧。"

"等等，听我说完。爆炸发生五小时后，我们再次收到'哥伦布号'的信号，发现在这五小时中它启动过一次发动机，燃烧时间七十五秒，燃料消耗了百分之五十三。陀螺仪数据表明，登陆舱目前正在进入木卫二环绕轨道。这是第三套紧急备降方案的轨道，着陆点是木卫二赤道附近的阿瓦隆平原。这显然是人为的举动吧？"

霍长浩问："现在她正在尝试着陆吗？"

"那是三小时前的事了。"马丁尼兹说，"由于通信中断，我们无法与她取得联系。当然，更大的可能是她已经丧命。毕竟单人操纵着陆的成功率是很低的……"

"您的意思是，如果没法确认她的状态，拯救任务就根本没必要开始啰？"祁风扬问。

"当然。"马丁尼兹说，"我需要证据——她能坚持一百天的有力证据。"

"我明白了。"祁风扬点点头，说，"霍长浩，你还记得刚才那张报纸吗？"

"什么？"

"那条新闻的标题，SHINING ON EUROPA。"祁风扬说，"关于通信，我想到一个主意。"

2. 北辰计划

【事故发生后28小时，加州莫哈维沙漠，金石太空飞行中心】

傍晚，"托德"望远镜的控制间里只剩下最后一个人。

与之形成鲜明对比的是其他监控组——比如"哈勃二号"和"高列夫"望远镜，都忙得热火朝天。这种盛况从昨晚就开始了。那时候，各个监控组的电话突然响成一片，来自各大机构的调度指令如洪水般涌进控制中心，要求调整太空望远镜的朝向，目标只有一个——木星。

在前一天的爆发中，木星释放出极其强大的电波，几乎覆盖了所有电磁波谱。各个频段的海量数据涌入计算机，其中蕴含的信息足够全世界科学家研究几十年。但最震撼的变化无疑在可见光波段——由于金属氢溃灭而释放出的巨大能量加热了木星的大气,不均匀的热对流在云层中产生了一个旋涡,体积与著名的"大红斑"相仿,但颜色偏白,因此被称为"大白斑"。这两个旋涡并排在木星表面运行着,仿佛巨人的一双妖冶的眼睛。

在之后的几百年中,这双眼睛将见证人类的崛起或是衰亡。

各大监控组中,"托德"X射线望远镜是最倒霉的一个。在爆发中,X射线只维持了不到一秒,而那时望远镜正朝向别的方向。此后,无论大家怎么等待,指向木星的接收器都保持着零读数。于是下班后大家纷纷沮丧地离开,觉得不会再有人找上来了。

这时候,桌上的电话铃响了起来。

"这里是CLIPPER公司'波塞冬'任务组,请求观测第X1892R6号目标。"电话那头是马丁尼兹。

"请传输观测授权。"

"授权已传输。请在确认后立刻将'托德'望远镜指向目标,时间区间为T+110825秒至125350秒,使用最大分辨率。具体的滤波参数稍后会发给您。"

"收到。"留守工程师有些困惑,"我看看……唔,这是木卫二。它不是X射线源,辐射强度比宇宙本底值高不了多少。您期待在那里看到什么呢?"

"不知道。"马丁尼兹含糊地说,"或许有人在发电报吧。"

"好吧。既然有授权,您当然可以看任何想看的东西。"留守工程师耸耸肩,输入了新的参数,在轨道上,"托德"太空望远镜缓缓调整姿态。半小时中,它对木卫二拍摄了数百张照片。

"请稍后……下行数据传输中……处理中……"

当图片序列渲染完成后,留守工程师简直不敢相信自己的眼睛。

在影影绰绰的圆形轮廓上,一个白色小亮点在闪烁着。

"喂?先生,这真是见鬼了!"

【事故发生后28小时，NASA艾姆斯研究中心】

马丁尼兹放下电话，难以置信地望着祁风扬。

"真是见鬼了！"他提高声音说，难以抑制话音里的兴奋，"'托德'X射线望远镜真的在木卫二发现了闪光，就在阿瓦隆平原，长短间隔大约二十秒，已经确认那是莫尔斯码，正在翻译中。祁先生，这是怎么做到的？"

"这叫心有灵犀。"霍长浩笑道，"你有所不知，祁先生和孙诗宁女士曾是一对恋人，他们……"

"够了。"祁风扬不客气地打断了霍长浩的话，"这没什么神奇的。刚才我在'哥伦布'登陆舱模拟器里看到了用于生成磁盾的超导线圈，就想到了这个主意。孙诗宁是个机械白痴，肯定不会修理船载通信设备，但她知道磁盾的工作原理，也知道X射线，所以采用这个办法通信的概率是最大的。"

"我还不太明白。"霍长浩说，"这个闪光能被望远镜看到，说明它的范围相当大，覆盖面积至少得有几十平方公里吧？这又是怎么做到的？"

"是高能粒子！"马丁尼兹一拍脑袋，"木卫二运行在木星的范艾伦辐射带内，有大量的高能粒子，磁盾主要的用途就是把这些粒子屏蔽在登陆舱外，就好像地球的磁场一样，进入登陆舱附近的高能粒子将被磁场约束，环绕登陆舱旋转，如同一个袖珍版的范艾伦辐射带……"

"是的。"祁风扬点点头，"只要增强线圈中的电流，这个小'辐射带'就会变形，高能粒子轰击地表的冰层，发出荧光。'哥伦布'屏蔽磁场的半径大概是五公里左右，包含了足够多的粒子，完全可以制造出这样的闪光来。"

"你的意思是，孙诗宁用磁盾制造了一个X射线荧光管？"

"差不多。"

"好，太好了……"马丁尼兹兴奋地来回踱步，但很快又沮丧地停了下来，"可惜，这样通信效率实在太低。孙诗宁手动操作磁盾，要好几秒才能发出一个完整的'嘀嗒'，太慢了。"

"写一个程序，让电脑自动操作磁盾就好了。"霍长浩说。

"说得轻巧。"祁风扬摇摇头，"航天器的软件大都是写在嵌入式系统上的，就算是少数能改动的软件，也是基于VxWorks[1]、SpaceOS[2]之类的专业级操作系统。你以为飞船上会装有Visual Studio[3]吗？孙诗宁虽然聪明，但总归没念完大学，她不懂……"

"那只好写个教程发过去了。"霍长浩嘿嘿一笑，说，"祁老弟，这个任务就交给和她心有灵犀的你了。"

【事故发生后30小时，旧金山】

傍晚时分，祁风扬终于把程序在"波塞冬号"模拟器上编译通过，交给了上行通信组。通过NASA深空网络，这不到九百字节的代码以最强劲的功率发射，飞向八亿公里之遥的木卫二。

与此同时，祁风扬、霍长浩与马丁尼兹暂时离开艾姆斯研究中心，乘车向旧金山市区驶去。

"下一步就是救援行动了。"坐在前座的马丁尼兹回过头说，"一百天，八亿公里。祁先生，下面我得告诉大家这个疯狂的指标是可行的。对此您有什么好主意吗？"

"他当然有。"霍长浩点上一根烟，说，"他是中国航天'北辰计划'的提出者，当时要的指标就是这个。对吧，祁老弟？"

"差不多吧。"祁风扬说。

"祁先生，我很好奇，您打算用什么火箭把几吨重的飞船加速到每

---

1. VxWorks系统，是美国WRS公司开发的实时操作系统。
2. Space OS系统，是我国拥有自主知识产权的计算机操作系统。
3. 微软公司发布的软件开发工具包系列产品。

秒一百二十公里？"

"不用火箭。"祁风扬说，"用光帆。"

"光帆？"

"对。一面边长两百米的方形巨帆，石墨烯基底，面积重量四克每平方米。先用火箭将它送入三十公里每秒的地球逃逸轨道，然后用地面的激光阵列集中照射，由此可以产生2G左右的加速度。加速将持续四小时，加速航段长四十万公里，相当于地月间距离。"

"2G加速度？那激光功率得有多少？"

"嗯……差不多有十的十三次方瓦特。"祁风扬回答，"相当于人类全部电力输出的百分之一，或者是……"

"全球LiFi[1]网络消耗的总功率。"霍长浩说。

"是的。LiFi激光有极高的精度和准直度，功率可调，几乎就是为此量身打造的。事实上，最初的LiFi技术就脱胎于此项目——不，可能更早，可以追溯到本世纪初霍金提出的'突破摄星'计划。"祁风扬说，"现在全世界的LiFi基站有数十万个，完全可以承担起为光帆加速的任务。"

"嗯，或许……"马丁尼兹挠着头。

"而且非常巧，计划中设计的发射时间正是今年三月，因为现在行星间的相对位置刚好能形成最有效的构型，使得航行时间可达到极小值。"

"但是，你打算怎么减速入轨？"马丁尼兹说，"到达木星后，如果仍然保持着近百公里每秒的高速，你就会直接飞掠过去。"

"我们用多帆聚焦技术减速。"

"多帆聚焦？"

"就是把另外N只帆船反射的阳光全部汇聚到一只上，以获得N倍

---

1. 一种利用可见光波谱进行数据传输的全新无线传输技术，由德国物理学家哈拉尔德·哈斯发明。

的减速推力。"霍长浩插嘴道,"我记得这个过程好像还蛮复杂的,超过一万公里的减速冲程需要极为精确的瞄准器,而且每只帆变轨的次序、走位都有讲究。"

"由此一来,飞船就可以不必携带减速制动的燃料,每只帆质量只有五十千克,轻得像一片羽毛。"祁风扬说,"在多帆聚光减速后,目标帆被木星捕获,飞往木卫二,而其他的帆船将在木星引力下偏转,继续飞往其他目的地。"

"听起来不错,后来怎么没实现呢?"

"说来话长。"祁风扬摆摆手说,"当务之急是给出救援飞船所需的有效载荷质量,这样,我很快就可以算出所需光帆编队的规模。"

"两吨吧,这应该是下限了。"

"那原来辅助帆的数目肯定是不够的。"祁风扬说,"而且还要考虑孙诗宁的状况,她必须从木卫二起飞,逃出木卫二的引力场,然后再和救援飞船对接。就'哥伦布号'剩余的燃料看,孙诗宁只能加速到每秒五公里左右,叠加上木卫二的公转速度,每秒八公里,救援飞船的速度必须降低到这个值。"

"我有个办法。"马丁尼兹说,"'哥伦布'号上升段用的是氢氧发动机,而木卫二上最不缺的就是水。孙诗宁可以通过电解水制造氢氧燃料,灌满燃料仓,这样可以大幅度提高交汇速度……我保证,它至少能达到每秒二十公里。"

"好主意,但氢气怎么储存和液化呢?"

"'哥伦布号'上面有相应的装置,稍加改动就可以运行。"马丁尼兹说,"但那又需要一份更长更复杂的教程了——考虑到孙诗宁对机械不熟悉,仅有文字教程恐怕还不够。我们必须与她保持高效的通信。"

"嗯,这就看祁老弟你的代码了,但愿它能奏效。"

"等孙诗宁回电后就能知道了。"祁风扬看了看表,说,"我们来得及回去吗?"

"来得及,电波一趟来回得三个多小时呢。"霍长浩说,"晚上九点前赶回来就行了。"

"我可能赶不上。"马丁尼兹说,"我得先去菲尔茨山庄找马斯克,然后还有伯利茨、布朗他们,或许他们能帮忙搞到国会的特别拨款。莱姆斯那边基本就不用指望了,他连木星和金星都分不清楚呢。"

"祝你好运。"霍长浩朝他竖起大拇指,"我和祁风扬就找个地方喝点酒,叙叙旧吧。"

在一家酒馆前,霍长浩叫司机把车停了下来。

"哎,就是这儿!"

顺着霍长浩指的方向,祁风扬看到一间破旧的酒吧。它的招牌上镶嵌着一对驯鹿角,吧台前有几盏蜡烛摇曳着,里面飘出桐油和松香的味道。

"我喜欢它的名字,'白夜'。"霍长浩说,"每年总有一个时刻,天黑前的刹那,旧金山的最后一缕阳光恰好照在这里,让它变得名副其实。"

很快,祁风扬就看到了他说的景色:由于这里的角度,夕阳恰好从马路尽头照过来,打在酒吧的门廊上。无数汽车的剪影向着夕阳驶去,好像扑火的飞蛾一般,依次熔化消失在那白炽的熔炉中。很快,天空中的斑斓色彩也渐渐沉淀,就好像霍长浩手中晃着的鸡尾酒,从灿烂的金红慢慢化为沉郁的蓝紫色。

"这真出乎我的意料,霍长浩。"祁风扬说,"我还以为你喜欢那种高级的夜总会呢,有路易十三和人头马,门口停满了法拉利和兰博基尼。"

"只有暴发户才会喜欢那些玩意儿。"霍长浩说,"我选择这儿,主要是因为一部电影。这儿是电影里男女主角分别的地方,而我也曾在这里,送走了一个终生难忘的人。"

"孙诗宁?"

"没错。我说,谈这个你不反感吧?"

"呵呵，就算我反感又能怎样？"祁风扬说，"那电影是《五年之约》吧？"

霍长浩将杯中酒一饮而尽，说："是啊，她离开后，唯一给我留下的就是类似这部电影的回忆了……她和里面的女主角很像，祁老弟，仿佛一阵清风吹过你的手掌，你再怎么握紧，她总是从指缝间溜走，奔向更高更遥远的天空。"

"你还有脸说这种话，霍长浩，你不记得当初你是怎么追求她的吗？"

"记得，当然记得……"霍长浩又让酒保拿来一杯酒，自斟自饮起来，"我是在埃及度假时遇到她的，那绝对是我生命中最重要的一天……她就是当代的海蒂拉玛[1]，美丽、智慧，有一种无可比拟的魅力。我被彻底迷住了。"

"在那之前，你肯定还被其他女孩儿迷倒过。"

"是的，但那不一样！以前的那些，呵，怎么说呢，谈两天就腻味了……但我追孙诗宁可是整整追了一年。我去她的签售会，投资由她的小说改编的电影，在各种体面的餐会上和她套近乎。我带她去航海、登山、开着越野车横穿沙漠，那是她最喜欢的寻找灵感的方式。时机成熟后，我才带她来到了这里，来到硅谷，对着CLIPPER公司的总裁说，让我们坐一次'山猫'吧！"

"是那个亚轨道飞机吗？"

"没错，票价四百万美元，可以飞到十万米高的太空转一圈。"霍长浩说，"在亚利桑那的沙漠里，我们的飞机沿着一条闪亮的金属导轨加速，火箭点燃，我们冲上云霄，一起看着天空渐渐由蔚蓝变成漆黑。当繁星浮现的时候，我拿出钻戒对她说，诗宁，你愿意……"

"够了。之后我就知道了。"

"不，你不知道。"霍长浩说，"你肯定不知道，当时她拒绝了我。她

---

[1] 美国著名女演员，也是一位计算机通信技术方面的发明家。

说，'谢谢你的好意，但是我已经喜欢上另一个人了，他虽然家境贫寒，但有崇高的理想，将来一定是个能改变时代的天才。'祁老弟，你想知道我是怎么回答的吗？"

"你说吧。"

"嗯，我对她说，'没错，他是天才——但天才是什么？'祁老弟，你知道天才是什么吗？"霍长浩说，"你有没有想过，让你成为天才的东西，难道是什么崇高的理想？伟大的抱负？都不是！成就天才的东西是绝境，是苦难，是扭曲到不得解脱的心灵……越是扭曲，就越想用一种特别的方式证明自己；越是残缺，就越想用闪光的衣裳遮盖自己。你的心里没有爱，只有一摊为理想搏斗流下的血，这摊血映出来，便成了世人眼中天才的鲜艳腮红……"

祁风扬慢慢晃着杯中的酒，一言不发。

"祁老弟，诗宁是爱你的，让你们分道扬镳的正是你们俩的天才。它放出的光芒就像豪猪的尖刺，让你们没法拥抱在一起……你们都是心里有一摊血的人。这一点，你很清楚。"

"嗯，霍长浩，你是个明白人……可你有什么资格说我？难道你，你就和她白头偕老了不成？"

"哈哈，你说得对。我们都没法抓住她，让她从我们的手心飞走，还飞得那么高那么远，来，为了孙诗宁，干了这杯！"

祁风扬咕咚咕咚地把酒喝完，苦涩在嘴里慢慢化开，一切开始绕他旋转起来。

"后来呢？"他大着舌头问，"后来她怎样了？"

"后来的事你都知道了……她离家出走，继续追寻她的梦。两年之后我才得知她报名参加了'波塞冬'任务。"

祁风扬默默盯着空杯子，叹道："或许……这才是她想要的归宿吧。"

"那你呢？后来你是怎么过来的？"霍长浩问。

"不就那样呗。"

"详细讲讲吧,关于'北辰计划',还有你后来的生活。"

"好吧。"祁风扬苦笑一下,"既然你想听苦情故事,我就讲给你听吧。"

3. 不 拆

【十年前,北京某看守所】

"祁先生,我来找你谈的是大事。"探视间里,祁风扬的律师对他说,"检方已经提起公诉了。你的胜算不大,知道吗?"

"我知道。"祁风扬说,"时间紧,快说正事吧。"

"今天要过一遍你的陈述词。"律师说,"就从许麟珲院士的死开始吧。10月28日下午一点后,你在什么地方?做什么?"

"我在647基地光帆仿真实验室,进行光帆的静电平衡试验。"

"这是例行的实验吗?"

"不,是我追加的,为了验证我的一个想法……我尝试用静电斥力把帆张开。比起传统的桁架式光帆骨架,这可以把光帆重量降低到原来的十分之一。当天进行的是第三次验证试验,具体的过程在诉讼书附录里面有详细说明。"

"许院士是什么时间来的?"

"下午两点左右。当时我临时有事离开,许院士说他可以过来帮我照看现场。我刚出门两分钟,实验室就发生了爆炸。"

"请简要说明一下爆炸的原因。"

"真空泵阀门的疲劳断裂。"祁风扬说,"光帆静电平衡实验是在TL-3E真空室中做的,为了保证能模拟太空的电磁环境,实验腔中必须抽真空,阀门每平方米承压相当于四头大象的重量。每次实验我们都要进行抽气,次数多了之后就产生了机械疲劳。"

"诉讼书里提到这个阀门已经过了使用年限。它是由哪个部门负责的?"

"真空仿真实验室,但管理它的不是647基地的人员。"

"是外协单位?"

"嗯,在647基地建设的过程中我们接受了霍长浩的投资,很多设备都是双方共用的。当时达成了协定,在光帆实验之外,他可以利用基地的设备和人员进行其他研究。"

"他进行的研究是什么?"

"杂七杂八,其中影响最大的是LiFi技术。当时基地有比较完善的激光实验设备。"

"很遗憾,证据确凿,你可能会被以玩忽职守罪判刑,这一点我很难帮你开脱。"

"了解,这是事实。但最后一项指控……完全是胡说八道。"

"有人举报你利用职务之便损坏阀门谋害许院士。"律师说,"举报人声称,你和许院士在事故发生前一天发生了激烈争吵。"

"没错,我们已经吵了一段时间了。"

"原因是什么?"

"主要为了'北辰计划'的实施方案。我希望用多帆聚光技术实现木卫二两百天往返,无人–载人两步走。但许院士认为这个方案太激进,决定采用普通火箭发射单程的撞击探测器。在那次争吵中,我试图阻止他在决议上签字。"

"这还真是很专业的动机。"律师说,"这两个方案有什么不同吗?"

"当然,那完全不一样!火箭耗费大,效率低,是注定被淘汰的夕阳技术。要想在太阳系内大规模快速航行,光帆编队是一个很有希望的方向。"

"真的?我听小张说过,这个技术需要用到的激光功率相当于全国的电力总输出?"

"没那么夸张,大概只相当于总功率的二十分之一。当然,这种规模的激光器还是很惊人的,所以我们会和霍长浩的 LiFi 企业进行合作。"祁风扬说,"话说回来,你不觉得奇怪吗?我们在食堂后面争吵,刚好有人在录音!"

"嗯,我明白。"律师说,"如果真有人诬陷你,你觉得会是谁呢?"

"霍长浩。"祁风扬叹了口气,"这个陷阱早就设下了。"

"但很遗憾,想诬陷你的远不止他。"律师说,"祁先生,几乎整个研究所的人都巴不得能诬陷你。检方搜集证据时,几乎你的所有下属都在检举你,你知道为什么吗?"

"为什么?"

"因为大家想过的是安稳的日子,你却拎着鞭子把大家往险路上赶,最后落得众叛亲离的下场,有什么可奇怪的?"律师一边整理文件,一边说,"说实话,祁先生,你才是最难理解的。这么年轻就做到副总师的位子,再熬两年就可以转正,分到一百平方米的房子了,可你却非要往最危险的地方走。那颗遥远的星球竟然能让你抛弃安稳的生活,甚至抛弃你那个人人爱慕的未婚妻……说实话,祁先生,我一点也不同情你。"

"请别提她,我的事和她没有关系。"

"当然有关系。若她做你的担保人,你完全可以取保候审,不用待在这个鬼地方。"

"没必要,比起外面,我倒觉得这里还挺清静的。"祁风扬说,"对了,今天下午我想申请回一趟基地,有些东西要取。"

"什么东西?"

"书,笔记本,还有'北辰计划'的总体方案。"祁风扬说,"万一真要在号子里待上十年,我总得有点事情干吧。"

傍晚时分,一辆警车把祁风扬带回了 647 基地。

基地里早已人去楼空,碎砖烂瓦遍地,钢筋从刚被拆毁的楼房地基上扭曲着伸向天空,好像古战场上零落的断戈残剑一般。几名拆迁工人在实验楼前,一边喝酒一边打扑克。残羹剩饭被丢在建筑垃圾之间,一群觅食的乌鸦在旁边蹦跳着。

"就是这里。"祁风扬对警察说,"钥匙是最大的那把,劳驾了。"

嘎吱一声,门开了。祁风扬缓步走进房间。只见那份方案报告正躺在桌上,封皮是蓝色的,上面印着熟悉的徽标:三角帆与北斗七星。他拿起报告,随手翻开一页,看到那一章的标题是"正样阶段拟开展工作(2047年5月—2051年8月)",下面写着:

(1)制造/测试标准与规范固化

(2)正检星总装和发射星总装(目标帆:北辰;辅助帆:天枢/天璇/天玑/天权/玉衡/开阳/摇光)

(3)交收试验与分系统联试

(4)整星全状态多学科耦合测试(电磁性能/质量特性/空间环境/地面环境/动力与能源)

(5)载具与发射场系统联试(CZ-9E/CZ-5F,文昌发射场TL1/TL2工位)

……

都是梦,从此这一切都只会是梦了。

祁风扬长叹一声,合上报告,把它塞进书包,然后在实验室里转了一圈,确定没东西遗漏了,才慢慢地向外走去。

走到门口时,他回头朝这里看了最后一眼。一切都像极了他刚来的样子:积满灰尘的实验台,空无一物的储物架,裂了缝的真空测力管,堆在墙角的机箱壳。他又想了一下,再次确认自己真没遗漏什么东西了,于是关灯关门,走进北京的夜色中。

可他觉得,自己最重要的东西被永远丢在这里了。

那是什么呢?

是自己的才华和梦想吗?不,那是夺不走的。他想起了科罗廖夫[1],想到他在监狱里的岁月。只要自己没有倒下,梦想就不会破灭。

抑或,是他与战友们的美好回忆?那也不算。何况回忆越是美好,现实的打击便越显得残酷。如今,当年豪气干云的战友们一个个离开自己,甚至站到自己的对面,就好像绿叶无可避免地枯黄飘零一般,最后枝头只剩下一片叶子,路上也只剩下他孤零零的一人。

看来,那被永远留下的是无可挽回的青春了……祁风扬想起了经费最紧张的时候,他不得不求助体制外的资源,在全国各地奔走筹措资金。最终,他遇见了霍长浩,得到两亿的资助,其中的一大半被用来建造位于地下的气浮室。那里安放了一个篮球场大小的气浮台,台上数万个小孔喷出六氟化硫气体,将薄如蝉翼的光帆托举漂浮起来,以模拟无重力时帆的受力状态。

无数个夜晚,面对缠作一团的缆线,大家一同争论思考;在光帆展开成功的时候,大家一同鼓掌欢呼。他记得那晚他开了十几瓶"王二小放牛",也就是二锅头兑红牛,觥筹交错间,大家汪洋恣肆地畅想着航天的未来,而作为主角的光帆就在大家身后漂浮着,安静而优雅,宛如一朵盛放的银色莲花……

他没想到,那朵花只开放了不到两年就凋谢了。

那朵花生长的土壤,如今也被剥夺了。

为什么这么难呢?他欲哭无泪,为什么那些自己所向往的一切,所珍视的一切,纵使拼命努力追逐,却仍然一个个地离自己而去呢?双目失明的母亲,穷困潦倒的父亲,背叛的霍长浩,牺牲的许院士,还有离他而去的孙诗宁。大概只是因为自己太傻吧,早知如此,何必当初呢?当初的一切,或是认真得可笑,或是执着得可爱,现在看来,不都被现实的困厄拆得七零八落嘛!

在实验室的外墙上,祁风扬就看到了一个巨大的"拆"字。字用红漆写成,宛如滴血。在墙角还有好几桶油漆,几名工人正蹲在马路对面

---

1. 苏联航天科学家,第一颗人造地球卫星和第一艘载人航天飞船的设计者。

抽烟。看到这些，祁风扬感到胸口有一股热血冲上脑门。他快步冲到那堵墙前面，抓起刷子，闪电般地在"拆"前面写了一个"不"字。

"哎！你干吗？"一个工人叫嚷着跑了过来。

祁风扬丢下刷子，冲天喊道："人——艰——不——拆啊！"

喊罢，他感到一种前所未有的畅快，眼泪不由自主地漫上了眼眶。在泪光中，星空颤抖着变形，化作无数闪烁的眼睛。在这晶莹的目光里，他内心的波澜渐渐平息了。他知道，无论命运如何困厄，都只是这颗灰尘般渺小的星球上发生的灰尘般琐碎的事。永恒的星辰将永远注视着他，等待着，期待他的到来。

他唯有永不停步。

4. 世界尽头的海

【事故发生后38小时，旧金山】

第二天中午，祁风扬从宿醉中醒来。

周围一片死寂。

他环顾四周，马路上没有一个人，没有一辆车。他站起身来走了两圈，才隐约听到一点说话声。他顺着声音走进酒吧，只见里面坐满了人，都目不转睛地盯着电视。电视里有一个人在激动地说着什么。

"……是的，我们六小时前才接到这个消息……"

说话的是马丁尼兹。他一夜没睡，显得很疲惫。

"……这个消息的内容太过离奇，我们需要时间去核实准确性，但目前已经可以确认，它来自孙诗宁，来自从木卫二发回的'闪光电报'。"

听到这里，祁风扬脑袋里嗡的一下，酒立刻醒了大半。

一个记者激动地问道："马丁尼兹先生，据此可以判断木卫二上存在生命吗？"

"当然不能。'电报'中的信息太少，不到两百字节，现在做任何判断都是不负责任的。那可能只是一种未知的自然现象……"

祁风扬跑出去，冲着还在睡觉的霍长浩扇了一个耳光，"喂！醒醒！咱们赶紧回去，出大事了！"

通往艾姆斯研究中心的公路已经被车塞得水泄不通。两人不得不把车抛在桑尼维尔市区，徒步跑回E09大楼。

他们冲进真空模拟舱。昨天，这里还空旷得能听见脚步的回声，如今却挤满了人。只见"哥伦布号"模拟舱前搭起了一个平台，来自世界各大媒体的记者熙熙攘攘地挤在台下，台上立起了一面大荧幕。在此起彼伏的闪光灯中，马丁尼兹正在回答记者连珠炮般的疑问。

"请问孙诗宁为何只发回这么少的信息？NASA是否在隐瞒真相？"
"请问地外生命的迹象是什么？"
"目前有获得地外生命的照片吗？"
"请问NASA会发射后续飞船前往木卫二吗？"
……

"各位，各位，请少安毋躁。"马丁尼兹做了一个平息全场的手势，"大家焦急的心情可以理解，但现在一切都还有待进一步研究，恕我无法回答。"

"先生！先生！"底下的记者又喧嚷起来，显然不满意这个答案。

其中一名女记者犀利地问道："NASA与CLIPPER公司发布了消息，却连一点细节都不肯透露。这很难不让人怀疑，这是一场以外星生命要挟国会拨款的骗局！"

祁风扬心里一惊，霍长浩却一副不以为意的样子。

"这是无理的污蔑，女士。"马丁尼兹面不改色地回答道，"诚然，你点出了这里的利害关系——我们希望派出飞船去营救孙诗宁，但国会认为这是无谓的浪费。为了杜绝这种污蔑，下面，我可以稍微向大家透露一点细节。麻烦那边把灯关一下。"

啪的一声,全场陷入黑暗,只剩马丁尼兹身后的大屏幕在发出蓝光。

"请看,这就是'哥伦布号'所着陆的阿瓦隆平原,一块椭圆形的完整冰面,直径五十公里,形成于三千年前的一次大规模液态水漫溢事件。木卫二是一颗很活跃的星球,在地下海洋的作用下,水像熔岩一样不断侵蚀冰壳,然后从冰裂隙和喷泉喷出,可以在很短时间内重塑地貌。着陆点以北约十公里就有一个冰喷泉'莱姆',那是十年前'普罗米修斯'探针的撞击点。

从孙诗宁的视角看,那应该是很壮观的画面——水汽从泉眼中喷出,一直抛射到五十公里高,然后自由下坠,好像帷幕一样横亘在冰原之上。"马丁尼兹说,"九小时前,我们成功与她取得联系。我们首先确认了飞船的状态,检查了物资,指定了生存方案,确保她能存活一百二十天以上。然后我们就让她进行原定的科学拍摄任务,冰喷泉是首要观测对象,不料,她拍摄到了这样的东西。"

大屏幕上出现了一行莫尔斯码,下面是翻译的文字:

"……信道太窄,照片传输耗时太久,故以文字说明。'莱姆'冰泉中发现蓝色闪光球体,数目在十到一百个不等,光度很弱,肉眼难以观测,但红外波段光度很强,辐射温度约2000K。光球被喷泉喷出后并不做自由抛体运动,而是在空中悬停,甚至逆流而下钻回冰喷泉泉眼内,似有自主运动能力。在红外波段,可见回到泉眼后的光球经由液态水(汽)甬道继续下潜,由于其高温和冰层的透明度,直至地下数十米仍然勉强可见。光谱数据和星震仪数据正在传输中,我将继续关注此现象……"

"各位,这就是我们所称的'迹象'。"马丁尼兹说,"想必大家都知道奥卡姆剃刀——如无必要,勿增实体。相比于地外生命,那是某种自然现象的可能性要大得多。骗取拨款一说完全是无稽之谈。"

"但是否会有这种可能性——孙诗宁为了获救,故意伪造出地外生命的迹象,以诱使NASA派出救援飞船。毕竟花费数百亿美元去救一个人并不是划算的买卖。"

"当然有可能。但请您记住,这不是一桩买卖。我们已经确认孙诗宁能坚持一百二十天,而当前恰好有能在一百二十天内赶往木卫二的飞行方案。即便没有任何所谓'迹象',即便倾家荡产,救援也将如期展开。"马丁尼兹说,"好了,如果大家的问题只有这种阴谋论,那记者会应该可以到此结束了……"

"先生,我还可以问最后一个问题吗?"一个记者喊道。

"请说。"

"如果救援任务如期开展,您觉得成功几率有多大呢?"

顿时,无数话筒和摄像机伸向了马丁尼兹,好像被磁石所吸引的磁针一般。

"实事求是地说,这场任务,比我们所做过的最大冒险还要危险百倍。"马丁尼兹说,"但是,我想引述肯尼迪总统说的一段话——'我们要去月球,不是因为它容易,而是因为它极其艰难!'今天我们与全人类一起再次站到了历史的关键点。当年的我们志在必得,今天的我们一如既往!"

紧急拨款申请书-概述(节选)

目标:(1)将受困于木卫二的宇航员带回地球;(2)若救援失败,则实施补给;(3)若补给失败,则实施飞掠,采集宇航员所得的数据;(4)上述任务完成后,各辅助光帆将继续飞行,实现各自科学探测目标。

实施方案:基于原CNSA"北辰计划"。技术方案文档详见附件1;

时间:2054年3月-10月(35+122地球日)

牵头单位:CLIPPER太空运输与探索公司

参与单位：NASA/ESA[1]/CNSA[2]/RKA[3]/JAXA[4]等。合同与任务分解文档详见附件2-4；行政与法律文档详见附件5。

预算估计：135亿美元（1+337星/36次发射）。

参考值如下：Galileo-1995:16亿美元；Juno-2016:11亿美元；Clipper-2027:19亿美元；Juice-2032:15亿美元；Prometheus-2043:30亿美元；Poseidon-2050:127亿美元……

【事故发生后50小时，艾姆斯研究中心】

凌晨两点，就在祁风扬准备就寝时，有人敲响了他的房门。

"祁老弟。"来人是霍长浩，"有一个好消息和一个坏消息。"

"什么？"

"国会的紧急拨款通过了。美联储向CLIPPER公司发放了一百亿美元的贷款，加上各界人士的捐赠，我们的预算勉强达标，你的理想终于可以实现了。"

"那坏消息呢？"

"它必须要有人亲自去实现。"

祁风扬沉默了片刻，叹了口气，"对接问题还是没办法解决吗？"

"是的，木星和地球间存在四十五分钟的通信延迟，地面指挥是来不及的，而且变轨和对接的判断决策太过复杂，AI无法胜任，必须要靠经验丰富的驾驶员亲自操控。"

"所以必须要找一个宇航员啰？"祁风扬精神一振，说，"有候选人了吗？"

"还没有。宇航员属于空军管辖，他们中的很多人都希望能驾驶

---

1. 欧洲太空局。
2. 中国国家航天局。
3. 俄罗斯联邦航天局。
4. 日本宇宙航天研究开发机构。

'北辰号'，但空军不批准。"

"那是肯定的。培养一个宇航员太难了，而我们的任务几乎就是去送死。"

"哈哈，祁老弟，难得你有自知之明。"

"怎么，难道平时我没有吗？"

"只有一点。"霍长浩点上烟，然后又递给祁风扬一根，后者摆摆手回绝了，"噢，这不是贬义。现在我们需要的不是一个四平八稳的宇航员，而应当是一个不知天高地厚的、不怕死的疯子。而且……如果我没记错的话，这个疯子曾经答应过孙诗宁，要陪她去看世界尽头的海。"

祁风扬盯着霍长浩，过了半晌，突然爆发出一阵大笑：

"哈哈哈……你，你还真够了解我的……"

"不是我了解你。祁老弟，你有飞行经验，身体健康，反应敏捷，意志坚定。而且作为'北辰计划'的副总设计师，你对于飞船的每个细节都了如指掌。"

"好，好，我也正有此意。"祁风扬说，"不过你要记住，我所做的一切不是为了她，更不是为了你。我只是为了实现我的夙愿。这就好像你把一块肉抛给饿得奄奄一息的狼，当它吃饱后，发生什么事情也由不得你了。"

"你什么意思？"

"没什么，很高兴你能抛给我这块肉，霍长浩先生。"

说罢，祁风扬伸出手去，与霍长浩紧紧相握。

"北辰计划"正式开始了。主导者包括NASA、CLIPPER、ESA和CNSA这样的宇航机构，也包括谷歌、苹果、索尼、戴姆勒和蔡斯公司这样的科技巨头。在各国的数百个超净车间里，三百三十七只薄如蝉翼的银色巨帆被小心地编织完毕，总长足有五十余万公里的牵引索被谨慎地缠绕成形；互联网的特别专线上，庞大的数据流如洪水般在各国研究组间交互，携带着最有智慧者的理念、最有魄力者的决断与最有经验者的规划，汇总到那些地下机房里的超级计算机中。航行计划以惊人的效率被制定出来，救援方案被敲定，轨迹设计被优化，制造标准被固化，来自全世界的零件在总装车间里精密地嵌合，通过昼夜不息的测试后，最终被送往发射场。那仿佛是一场颜料的暴雨，起初这儿一滴，那儿一滴，看不出具体的形状，但当达到某个临界点后，所有的形状都联系起来，所有的颜色都有了意义。一幅惊世画作诞生了。

此时，距离事故发生仅仅过去了三十五天。

但这还不够。飞船备妥后，必须要有载具才能发射到太空。全世界的运载火箭制造商都全力开启了流水线，近百枚各种尺寸的火箭运往各地发射场。在短短一周时间内，长征、猎鹰、SLS、安加拉和阿里亚娜等重型火箭被连续发射十余次，而其他较小型号火箭的发射更是数不胜数。三百三十七只光帆均被成功送入太空，除了有两个因故障展开失败外，其余全部集结成编队，以十倍于第三宇宙速度的高速，踏上了飞往木星的航程。

这段时间，霍长浩主要是在飞机上度过的。他在各地奔走，以孙诗宁丈夫的身份联络各家巨头，筹措资金，也督促着他的集团将LiFi基站改造为可以驱动光帆的激光阵列。

马丁尼兹则在艾姆斯研究中心日夜操劳。他希望将"北辰号"的质量压缩到一吨以下，可惜没能成功。在无数轮的减重优化之后，那只棺材一样的密封舱也还重达一点五吨。在那里，祁风扬将度过往返所需的漫长的两百多个昼夜。

祁风扬也没有闲着。他通过了短暂却高效的宇航员训练，掌握了外太空各种突发情况的处理办法。起初，他以为最难的是多帆聚光减速时的指挥，但其实不然。与孙诗宁的交会对接才是最头疼的——要等她起飞、加速和熄火之后，"北辰号"才能开始算解对接轨道。由于木星与地球的通信延迟，这一切都要祁风扬独立完成，他必须要与星载电脑紧密配合，才能在那个电光石火般的瞬间捕获到"哥伦布号"。

孙诗宁一直和地球保持着联系。由于非常规的通信方法，通信效率很低，传回地球的照片几乎都难以分辨。这些模糊的照片产生了两派解读的浪潮：一方坚持认为这些照片证明了外星生命的存在，另一方认为那只是未知的自然现象。此外，孙诗宁的作家身份也让公众对她的关注持续升温，为此，CLIPPER公司甚至派专人去运营孙诗宁的社交账号，让公众得以直接了解她在木卫二的生活。孙诗宁也不负众望，她的精神状态一直很好，甚至还打算用微藻养殖来延长生存时间。

倒计时一刻不停地跳动着，最后的日子一天天逼近。这趟值得载入史册的航程，马上就要拉开序幕了。

5. 零窗口

【事故发生后第44天，海南文昌发射场】

轰隆隆……

辽阔的中国南海上，阴霾密布，闷雷涌动，一场夏季雷暴正在天边酝酿，缓慢移向文昌发射场。

与之一同到来的是霍长浩。他是坐着货轮来的，船上运载着"北辰号"飞船。这是"北辰计划"的最后一次发射了，霍长浩看到，发射场垂直总装厂房里的长征九号火箭已经组装完毕，即将开始垂直转运。狂风中，拉系火箭的缆绳在剧烈抖动着，仿佛一根根被命运之手弹拨的琴弦。

"喂，请问是孙珩将军吗？"霍长浩拨通了手机。

"是我。你已经到清澜港了？"

"到了，现在的情况有点不妙啊。"

"很不妙。雷暴锋面突然改变了移动路线，照这样下去，发射只能取消了。"

"但这是最后的机会。发射窗口只有明天十九点二十分这个时刻，要是延后，'北辰号'就会赶不上已经发射的光帆编队，整个计划就完全失败了。"

"霍先生，我们当然了解事情的严重性——这是专业上所称的'零窗口'，只有一次机会，发射时机只有几秒。作为发射总指挥，我必须按照规程做出负责任的决断。"

霍长浩沉默了片刻，然后问："主要的威胁是什么？大风，暴雨，还是雷电？"

"雷电。"孙珩回答，"火箭本来就是个高大的引雷针。起飞前，发射场的避雷塔尚可起到一定保护作用，但点火升空后，长达数百米的尾焰将成为电流的良好导体。一旦遭到雷击，后果不堪设想。"

"噢，对此我倒是有一个办法。"

"什么？"

"引雷激光。"霍长浩说，"文昌周围有五个LiFi穹顶基站，都属于我的公司。如果都在最大功率下运行，可以发射出兆瓦量级的激光，穿过雷雨云，产生电离通道，就好像一根无形的避雷针一样，把云中的闪电引导到安全的地方。"

"你们做过实验吗？"

"当然，这个产品是被纳入国家防雷标准的，可以有效引导两公里高度下的雷击。"

"好，那我们就冒一次险吧。"孙珩叹了口气，"现在是时候冒险了。"

【事故发生后第44天又10小时，文昌发射场TL-01发射工位】

在发射后勤塔的栈桥上，狂风呼啸，暴雨如注。钢铁桁架和缆线发出凄厉的鸣鸣声。祁风扬穿着厚重的航天服，站定在庞大的火箭整流罩前。

这是最后一次发射演练，航天医监人员正在对航天服与生命保障系统进行最后的检测。

此时火箭已经就绪。"北辰号"已经与"远征四号"上面级[1]对接，一起连接在火箭头部的支撑环框上。整流罩是全封闭的，看不到里面，但他只要闭上眼睛，内部的结构都清晰地浮现在眼前：三个牵引光帆叠成圆柱状捆在一起，一直戳到整流罩顶部；冷却回路盘根错节地缠绕在飞船腰际，连接着液氦储罐，成千上万的霍尔散热器排布其上，好像粘满海胆的船壳；底部基座的一侧是密封舱，另一侧是对接口，连接很突兀，好像是后来临时想起来补加上去的。没有逃逸塔，没有返回舱[2]。那都是被他亲自砍掉的死重。要是真的出事，祁风扬只能拿起身旁的吗啡注射液，让自己死得稍微舒服一点儿。

明天，他的生命就托付给这枚火箭了。

"小祁，状态怎么样？"

来者是孙珩将军，见到他，众人都回身敬礼。

"没事，你们继续。"孙珩说，"找你也没啥大事，就是想聊聊。"

"是关于诗宁吗？"

"小祁啊，和她相处了这么久，你应该了解她的一些情况吧。"

"嗯……其实，不算太了解。我只知道您是她的父亲。"

"一个失职的父亲。"孙珩说，"五岁的时候，她的母亲离家而去，我本该担起父亲的重任。可是那时正好赶上长征九号火箭攻关，因为工作的缘故，我没法照顾她，她的童年和少年时期基本上是一个人在马兰基地家属院里度过的。直到考上大学，她才第一次见到大城市的样子。"

"嗯，她和我说起过那段经历。"祁风扬说，"虽然很孤独，但她也因此得以阅读了大量的文学作品。"

"是的，这是她的幸运，也是她的不幸——孤独的童年孕育了她的

---

1. 多级火箭第一级以上的部分，通常为第二级或第三级。
2. 回程时，由救援飞船与之对接，转移人员后才再入大气层返航，以牺牲可靠性来换取重量和时间的减少。

才华，但也让她产生了一种极端的冲动。"

"什么？"

"去看远方世界的冲动。如果是在寻常环境中成长起来，她不会把这种冲动看得太重，但她没有。她敏感，孤僻，内心除了这种冲动外，别无他物。那就好像烛火，在阳光下很微弱的光芒，到黑暗中就会变得刺眼而压倒一切。为了满足这种冲动，她会不择手段，哪怕犯下欺骗全人类的大错。"孙珩叹了口气，说，"诚然，你们都是天才，但要知道天才只是一面。它的另一面是疯子，是不计一切代价将理想贯彻到极致的人，这是很危险的。你完全没必要为她牺牲生命。"

"我理解。但我不是为她而冒险的，我是为了自己的夙愿。"

"那我也没办法了。"孙珩叹了口气，说，"我没有别的要求，只有一句忠告：你身上背负的不仅有理想，还有更多的责任。她很可能根本没打算回来，如果那样，请你务必按理智行事。"

祁风扬郑重地点了点头，"我会的。"

【事故发生后第45天又15小时，海南文昌发射场】

在文昌发射场西侧七公里左右，有一座被称为铜鼓岭的小山包。山体一侧可以俯瞰发射场，另一侧则是城区。在山顶上有一座白色圆顶建筑物。每天晚上，可以看到有一道淡淡的紫色光束从那个圆顶射向天空；同样的光束还有四道，分别从文昌市的其他方位射出，一直射入太空。在那里，携带信息的激光被同步卫星反射，由此构成了联通世界的LiFi网络中的重要一环。

这一天，那座白色圆顶建筑前突然竖起了一座铁塔。塔是临时焊成的，很粗糙，塔尖恰好位于激光器的发射头前。届时，激光引导的雷电将通过这座铁塔被导入地下。

"喂，孙将军，我这边已经搞定了！"在铜鼓岭上，霍长浩冒着瓢泼大雨走下山路。

"好，快进掩体，发射流程马上就要开始了。"

"祁风扬怎么样？"

"已经就位了，舱门刚刚关闭。"

这时，发射指挥大厅里响起一个声音，听到这个声音，发射指挥大厅里的所有人都安静了下来：

"北京，进入十五分钟倒计时，启动发射序列。"

"文昌收到。"孙珩回答，"发射序列启动，人员已到位，系统准备完毕。各分系统检查状态。"

与此同时，在"北辰号"飞船上，祁风扬正躺在狭小的密封舱里，听着耳机里传来的口令，心中感慨万千。他的思绪飞回到十年前，回到在647基地度过的那一个个不眠之夜。他深知这条路的凶险，也曾无数次地想，踏上这条路的将会是哪位勇士，没想到那正是自己。

"能源？"

"正常。"

"电气？"

"正常。"

"文昌，载具已就绪。电气脱插分离。"

祁风扬听到咔嚓一声。连接火箭与发射塔的"脐带"被切断了，电力切换到了箭载电源。从这时起，火箭与地球的唯一联系就只有底座支架了。

"脱插已分离。载具独立，导航自主，进入十分钟倒计时。"

这时，祁风扬开始感到恐慌——在他的身下，三千吨的液氧煤油正蓄势待发，八十七万个零件正在紧锣密鼓地运行，只要有一个故障，他就会被炸上西天，这还算是爽快的——如果故障发生在天上，那他要么会被憋死，要么被冻死。想到这儿，他的额头渗出汗来。他想擦掉它，但手肘被安全带固定着，够不着。

"导航？"

"正常。"

"姿控?"

"正常。"

"文昌,进入五分钟倒计时。"

他望向手边的一个红色按钮,那是紧急终止按钮,只要按下它,发射就会终止,任务就会取消,自己就会回到以前平淡而幸福的生活中。他并不怕死,但他忽然发觉有太多东西让他不能死。年迈的母亲需要他照顾,生病的父亲要他供养,还有老人抱孙子的愿望,在老家买房的愿望……

直到这时,他才明白自己一直都是个被理想绑架的狂人。比起平安幸福的生活,这些理想真的那么重要吗?

想到这里,他的手指不由自主地向那个按钮伸了过去。

"后勤?"

"正常。"

"气象?"

"在许可范围。"

"航天员?"

祁风扬的手停住了。他的动作定格了一秒钟,通过直播,全世界的人都看到了他脸上表情的变化。仿佛某种压迫他的重物突然消失了一般,他的表情松弛下来,长叹一口气,将原本伸向红色按钮的手指顺势换成了胜利的手势,说:

"正常!"

在数百万块荧屏前,人们爆发出一阵欢呼。

"文昌,有效载荷已就绪,航天员已就绪。各分系统检查完毕,请求发射。"孙珩说。

"北京,可以发射。"

"收到。十秒倒计时。九,八,七……"

周围一切声音忽然远去了,倒计时的口令好像在天边,祁风扬只听到自己的心跳,还有液压动作器加压的咝咝声。

"……六,五,四……"

去他妈的吧!他在心里怒吼。

"……三,二,一……点火!"

铜鼓岭下的海湾里,突然升起了一颗小太阳。

与其他火箭不同,这艘火箭的尾焰非常明亮,呈黄白色,那是液氧煤油助推器燃烧的特征。它在铅灰色的海天之间冉冉升起,喷射出夺目的光焰,穿透暴雨,照亮原野,仿佛莫奈笔下日出瞬间的海港一般,海浪、山脉、云层和村庄,都在那金光里变得轮廓分明起来。在光焰中,发射台附近的雨幕化作万缕火流,倾泻而下,滚滚白烟从导流槽冲上天空,好像咆哮的火山。

"……发射时间:T加零分,零秒,幺四四毫秒。"

很快,巨响传到了指控中心。在三千五百吨推力的冲击下,大地在剧烈震颤着。

"文昌,跟踪正常,遥测信号正常。"

霍长浩望着火箭钻进云层,又钻出来。它怒吼着,咆哮着,速度急剧增加,仿佛一把金光闪烁的长剑,撕裂了一层层压抑的灰色帷幕。云层被点燃了,千万缕灰霾被火光烧灼得闪耀通透。火焰中被吹起的水花漫天洒落,发出噼噼啪啪的爆裂声,裹挟着呛人的烟气向霍长浩涌来,但他不肯走进掩体。他冒雨望着火箭的轨迹,望向它附近的空间。在那里,五道引雷激光已经启动。

忽然,一道闪电顺着激光劈了下来!

"三号塔接闪!"气象总监喊道。

"文昌,遥测信号受扰,冗余已投入,飞行正常。当前海拔一公里。"

"雷区高度是多少?"霍长浩问。

"三公里左右。"对讲机那边的工程师答道,"但那也是最危险的高度。在那里,闪电主要来自云间放电,引雷激光的效果会大打折扣。"

"那就增大激光功率!"

"已经到最大了。"

霍长浩叹了口气,拿起望远镜继续追踪。

"……四十五秒,跟踪正常,遥测信号正常。当前海拔:三公里。"

在云层中,火箭渐渐隐没,只有眼力好的人才能从中分辨出那一点颤动的黄光。对于闪电而言,那数百米长的尾焰是绝佳的通道。

忽然,霍长浩看到云中青光一闪。

"航控!"姿控分系统主管吼道,"滚转突变!"

与此同时,各种警报灯在控制大厅中亮起,此起彼伏地闪烁着。两秒后,有人喊道:"2号游姿发动机无反馈!"

"故障确认,关闭4号游机,导航转移至箭载控制系统。"推进分系统主管说。

"怎么回事?"霍长浩问。

"有一台姿控发动机被打坏了。"一个工程师说,"必须把对侧发动机关掉才能平衡。当然,这样会损失推力,虽然很小,但肯定没法精确进入原定的轨道了。"

"也就是说……他还需要一点额外的速度?"霍长浩问。

"是的,大概只有九十五米每秒的样子。但为了达到极速,'北辰号'没有留下一点富余燃料。这可是个大麻烦。"

霍长浩沉默了片刻,然后问:"距离飞离地球的加速点还有多少时间?"

"五小时二十分。"

"那还来得及。"霍长浩说,"对这个麻烦,我有一个主意。"

6. 地球闪耀

【发射后240分钟,北京大兴国际机场】

当天晚上八点，湾流X981载着霍长浩从文昌起飞。此时这架飞机已经不属于他了，但飞机的新主人同意暂且借给他使用。飞机以极速飞行，只花了不到一小时就抵达了北京。走下舷梯时，他还能明显感觉到飞机机身所散发的热量。

"怎么样，统计结果出来了吗？"他问秘书。

"嗯，脸书上孙诗宁账号的响应人数有八千万；腾讯和百度方面，响应人数超过三亿两千万；官媒稍微慢一点，但也进行了动员号召。目前，响应人数还在持续增加。"

"境外的情况如何？"

"我们在各国大城市的分公司都进行了动员，反应肯定没国内那么快，但应该也有数千万人参与。就在几分钟前，美国总统还对此专门进行了电视讲话。"

哈哈，这真是不可思议，不可思议！霍长浩内心狂喜，在这么短的时间内，半个地球都被动员起来，连美国总统都被鼓动了。

"加起来超过四亿人，规模基本上够了。供电能保证吗？"

"范局长说没问题。"

"引导措施呢？"

"也已经就绪了。对此天空广告分公司很有经验，北京天气晴朗，所以打算用飞艇来引导光线。"

"好，那下面咱们等着看戏吧。"霍长浩坐进专车，说，"回公司，那边视野最好！"

【发射后245分钟，待机轨道降交点，北辰号】

二十秒的燃烧后，远征四号上面级耗尽了最后一滴燃料，将飞船加速到每秒三十公里。咔嚓，船舱晃动了一下，飞船与上面级分离。轨道最后修正完毕，"北辰号"进入无动力滑行状态，好像一块石头，在地球引力的作用下向双曲轨道的近地点坠落下去。

祁风扬没机会仔细感受失重。为了节约重量，密封舱被压缩到只有棺材大小，里面塞满了维生物资。他只能躺在睡袋中，别说伸展手脚，连转身都困难。当然，这是他自己设计的。他想起马丁尼兹听到这个方案时的表情。

"你疯了吗?!"马丁尼兹说，"你会被憋死的!"

"但这可以减少三百千克重量，将到达时间提前半个月。"祁风扬说，"放心，这套短期冬眠设备已经由北航'月宫'团队测试过，是可以运转的。就当回到上世纪，买了一张火车'站票'吧。"

"可这是整整两百天！两百天的站票？"

没关系，他想，如果风景足够好，哪怕是两百天的站票也没关系。透过距离面孔不到半米的观察窗，他看到了最熟悉的画面——太阳正从地球黑色的圆轮一侧升起，给大气镀上半圈橙红色的光弧，好像闪光的戒指。这不是电影，是真切呈现在眼前的风光。窗外就是冷酷的太空，只有一纸之隔。那就好像站在悬崖顶端俯瞰深渊一般，危险的美给他带来一种兴奋的战栗。

忽然，通话器响了起来。

"北辰，这里是休斯敦，控制权已由远望十号转移至我处。请注意，当前的飞行计划有重要变更。"

"北辰收到，请讲。"

"由于发射时引擎故障，飞船入轨初速度有微小偏差，若不修正将无法抵达加速控制点。因此在原定飞行计划中加入如下修正措施：T+297分30秒，展开光帆至最大张度，帆轴矢量方位097-122-196，自旋5，散热1.8。修正推进持续220秒。详细变轨参数正在通过S2信道上传。"

"明白……休斯敦，可否详细说明轨道修正的动力来源？我记得地面激光阵列已经没有余量了。"

"是的，那是霍长浩出的主意——将家用LiFi终端指向天空来推进光帆。"

"家用LiFi？那不是只有几千瓦的功率吗？"

"没错，但那是全世界四亿多台LiFi终端的合力。祁风扬先生，今晚，整个地球将为你而闪耀。"

【发射后290分钟，北京国贸幻视大厦顶层】

"开始了！要开始了！"

在露台上，霍长浩把西装一甩，像看焰火的小孩子一样兴奋地跳着喊着。

顺着霍长浩所指的方向，秘书看到有一道绿色光束被点亮了。它劈开夜色，劈开云层，劈开林立高楼的剪影，将人们所熟悉的城市夜景诡异地劈裂成两部分。那是位于中华世纪坛的"北京之光"，它将引导北京的数百万台家用LiFi终端进行发射。

"你知道我为什么要出这个主意吗？"霍长浩说，"是作秀？广告？除掉以前的情敌？还是想找回我飞走的老婆？"

"抱歉老板，我还以为这是您营销引资的手段……"

"哈哈，不是，当然不是！那都是些琐碎的东西，不值一提。你知道这世界上最大的快感是什么吗？"

"请您指教。"

"当然是——造神！"霍长浩双臂挥舞，好像在指挥一支看不见的乐队，"神话、传说、史诗、奥德赛……人们所有以为的虚构故事，其实都是古人突破极限的历史。今天我们眼前发生的，难道不是值得被后人传诵的当代神话吗？没有魔法，没有神灵，有的只是科学的计算和疯子般的工程师！"

话音刚落，只见"北京之光"缓缓运动起来，仿佛一曲交响乐的指挥棒，在夜空中扫过一条拖着荧光的轨迹。接着，第二道光出现了，越来越多的光线从普通人家的房顶和阳台射向夜空，向空中飞艇所指引的目标点照去。很快,他就无法分辨出单独的光束。成千上万条的光线缠绕为一片倾斜的光幕,仿佛是通往天空的大道一般。

若从太空中俯瞰,此时此刻,北京是夜空中最亮的星。

这时,霍长浩听到了歌声,一种缥缈空灵的歌声。他跑到露台边俯瞰,只见马路上已人山人海。在街角,在桥头,在广场,无数人们低声歌唱着,举起了手中的灯。激光笔,太阳灯,甚至只是手电筒,汇成了一片光的海洋,仿佛头顶的星空在地面上的倒影……

"你看到了吗?"霍长浩感慨道,"宇宙不仅存在于头顶,也存在于人们的心中。"

"他能把孙诗宁带回来吗?"秘书问。

"不可能。孙诗宁根本就没打算回来。至于他自己……两百天,八亿公里,凭一个棺材般的密封舱去穿越冷酷的太空,能活下来就已经是奇迹了。"霍长浩说,"不过,在那些伟大的航程中,又有哪个不是奇迹呢?"

7. 刹 车

【102天后,木星飞掠轨道,距离木卫二1500万公里】

在距离地球八亿两千万公里的太空中,"北辰号"即将抵达目的地。

"北辰,这里是休斯敦……"

在这久违的呼叫声中,祁风扬迷迷糊糊地醒来。

"……北辰,祝贺你成功抵达目的地。现在整个世界都在为你欢呼,也在紧张地等待着接下来的操作——木星入轨。你即将在五小时后到达木星轨道加速控制点A,减速进入木星环绕轨道。请说明你目前的状态。"

他揉了揉眼睛,望向舷窗外。在那里,一百零二天一成不变的漆黑太空终于有了变化。木星猩红色的轮廓已清晰可辨。在它周围有排在一条直线上的四个亮点，那是木星最大的四颗卫星。

"休斯敦，这里是北辰。"祁风扬说，"我的生命体征正常，有轻微头疼，下肢有麻木感，但思维和反应都还算敏捷。飞船状态正常，各分系统无故障，这真是个奇迹……等等，好像有些不对劲。"

他在触屏上点了几下，调出导航窗口，只见导航球的中央与代表速度方向的十字星有了偏离。这个偏离极其微小，只有千分之一，但足以令他在即将到来的多帆聚光减速过程中偏离焦点。

"休斯敦，我们有麻烦了。"他说，点了几个按钮，向地球传输了飞船的状态参数，"请检查飞船速度矢量，它与预设值似乎有偏差。"

由于通信时滞，九十分钟后，他才收到回复：

"北辰，已经确认，这个速度差来自离开地球时所做的轨道修正。家用LiFi激光照射的误差被错误估计了，你离开地球时的速度偏大了百万分之一，经过长时间飞行，现在这个微小的误差已经放大到了不可挽回的地步。"耳机里传来令人沮丧的指令，"飞行计划更改如下：放弃营救任务，采用第一套应急编队预案，飞掠木卫二后直接飞往加速控制点B。一百九十二只光帆将在B点与你再次交会，聚光将你送上返程轨道。"

祁风扬急了，按住耳麦大声说："休斯敦，不要终止任务！一定还有办法的。"

九十分钟后，休斯敦回复："北辰，请务必按照指令行事。有一个坏消息我们本没打算告诉你。十天前，孙诗宁就失去了联系，她的航天服接续状态也被断开。各种迹象都表明她已经死了……"

"什么?!"

"……由于制造氢氧燃料的过程中突发爆炸，孙诗宁养殖的微藻死亡殆尽。事故后第一百一十四天，她耗尽了口粮。在饥饿中坚持了八天后，她向地球发回了最后一条闪光电报……"

"为什么？为什么不告诉我？"

"……那时她精神已经相当不稳定,电文中,她声称将用生命最后的时间去探索'莱姆'冰喷泉中的异象。根据航天服的记录,她真的去了。她带上仅剩的最后一块干粮,拖着仪器,徒步穿越十几公里的阿瓦隆平原,向'莱姆'冰喷泉的方向行进。两天后,航天服和登陆舱的接续中断。我们和她彻底失联……"

祁风扬长叹一声。

"……北辰,请理解并接受现实。毕竟这是一个非常冒险的行动,你能平安抵达已属万幸。即便没能成功救回孙诗宁,这次任务对于人类的价值也是巨大的,你仍然是人类的英雄……"

"休斯敦,我明白。无论如何,很感谢大家这一百多天的付出,创造了人类的奇迹。"祁风扬说,"其中,我最该感谢的就是霍长浩先生了。我曾对他说过,若他喂饱了一匹饿狼,那之后发生什么就由不得他了……诸位,很抱歉。"

说罢,他切断了通信。

【45分钟后,休斯敦航天指控中心】

"见鬼,这家伙在搞什么名堂!"马丁尼兹摔了耳机,气急败坏地骂道。

"老兄,别着急。"他身旁的霍长浩说,"他一定想到了好办法,只是没时间跟咱们扯皮罢了。"

"航控!"马丁尼兹喊道,"把导航数据显示切换到后台,我们看看他到底打算怎么入轨。"

"变轨方案被他重设了。'水瓶座'八星和'双子座'九星被移动到编队排头,'南船座'被移动到排尾,共有八十二只光帆被重新设置了焦点和聚光次序……仿真结果显示,重排后的编队将把'北辰号'的速度降到五十公里每秒。"

"交汇点高度呢?"

"一千公里。"导航工程师说,"先生,'北辰号'将从木星大气层边缘掠过!"

马丁尼兹吃了一惊,"难道他想做AOT?"

"那是什么?"霍长浩问。

"气动辅助轨道转移,又叫大气刹车,是一种利用行星大气层阻力实现变轨的方式……他将飞船翻转掉头,恐怕是想把太阳帆当作减速伞来使用。"马丁尼兹说,"但气动刹车是最难控制的变轨方式,如果攻角稍微偏小,他会从大气层上缘擦过去;如果稍微偏大,那他就会坠入木星,像流星一样被烧毁。除非事先经过周密计算,否则他就是自寻死路。"

"我记得他算过。"霍长浩说,"在647基地的时候,他曾经用计算机集群研究过这种东西。"

"那也挺悬乎,他能把那些参数记在脑子里?"

"当然不行……但就算那样,他也会继续做下去的。"

"为什么?"

"因为一种执念吧。不是为了我们,也不是为了孙诗宁,他只是想把'北辰计划'完整地实现出来,那是他丢了命也要实现的夙愿。"

"真是疯子。"马丁尼兹叹了口气,"调度,先把直播停了吧,估计待会儿就要锁门做归零了[1]。"

【与此同时,加速控制点A】

在向舷窗外的太空看了最后一眼后,祁风扬深吸一口气,拉上了遮光板。

光帆编队已经肉眼可见。木星红色的圆轮前,数百个小光点在太空中浮现出来,闪烁着微光,好像从黑暗中的结晶析出的钻石。

1.指故障和事故发生后封闭现场,排查故障原因,落实责任的管理制度。

导航已进入关键阶段：在屏幕上，三百三十五条轨迹在木星附近汇聚到了一个点，旁边标注着"加速控制点A"，代表着"北辰号"的十字星正向那里缓缓移动着。在那之后，"北辰号"的轨迹陡然一转，向木星飞去，擦过木星大气边缘后与木卫二交汇；而那三百三十五条轨迹如烟花般散开，在木星的引力下绕了半个圈，然后再次在木星另一侧汇聚到一点，那是"加速控制点B"。在那里，"北辰号"将赶上重新聚集的光帆编队，在第二次聚光的加速下踏上返回地球的旅程。

此刻，祁风扬面前的倒计时已经归零。

"'水瓶星座'，'双子星座'，开始对焦！"

数十道强光汇聚在"北辰号"的光帆上。隔着舱壁，祁风扬也能感到周围的温度在急剧升高。他听到嘎吱的声响，那是飞船舱体结构在受热膨胀时发出的。

"'天秤星座'，'蛇夫星座'，'室女星座'，开始对焦！"

温度继续升高，环控系统开始工作。液氨在冷却管路中急剧蒸发，霍尔散热器正全力向太空抛射多余的热量。光帆被绷紧了，祁风扬感到后背上有了压力，加速度计的读数已经达到0.05G。

"'大熊星座'，开始对焦！"

来自"大熊座"的聚光推力让祁风扬深深陷进了椅背中。在那三十二只光帆里，有七只被冠上了北斗七星的名字，那是他十年前在647基地时亲自命名的。

"'摩羯星座'，'南船星座'，开始对焦！"

气温上升到了三十六摄氏度，密封舱已经成了蒸笼。遮光板的缝隙里透出白炽的光，仿佛外面是地狱般的火海。祁风扬咬牙忍受着，默读着秒数。整个减速过程将持续整整四小时，比从地球出发加速时的煎熬要漫长得多。那时候他的体力尚佳，但如今经过了一百多天航程的消耗，忍耐力已大不如前。待聚光减速完毕后，他已经濒临虚脱。

他用颤抖的手打开遮光板。只见木星近在咫尺，红色圆轮已经变成遮天蔽日的幕布。斑斓狂野的风暴在其中奔涌，红色、白色、青色的光焰川流不息，仿佛从地狱的闸口倾泻而下的流火之河。

"诗宁，我来了，来陪你看那世界尽头的海了……"

在稀薄大气的冲击下，舱体开始振动，过载再次将祁风扬压在座椅上，不过这次力道要大得多。加速度表的读数飞快攀升，很快，他的眼前泛起了黑雾，渐渐扩散，最后融成了一片化不开的黑暗虚空。

8. 白　夜

不知过了多久，祁风扬才从昏迷中醒来。

超重带来的黑雾渐渐散去，但他眼前仍然是一片黑暗。那是无垠的太空。

接着，如同崩裂的水坝一般，黑暗裂开了，一道蓝白色的光芒从裂缝中喷涌而出。它辉煌地倾泻而下，飘洒而至，铺天盖地，仿佛亿万萤火虫飞旋卷起的风暴，形成了一个闪光的茧。很快，他的密封舱就被这个光茧团团包裹了起来。

那是什么？祁风扬迷惑了。在他的认知范围内，眼前的一切无法解释。

忽然，没有任何加速度，祁风扬看到窗外的风景移动了。一千公里外的木星大气中，云团开始加速流动。很快，木星红色的圆轮以肉眼可见的速度消失在身后。随后，斑斓的木卫一也掠过窗外，转瞬即逝，稀薄的硫黄气、碎石和冰屑呼啸着飞过。接着，阳光陡然转了个角度，一片暗蓝色的悬崖从下方升起，银白色的雾气自崖底蒸腾而上，笼罩了一切。周围越来越暗，越来越窄，岩壁上方不时掠过一缕闪光，好像自己正在一口深井中坠落。这样的坠落持续了约十分钟。当越过了某个临界点后，突然，真空的绝对寂静消失了，外面传来呜呜的风声，周围亮了起来，好像深潜者浮上了海面一般。最后，他听到一声轻响，光茧消失，微弱的重力让他知道自己着陆到了某颗星球的地面上。

嗒，嗒，有人叩响了密封舱的舱门。

"什么？"

祁风扬怀疑自己幻听了。但一秒后，敲门声再次响起，然后是窸窸窣窣的声音，好像有一只手在扳动舱门的保险锁。接着，咔嚓一声，舱门打开了。

他望着眼前的人，不敢相信自己的眼睛——

"孙诗宁！"

真的是孙诗宁。她一如既往地托了托眼镜，微笑着打量着祁风扬，短发在风中轻轻摇曳。

"你要歇一会儿才能走路。"她小心地把祁风扬从密封舱中扶了起来，说，"虽然这里重力很弱，但你躺了太久，身体需要慢慢适应。"

"我糊涂了，诗宁……"祁风扬说，"刚才我还在木星轨道上减速入轨，忽然出现一道光，然后天旋地转，我就被送到了这个地方……这是哪儿？"

"当然是木卫二。"

"不可能！木卫二表面是真空，但这里有可呼吸的大气，有风，有光，还有……"祁风扬环顾四周，震惊得屏住了呼吸，"草原……"

在他周围，是一片倒悬着的荧光草原。

从这里看去，那确实像一片草原——无数纤细的荧光触须从冰的穹顶上如柳条般垂下，一直向下延伸，消失在深不可测的深渊中——但那其实是假象。由于缺乏参照物，无法判断草的尺寸，事实上每一株"草"都有几十公里长。祁风扬所在的位置就是一株"草"根部的囊室。它差不多有一个足球场大。在囊室上方能看见许多健壮的根须，它们深入冰穹的裂隙中，将这株巨草牢固地悬吊在穹顶之下。

"这里是'普罗米修斯'探针着陆点的正下方，距离木卫二表面十三公里。"孙诗宁说。

这时，祁风扬才注意到他所在的地面。那并非岩石，也不是冰层，而是一种透明的果冻似的薄膜。它微微蠕动着，内部有极为复杂的叶脉般的管路，无数气泡和光点在其中飞速流淌着。顺着它们流淌的方向，祁风扬望向这个囊室的顶部——在那里，一团蓝色的火焰正在熊熊燃烧。两根粗大的脉管在火焰下方轮番跳动，一根连着囊室，另一根直接通往囊室外，它们喷吐着气流，让那团火焰看起来仿佛跳动的心脏。

"简直是在梦中啊……"祁风扬喃喃道，"这些巨草，就是你所说的地外生命吗？"

"是的，但不仅仅如此。"孙诗宁说，"它们只是这个世界的生产者，属于环脉门[1]，通过电解水来制造氢气和氧气。有点像地球上的光合作用，但最终的能量根源来自木星的磁场。木卫二在木星磁场中运行时，这些几十公里长的巨草切割磁感线，产生电力，电解水产生氢氧，供给整个世界使用。"

"那团火焰是什么？"祁风扬问。

"姑且称为一种呼吸作用吧。"孙诗宁说，"但与我们体内缓慢的氧化反应不同，这里大部分的生命，无论是环脉门、星状体、涡状体还是别的什么，都直接采用氢氧燃烧供能，非常剧烈，所以这里生命演化的节奏比地球快上千倍，以至于仅用了三万年就产生了智慧文明。你看那边，他们在看着我们呢。"

顺着孙诗宁手指的方向，祁风扬震惊地看到了一群精灵般的生物——他们几乎全透明，难以分辨形状，唯一能看清的只有一对黑珍珠般的眼睛，以及腹腔中蓝色的火光。数百只这样的生物聚集在这个囊室外，一动不动，似乎在虔诚地等候着什么。

"他们是这儿的智慧生命，曾经建立过辉煌的文明，甚至发生过工业革命——但现在已经濒临灭绝了。"孙诗宁说，"在这儿聚集的已经是他们种群的全部了。"

"为什么会这样？"

"因为木星的磁暴。"孙诗宁黯然道，"那场磁暴的强度是平常磁场

---

1. 作者虚构的外星生物分类。

的数万倍，充沛的能量令这些巨草疯狂繁殖，蔓延到全球，释放出大量的氢气，打破了两种气体的平衡。本来这里的大气圈只有一公里厚，氢氧可以充分混合，但现在，大气圈的厚度已经增长到二十公里，形成了分界鲜明的氢层和氧层。生物必须交替吸收两种气体才能维持燃烧。无论是对于海面的生物，还是冰穹上的生物，这都是灭顶之灾。"

"那他们现在该怎么办？"

"让神明为他们指引一条逃亡之路呗。"

"神明？"

"没错。"孙诗宁笑了笑，说，"说的就是你呀，著名轨道专家祁风扬先生。"

祁风扬看了看外面的生物，又看了看孙诗宁，恍然大悟。

"我……被当成神了？"

"是的。与他们最初接触的是'普罗米修斯'探针。人类被他们当成了神明崇拜，连那枚探针都被供奉在了神坛中，上面的铭文——比如JPL[1]的徽标和制造者签名——被当成了神谕解读。"孙诗宁说，"他们希望能借助神的力量离开这个濒死的世界。我为他们找的新家是木卫四，那里受磁暴影响小一些，地下海洋也更深一些。但我不知道怎么设计飞向那儿的轨道，所以……"

"等等，这个轨道我能设计，但他们打算怎么起飞？有发射工具吗？"

"有，你很快都会看到的。"孙诗宁说。

借着跳跃的蓝色火光，祁风扬接过纸笔，开始演算。

纸是淡黄色的，摸起来很奇怪，有种塑料布似的质感。笔则是用某种黑色生物的甲壳制成，很像地球上的蛏子壳。这给他一种印象：尽管这里的文明掌握了星际航行的知识，却完全没有发展过制造业，一切

---

[1]. 喷气推进实验室，美国国家航空航天局的下属机构。

工具都是由生物自然演化而来的。祁风扬郑重地在那张纸上画下了两个圆,分别代表木卫二和木卫四的轨道,然后在旁边列出了动量守恒方程和角动量守恒方程。

太简单了。他想,用来作习题都不过分。

他想起了之前离开学校时布置的习题:求解两颗星球间的霍曼转移轨道。当时,他还以为生活会继续平淡无奇下去,但霍长浩的一通电话打破了这一切。他实现了尘封的理想,飞越了太空,最后竟然来到了这里,成了另一个文明的拯救之神。想到这儿,他望了望身旁的孙诗宁,无言地笑了笑。

诗宁,你还记得我们当年的梦想吗?

"我要为人类铺下通往星空的道路!"许多年前的他如是说。

那是他们的第一次约会,在大学的操场上,他们在星空下漫步着,畅想着。在那里,每晚都有无数人在一圈圈地走着,你能听到所有的人生、所有的话语落在星空中,就像世界上所有的雨落在所有的草地上。

"诗宁,你的梦想是什么?"

"很惭愧,我没什么特别的梦想啊。"

"不会吧,像你这样有才华的人,怎么会没有梦想?"

"嗯,其实也是有的,不过那是很模糊的梦想——我想去看,去体验,去遥远的未知的地方,让我的人生充满截然不同的感觉。"

"那是什么?"

"就好像……在夏日的山岗上,你与你最好的朋友一起看日出,心中充满了你所有的希望和幻想;或是独自走在雨中的一条无尽的路上,并意识到你将永远这样孤独地走下去……"

是的,她走下去了,勇敢无畏地走下去了。祁风扬的脑海中闪过一帧帧画面——蔚蓝的大海上,她驾着雪白的帆船劈波斩浪;陡峭的悬崖前,她挂着登山杖回首俯瞰脚下的群山;冰雪苍茫的南极,她躺在冰原上,双眸倒映着银河的星光……最后一次是在埃及的沙漠里,她登上金字塔的顶端,身旁是一个穿着花衬衫的陌生男人。

"风扬,这位是霍长浩,知名科技投资人。"她介绍道。

"幸会,祁先生。"霍长浩咄咄逼人地和他握手,好像一把要碾碎核桃的特大号钢钳,"听说你是造火箭的?"

"不完全是,我的主攻方向是新概念航天器轨道设计,火箭属于老概念了。"

"噢,那我有个问题——互联网产业仅仅用了三十年就成了世界的支柱,为什么火箭发明了近百年,却没有什么进步呢?"

"大概是火箭的局限性吧。有工质推进的话,所耗费的燃料将随着载荷增加而迅速增长,就好像这座金字塔,无数奴隶堆砌数百万块的巨石,只为了把这一小块塔尖送到最高空。"

"古埃及人觉得金字塔就是建筑的极限了。但有了冶金术,人类才能造出埃菲尔铁塔,这就是新方法的力量。"

"是的。我的梦想就是这个——我想找到新方法,打破传统火箭的局限性。其中有个方案叫'北辰计划',希望在十年内,用光帆把人类送上木卫二!"

十年很快就过去了。那热血沸腾的十年,也是痛苦的十年,当初怎么没想到,这条通往梦想的道路是那么艰难!

"哈哈,别信祁疯子的那套,所谓情怀,就是专门来骗你们这些应届生的。"

"年终奖呢?房车补呢?就算祁疯子能牺牲,也不能要大家一起陪葬啊!"

"抱歉了祁总,向之所欣,俯仰之间,已为陈迹……"

"小祁啊,有梦想不是错,但只有梦想就不对了……"

为什么这么难呢?他曾一次次地问自己,却总是得不到答案。现在他明白了,与其他的梦不同,通往星辰的梦想之路绝不是他一个人能走下去的。他必须与他爱的孙诗宁一起,与他恨的霍长浩一起,还有与他所认识的、不认识的所有人类一起,才能坚定不移地走下去。只有那个夜晚地面上一齐点燃的亿万盏守望之灯,才能汇聚起足够的力量,将他的梦想送到星辰彼端……

于是，梦起，梦碎，梦醒，梦回……

至于眼前的这一切，大概是最疯狂的梦中之梦吧。

半小时后，祁风扬长舒一口气。

"完成了。"他把纸笔递给孙诗宁，"在下面的这几个时间点，按照这些参数组合进行发射就可以了。"

"速度大概多少呢？"

"三公里每秒。"祁风扬说，"怎么样，这些小精灵的火箭能飞到这么快吗？"

"我想可以的。"孙诗宁点点头，走到囊室一侧，将那张纸递给了一个在外面等候的生物体。很快，周围的智慧生物纷纷散去，没入远处的黑暗中。又过了半小时，一只生物回到囊室前，挥舞着泛着蓝光的前翅。祁风扬猜测那是一种肢体语言。

"它说可以登船了。"孙诗宁说，"风扬，就像那时候一样，我们再定一个约定吧。"

"约定？"

"嗯，我将随着它们远行，飞向更遥远的星空，更遥远的大海。"她的目光坚定，"你会继续来找我吗？"

"你……在说什么？"祁风扬愣了片刻，恍然大悟，声嘶力竭地喊道，"不，我不回地球！我要和你一起走！"

"风扬，看看这里吧，这片神奇的天地，美丽却又虚幻。我只能像马可·波罗一样，用幻想为世人描绘出远方的黄金国。但你不一样，你是铺路人，是领航员，能将梦想的线编织为起航的帆。你的身上，还有更大的责任。"

"不，不该是这样的……"

"风扬，我们的梦想属于自己，但最终又不属于自己。我们的使命是不同的。我将成为当代的马可·波罗，而你，要成为当代的哥伦布。"

孙诗宁说，"风扬，回去吧，将这一切带回地球，告诉世人我们的故事，然后带领那些想要追寻黄金国美梦的人，再次扬帆起航。你，还愿意吗？"

含着热泪，祁风扬点了点头，然后紧紧抱住孙诗宁。

"我们将在世界尽头的海边再会……"

他的双臂穿过了幻影。他听到了自己双臂的宇航服外壳相互碰撞的声音。

在向这个世界看了最后一眼之后，祁风扬缓缓合上了密封舱的舱门。

他静静躺在舱中，等待着。

忽然，他感到周围的一切都亮了起来。一道光芒透过舷窗照进了舱里，照得他眯起了眼睛。他向外看去，只见一团明亮的蓝色火焰正顺着巨草快速移动着。它从穹顶出发，向下方的黑暗空间烧去，仿佛导火线的火头，又像一颗坠落的太阳，沿途的生物、建筑和其他不知名的物体，都依次在光芒中现形。接着，仿佛撞上一堵墙似的，那团火球猛然炸开，光度骤增，然后沿着一个看不见的平面弥漫铺展，顿成燎原之势。

祁风扬猛然醒悟，那就是孙诗宁所说的"界面"——氢气层和氧气层分界的表面。

"飞船"点火了！

霎时，整个地底世界被蓝白色的火光照得透亮。一堵环形火墙形成了，高度足有数公里，呈圆形扩散开去。起初很缓慢，但它一路翻卷起烈火旋风，越来越多的氢氧被卷入了火焰，因此推进速度越来越快。在烈焰炙烤下，底层的海洋沸腾了，一团团硕大的白色蒸汽云翻滚而上，但它们只维持了片刻就被第一波的爆燃波撕碎，然后是第二波、第三波，直至整片海洋都化为高温高压的过热蒸汽。震波到达了，一声石破天惊的巨响中，世界分崩离析，密封舱好像海啸中的舢板一样翻滚起来。祁风扬看到冰穹上出现了可怕的裂纹，仿佛无数道黑色闪电，迅速扩大，碎冰和岩石从裂缝中剥落，像暴雨一般倾泻下来。

厚达十公里的冰层被炸开了。在祁风扬的面前，出现了一条通往太空的裂缝。

刹那间，他眼前一黑，巨大的过载把他猛然按进了靠垫。高压蒸汽推动着密封舱急剧加速，顺着那道裂缝向太空冲去。

9. 帆

嗨，风扬，你还好吗？

如果你读到这段留言，那么，我的计划就已经成功一半了。

在九岁那年，我读过一则故事：一个老人在临终时，将他的儿子叫到床前，说屋前的荒地里埋有祖先留下的黄金。为了找到黄金，儿子使劲地挖呀，挖呀，最终什么都没有挖到。但他的挖掘，把那片荒地开垦成了良田。

我是在爸爸的书架上读到这则故事的。我爸爸是研发运载火箭的副总工程师，妈妈跟他来到东风城，我就出生在甘肃戈壁深处的这座小城里。当时还没通网络，所以，我小时候只能读一些不属于我年龄的书，像《黄金原野》《白鲸》《亚历山大大帝传》，还有《人类群星闪耀时》……

在这些书的影响下，我常常做梦。

我时常梦见自己是一名船长，威风的、飒爽的女船长。

想象不到吧，你们眼中文弱婉约的女孩儿，内心竟然这么狂野。

我时常梦见自己指挥着巨大的三角帆船，航行在无边的大海上。天空中传来雷鸣，狂风的巨掌搅动着海水，翻起滔天巨浪。水手围在我身旁，一同拉紧了缆绳，一同扳住了船舵，一齐朝风暴纵声怒吼着，肆意狂笑着；突然，巨浪霎时冻结，涌动的大海瞬间定格起伏的山峦；山峦被岁月风化，又塌陷为无垠的沙漠。在夜幕下，这片沙漠泛着银光,黄沙凝成的波峰浪底,一支驼队正踽踽独行,那是正前往中国的马可·波罗。在他的队伍后面,一座小城拔地而起,在被称为罗布泊的戈壁深处。科学家们住进这座小城,筹划着在沙漠深处释放原子核中蕴藏的惊天力量。在他们当中,有一个目光明澈的青年。他在这片沙漠戈壁深处与人相爱,抱起孩子,又抱起孩子的孩子……

"诗宁,知道你名字的含义吗?"爸爸总是这么对我说,"你要继承爷爷和爸爸的事业,像星辰一样闪耀,照亮中国的未来,人类的未来……"

爸爸给我买来了一艘精巧的三角帆船,是塑料模型船,我把它放在床头,期待着它有一天驶出这个房间,驶出这个沙漠,到远方去看看。我想,都十二岁了,怎么还被困在戈壁小城,还没见过真正的海呢?

那天深夜,房间外传来隐约的吵架声,我偷偷钻出被窝,透过门缝,听到客厅里的争吵:

"……不行?不行,你干脆娶了火箭算了!"

"……没法子,我们是这样,社会是那样……忍得一时苦,驶得百年船……"

"至少让宁宁不受这苦。"

妈妈斩钉截铁地说,拖着行李箱在门口,向我伸出手。我犹豫地向她跑去,身后抛下了父亲的叹息。东风城、西安、北京、新加坡、旧金山、雷克雅未克……我床头的小船驶出去了,变成了在真正的大海中疾驰的快帆。十六岁那年,为了创作小说《尽头之海的美食家》,我从青岛出发,驾驶帆船沿着海岸线南行,一路"荒野求生",最后抵达文昌。

在那里,我遇到了你。

"世界尽头的海,并不在地球上,而在八亿公里外的太空中。"你如此对我说,"木卫二,有着太阳系中最大的海洋,水量比地球还多。"

"你打算怎么去?"

"帆。"

二十四岁那年,你真的把帆造了出来。

"多帆聚光反射变轨技术,结合引力弹弓轨道,可以实现从地球到外太阳系的两百天往返,燃料需求仅为传统化学推进的二十三分之一。"你曾这么对我说,"但很遗憾,这一切已经没有意义了。"

"为什么?因为你入狱了吗?"

"除非能盈利,否则这一切都是梦幻泡影。VR、元宇宙、霍长浩的'幻视',那才是人们渴望的未来……诗宁,你……别像我一样,耽误了自己啊。"

对不起,风扬,我没有听你的劝告。

在你看来,我也许是个大骗子。我欺骗了霍长浩,利用了他的感情,拿到了本不属于我的宇航员训练机会;我欺骗了马丁尼兹,让他对木卫二的生命迹象信以为真;我还欺骗了你,骗你我能在这里坚持一百二十天。

事实上,食物和氧气都是够的。但木星的辐射太强,我很快就患上了辐射病。

在告别这个世界之前,我为你录下了这段留言。

留言将存入"哥伦布"登陆舱的主通信模块中。在受到爆炸产生的强烈震动时,这条留言会自动发射。届时,木卫二和你都处于木星的阴影里,所以只有你能接收到。

最后,该对你说些什么呢?

当然不会是"我爱你"这种话,你知道的,没必要。

还是像故事里临终的老人那样,给你,给人类,编织一个黄金般的憧憬吧。

风扬,你要活下去,安全地返航,将我写过的外星世界带回地球,描绘给世人。然后,招兵买马,扩大光帆编队,让光帆的总数达到你算过的"临界值"。你说过的,当超过五千只光帆组成编队时,利用多帆聚光反射变轨,可以在太阳系内组成一对往返的"列车",一条以太阳光为"季风",以行星为"港口"的"太空航道"。到那时,太空航行才能真正盈利,人类才能真正地走向星辰大海。

很抱歉,要让你变成和我一样的大骗子了。可我实在想不到别的办法让人类"走出去"。要不是马可·波罗的"谎言",也许欧洲至今还处于中世纪……

但你不用担心露馅。我有个办法,能让骗局显得更真实些。

这些日子我研究了一些钻井获得的冰芯,发现冰芯内含有大量气泡,还有电解反应的痕迹。据此可以推测,木卫二地下聚集了大量氢气和氧气。

这让我想到了茨威格的那句名言:"就像避雷针的尖端汇聚了整个大气层的电流一样,某个时刻,某个人,能改变人类的历史。这是人类群星闪耀的时刻——之所以这样称呼这些时刻,是因为它们宛若星辰一般永远散射着光辉,普照着暂时的黑夜……"

【45分钟后,休斯敦航天指控中心】

"喂!快看,那是什么?!"

在指挥大厅里,工程师们目瞪口呆地望着大屏幕。

屏幕上是木卫二,是由一只光帆拍摄的红外图像。在短短几分钟之内,众人看到一道横跨整个赤道的光圈正在掠过星球的表面,速度不少于十公里每秒,仿佛整颗星球在被缓缓浸入一个看不见的熔炉一般。

"立刻打开可见光通道!"

可见光图像一切正常。木卫二洁白的冰原一如既往。

"见鬼,相机坏了吗?"

"等等!星震仪有读数了,超过最大范围,震源深度二十公里。"一个工程师喊道,"先生,那些热量可能来自冰层之下!"

很快,在红外图像上,那道火圈慢慢合拢,最后收缩到一个点上。刹那间,可见光图像也起了变化——在汇聚点的位置上出现了一个黑斑,它迅速扩大,化为蛛网般的裂纹向整颗星球蔓延,从中喷出了银白色的蒸汽。由于尺度很大,蒸汽的运动很缓慢,仿佛一条银白色的丝巾在看不见的天风之中轻轻飘舞着,被引力之手抚平,最终形成了一条横跨数万公里的冰雪喷泉。此时的木卫二看起来仿佛一颗硕大的彗星。覆盖星球的冰原崩裂为成千上万块碎片,每一块的尺寸都有数公里。在爆炸赋予的初速度下,它们向四面八方飞散开去。

"先生,我们要终止任务吗?"

"不必了。别忘了通信延迟,那是四十五分钟前的事情,该发生的早就已经发生了。"

【同一时刻,木星环绕轨道,加速控制点 B】

在许久的黑暗后,一道温暖的阳光透过舷窗照在祁风扬的脸上,把他从昏迷中唤醒。

这是木星的第一缕朝阳。

此时,"北辰号"目标帆终于飞出了木星阴影。在它周围,木卫二喷出的冰喷流已经膨胀,变得稀薄,最后变得完全不可见;爆炸产生的碎片也已落回星球表面,只有极少数达到了木卫二的逃逸速度,四散飞向宇宙深处。

"……北辰,这里是休斯敦。收到请回话……"

在嘈杂的静电干扰中,一阵焦急的话音在祁风扬耳畔响起,听起来是那样亲切,他不禁热泪盈眶。

"休斯敦,这里是北辰。"他说,"我还活着,飞船状态正常……很抱歉,由于木卫二的突变,我未能完成救援任务。"

说罢,他看了看仪表板。倒计时在跳动着,加速控制点 B 已经接近。他看到远处出现了数十个光点,那是正在重新集结的光帆编队。

"……北辰,若一切顺利,请按二号备用方案进行变轨……"

"明白。目前飞船状态正常,轨道正常,已做好变轨准备……"他说,"说实在的,现在回去,我还真有点舍不得。你们绝对想不到我在这里看到了什么……"

是的,除他之外,没有人能看到如此壮美的景象了。在他眼前出现了一道彩虹——横跨百万公里的彩虹。它一端连接着木卫二,另一端连接着木星,仿佛一条连接着过去与未来的桥,又像天堂的拱门。在这座拱门之下,"北辰号"庄严地航行着,银白的巨帆在彩虹之下闪耀。

在这里,他仿佛又听见了那个熟悉的惊叹声:

"啊,这真是太美了!"

那是十几年前的回忆了。在那个夏日,在海滩边,孙诗宁惊叹着,肩头落满鲜红的凤凰花花瓣,眼前是蔚蓝的海。那时他们刚刚毕业,一切的辉煌和苦难都还没有开始,他们还与无数的少年男女一样,对未来充满单纯的憧憬,所期待的生活美好而平凡。然而,正当他鼓起勇气向女孩表白时,一个不平凡的事物出现了。海湾彼岸忽然传来了一阵隆隆声。地平线上升起了一条乳白色的烟迹,直上云霄,宛如通往天国的道路。

"啊,那是……"他说,"举世无双的大火箭,能把飞船送到火星、木星,甚至更远的地方!"

"是的,那真是开启了一个崭新的时代啊……"

"不仅如此,从今天开始,我们俩也将迎来一个新时代呢。"

说罢,祁风扬从背后拿出一束玫瑰。

"诗宁,我喜欢你。你愿意和我一起并肩携手,去寻找那世界尽头的海吗?"

突然,正在上升的火箭剧烈抖动起来,旋即翻滚、断裂,炸成一团火球!天路戛然而止,白色烟迹末端绽成四散的碎片漫天飞舞,失控的助推器在天空乱窜,翻滚着,坠落着,尾烟在晚霞中划出一圈圈悲凉的螺旋……

"诗宁……你还愿意吗?"

他望着孙诗宁的眼睛。那里映照着梦魇般的惨象——火箭在爆炸,残骸在坠落,人们尖叫、哭泣,但她的双眸依然那么坚定、沉静,仿佛烈焰中的两颗纯净的玉石。

"我愿意。"

尾 声 此火为大

【三年后,海南文昌航天发射中心】

这又是一个寻常的早晨。

工作结束后,祁风扬信步登上铜鼓岭。向下俯瞰,发射场一览无余。

即将进行的是长征九号的第二百零三次发射。此时火箭正在加注燃料,一缕缕雾气从燃料接头旁流泻下来,随风飘散,好像少女的秀发,被朝阳镀上一层毛茸茸的金边。

望着这景象,祁风扬正发呆出神。忽然,他看到山脚下有一个熟悉的身影在向他走来。

"祁老弟,怎么在这个地方?"霍长浩气喘吁吁地说,"找你找得好苦啊。"

"哎呀,这不是首富吗?什么风把你给吹来了。"

"有大事要告诉你啊!"

"什么?"

"凯瑟琳要写书了,噢,她是'波塞冬号'原定的载员之一。"

"就是被孙诗宁换下来的那个?"

"对,她的新书是写她与孙诗宁的幕后故事,叫作《闪耀的骗局》。一听名字你肯定就知道这是什么货色了。"

"我早就习惯了。"

"但这次不同,祁老弟,她不仅详细描述了孙诗宁介入'波塞冬'

任务的经过,还找到了她的一篇未完成的小说,题目叫《尽头之海的美食家》,其中所描写的木卫二生命和你的叙述一模一样。"霍长浩盯着祁风扬,严肃地说,"关键是,那篇小说是在她启程之前写的!"

"那又如何?"祁风扬说,"那种东西造假很容易。"

"我知道,但是我——妈的,我真的有些动摇了,祁老弟,你能不能告诉我真相?"

"这就是真相啊。"祁风扬说,"整个木卫二都爆炸了,全人类有目共睹,有什么可怀疑的?"

"但这也不必扯上外星人——或许有其他机理能让木卫二的地下海洋电解,纯自然的机理,使得冰层下充满氢气和氧气。'莱姆'冰喷泉就是导火索,而孙诗宁死前去那里是为了点燃它。"霍长浩说,"而且,你打算怎么解释这些疑点呢?'北辰号'的光帆,为什么在木卫二一进一出之后还能毫发无损?爆炸产生的碎块中,为什么没有任何一块像你说的那样飞向木卫四?祁老弟,面对现实吧,你不是大卫·鲍曼,木卫二上也没有黑石碑。在木星阴影中的那十个小时,你的真实经历到底是什么?"

"好吧,好吧,我承认,我确实在十几年前就和孙诗宁串通好了,联手制造了一个大骗局。"祁风扬摆摆手,说,"但这确实是闪耀的骗局,不是吗?"

霍长浩得意地笑了,但瞬间表情又转为震惊,然后变得怅然。最后,他摇了摇头说:"要真是这样,算你们狠。""其实这根本不重要……反正,我们创造的奇迹可是真实存在的。"祁风扬说,"你看这里,这是我跟孙诗宁表白的地方。那时候她告诉我,我们的时代其实并不像我们所想的那般平凡。我们所做的每一次选择,垒下的每一块砖瓦,都将改变后世的历史,被铭记甚至成为另一个种族的神话。这便是登天的魅力了——千百年后,群星间的子孙们应该会谈起我们吧,就像我们谈起点燃最初的火的原始人一样……"

一阵隆隆的轰鸣,火箭发射了。刺眼的橘黄色光焰腾空而起,扶摇直上，用熊熊烈火立起了一座通天的高塔。在那闪耀的火光中，霍长浩看到祁风扬正跪地抚摸着一块石碑，碑上刻着字：

> 我要做远方的忠诚的儿子
> 和物质的短暂情人
> 和所有以梦为马的诗人一样
> 我不得不和烈士和小丑走在同一道路上
> 万人都要将火熄灭
> 我一人独将此火高高举起
> 此火为大
> 开花落英于神圣的祖国
> 和所有以梦为马的诗人一样
> 我借此火得度一生的茫茫黑夜[1]

2016年4月26日
完稿于清华大学紫荆学生公寓

---

1. 摘自诗人海子创作的《以梦为马》（又名《祖国》）。

海 市 蜃 楼

宇宙的尽头,是一面巨大的镜子。

这是一个关于理想、追逐与幻灭的故事。我不敢说它有什么深刻的含义，但在这篇文章中，我想严谨地展示一个前所未有的奇异宇宙，以及冷酷宇宙中的一点点小温情。

向海瑞特·斯万·勒维特[1]致敬，是你让我看到了苍穹的脆弱。

1

人最重要的是要有理想。我的理想，是当一名领航员。

我出生在麦肯锡元年，也就是人类发现了伊甸园的那一年。

在刚上小学时，老师便告诉我们，伟大的天文学家麦肯锡发现了这颗距地球五十光年的蓝色行星。这个时代，无论是谁都很熟悉这个拗口的天文编号：2102J4E1。它环绕一颗主序星运行，和地球差不多大小，天然适合人类居住，没有垃圾，没有沙漠，从未染过黑烟的天空下荡漾着蓝色的海洋，人们把它称作"伊甸园"。不堪重负的地球只会是人类的坟墓，我们唯一的出路便是向着伊甸园远航。

真奇怪，我们从未去过那里，怎么知道那里的海是蓝的？妈妈告诉我，这是因为光谱。在宇宙的深渊中，天文学家们用望远镜捕捉住那一点点擦过异世界的大气层的光，然后用复杂的计算机分析它们。这是人类的希望之光。

"所以，要想当一个领航员，必须要好好学习啊！我和你爸是不成了，咱家就指望你了。"

这段话我听了有多少次，数都数不清了。我猜，在这颗半死不活的星球上，每个家庭都有一位望子成龙的妈妈向孩子唠叨这些话吧。这一般发生在放学回家后的饭桌上，每当这时，爸爸总会用筷子叮地敲一下

---

[1].美国女性天文学家，对于提出测量宇宙的方法有巨大贡献。

碗,说:"别让自己压力太大!上不了'云雀号',其他慢一些的飞船也是可以的。人生不在于上一艘快船,最重要的还是你有没有纯粹的理想,纯粹的爱。"

妈妈插话道:"别净说虚的。如果不是'云雀号'而是别的船,到了伊甸园,咱家航航至少比别人多耽误了十年!"

"哎,我这不是给航航减压嘛!"

"提个醒反正没坏处的。"妈妈说,"还有,虽然帮助别人是没错,但也别老花时间教丁丁做题了,你自己时间紧张着呢!"

"妈!"我不满地说。

"妈也是为你好,你也看到了,那简直是千军万马过独木桥啊!"

妈妈说得对。在培训中心,成千上万的孩子正努力证明只有自己符合宇航的要求。而我却常常撂下自己的功课,去教丁丁做题,因为她是我最好的伙伴。

"航哥,我又不懂这些光学公式了。"她常常问我这样的问题,因为出身的原因,在培训中心,她也只能问我。

"哎,这不就是折射定律嘛!"我说,"光线在水里折射,就好像汽车转弯一样,左轱辘慢,右轱辘快;水里光速慢,空气里光速快,所以,光就像汽车一样转弯了!"

"咦,那上次看飞船时看到的奇怪的光,也是因为折射吗?"

"没错,不过和这里的不同。那是因为真空光速有变,而且是连续变化的。"我说,"如果光速变化的规律恰当,不仅可以折射,还可以让光打一个结呢!"

丁丁的问题,让我想起了飞船发动机在同步轨道试车[1]的场景。学校在操场上组织了观摩,街上挤满了兴奋的孩子,无数双憧憬的眼睛望着天空,每个人都怀着与我同样的激情和渴望。当倒计时数到零后,蓝天中太阳的半边脸突然扭曲变形,化为一道光弧,迅速扫过天穹。我注

---

1. 机器在投入使用前进行的试运转。

意到,这道光弧在运动中勾勒出了一个几乎透明的球体。网络上的解说员告诉我们,这是联合政府最新研制的曲率飞船,飞船所处的是一个与我们的宇宙相独立的空间泡,在曲率驱动下,可以用非常接近光速的速度飞行。

"这就是'云雀号'啊!好厉害!"丁丁说,那时候我和她正一起坐在教学楼的楼顶,"听说,考入'云雀号'的分数线比'库克号'还高五十多分呢!"

"真的?那就算是我们学校的大牛也悬啊!"我说。

"唉,每个地区的分配名额都不一样,像我们这样名额少的小地方太难了。"丁丁难过地叹了口气。

我说:"可我们也没办法,谁叫咱们不能把飞船造得多些呢!"

提起"素评",我们都抱怨不已,但没人能躲开它。飞船舱位有限,为了让最有生存力、最优秀、最高尚的人优先上船,联合政府进行了世界范围的正规考试"素质测评"。一百亿人挤破了头,留在生态全面崩溃的地球不啻等死,而伊甸园却只能接受那万里挑一的幸运儿!但更残酷的是,飞船速度的不同导致了到达时间的差别,即是在新世界优先权的差别,地位的差别,人生的差别。巨大的机会不平等让人们抱怨,也让某些人着迷。

我望着曲率泡中的折光效应渐渐褪去,好像听见了战斗的号角在召唤。

"全人类疯了似的一齐追逐一样东西,还要考试,真可怕!"丁丁说,"航哥,你想上'云雀号'吗?"

"当然,虽然希望不大,但总得为之拼搏!"

"但我不明白……我们,为何会为了一个缥缈的许诺而毁掉自己的家园?"丁丁看着城市周围光秃秃的山峦,以及山峦对面飘满垃圾的大海。以群山为背景,联合政府的宣传招贴画随处可见。"为什么我们不保护环境,控制人口,而是去对外攫取和扩张呢?"丁丁问道。

"真没见识,地球是个摇篮,人怎么能一辈子待在摇篮里?"我说,

"只有飞出去,文明才有希望!"

在发现伊甸园后,伟人麦肯锡一声号召,人类将重心从经济建设和环保转移到了殖民外星上,开始肆无忌惮地挥霍地球资源。航天技术突飞猛进,凯歌高奏,但重工业也迅速毁掉了本就岌岌可危的地球生态。臭氧层消失,生态圈崩溃,物种多样性剧减。现在地球的原野如火星般荒凉。

我又补充道:"我们现在处于太空大航海时代,想想哥伦布吧,多伟大!"

"我知道,大家都这么说……"丁丁委屈地说,"但你听过那个海市蜃楼的故事吗?"

"当然,很久很久以前,一群原始人砍光了树林造独木舟航海,结果发现彼岸的大陆只是海市蜃楼。"我笑了笑,说,"哎,你怎么会有这种想法?星星就在那里,清清楚楚。难道对于现代天文学,你还不放心?难道这也是海市蜃楼吗?"

"也许天文学不是,可是你的理想呢?你能保证你追求的理想是真实的吗?"

"当然,这还有假?"

"去年你也这么说,那次,你在网上看到的那架漂亮的飞船模型,攒了一年的钱,买来后你却失望了……"

"这是两码事!"我说,"有梦才有远方,伊甸园不会令我失望的。"

丁丁轻轻叹了口气,望着远山陷入了沉默。街上人群渐渐散去,旁边大楼上写着"伊甸园三期置业无限制贷款"的广告牌在夕阳下镀上了一层金光,那画中的一家三口在假想的异世界家园里欢笑,显得格外温馨。由于太空产业的拉动,各种投资、贷款、保险,甚至彩票,都把目光投向了远方的伊甸园。看着满城浮躁的泡沫,我忽然产生出一种崇高的感情,为人类的未来而奋斗,岂是这些只为自己生存忙碌的平庸之辈可比?

"咱们回去吧,还要晚自习。"我拉了拉丁丁的衣袖说。

"你不想再多看会儿晚霞吗?多美,等你上了飞船,每天看的就是屏幕、代码、操纵板,外面还是又黑又冷的太空。"丁丁说,"在地球上,虽到处都乱糟糟的,但也胜过坐牢似的飞船啊。"

"哎,你没有理想吗?怎么能整天沉浸在这些没用的东西上。"我说。

"有啊,我的理想是周游世界,画画儿,吃饺子,还有像现在这样,和你一起看晚霞。"

我心中一颤,旋即又叹了口气道:"唉……你本来出身就不好,如果再不眼光长远和务实一点,素评可怎么办?"

"我知道,可是,照我家里的条件,就算考过了分数线,也不能……"丁丁低声说道,她的眼眶红了,"航哥,如果我没能上'云雀号',那以后就再也没人送我回家了。"

丁丁的父母都是坚定的环保主义者,在一群"不合时宜的人"中相当有号召力。在一次抗议反物质燃料厂建设的游行中,他们双双被捕,丁丁也受到牵连。自那以后,我就每天送丁丁回家,以防狂热的拓荒主义者找她麻烦。

"别丧气,你一定可以考好的。"我牵住她的手,安慰道,"我们要一起上'云雀号',到达伊甸园,咱们都会过上好日子。到那时,我还会向更远的太空航行,发现一颗星星,然后把它送给你。"

丁丁被逗笑了,"真的?哈哈,这可不像你这块木头说出来的。"

"当然是真的,虽然很遥远,但只要前进,总能到达啊!"

"那就拉钩上吊,一百年不许变!"

我坚定地点点头,两只年轻的手紧紧相扣,"为梦想而努力!"

我们举目仰望,在天空中仍能看到"云雀号"的航迹。在更远的深空,伊甸园正闪闪发光。

2

我的理想是成为一名领航员。如今,我即将登上"云雀号"。

丁丁的素评没有通过,几经周折,最后成了"库克号"的勤务人员。与作为先锋的"云雀号"不同,"库克号"采用的是普通曲率引擎,要比我晚十年到达。

将要分别的时候,我对丁丁说:"要好好照顾自己,无论碰到什么困难都别放弃!"

"嗯,你也一样啊!"丁丁握着我的手笑着说,眼中却泪光盈盈。

"我当然不会放弃,但你可要比我难多了,你的爸妈……"

"没关系,你不是说过,有梦想就有远方吗?"丁丁笑了笑,动情地说,"要分别了,我本来想给你送个礼物的,但我爸爸说过,唯有记忆随时间磨砺而愈发清晰。所以,就为你唱一支歌吧!"

我感动地点点头。丁丁唱道:

美丽的星星,你过得好吗
如果我能飞越这无尽的夜晚
比光还要快
我将展开我的双翼
飞到你的身边
……

"航哥,我等着你,只要你别忘记我们的约定哦!"最后,她向我挥着手高声喊道。

我又怎么会忘记呢?丁丁,我当然能看出你的笑容是多么辛酸。这些年来,你独自在一个空荡荡的、没有爸妈的家里,忍受着窗外的荒漠和辐射，我真难以想象，你是如何顽强地用瘦削的肩膀扛起这一切的，你一定有一个炽热的梦想，否则怎么挨过这世界的寒冬？

丁丁，等着我，我将在宇宙中为你找到一颗美丽的星星，来温暖你的世界。

麦肯锡17年。经过四年的封闭训练，在北方的一处寒风凛冽的戈壁滩上，我们这批在素评考核中取得优异成绩的学员开始了最后的集训。教官叫沙普利，曾在伟大的麦肯锡手下工作过。我们极度认真地攥着笔和笔记本，浑身瑟瑟发抖，不仅是因为寒冷，更因为激动和崇敬。

"流形分析、黎曼几何、弦论、广义相对论……"沙普利翻着我们的成绩单，轻蔑地说，"重压下的素评委不顾一切地向你们灌输这些大而无当的知识，把你们教成了眼高手低的书呆子。我告诉你们，在太空中真正有用的，不过是三角测距而已。但恐怕连这个你们也不会。"

听到这里，大家都保持着敬畏的沉默。

"迄今为止，人类测定恒星距离的方法，归纳起来大致有三种：三角法、周光关系法，以及哈勃红移法。这就是三把'量天尺'，人类目前天体测距的基石。"沙普利慢慢说道，忽然伸手指了指我，又指了指远处的群山，"你告诉我，那些山有多远？"

我极目远眺，冷蓝色的天光下，一望无垠的荒原上没有任何参照物，眼前的一溜小山好像匍匐在大地上的某种史前动物的脊骨，覆盖着冰雪，除了几根勉强可辨的电线杆外，没有任何其他物体。我只好按照常见的电线杆的高度计算，伸出右手大拇指比画了一下，然后说："三公里左右吧。"

"好，那我们走过去看看。"沙普利说。

我们顶着寒风开始了跋涉。原来预计只有一小时的行程，我们赶了整整半天，才看到那几根电线杆的大小稍微改变。等看清细节后，我才发现那是一系列至少有上百米高的金属发射塔架。它们屹立在雪原上，仿佛上古传说中的巨人战阵，无声地嘲笑着我的愚蠢。我的脸顿时变得通红。

"这是'库克号'的备用塔架,不是电线杆。"沙普利说,"所幸,你不在太空。距离的判断失误是致命的。要是真的航行,这次错误会断送人类的全部希望。"

"教官,那'云雀号'航线的可靠性有多高呢?有人说……"

沙普利敏锐地察觉到问题的意图,"不要听信社会上那些谣言!你们学过,三把量天尺都已经对这个问题进行了验证。你把哈勃红移公式给我背一遍。"

我条件反射般念道:"退行速度等于哈勃常数乘以距离,距离与红移量成正比……"

"嗯,所以伊甸园的距离是可靠的,可靠到什么程度呢?只有在一种情况下才会出错,那就是你从未出生过!"

我们哄堂大笑。"你从未出生过"是船员间的俚语,暗指宇宙大爆炸。称一件事荒谬,莫过于说大爆炸从未发生过。因为,这是我们目前所有天文理论不可撼动的基石。

忽然,有人喊道:"咦,快看山那边!"

我抬眼一望,只见黑色的山脊上涌动着跳跃的红光,浓厚的黑烟正滚滚腾起。

"山上居然着火了!真奇怪!"有人嚷道,大概是惊讶于这样光秃秃的山上居然还有东西可烧。毕竟,现在地球上已经没有野生植物了。

看到那火光,沙普利好像突然想到了什么,又对我说:"寂航,我给你一个挽回错误的机会,你告诉我,现在你到山顶的直线距离是多少?"

这次我学聪明了。沙普利是在考我对于"周光关系"的理解,于是我答道:"小的火苗,在风中跳跃得厉害;大的火苗,就不太容易在风中摆动了。从山顶火焰摆动的情况看,我可以判断它的绝对大小。哦,如果那是树林着的火,火焰的大小就基本上是确定的。那我就可以从视大小判断它的距离了。在太空,这样的火焰叫作造父变星,它的本征脉动好像火焰的跳动,测距的原理是一样的。"

沙普利满意地点点头，但片刻，他的眉头皱了起来，"你确定这是树林着的火？"

"当然，不过……好像那边有人声。有人在那里吗？"我说。

沙普利嘟囔了两句，打开了一个全息窗口。等看清内容后，他的脸色顿时变得凝重，"糟了！五分钟前，'库克号'发射基地遭到不明真相的武装暴民冲击，飞船的燃料舱被击中爆炸，目前反物质储存区已被包围。"

我们大惊失色。在不久前我们就听到传言，臭名昭著的环保激进组织"盖亚"将有所行动，以交换被逮捕的丁丁的父母，没想到他们竟然会采取如此暴力的手段！一个标准体积反物质的能量，足以把地球变成被啃了一口的苹果，所以一般反物质容器都储存在同步轨道以外，但初始合成和装载必须在地球上完成。这次"盖亚"瞄准了"库克号"，显然早有预谋。

在全息显示屏上，我看到"盖亚"的队伍已经密不透风地围住了储存区，他们的头目正向着据守那里的基地人员喊话：

"公民们！你们都被骗了！你们生活在联合政府编造的伊甸园谎言里，殊不知伊甸园就是地球本身！他们用这个谎言攫取巨额财富，实行种族排挤！你们知道联盟航天署署长安德森家产有二十亿美金吗？你们知道素评考试中，前一百万名里八成都是白种人吗？他们想借此完成种族清洗，假借达尔文法则为自己谋取肮脏的利益！"

"伊甸园就是地球本身！伊甸园就是地球本身！"人们开始喊口号。许久，储存区里没有任何回应。于是，那名头目挥了挥手，一个铁罐被推到了基地的通风口前，暴民们开始戴防毒面具。但他们只戴到一半就停下了。

一个瘦小的身影出现在基地的大门口，躁动的人群霎时安静下来。

我一阵晕眩，周围的空气好像也在躁动着。

那是丁丁。她踏着坚定的步子走向那群握着激光枪戴着防毒面具的暴民，以我从未见过的从容之态做了个手势，林立的枪杆便如同被春风拂过的麦苗般低垂了下去。

"让各位费心了，我的爸爸妈妈已经去世了……"她轻轻说道。轻柔忧伤的声音里，我听到了一种前所未有的坚决，"但是这里实在太危险，如果大家真的想为人类做点好事，还是散了吧。"

头目叹了口气，说："唉，我们已经把飞船炸了，现在你又该去哪里？"

"我加入你们，这是我一直以来的愿望。"丁丁说，"为了我的爸爸妈妈，也为了人类。"

轰的一声，我突然听到头顶传来一阵呼啸，政府军的歼击机赶到了。我的同伴们兴奋地欢呼起来，暴民们作鸟兽散。看着全息图像上的丁丁淹没在了四散奔逃的人群中，看着飞机向着人群投弹、扫射，我的两行热泪不由自主地流下脸颊。

丁丁，这便是你的理想吗？我忽然有了一种冲动，要翻越那座燃烧着火焰的山峰，不仅仅是去保护她免受伤害，还要去告诉她，我们都长大了。但我最终没能挪动脚步。一堵比那座山更加不可逾越的高墙悄然树立了起来。

后来我知道，这堵墙的名字叫作命运。

一年后某天，木星轨道上，"云雀号"在全人类的注视下出发了。群星的光芒瞬间被引擎产生的曲率泡扭曲，勾勒出一个颜色比周围太空更黑的球形。但意外在这时发生：引擎启动的刹那，来自太空军港的一道强激光击中了"云雀号"。

攻击的发起者是谁，我当然无从知晓，但不难猜出是某些对"云雀号"心怀妒忌的团体。所幸，曲率泡内外光速差带来的折光效应立即把这道激光向周围回旋、散射，黑色球泡顿时化作一颗光芒四射的小太阳。在万丈光芒热烈的欢送下，"云雀号"急剧加速到光速的百分之九十，向着伊甸园飞去。

3

  我的理想是成为一名领航员，为远航付出我的一生。如今，这个理想已经实现。

  航程规划如下：以百分之九十光速穿越奥尔特云，向赤经14h39min，赤纬-60°40′飞行两年零十个月，到达南门二双星系统，航程四点二光年。补充燃料后，以此为基点折转向赤经17h05min，赤纬-40°21′，以百分之九十九光速飞行五年到达伊甸园，航程四十八光年。这条曲折的航线是精心选择的，避开了太阳系与伊甸园间的一片尘埃云，最快、最省、最安全，每一次点火，每一次转弯，都是计算机精确分析后找到的极值点。

  飞船上的生活无可挑剔，秩序井然，每个人都承担着相应的责任，忙碌而有序的生活让我十分满意。唯一美中不足的是，因为近光速航行带来的时间膨胀效应，我到达伊甸园后，丁丁的年龄反而会比我大七岁。那时，恐怕就换成她来嘲笑我不成熟、没见识了吧？

  我对任何事都抱着最美好的期望，不抱怨，也不叹息。丁丁曾批评我说这是麻木，但我觉得有时候麻木点挺好。我待在船首的观察舱里，不停地工作，笔尖不歇地颤抖，喷涌而出的数字幻化为电子图表上的满天繁星。工作让我充实，让我愉快。我努力不去想在那次动乱后丁丁是否还活着，不去想爸爸妈妈，不去想那个美丽的约定。与地球的通信还在继续，一封封给丁丁寄出的邮件却都没有回应，从地球传回的尽是不幸的消息：

  "联合早报特别关注，'盖亚'组织东亚分部发起武装叛乱，政府军立即进行了有效的镇压。截至发稿时间，已有超两万人在炮火中丧生……"

  "……联合政府黑鹰突击队击毙'盖亚'组织二号人物，但发言人称这只能部分缓解世界大战的危机……"

"……本报讯,'坚壁清野'政策开始实施,联合政府首批将拆除战区一百二十八座粮食合成工厂。专家表示,此举可能令亚洲陷入大规模饥荒……"

这些消息对于我,仿佛荷叶上滑落的水珠般,没有留下一丝痕迹。我依旧对一切抱着美好的期望,期待着伊甸园红色的太阳,和煦的风,美好的未来。但夜深人静时,也总难以驱散对丁丁的思念。丁丁当然会平安的,我执拗地想,但也感到心中有种难以言说的滋味。这种滋味,就好像我仰望星空时,总觉得宇宙间真正存在的不是星星,而是星星之间不可名状的虚空,它们仿佛奇形怪状的黑色幽灵充斥在宇宙间,没有人看见过,更没有人到达过。

我是名领航员,可以精确地计算上亿公里的航程,却对未卜的人生航程无能为力。

麦肯锡21年。飞船掠过南门二,这是人类第一次到达系外恒星系统!飞船在黄白色的双星构成的火焰峡谷中缓缓穿过,宇宙在峡谷两头蜷缩成狭小的一线天,壮观的场景令每个人都为之窒息!但我们不能在这里耽误太久。在把参照系由太阳换成南门二之后,"云雀号"将马不停蹄地赶往下一个目标。

然而,一场灾难才刚刚开始。

为了校准参照系,航行长立即命令我核对航线和精确的时刻。航线准确无误,但到达时间比预计差了三天。其实,我在一个月前就注意到时间误差问题了,但那时我还寄希望于南门星的内禀光度的历史数据有误,而现在,一切证据都表明,我的计算出了差错!

三年的航程,三天的误差,足够毁掉一名领航员一生的前途。

我被立即停职调查。曾经无数欣羡的目光,此刻全变成了鄙夷、失望和讥诮。批评会上,几百双眼睛盯着我,仿佛万箭穿心。甚至有人怀疑我是"盖亚",潜入"云雀号"意欲搞破坏。我气愤不已,但百口莫辩。

飞船上是不养闲人的，我被分配到轮机舱去维护曲率引擎的冷却环路，一个坐牢似的差事，一举一动都要受人工智能的指示监控，低级而无聊，相比以前，这个岗位更让人体会到作为一颗螺丝的感觉。轮机舱闷热昏暗，好像吉卜赛人的帐篷，再加上脾气古怪的轮机长"老鬼"，简直令人发疯。老鬼是年龄最大的船员，因为临行前染上了慢性重金属中毒症，再加上某些别的原因，所以被分配到了这个最低级、环境最恶劣的岗位上。

"听着，孩子。"每次看到我发呆走神，老鬼都会神神道道地凑过来，露出两颗发黄的门牙，这次也不例外，"我告诉你，生活就像这次航行，你永远看不到下一步会遇到些什么。所以，那些理想啦，困境啦，爱恋啦，大可不必用来折磨自己，让自己没法好好工作。"

我心中一凛，惭愧地说："前辈指教的是，我以后一定专心工作！"

"嘿嘿，话是这么说，不过我才不像那些心理管制官，你想啥东西，关我屁事。"老鬼冷笑两声，"唉，现在地球上的生活可难得很哟，你可能要与你记挂的人永别了。"

"什么？"

"最近他们不让你看新闻吧？太空产业金融泡沫全面破裂，全球性的经济大萧条，上百万人失业，而战争期间政府根本无暇救济难民。官老爷们一面镇压'盖亚'，一面抓紧捞钱，准备坐着自己的曲率飞船逃跑，留下百姓在饥荒和辐射中挣扎……"

我不知道他说的话真实性有多少，但脑海中不可抑制地出现了一幅幅可怕的画面。那曾经生活过的温馨小镇，现在已变成战乱中的废墟；曾经欢笑着跑过的小道，现在筑起了张牙舞爪的街垒。天空中涌动着黑烟，空气里飘着刺鼻的碳氢化物的恶臭……我生平头一次有了想哭的冲动，但我最终没哭。虽然受了挫折，但我的理想尚未破灭。希望虽然渺茫，但彼岸依然存在。

"散布这些消息是违禁的，要是被发现，你会被严惩的。"我低声说。

老鬼嘿嘿一笑,"你以为我是怎么被关进这里的?三年了,我也见识了不少像你这样的倒霉蛋,都一副怂包样。跟这么多怂包相处,我也开悟了——一时倒霉算不了啥,好人好报,恶人恶报。我相信他们终究会明白过来,你我本来没错,是宇宙错了!"

我一下子呆住了,"宇宙错了?"

老鬼凑近了,低声说:"对,伊甸园也根本不存在,存在的是人性中的丑恶和贪婪!"

"哦,那我们看到的是什么呢?"我愣了一下,然后就被他的认真劲儿给逗笑了,"就算是一架傻瓜式天文望远镜都可以看到伊甸园。"

老鬼说:"伊甸园的光的确存在,只不过,它只是一道光而已,真正的星球根本不在那里。你听说过'镜室宇宙论'吗?"

我点点头,由着他继续胡扯。"镜室宇宙论"是上世纪一群天文学家为解释费米悖论而创立的,它声称宇宙的边缘有着特殊的光学性质,好似几面对放的"大镜子"。群星的光在镜子里来回反射,所以我们看到的天空便充满了形态各异的星系。同一个星体可以有不同形态的虚像,因为据这个理论,光在长距离的传播中会逐渐变质。该理论声称宇宙半径只有一百光年,当然形成生命的概率就小得多。但现在是科学昌明的时代,在此时谈起它,就好像跟爱因斯坦讨论地球中心说一般可笑。

"这么说来,这个宇宙肯定很小吧?"

"是的!"

"那么,我们是怎么在超新星、伽马射线暴、类星体那些怪兽的阴影下活到今天的?"我调侃道。要是这种规模的能量爆发发生在直径一百光年的宇宙中,地球早就被蒸发了。

"它们也都是幻影,光线反复反射叠加后的幻影,整个宇宙都是虚假的。我们唯一的出路是爱护自己的星球,伊甸园就是地球本身!"

这句话让我忽然想起什么,我的笑容顿时凝固了:

"你是'盖亚'!"

"镜室宇宙论"是"盖亚"组织信奉的理论之一,在宣传时,他们经常兜售这个理论：既然宇宙中的光都是海市蜃楼，伊甸园的距离又怎能确定为五十光年？移民又怎么有希望？许多人因此被迷惑了，走上了反对星际殖民的道路。

"没错，我是'盖亚'。"老鬼笑了，露出他招牌式的发黄门牙，"但别担心，我不会把这艘船炸掉，我只是抱着一种恶趣味，想跟来看看你们是怎样为了追逐一个虚幻的影子误了一生，看看你们的梦想最后是怎么破灭的。"

我站起身正色道："抱歉了，老鬼，按照条令我不得不去举报你！"

老鬼满不在乎地挥挥手，好像想赶走一只苍蝇，"去吧，世界在我眼里早就是一坨屎了，我还怕什么？"

然而，我最终没有举报。

当我踏出轮机舱，怀着找回自己清白的愿望，大步走向治安室时，我碰上了飞船上的通信员。他用一贯冷漠的态度递给我一份白得刺眼的文件，上面写着我父母的名字：

"寂航先生，很抱歉地通知您，您的父母在大饥荒中不幸去世，遗体已火化。请节哀顺变，化悲痛为力量，为人类的伟大事业继续奋斗！"

讣告从我手中飘落，我心中一片茫然。

饥荒？这个词离我是如此遥远，以至于悲痛都来得异常迟钝。

我记得，小时候不好好吃饭时，妈妈就给我讲古代的饥荒。明晃晃的太阳下，上百万浑身浮肿的饥民的队伍在荒野上蠕动。不断有饿晕的人倒下去，接着就被周围的饥民吃掉了。我不敢想象这样的惨剧发生在现实中，更难以相信那会发生在我父母身上。难道那满口人生哲理的爸爸，还有唠叨的妈妈，也会饿得昏倒在地，然后被吃掉？环境污染，经济危机，战争，叛乱，饥荒……也许我们的飞船还未到达伊甸园，人类就已在摇篮中夭折了。那样的话，远航还有什么意义？

我拖着沉重的脚步走回轮机舱，在墙角颓然坐倒。耳朵里一片嗡鸣，我仿佛能听见空气里的每一个原子都在痛苦地尖叫。

看到我可怕的脸色，老鬼也被吓着了。他犹豫了好一会儿，掏出了一沓白花花的纸递给我，"你……看看这个……"

"怎么，又是一份讣告？"我有气无力地说。

"不，我哪里会那样混球？你都成这样了，我还来刺激你？这是被心理控制官扣下的你的信件，准备用来检举你的！要不是我刚才把它们偷了过来……"

"别烦我！我现在想自己静一下。"

"你不会烦的，来信的那个女孩儿，叫什么来着，哦，丁丁吧……"

丁丁？我仿佛被雷电击中似的，用颤抖的手接过那沓刚刚打印好的、还带着温度的信纸，小心地展开。读着那一封封信，大悲大喜之下，我几欲晕厥。

二十二岁的丁丁写给二十一岁的航哥：你还好吗？……

好久不见了，嗯，应该有三年零六个月了吧？写下这封信时，我已经二十五岁了。但习惯改不过来，还是叫你航哥吧……

不知为何，最近我老是想起我们还在为素评奋斗时的事情。那黄昏下的运动场，乱糟糟的马路，油印室里试卷的味道，花样百出的题目。可能人总是看到过往美好的一面吧。唉，现在我们的母校已经变成了军营，大家都外出逃荒，地球上一片混乱……

我现在为拯救地球而战斗，但别为我担心，'盖亚'的兄弟们舍生忘死地保护我，我也在尽力帮助他们。航哥，这几年我东奔西跑，走遍了各大洲，经历了各种各样有趣的事，也看到了各种各样的晚霞。可惜你不在，我只好把它们画下来给你看。但星际通信信道太窄，没法发过去，所以，等见到你时，我会好好让你看个够的……

　　叔叔阿姨对我一直很照顾，我非常感激他们。能对一个与反动组织有关系的孩子如此照顾，真的不容易。唉，他们走得凄惨，你又不在身边，我只好代你为他们料理了后事，愿他们在天堂能安息……

　　航哥，我们原来是两个单纯的干细胞，现在虽然分化向两个相反的方向，但我还是会把你当成最好的朋友。我是了解你的。你好像一支箭，不顾一切地射向你的目标，不留心前方是什么，耳边只有呼呼的风声。我尊重你的理想，但如果你真的到达了伊甸园，也别再找什么星星了，回地球吧。我等着你。

　　我使劲忍住泪水，将脸深深埋进那沓信纸，在弥漫着机油味、静电臭氧味和身体汗臭味的轮机舱里，在三年的航程中，我第一次闻到了白丁香的芬芳。

　　飞船仍在前行，灾难仍在继续。三个月后，飞船以百分之九十九光速远距离掠过巴纳德星，航行长发现时间再度出错，而且流失的时间量已经增长到了一周，更可怕的是，恒星的光谱也出了问题！按地球上的观测结果，巴纳德星是一颗M4Ve型红矮星，但接近后，我们发现它的颜色偏向橙黄！与上次相比，这次差错的后果更为严重，飞船轨道的偏航量需要重新设置，这导致了能量的损失。接替我的领航员倒霉了，等待他的不是轮机舱，而是寒冷的太空。

　　"我也不知道是怎么回事！"在执行死刑前，他绝望地喊道，"我保证，我绝对没有把发射架当成电线杆！"

　　但这无济于事，诡异的事情仍在继续。半年后飞船掠过罗斯780星时，时间流失已经达到了一个月！领航员已经换了三个，舰艚的观察舱成了被魔鬼诅咒的地方。怀疑的空气在狭窄的舱室里弥漫，人们互相猜忌，一旦发现某人工效不佳或言行不当，便将他检举为"盖亚"的潜伏人员。船员很快分成两派，彼此明争暗斗，每派都声称自己是忠诚的，攻击对方应该为时间流失负责。阴谋论层出不穷，飞船伙食中心里见到的熟面孔越来越少，我知道，他们此时已经被抛进了冷寂的太空。

到底是什么怪物作祟，让这些训练有素的领航员一个个栽了跟头？

每个素评优异的船员都知道，测量恒星的距离共有三种方法：近处的用三角法，中距离的用周光关系法，远距的用哈勃红移法。伸出大拇指，单用左眼和单用右眼看，看到的景物有一个小的位移，这就是三角法的原理。与此类似，上世纪人类用地球绕太阳运行的轨道直径作为三角形的底边，观察近处星体在远处星空背景下的位移，得到了十几光年内恒星距离的数据。难道这个坚不可摧的等腰三角形出了错？或者真如老鬼所说，那些星星只是宇宙镜室中飘忽不定的影子？

在我们的身后，情势同样急转直下。在南门二，几十艘普通移民飞船之间爆发了战争，原因很简单：燃料分配不公、猜忌和贪婪。详细的战况我无从得知，但据说在战役最后，某艘飞船使用了行星级反物质炸弹，在强辐射的冲击下，移民飞船都被严重损坏，永远困在了南门二的引力陷阱中。

在那之后，与地球的中继通信就彻底中断了。

"云雀号"上，人们得知南门二战役的那天，不知何故，争吵和攻讦霎时停歇了下来。

老鬼这个真正的"盖亚"竟然一直没被检举。要不是用丁丁的信件封住了我的嘴，就算他有十条命也早玩儿完了。此外，这恐怕还和他邋邋遢遢的外表有关，没人想到要找他的麻烦。可是这天，他一反常态地穿上了正装，还煞有介事地把舱里的东西整理了一遍。

"今天是什么节日？"我笑着问道。

"我的生日，你的生日，也是人类的生日。"老鬼悠闲地说，一副自在的样子,"孩子,我在这里待了三年,可憋坏了。你带我去前舱散散步,让大家来喝我六十大寿的寿酒。哦,你拉着我,我有金属中毒症,眼睛看不清楚。"

我照他说的,带着他来到飞船前舱,震惊地发现全船仅剩的二十多人都集中在这里,眼睛里正齐刷刷地喷射出极度愤怒的火焰!但这火焰的目标不是我,而是我身旁的老鬼,他正惬意地迎接着这愤怒的集火射击,仿佛屹立在惊涛骇浪中的铁锚。

"混蛋!"船长冲上前给了他一拳,"原来是你在捣鬼!"

航行长对我说:"寂航,你检举有功,现在你可以重新回到领航员的岗位上。"

一瞬间我明白了,老鬼不想连累我,也不想再连累人类,于是自导自演出了这么一出检举有功的滑稽戏码。我想起了他曾说过的话,地球已经无可挽救,移民船队又毁于战火,眼下的二十多人便是人类最后的希望。如果再让内斗持续下去,人类就真的要全军覆没了。

这真的是"盖亚"?我简直难以置信,那些优秀的人,那些标榜为人类开拓未来的高尚的人,为什么会为了争权夺利而自相残杀,而人们口中的这些"人类叛徒",却会为了人类的未来而献出了自己的生命?

我记得爸爸告诉我,做人关键要有纯粹的理想,纯粹的爱。现在,人类的理想变成了什么呢?纯粹的爱,又在何方呢?

无言地看着老鬼,我又有了流泪的冲动。

"记住了,孩子们,伊甸园就是地球本身,不要把时光耽误在追逐一个缥缈的幻影上。"临刑前,老鬼这样说。

对这个欺骗了船员五年的叛徒,船员们想出了最好的、最高效的处决办法。他们把老鬼送进厨房处理后,混入了飞船的有机物循环系统,最后变成了餐桌上的一盘盘豆腐脑似的食物。在船员们带着仇恨咀嚼着那些东西时,我眼前又浮现出老鬼的笑容和他发黄的门牙,一阵强烈的恶心和悲伤让我扔下刀叉,夺路而逃。

老鬼是精明的,他把一切算得很清楚,但是他还是低估了人类的仇恨和残忍。他不会想到，自己积累了几十年重金属的身躯竟会被船员分食。在这些吃人者身上，他寄托了人类明天的希望。

几个月后，二十余名船员全部死于重金属中毒。船上只剩下了我一个人。

也许，整个宇宙就只剩下了我一个人。

4

我曾经的理想是成为一名领航员。现在，我别无选择，只能向着伊甸园前进。

麦肯锡25年，也就是我们航行的第七个年头，"云雀号"已经将三十五光年的漫漫航程甩在身后。

奇怪的事依旧在发生。对于一颗恒星，实际的到达时间与规划时间的差距已经可以按年计算，这和彻底迷路没有任何区别。甚至，在还未到达伊甸园时，距地球五十光年的许多恒星就已经被造访过。比如被离心力甩成铁饼状的蓝色恒星剑鱼座AB，还有被称为"宇宙钻石"的白矮星BPM 37093。但奇怪的是，伊甸园依旧高悬在前方遥远的天穹上，闪烁着诱人的光芒，一点都没有接近的迹象。

第二件怪事是星光的颜色。敏感的光谱仪已经检测到，所有恒星的光谱与地球上观测到的光谱，波长都明显变短了。距离地球越远，观测到的波长就越短。这一点在伊甸园星上表现得尤为明显，原来的蓝色已经慢慢变成了紫色。当然，哈勃红移还是有的，只不过被这种奇怪的"位置蓝移"给抵消了一部分而已。

最后一件怪事更为诡异。不知是否是角直径测量仪出了毛病，所有飞船到访过的实体恒星，相比于地球上测得的数据，半径都明显变小了，而且，距地球越远，变小的趋势就越明显！

这些结果令我毛骨悚然。我想起了老鬼的话，莫非我所认识的宇宙是虚假的？莫非视野里真的充斥着虚幻的光影和变质的光线？莫非，物理规律在宇宙中宏观分布不均匀？我一个人蜷缩在冰冷而空寂的飞船中，孤独地在陌生的宇宙里远航，环绕我的虚空仿佛黑色幽灵在狞笑。我难过得想哭，不顾一切地把曲率引擎的扭矩开到最大，对准了伊甸园的星光，疯狂地加速，加速！一颗颗恒星从航线上掠过。它们仍按照那魔鬼的定律，越来越蓝，越来越小……

没有夜空，没有行星，没有任何世界的踪迹，暗红色的光芒灌满了船舱，仿佛来自地狱的血河。我的视野里充斥着大犬座VY星优美的弧线。这颗特超巨星已经走入暮年，此时星风正将它的外壳吹离表面，在周围形成硕大无朋的逸散星云。据天文学家估计，它的半径达到土星轨道的水平，太阳与它相比，犹如地球与太阳相比。在视野中它应该是一望无际的火焰的平原。然而，我的飞船和它的直线距离仅有一万公里，凭它的大小，也仅仅能在我的视野中画出一道弯弯的弧线。

"在航程七十光年处，"我在航行日志上记录道，"我造访了本应在三千光年之遥的大犬座VY星，简直不可思议。"

宛若在惊涛骇浪的大海上航行的一艘船，气体的旋涡追逐着一颗黄色恒星，抽打着它，撕扯着它，让它在飞溅的浪花中浮浮沉沉。而在它周围，千万颗这样的恒星紧密地聚集着，正缓缓绕着这片盘状的气体海洋旋转，视野所及一片璀璨。在这气体旋涡的中央，我看见了黑洞。气体旋转着，摩擦着，发出电焊般的耀眼光芒，轰轰地落入这万劫不复的地狱中去。然而，角直径测量仪显示，这些恒星大概只有地球上一座山的大小，而那黑洞，不会比我的脑袋更大。

"这是五万光年远的银河系中央黑洞。"我记录道，"我猜测这里的真空光速已经严重变慢了，否则，物理规律不会允许这样小的恒星存在。总之我们的宇宙已经陷入一片混乱了。"

舷窗外突然爆发出一簇焰火，明亮的光芒刹那间掩盖了目之所及的宇宙，五彩斑斓的烟云从爆炸中心喷射而出，好像一朵绽放的玫瑰，美不胜收。有趣的是，在它爆发的过程中我看到了光线的传播——在它不远处，几颗邻近恒星的外壳依次被辐射光压剥离，露出了明亮的核心，这些依次亮起的"灯泡"勾勒出了一个以焰火为中心不断膨胀的球体。我不知道在慢光速下，这样微缩的恒星世界中有没有生命，如果有，那我恐怕也看不见他们逃离灾难的努力吧。

"一颗II型超新星，威力不会比一颗普通氢弹更可怕吧。"我记录道，"航程坐标九十五光年，按旧的距离体系，距离至少在一亿光年以上。因为奇怪的'位置蓝移'，哈勃红移已经被严重削弱。从这里回头看，银河系是最大的星系，越远，这些星系和组成它们的恒星就越小。真奇怪，地球中心论又复活了吗？"

随着航行的继续，我发现这个宇宙并非无规律可循。核聚变规律是和真空光速挂钩的。如果承认这个规律不变，那么，根据恒星大小随航程递减的现象可以推断，随着我远离地球，宇宙中的真空光速正在越变越小。也就是说，如果把宇宙想象为一个水晶球的话，从中心出发，沿着径向，光速是逐渐递减的！

想到这一点，各种异象便都有了初步的解释。

我想起了素评中学过的折射定律，还有机械波的传递规律。当时老师给我们打了一个比方：拧开水龙头，水刚刚流出时还是柱状，但当水流下落到一定距离时，它就会拉长、破裂成水珠和水花。这是因为速度差，即在不同高度处，水流的瞬时速度是不同的。

光也一样。光不会被拉断，但由于速度差，光的波长会随着传播距离的增长而逐渐拉长，也就是从蓝变红。造成的现象与宇宙红移别无二致。

至于折射，光速随半径变化的球体介质中，从内向外的光和从外向内的光,将一律被迫向左偏折。我不由得想起了我们启航时,那束偷袭我们的激光在曲率泡中回旋折射的场景。曲率泡中的光速有变。同样地,宇宙中变化的光速将星星射出的光线偏折、回旋,甚至弯成了一个闭合的圈。

一直以来我们承认这样一个公理,即光速在宇宙中是恒定不变的。谁又曾验证了这一点呢?

于是,在三角法中,那坚不可摧的等腰三角形的两腰变成了弯曲的弧线,距离的差错,造成了我们在太阳系周边航行中的"时间流失"。在周光关系法中,由于参照星体的尺度比预想的小,它们的距离其实要近得多,就像我们在戈壁封闭训练时见到的山上的火焰,着火的并不是普通的树林。在哈勃红移法中,光线波长在传播中的"变质"取代了膨胀造成的红移量,再加上尺寸的缩小,造成了遥远的假象。被奉为圭臬的宇宙大爆炸,可能根本不曾存在!

我忽然发觉,人类的整个天文学,包括支撑起这门学科的三把"量天尺",都建立在一个默认的光速不变公理上。现在的一切证据,都说明,我们原本以为坚如磐石的地基原来是一片沼泽地。原来横亘百亿光年的大宇宙,瞬间坍缩为直径一百光年的水晶球。浩渺的银河系,还有那些无穷无尽的河外星系,原来一半是玩具似的小星星,一半是环形折射的幻影。

人类,把电线杆当成了发射塔。

伊甸园的影子依然高挂在前方,狡黠地闪烁着。此时它的光谱已经完全变为了紫色,说明我离它的距离又近了些。这也是一个环形折射,这样在水晶球宇宙里折射回旋的光线不知有多少。真讽刺,让我付出一生、将我骗到了宇宙边缘的,竟是这么一个不知来自何方的虚幻的影子!

难道,这就是我苦苦追寻的梦想之地?!难道,这就是让全人类为之痴狂的伊甸园?

麦肯锡30年。导航计算机上显示着我已走过的一百光年航程，此刻，我已来到了宇宙的边缘。

乒乓球大小的星星在曲率泡外漂浮着。虽小，却一点也不失恒星的气度。喷吐烈焰的主序星，旋转吸积的星云，懒洋洋的红巨星，看上去好像一个个漂浮在我周围的精致的小毛球。这些星星的存在已经超出了我的理解能力。除了光速变慢外，我想，引力常数等数值在这里都出现了巨大的畸变。物质是空间的褶皱，恐怕这些异状，都来源于空间褶皱的尺度差异吧？

星星的密度也变大了，但依旧非常稀疏。偶尔，会有一颗星星闯进飞船所在的曲率泡，在泡内的不同的物理环境中，恒星的演化急剧变快。短短几秒钟，它就走完了从生到死的全过程，然后化作一团云雾或是一道闪电，在舷窗外一闪而过，宛如白驹过隙。

人生，文明，又何尝不是如此呢？

飞船已经不能再前进了。航线的前方没有星星，只有一堵黑色的巨墙，在目之所及的各个方向上无边无际地横亘着，延伸着。这是世界的尽头，宇宙的终极。在那里，光速为0，普朗克常数趋近于0，介电常数、引力常数趋近无穷大。来自伊甸园的光线在这堵墙的边缘轻轻擦过，绕了个圈，又折回了宇宙的中央，与我开了个大玩笑。我的身后没有了家园，前方没有了道路，前不见古人，后不见来者，仿佛一粒被天风吹卷的尘埃，飘荡在这无边无际的巨墙之前。一种前所未有的孤独和空虚感攫住了我，排山倒海，不可阻挡……

爸爸妈妈，你们在这堵墙后面吗？丁丁，你现在还好吗？还有老鬼……我想念你们，想念家里饺子的味道，想念一起看过的夕阳，想念分别时你给我唱的歌：

美丽的星星

能听见我吗

> 我和宇宙诞生之初一样迷茫
> 如果我能穿越这夜晚
> 比光还要轻
> 我愿意将双手交付给时间
> 在遥远银河的彼岸
> ……

丁丁,我在这里,你又在哪里呢?

在宇宙尽头的巨墙下,我终于忍不住号啕大哭起来。

忽然,在极远的地方,一些奇异的光芒吸引了我的注意。这本应该是纯黑色的死亡之墙,在那里,任何物理过程都无法发生。但我却看到了超乎想象的耀眼亮斑。它们点缀在黑色巨墙上,如果黑白反色的话,这个场景就好像苏格拉底的哲理寓言中,那些投影在山洞岩壁上的影子。这就是类星体。一些在宇宙间来回折射的光线汇聚于此,收敛为一点,然后在零光速的墙上反射,便形成了这耀眼的宇宙航标灯。它们大都在高速移动,边缘带着旋转的星系的影子,有的转速可能比正常光速还要快,因为它们也是一些虚幻的光影。

人类被束缚在地球上,与柏拉图所说的那些被捆住手脚关在山洞里的奴隶相比,又有何差别?

我又想到了我曾经调侃老鬼,用类星体和伽马射线暴的现象来反驳他。现在我知道了真相,虽然真相简直是个玩笑。

一切都证明老鬼是对的,至少大体上是对的。

伊甸园的理想终于破灭了。我心里的顶梁柱仿佛被猛然抽走,穹顶垮塌下来,化作一片废墟。我真想开动飞船向着那堵死亡之墙撞过去,一了百了,去迎接那永恒的寂灭。但这时,我忽然想起了一个约定,十几年前的一个约定。它在茫茫黑夜中忽然亮起,仿佛旅人眼中的一点温暖的火光……

我不能去死,为了这个约定,我要顽强地活下去。

于是，我翻出了工具，花了十几天，将一台小型空间曲率引擎改装为捕捉星星的"网兜"。虽然原理上曲率泡可以维持内部的光速不变，相当于一个独立的小宇宙，但我也不知道这样能否成功。毕竟，将一片物理规律不同的空间封装带走，是人类从未做过的事。

当我将网兜向星星探过去时，仿佛整个航行、整个生命的意义都凝结在了那颗闪亮的小星星上，要是连这都无法完成，这次远航，就真的毫无意义了。

幸运的是，捕捉很成功。一颗小得可爱的主序恒星被带进了船舱，散发着金黄色的光芒，冷寂的舱房里顿时镀上了一层温馨的金色。这场景令我想起了夕阳、晚霞，还有晚霞里矗立的那些伊甸园房地产的广告牌。广告牌招贴画里，幸福的一家三口正冲我微笑。想到这儿，我头一次对这冰冷的飞船生出了强烈的厌恶，对家的渴望，对阳光的渴望压倒了一切。

是的，航程尚未结束，我还要继续前行，去追逐那伊甸园的光。如果沿着这个环形折射的光路继续走下去，随着与地球距离的缩短，伊甸园的光线又会慢慢由紫色变回蓝色。也许那的确是距离地球很近的一个宜居世界，甚至，那就是地球本身发出的光。

天啊，"盖亚"派将他们的口号喊了这么多年，我怎么就没想到。

或许，伊甸园就是地球本身！

5

我到达了伊甸园，又没有到达。

我以为追寻着希望的彼岸，其实是尾随着自己的背影。如果宇宙是个球体，那我的航程就是内切于球的一个椭圆。沿着这条光路，人类追逐过，争斗过，恨过，也爱过，最后拼尽了所有的一切，换回了一颗乒乓球般的小星星。

我是名领航员，却对命运的航程无能为力。

麦肯锡35年。我驾驶着破旧的"云雀号"回到了伊甸园，或者说，地球。蔚蓝的海洋、棕色的大地依旧没变，唯一的一点变化是，云朵似乎不再像我离开时那样肮脏了。

在飞船坐标系中我航行了十七年。在把变速、偏航带来的影响消除后，我得到了地球参考系中流逝的时间。

整整一百年。

飞船缓缓泊入近地轨道，绕地球巡航两周，人工智能开始搜索地面信标。我焦灼地等待着信号的出现，哪怕是一个古老的自动广播台、废弃的电视塔、寻找外星人的射电望远镜，都能让我激动不已。但地球寂静得可怕，好像从未有过文明似的。我仿佛听见一个声音在告诉我，别做梦了，人类早已灭绝，一百年前的约定，又怎能期待好的结果。

但我不甘心。最后，我亲自登上飞船的摆渡艇，降落在了我曾生活过的小镇。

海水水位比我离开时更高了，原来的山脚成了海滨。海浪拍打着岸边的峭壁，仔细一看，那峭壁竟然是由废弃的居民楼构成的。破碎的水泥板凌乱地堆积在水迹线上，退潮时分，海水从窗口倾泻而出，形成数不清的大大小小的瀑布。我漫无目的地徘徊在空荡荡的高楼间，蓦地，耳畔响起一阵啼鸣，一溜白点优雅地掠过浪尖，翅膀在晚风中惬意地舒展着。

"海鸥，这是在太空开发时代前才存在的东西啊……"

我忽然看到了希望，一路小跑着向丁丁的故居跑去。

时值黄昏，晚霞正在天边热烈地燃烧，一如当年。在长着爬山虎的窗口，我看到了一个被夕阳拉长的背影。她坐在窗前，安详地看着山头落日，满头银发被阳光照透了，仿佛一簇飘逸的火焰。

刹那间，我百感交集。

"航哥，你果然回来了……"老人缓缓转过轮椅，夕阳下，那山核桃般干瘦的脸上绽开了一个幸福的笑容，"我就猜到，你在一百年的时候会回来……我们的约定，不是吗？"

"丁丁……"我拿出一个硕大的礼品盒，小心地拆开，"是的，我回来了，还带上了你的星星。"

礼品盒的包装褪去，露出一个碟子大小的曲率泡发生器，在泡中，一颗年轻的主序恒星正向四周播撒着金色的光芒，日珥懒洋洋地舒展着。看到它，丁丁浑浊的眼睛霎时明亮起来。

"真美啊……"她颤颤巍巍地伸出手，想去抚摸这颗星星。我轻轻握住她粗糙的手说："不行的，这里面是一个物理规律与这里不同的小世界。"

"看来，你去了很远的地方。"丁丁笑了，"你当领航员的理想实现了吗？"

"是的，我当上了领航员，但是人类的追求却落空了。"我说，"宇宙是个大骗子，它把人类骗得晕头转向，历尽艰辛，我最后回到了原点。"

"你后悔吗？"

我点点头，但马上又摇头，"不，丁丁，我现在明白了，无论成功与否，只要有过纯粹的理想，纯粹的爱，我就已经不虚此行。对了，我看到那些海鸥了，你的理想实现了吧，我猜，现在大部分人类都居住在海底。"

"嗯，真聪明。但这可不是我跟你说过的那个理想哦。"丁丁仰起脸来，露出一个俏皮的笑容，那些"盖亚"和政府军的斗争，那些地球上发生过的惊天动地的大战与后来的生态重建，在一笑间化为过眼云烟，"我的理想，就是和你一起看晚霞。"

于是，我一直陪着丁丁，看着晚霞热烈地映满山那边的天空。那天的时间似乎走得特别慢，太阳挂在山腰，一直没有忍心落下，直到丁丁看晚霞看得累了，闭上了眼睛。

尾　声

又一个黄昏时分，我穿过熟悉的城镇废墟，来到丁丁的墓前。

两年前在此地，我参加了丁丁的葬礼。同来参加的还有成千上万的海底世界的公民，显然她是新时代的开拓者之一。丁丁的棺木上方悬浮着我送给她的星星，当祷歌唱完后，我切断了曲率泡发生器的电源，那颗小恒星立即跌入了我们这个高光速的世界，耀眼的光芒亮起，从主序星到红巨星，短短几秒间它就走完了恒星的全部生命历程，仿佛是想用自己的生命来完成对逝者一生的总结和回顾。最后，它爆发为一颗璀璨夺目的超新星。等光芒散去，棺木已经荡然无存，被熔化的地面上一股淡淡的青烟缓缓升起，仿佛向着天堂飘去的灵魂。

"丁丁，好久不见。"我在她的墓碑前蹲下，说，"上次葬礼时人太多，我没法跟你说上话。抱歉，以前我一直没跟你说过，我得好好感谢你。感谢你帮我安顿了爸妈，感谢你让我知道了理想真正的含义，还让我懂得了纯粹的爱。现在我懂了，理想真的不在于我要收获什么，而在于我要付出什么。"

"我又要出发远航了，这一走可能又是几十年，甚至更久。一方面这是海底世界的要求，他们要我采集更多的星星作为海底城市的能源，很贪婪是不是？另一方面，我也想搞清楚这个宇宙到底是怎么回事，科学院提出了一个偏心宇宙模型，主要证据来自伽马射线暴，可以解释我在航行中遇到的'地球中心说'问题。如果我验证了这个模型，那上世纪的那些什么暗物质啊，暴涨啊，费米悖论啊，都可以放进博物馆了。

"丁丁，这次航行我会带上你给我画的那些晚霞。嗯，画得实在是太好了，大师级的水平。我想，如果带上这些画，就算是走到宇宙尽头我也不会寂寞了。对了，还有你的歌，在走之前，让我最后唱一次给你听吧……"

我轻轻唱道:

> 美丽的星星
> 能听见我的歌声吗
> 我与宇宙诞生之初一样混沌
> 如果我能温暖这世界
> 像光一样不知疲惫
> 我愿意将命运托付给时光
> 在遥远银河的彼端
> 看着那永恒闪烁的光辉
> 它将永不暗淡

我举目仰望,夜幕中星河璀璨,要不是曾经航行到宇宙边缘,谁又能知道那可能是假象。但那伊甸园却永远悬挂在我的心中,就像水手们眼中的北极星,闪烁着永恒的光辉。

它将永不暗淡。

2012年10月6日 凌晨3点
完稿于清华大学紫荆公寓

寒风吹彻

你是永远的阳光。

雪落在去年雪落过的地方，我看不见它，但我能听到落雪的声音。

每年这个时候，我都会带着家人来到这座小木屋里，来看第一场雪。暗蓝色无边无际，排山倒海而来，我们仿佛在一个暗蓝色的宇宙中飞行。此时，大地向天空袒露无边的胸怀，也唯有此时，我才有机会用冰冷的手捂一捂自己的记忆。记忆没有变冷，手却变得暖和了。

"爸爸，你说过要来一次真正的旅行的！"豆豆不高兴地嚷道。

"现在太冷了，豆豆，如果出去，不到三分钟你就冻成小冰棍儿了。"我揉了揉他的小脑袋，"虽然外面啥也看不到，但咱们还有心，还有嘴。就让爸爸用嘴来带你旅行好不好？"

"哼，你骗人！我要去草原……"

"骗你是小狗，爸爸年轻的时候就去过真正的草原。你听爸爸说……"

1

那些年，要从北京去祁连山肃南县的夏日塔拉草原，首先得搭火车，乘兰新线，二十小时后在张掖下车，之后还要坐三个多小时的长途大巴才能到肃南县。你肯定没见过火车，那是一种长虫子似的玩意儿，里面有床铺，还有窗子，可以看外面的风景。当然，旅行的趣味不仅在于看风景，更在于邂逅有趣的人。

那时，雪已经开始下了，不过没现在这么大，像鹅毛似的，轻柔得好像婴儿睡梦中的呼吸。我一个人在车厢里坐着，手指轻轻敲打着硕大的手提箱。此时，富含水汽的过冷云已经覆盖了塞北，飞机不得不全面停飞，汽车也冻得打不着火，只有坐火车才能通过这一片荒原。

上头很低调，没有派专车，一是因为，我只带着燃料，刚从厂里生产出来的，只有点火装置才是高度机密；二是因为，现在西北四省刚刚完成疏散，这些列车还要从北方尽可能多地抢运物资。

不久前，这里是很拥挤的——挤着吆五喝六的汉子、哭闹的孩子、扑克牌、手推车和瓜子，但那晚只有整洁的床铺，一排一排，寥无人迹，连着五六节车厢都是这样。我困极了，但又不敢睡。就这样撑了几个小时后，走廊里忽然砰砰作响。我探出头去，那是一个戴眼镜的陌生女子，披头散发，手里拎着一个酒瓶，在车厢里摇摇晃晃地走着，衣服脏兮兮的。不料，她看到我后立刻兴奋地走过来，咚的一下坐到了我对面。浓郁的酒气扑面而来。

"你！你……"她指着我，高声命令道，"你听！"

我愣在那里，脑袋一片空白。只听她清了清嗓子，庄严地念道：

> 太阳把白昼熏黑了，是夜晚
> 夜晚被天风吹落了，是海洋
> 在海水里加入足量的梦想，冻硬了
> 九万九千个夜晚之后，融化
> 里面升起一个新的太阳

我叹了口气，用一种看史前珍稀动物的眼神，打量着眼前这个疯姑娘，"要不是外面的雪，我还以为我回到了上个世纪呢，那个诗人还没灭绝的时代。"她没有回答我的话，而是直勾勾地盯着我，大着舌头说："你……一直跟着我，是想听我的诗？"

"不，我到外地出差，大概恰好同路吧。"

她郑重地点点头，说："嗯，没关系，我不收费！我只是觉得，在这世界毁灭的前夕，万物凋零的时刻，总该有一个同道中人陪我走完这段旅程吧……"

"什么同道？你是要找灵感，写诗吗？"

"对极了！"她高兴地拍拍我的肩，"我来找灵感——草原，白雪，孤城和野马！对了，还有那只剩一盏灯的寂寞的火车站，灯底下，老爷爷的馕还冒着热气……"

"现在外面的气温接近零下三十度,你不要命了?"

"诗人走进寒冷,就像飞蛾扑向火焰。"

"你喝醉了,要不要来点儿水?我这儿有。"

她握住我拿水的手,水溅了出来,"不了,谢谢,我就是想醉一会儿……对了,我叫孙诗宁,很高兴认识你哈……你也在张掖下车?"

我叹了口气,本想点头,但理智命令我像块石头似的坐在那儿。

"哈哈,原来也是去看草原的。太好啦,我也是,夏日塔拉草原,永昌王牧马下帐的好地方……"

很快,她在对床睡着了,睡梦里还嘟嘟囔囔地说着胡话。我给她盖上被子,发现她也带着大提箱,大到和她的身体不成比例。这真是一场奇怪的遭遇,一列空荡荡的火车在塞外雪原行驶,一个疯子遇上了另一个疯子。真是疯了,我想,心里却莫名对她生出了一种好感。也许我不该担心什么,不该怀疑什么。诗人的手提箱里应该只有玫瑰……

可我的手提箱里,却装着一个充满电的托马斯磁阱[1],束缚着可以将整座城市瞬间化为灰烬的十五千克高纯度金属氢。

我当然无意毁灭一座城市。相反,这些聚变燃料恰恰会用来阻止毁灭之神到来。

我原以为这个神是凶恶的,起码也是狰狞的。要么是数十万吨的巨石坠落,呼啸着掀起烈焰,要么是炽热的熔岩喷涌而出,天崩地裂。但我没想到它竟是那么随意,那么轻盈,那么漫不经心地造访了人类。

太阳系遭遇了一团黑暗星云,并将在五十天内穿过它。这在太阳系环绕银河系中心运行的漫长的两亿年里不算什么新鲜事,况且黑暗星云很小,和太阳系大小相当。在太阳引力的作用下,它被拉成了长条,并且变得致密,以约每秒一千公里的高速掠过黄道面,仿佛奔腾的河流,火星轨道以内的区域都被裹在了它的尘雾中。

---

[1]. 作者虚构的一种防止金属氢退化的约束装置。

我不是通过媒体得知这场灾难的，是热浪首先宣告了尘埃云的来临。在接近太阳的过程中，它强烈地反射太阳光，北半球遭遇了空前的炎热，北冰洋在二月就全部融化，西伯利亚洪水滔天。最后，它完全包裹了太阳，使其光度下降了百分之二十，并且主要集中在红外波段。

白天变成了傍晚，傍晚变成了黑夜。气温开始下降，缓慢地，不可阻挡地下降。

这意味着什么，起初我也不懂。我只是一名研究员，搞核物理的，对于气象学只略知皮毛，这就好像我虽然每天和海森堡、狄拉克打交道，但在抢购粮食方面与隔壁大妈也没什么分别。但很快，一个搞气象的朋友就告诉了我真相。据计算，全球气温将在四百二十五小时后下降整整四十摄氏度，地球将进入冰河期。不仅如此，冰河期只在高于一定纬度的地方才有冰川，而这种全球性的普遍低温将令海洋所有的表层水都冻结，地球表面将盖满冰雪。

当然，只有薄薄的一层。但是这已经足够。

即便尘埃云消散，阳光普照，冰雪也会把阳光反射回去。仿佛上帝之手拨动巨石，让它从一个洼地落入另一个洼地，在黑暗星云的扰动下，地球生态系统进入了一个新的稳定平衡点——成为一个雪球。气温将继续下降，并最终稳定在酷寒的零下五十摄氏度。森林将全部枯萎，海洋将全部结冻，永不停歇的风暴将消灭不同纬度的温差。我的时光，所有人的时光，所有生命的时光，将在这无边冰原上，被寒风吹彻。

然而就在这时，我接到国家防灾减灾委员会的电话。我的方案已经获得了实验许可，部长要我立刻带着金属氢燃料抵达位于甘肃肃南县的第一防线指挥部。没有任何犹豫，我立即出发了。

2

"我们到了。"我说,"不过,这儿的草原可不像你想的那样。"

"什么?我……看不见。"

她当然看不见。此时天还没亮,凌晨的雪夜泛着暗蓝的光,头顶铅云低垂,只有老站台上唯一的一盏白炽灯还亮着,昏黄的灯光在火车废气里翻腾。

啊,她说过这个老车站!我看到烤馕的摊子真在那儿,就在灯下,只是她说的老爷爷不见踪影。透过雪雾,我看到一辆沾满泥的旅游大巴已经在站台外等我,车前盖突突地冒着热气。远处隐约可见的祁连山,比我想象中矮。在数值模拟的模型中,我总把它看成一堵墙一样的存在,但其实那里既没有墙,也没有草原,只有冰雪覆盖的山峦,仿佛凝固的海浪。

火车开走了,只有我们两人下车。

诗宁依然处于半醉半醒的状态。我摸了摸她的额头,发烧了。她显然低估了来自北冰洋的寒潮的威力,只在羊毛衫外面套了一件滑雪衣。我把围巾摘下来替她围上,上了大巴,寻思着到哪里去给她找个医院。此时甘肃全境已经撤离,大概只能拜托指挥部的军医了。

和火车上一样,大巴里的乘客只有我们俩,一上车,她就在我怀里沉沉睡去,大概已经神志不清了,也顾不得忌讳什么。司机把自己裹在大衣里,吞吐着呛人的烟。暗蓝色的天光下,黑魆魆的空城在车窗外移动着,广播里充斥着沙沙的噪音,司机在调着台。此时来一曲苍凉的蒙古长调应该不错,我想,但音乐频道应该早就停播了吧。

忽然,司机好像听到了什么,把广播音量开到了最大,专注地听着。我有些惊奇,因为这竟是《美国之音》,而且是未经翻译的:

"……美国之音新闻快报。帕沙迪纳，艾伦。晚上好，同胞们。加州理工的宁静被喧嚣打破，记者早早地挤满了白色大礼堂，等待着地学系的柯克维恩科教授。他是'雪球地球'假说的提出者，下面，让我们听听他的见解和对目前局势的分析。"

"……柯克维恩科先生，请问您为何在1992年提出'雪球地球'假说？"

"这个假设，是为了解释新元古代冰川沉积物而提出的。据推测，当时的大陆板块都聚集在赤道附近，形成了超大陆'罗迪尼亚'。大陆的反射让地球吸收的太阳辐射下降了百分之二左右，引起了全球性的低温和冰雪气候。"

"仅仅百分之二？还有没有别的原因？"

"有可能，还有一种假设认为，超大陆裂解造成海岸线长度增加，近海的海藻因此大量繁殖，光合作用令大气中二氧化碳含量急剧减少，造成了气温降低。当然，这些假设还有待证明。"

"柯克维恩科先生，据说'雪球地球'存在一个临界点，您认为它在何处？"

"根据维克多小组的数值模拟，一旦雪线低于北纬三十度，地球气候的正反馈效应将自动完成接下来的冻结过程。换句话说，如果把冻结过程比作'推石头上山'，三十度线就是坡顶，往后都是下坡路了。"

"我们有办法阻止雪线蔓延吗？"

"有，但很难……"

啪的一声，广播被关掉了。我回过神来，听到司机瓮声瓮气地说："冯总，我们到了。"

我觉得这声音很耳熟，"谢谢，请问您是？"

"五院的胡斌，你这忘恩负义的家伙。"

"哪里敢！折煞我也。"我又惊又喜,"你怎么当起司机来了？这种大礼,我可消受不起啊。"

"瞎扯。你这浑小子拎着氢弹到处走,不来点儿大礼还真不合适。"老胡咳嗽了两声,说,"那是你爱人？"

我有些尴尬,说:"不,这是我在火车上遇到的一个女孩子,病得很重,我想带她到指挥部的医院看病。"

"你要小心,最近'盖亚'派很猖獗,保不准儿有个'理论结合实践'的。"老胡耸耸肩,压低声音说,"你的方案可是我们的最后希望。"

"我知道。"停顿了片刻,我又忍不住补充道,"其实没那么严重,在所有方案中,有好些比我的更有效,只不过这个比较好实现而已。即便被疯子破坏了,上头肯定还有备案。对了,麻烦你代我向杜总道谢,没有他,我没法开展这次实验。"

"依我看就不用谢了。如果人类得救,那就是最好的谢礼了。"老胡说。我打开车门,一股寒风灌进来,他烟卷上的火星立刻熄灭了。

至今,我仍对那天的"救世大会"记忆犹新。一直以来,电影都告诉我,在生死关头人类会团结一致创造奇迹。然而,这场会议让我看到现实要复杂得多。

工程决策上讲究"让数据说话"。也就是说,任何方案必须拿出可靠的论文或是实验数据。但会场里高悬着一个计数器,鲜红的数字显示着全球平均气温,每过一小时,数字就揪心地跳一下。没时间一一实验了,只能讨论。会场里,所有代表看起来都像上帝,提出一个又一个波澜壮阔的设想,但一到砍方案的时候,就争得面红耳赤,口沫横飞。简直是诸神之战。

"好了,我们回顾一下目前的I类方案,也就是积极抗灾方案。"主持人呷了口茶,揉了揉红肿的眼睛,说,"化雪剂、催化剂、表面活性剂首先被否决。这也提醒其他提案的代表,我们提出的方案的能量尺度起码要和大冻结的能量匹敌,否则没有意义。我们已经收到两千多个救世方案了，请大家节省宝贵的时间。"

"大冻结的能量尺度有多大？"有人插嘴问。

"这么说吧，"一个物理学家说，"我们现在每秒损失的太阳能，相当于人类制造过的最大的核武器；每天损失的能量，足够把喜马拉雅山以第三宇宙速度发射出去。"

"还有时效性。"主持人说，"比如NASA提出的增殖反射镜、诺依曼机[1]，还有日本的拉格朗日透镜，都不能在短时间内实现，应该归入II类方案。俄罗斯的'碎星计划'倒是操作简便，不过小行星的到来尚需时日，我们等不了那么久。毕竟，我们只有十三天。"

"即便小行星来了，炸碎它也超出了我们的能力范围。何况，谁又能保证碎屑均匀到能像尘埃云一般反射太阳光呢？这尘埃反射镜的姿态，又该怎么保持呢？"

"等等。"一位年轻数学家突然发言，他手里挥舞着一个存储器，"大家都进入了一个思维误区，难道必须要和大自然硬碰硬吗？用很少的能量，难道就不能影响气候？"

"你是想说混沌理论吧？"

"没错，这个存储器里是大冻结时期的大气模型，立方体网格边长只有一百米，是人类做出的最精确的大气模型了。只要征用人类的所有计算机，五天之内就可以算出第一个敏感点。"

"年轻人，混沌理论说了这么多年，还从没有见过哪只蝴蝶能扇起风暴。"一位老教授说，"所有实践都失败了，因为混沌的实质是决定论的混乱，哪怕一个水分子的引力都很敏感。"

"那是你们没有理解问题的本质！"

"你觉得本质是什么？"

"地球是一个非平衡开放系统，原来地球处于远离平衡的非线性区，所以能产生自组织现象，现在能量流入突然变少，地球跌落到了平凡的

---

1. 科学家冯·诺伊曼设想的一种可以自我繁殖的机器。

线性区。当然我知道这些当年哈肯[1]都说过,但他写《协同学》的那年,人类既没有发现混沌区里的质数窗口,也没有发现舒尔分形和费根鲍姆常数!是我,我发现了其中的联系!"

"先生,先生!别激动,你的数学模型是否可行,要等组委会看过才能拍板,有理不在声高!"

"哼,只不过是去走个过场,然后就被一帮蠢货淘汰掉罢了。你们想自杀,我可不想!"

"先生,请注意你的言辞!"

"毁灭人类文明的罪责,你们担得起吗?!"

"你够了!这是个蠢办法。现在不能使巧劲,要使蛮劲。"一位固体力学家说,"我也有一个数学模型,比他的简洁很多。在特定地点引爆核弹,可以诱发海底地震震裂冰层,诱导超级火山喷发以加热大气。"

"这太疯狂了。地质灾害带来的危害,不比'大冻结'小。"

"我们能不能尝试释放地底的天然气?"一名工程师说,"甲烷的温室效应比二氧化碳强两百多倍。"

"甲烷储存量有限。"另一位地质学家说,"而且这在'雪球地球'不管用。白色地表造成的'冰室效应'要远强于温室效应,不信你可以算一算。"

"啊,怪不得美国人放弃了南太平洋的可燃冰计划。"

"他们比我们更难。我国只负责亚欧大陆四十度纬线以下的防御,美国却要兼顾太平洋和大西洋。这么多海水,怎么才能阻止它结冻?"

"谁让他们储备了那么多核弹。"

"俄罗斯也有很多核弹,但偏偏不肯都用上。"

"那帮人在算自己的小九九,冰河时代对于他们来讲是个机遇……"

"安静,大家安静!我们不要离题,时间不多了!"主持人高声说道,"现在方案回顾结束,希望被摈弃的方案对大家有所启发。下面,按

---

1. 德国物理学家,主要从事激光理论和相变研究。

照今天的议程，我们开始最后一轮方案筛选。第一个代表，来自中科院核研究所的冯渊研究员。"

掌声稀稀拉拉，看来大家开会都开蔫儿了，刚才的吵架已经耗尽了人们的精力。我走上讲台，清了清嗓子，试图提高声音让大家打起精神：

"各位，作为核研究所的代表，我带来的方案自然是基于核能的。方案的主导思想是这样——用核爆炸掀起尘埃，来阻止地球白化。"

听众一片沉默。我继续说："请看这张图。我们将依托昆仑-祁连-马鬃山系建立第一防线，沿海岸线建立第二防线。在大西北，两千多枚百万吨当量氢弹将被引爆，产生强大的上升气流，卷吸起沙尘。这些氢弹的爆炸地点和时机是精心挑选的，尘埃汇入大气环流，恰好能在五十天后产生沉降。这样，在太阳恢复了光照后，地球便不再是白色。据计算，一年左右，这些尘埃就可以吸收足够的太阳能使地球解冻。"

"你觉得这很新鲜？"一位老教授说，"如果这样做，首要的问题就是放射性污染。"

"我们用核同质异能素[1]点火，不需要裂变扳机，没有放射性。"

接着，各种问题连珠炮似的提出来：

"如果这样，核爆炸对土石的粉碎程度必须恰到好处才行。如果沙砾太细小，反射率就会很高，最后和'雪球地球'没有区别；如果沙砾太粗大，那还没等大气环流把它铺满地球，它就已经坠落了！这个平衡你怎么把握？"

"大气环流错综复杂，如果算错了，掀起的尘埃可能会产生相反效果。你的计算结果可靠性如何？"数学家问，"一个小小的误差就可能毁了一切！"

"还有，你怎么控制尘埃在大气中的滞留时间？"

我说："的确，地球系统太复杂，这个方案做不到万无一失。不过我

---

1. 核同质异能素是一个原子核的亚稳态，由原子核中的质子或中子激发形成。

们已经做了最详尽的数值模拟,上面的那些情况都已考虑到,并有相应的对策。"

主持人点点头,补充道:"其实目前只有这个方案最可行。据说核研究所已经设计了一个实验方案,不是模拟,是真正的实验。"

"是的,在肃南祁连山下,我们已经开始建造第一防线的试验场,同时,作为核燃料的十五千克金属氢已经就绪,实验代号'火炬'。"我说,"三天后,就有结果了。"

3

三天后。

老胡开着大巴突突地走了,留下我和诗宁,站在指挥部所在的土城遗址前。

这里正是她所说的夏日塔拉草原,不过此时看不到草,雪在地上盖了薄薄的一层。在裕固语[1]中,"夏日塔拉"意为金色,是皇城的所在地。眼前的这座十米高的大土方,便是所谓的皇城遗址了。时间仓促,人们来不及建造掩体,荒野上也没有别的建筑,便把这座土城加固了一下作为指挥部。

安顿好诗宁之后,我就立刻把聚变燃料移交给特勤组,总算松了一口气。随后,我本打算去实验场看看,但没有车。唯一的大巴就是老胡那辆。我只好登上城楼,没想到,在那里也有一个人向实验场眺望着,嘴里叼着的烟斗明明灭灭。我认出来了,他就是那个在会议上吵架的数学家。

他看到了我,说:"冯总,我是来阻止你的。"

我突然紧张起来,"听我说,你不能……"

---

[1]甘肃省张掖市肃南裕固族使用的语言之一。

他从大衣里抽出一把手枪,随手扔到了城墙外,说:"但我后来想了想,还是算了。权当提醒吧。"

我松了一口气,"这里冷,咱们进去说。"

他点点头,但没有动,"人类没有他们自以为的那样伟大。即便有了流体基本方程组,一立方厘米里头的空气流动,对于人类来说也还是个难解的谜。只有引入假设,不断简化,直到方程成了粉饰现实的遮羞布。你可以说服人们支持你的方案,支持你的模型,但你不能说服上帝。"

"我知道。"

"人们自以为了解地球,却连全球变暖是否人为导致的都搞不清楚。你这种粗暴的方案,很可能会带来意想不到的结果,你要做好成为罪人的准备。"数学家长叹一声,说,"无论如何,我已经尽力了。"

我说:"我也是,咱们能做的就只有这些了。"

他继续说:"我现在的心情,就和一千年前站在这里的手执长弓的武士一样。但我想告诉你,长城没有挡住匈奴,而我们的对手比匈奴更凶险,比骊靬更强大,比幽灵更缥缈。不信你去看我的数学模型,即便是简化到极致,那方程演绎出的千变万化仍然让我胆寒。"

"谢谢提醒。"我望着远方地平线袭来的重重寒潮,坚决地说,"但无论如何,我们总得放手一搏!"

"中央电视台,中央电视台,肃南县第一防线指挥部。观众们,下午好,站在我身旁的这位就是提出'火炬'计划的冯渊研究员。冯先生,现在我们进入观众提问环节。来自河北石家庄的王先生提问:据说在'火炬'计划中有两千多颗核弹将被引爆,这是否会造成'核冬天'而加剧严寒呢?"

"不会。因为现在的严寒比所谓'核冬天'还要冷得多。相对于冰雪,核爆掀起的尘埃更能吸收太阳光。虽然'核冬天'之后的世界仍然会很寒冷,但起码是个能生存的地方。而'雪球地球'

几乎不会留下任何生命。"

"来自陕西西安的江小姐提问：核弹产生的热量能否融化冰层？"

"这里我需要解释一下。很多媒体把'火炬'计划中的核弹链比作长城，其实这并没有那么准确。它并不是一座用火焰阻挡寒潮的长城，而是一条传递接力棒的跑道。西起伊拉克，东到山海关，两千多枚核弹依次起爆，利用西风带，将数亿吨的沙土尘埃送入大气层，给地球穿上一件'棉袄'，这才是核弹的作用所在。至于融冰，核弹的能量完全不够。"

"来自山西娘子关的刘先生送来祝福，希望这次实验圆满成功，人类能渡过劫难。"

"谢谢刘先生。我相信，只要我们万众一心，众志成城，我们就一定能战胜命运，所有困难都可以克服。"

五小时后，记者把无数长枪短炮对准了试验场。我顶着寒风站在古城的烽火台上，缓缓戴上墨镜。

三，二，一，零。

一道白光亮起，以爆点为圆心在地面上扩散、铺开，一瞬间整座山脉发出光来，大地像水银般颤动，又像水晶般透明，仿佛一张宣纸裹住了烈火，但这只持续了零点一秒。瞬间，白光冲破地层冲天而起，大地分崩离析，化为数十万吨土石，沿着预定的抛物线在两秒钟内穿过厚重的云层，飞上天空。一部分碎片在两分三十秒后落到了四十公里外，在天幕上形成一道宏伟的黑色拱桥；同时，在爆心，猛烈上升的热浪从地表吸起沙尘和雪雾，化作一只巨大的黑色漏斗。祁连山脉的定位作用发挥出来了，一切都很完美。很快，巨响和震动传来，土城摇摇欲坠，我不得不跟着工程师们撤下城楼。

"接下来，该下雪了。"数学家喃喃道，向天穹张开双臂。

天空中传来一阵异样的声音。立刻，我意识到过冷云被扰动后会发生什么。

"快隐蔽！"我大喊。啪！一片足有唱片大小的雪花砸在脚边，冰屑飞溅。我急忙拉着数学家钻进掩体。啪！啪！无数硕大的雪花、雹子以及不规则的巨冰从天而降，刚开始还分辨得出冰炸碎的声音，很快，它们就连成一片令人头皮发麻的轰鸣。这轰鸣持续了整整一夜才渐渐稀疏。我不知道雪花为何会变成这样，可能是因为沙土提供了大量的凝结核，也可能是核爆的上升气流太强，托住了雪花，让它有充足时间长大。

　　第二天，雪终于停了。我们发觉房门已被堵上，只好从城墙顶爬出来。外面堆着十五米厚的积雪，头顶灰蒙蒙的太阳高悬着，天晴了。

　　为了谨慎些，一颗气象卫星飞过华北，发回了我们这个地区的气象图。图像上，数十万吨的尘埃飘扬到了高空，在西风的作用下向太平洋方向飘去。反射率表明，沙尘的尺寸基本符合要求。

　　实验圆满结束。雪原上响起了热烈的掌声，我和工程师们互相握手祝贺。

　　"老杜果然没有看错你，你成功了！"老胡高兴地和我握手，"不过接下来的操作规模很大，你要小心。"

　　我郑重地点头说："我知道。后面几天所有的气象卫星都会密切关注这里的情况，一旦有异常，马上终止操作。"

　　接下来，我的任务就是等待核弹各就各位，这需要一天时间，我暂时无事可做。忽然，我想起了诗宁，她的病刚好，现在是时候送她回家了。

　　刚带诗宁走出城门口，看到盖满原野的冰雪，她就欣喜地叫起来："哇，好漂亮的雪花！"

　　她扔下箱子，兴奋地甩开大步，在超级雪花积成的雪地里东倒西歪地走着，发出唰啦唰啦的脆响，"噢，噢，好扎脚，不过这些冰刺儿连起来，好像一片水晶草原！"

　　"这样大的雪花，没见过吧？"我笑道。

　　她惊讶地瞪大了眼睛说："啥，雪花就该是这么大的啊！那些盐粒似的雪,还要人去替它写诗,而这片雪花本身就是一首诗了!你看!"她弯腰拾起半片碗口大小的雪花,捧在面前仔细端详着。

我说:"也对,这些水汽在天空中本来走得好好的,突然一粒尘埃闯入了领地,它们就舍生忘死地扑上去,包裹住尘埃,最后坠落凡尘。这片雪花便是描述这场战争的恢宏史诗。"

"有意思!"她笑道,透过雪花她的脸看起来很滑稽,"我就知道你和我是一路的!"

"嗯,大学的时候写过点儿诗,也会像你那样抓着别人念,把别人吓得不轻。"我说,"不过,那是很久以前的事了。"

"哦……当时我在火车上喝多了,说了不少疯话,别往心里去啊。"她有些不好意思,"这两天实在是麻烦你了……不过,在送我回家之前,能再答应我一个请求吗?"

"什么?"

"带我去看一眼草原,就去一会儿,看一眼。"

"可你还带着这么重的箱子呢。"我说。她的箱子少说也有二十斤重,里面还不断漏出土来。真不知道她往箱子里装土做什么。

"没关系,你不是有车吗?咱们坐车去。"

我苦笑。看来她身上的病虽然好了,脑子还是有点糊涂。

"你去不成了。我不想打击你,但这里就是夏日塔拉草原。"

"不可能,那座土城哪里去了?"

我指了指脚下的城垛说:"被雪埋住了。这可能是地球上下过的最大的一场雪。"

"不对不对,如果这里是土城,那里就应该有一个山谷,现在怎么没了?"

我知道再也瞒不住她,只好说:"为了实验,我们昨天在那儿引爆了一颗氢弹,把那处山谷炸没了。"

她显然没听明白我的话,"拜托!这个玩笑很无聊的……"

"我没开玩笑。不信,你看那边的大坑。而且如果你熟悉这里,应该记得周围那些山脉的形状吧。"

她环顾四周,笑容消失了。然后她转头怔怔地看着我,有一阵子我还以为她要哭了,但她没有,"傻瓜,氢弹炸不到那里。走,跟我去看看我的草原!"

4

在诗宁的指引下,我开着大巴向山脚下驶去。公路上积满超级雪花,车必须要碾碎那硕大的结晶体才能前进,走起来冰屑纷飞,左摇右晃,好像一艘船在冰海里破浪前行。途中,我们经过了氢弹坑。它足有两百多米宽,黑魆魆的,还在冒着热气,仿佛一处刚喷发的火山口。数十万吨土石从这里飞到云端,飘向世界,宣示着人类的伟力,但我同时也看到了人类的孱弱。这个坑的容积约为三万立方米,如果把人类目前所有的核弹都这样引爆,产生的坑加起来不到一亿立方米,只有太湖容积的五十分之一。

我们能成功吗?我有些担心。

实验倒是顺利完成了,但模型会不会有什么遗漏?核弹链之间的耦合能起作用吗?计算机的数值误差和计算漂移有没有被充分消除?地理信息系统提供的坐标准确吗?……无穷无尽的问题仿佛海中的暗礁,在波涛间时隐时现。我不能不去想它。

诗宁可没我活得这么累。她出神地望着窗外的雪山,忽然问道:

"嗨,我还不知道你的名字呢!"

"不知道我名字就跟我走了?"我佯作惊讶,暂时抛开了隐忧。跟这个疯姑娘胡扯一通,的确可以放松神经,"万一我是邪教教主,把你抓起来祭祀怎么办?"

"你不也一样吗?不知道我从哪儿来,就把我送到这里。万一我是恐怖分子,把你的救世计划毁了怎么办?"

"嗯,我在火车上就觉得你是恐怖分子。"

"那你还不快报警!"她咯咯笑道,"你看,现在你已经被我绑架了,估计你也是个总工程师什么的,赎金应该不少!"

这姑娘虽然疯癫,但也还机灵。我苦笑,看了看手表,还有八个小时,索性陪她再疯一会儿吧。

"我叫冯渊,中科院核研究所的研究员,很高兴认识你。"我说,"你……让我找回了一点儿年轻时的感觉。"

"哈哈,我也是。你刚才那愁容满面的样子,还真像我年轻的时候呢!"她笑道。

"你年轻的时候?"我忍不住想笑,"说得好像你很老一样。"

"哎呀,被猜到了!我已经两千多岁了,是个老巫婆,拯救世界的魔法可比你的氢弹要强得多。"她笑着,"好了,就是这里,我们到了!"

车停在一个陡坡下。坡度起码有五十度,在核爆中,它的正面直接承受了光辐射和冲击波,高温使得土壤玻璃化,硅酸盐结晶里裹着碳化的草木灰,好像一面斜放着的黑色巨镜。这些黑镜在山脚下绵延着,宛若山的腰带。我说:"我不想让你失望,不过,任何地貌在昨天的爆炸下只能变成这种东西,何况是草原。"

"不,生命是强大的。"她说,没有理会我的劝阻,大步流星地向陡坡的背面绕过去。我只好跟着。的确,山背面确实能躲过核爆的冲击,但必定被大雪覆盖了,即便有草原也看不到。很快,我们就走进了山坡背面的阴影里,这里积满了雪,却有一股热气扑面而来。我还以为我产生了错觉。没错,在这零下三十度的严寒中,真的有一股热气。

在我眼前出现了一座热泉。泉眼在石缝间,汩汩地吞吐着烟雾。在旁边居然有一小片草地,绿油油的,上面还开着五颜六色的小花,蟋蟀在花草间蹦跳。一座小木屋歪歪扭扭地搭在泉水边,后面有一垛干草,三匹马在干草堆旁咬着嚼子,甩着尾巴。

我傻眼了。

"嗨，吓着你了？"诗宁放声大笑起来，好像得胜的将军一般，"不用怀疑，你还活着，没有进天堂哦。不信，你摸摸这湿润的泥土，闻闻这青草的芳香。"

"有土腥味，这是微生物分解有机质的味道，看来这里各种养料很充足，循环稳定。"我喃喃道，"好一个自给自足的小世界！"

"欢迎来到我的草原！"她笑道，然后转身绕到小木屋后面，拍拍那些马的背脊，问候道，"嘿，好久不见！大毛你又长胖了，是不是和二毛抢食吃了？杂毛你怎么还这么胆小？过来，见见我们的客人，造核弹的冯研究员！"

我环顾四周，好奇地问："你打算在这里躲过冰河时代吗？"

"当然不是啊。这只是一个精致的艺术品而已。虽然有热泉的能源，但缺乏补给，很快，它就会像肥皂泡一样破灭。"她无奈地摊了摊手，说，"可是，诗人的工作不就是吹出一个个肥皂泡，然后欣赏它们的破灭吗……对了，你先在这里等一会儿，我进去换件衣服。"

我看着她吃力地拖着箱子进屋，片刻后出来，已经换上了一件干爽整洁的羽绒服。看来她是这儿的常客，而且，这儿似乎只属于她。

"这里是你建造的？"我好奇地问。

"是伟大的自然建造的。"她说，"我只是发现了这儿，假期的时候来这里打点一下花草，做一点儿实践，放松神经罢了。"

"假期？"我问，"你是学生？"

"嗯，生物学博士。"诗宁耸耸肩，"'大冻结'开始前，我就从实验室卷铺盖走人了。没办法，题目太偏，还拉不到赞助。但现在，感谢末日，我——孙诗宁，再也不是愁眉苦脸的既发不出文章又嫁不出去的女博士了。在这片草原上，我成了生物圈的顶层消费者，太阳的代言人！"她兴奋地说，放下手里的提箱，张开双臂做出了一个囊括一切的手势，"啊，我想到了一首好诗，你坐下来听我念。"

太阳是扫帚，打扫黑夜

我们是衣针，缝起时间
　　让光的纤绳拖着我走遍世界
　　黑夜是山谷
　　白昼是峰巅
　　……

　　我躺在草地上，看着她，看着这起伏的雪山间仅存的一块绿洲，心中感慨不已。在漫山遍野的超级雪花的衬映下，房子、草地和我们显得格外袖珍，好像被魔术缩小了似的。但在这无边的死寂旷野中，在核爆炸的余烬里，居然还存留着这样可爱的伊甸园。这到底昭示着生命的渺小，还是生命的伟大？

　　诗宁的确把我绑架了，赎金无穷大。

　　突然，手机响了起来。我有些不情愿地接了电话，电话对面是负责数学模型的李工："冯总，有紧急情况。""什么？"我心中一震，一骨碌爬了起来。距离点火时间还有五小时，核弹还没安放完毕。现在能出什么事？难道是数学模型错了？

5

　　我驱车匆匆赶往最近的10号起爆点。它就在山脚下不远处，没时间送走诗宁，只好让她先搭别的车回指挥中心。

　　看到我，李工迎了上来，劈头就说："冯总，下垫面[1]系数变小了，小了百分之五十。"

　　"什么？模型错了吗？"

　　"大气模型应该没错。误差，主要是因为它。"李工捡起一片大雪

---
1. 大气下层与地球接触的表面。

花,嘎嘣一下掰碎了,"谁也没料到这雪花会长得这么大这么重。它给地面盖上了一层被子,阻碍了尘埃上升。"

我长呼一口气,"这么说,只有咱们这个炸点有问题。"

李工点点头说:"但是,核弹链条的爆炸是互相关联的,就好像接力棒一样。牵一发而动全身啊。"

我没有说话,陷入沉思。现在改动炸点位置已经不可能了,只能增加核弹威力。我心算了一下,当量大概要翻一番,才能掀起足量的沙土。但现在,我们没有多余的金属氢燃料了。

李工仿佛察觉了我的想法,说:"多亏我们早就有了对策。早在实验之前,军方就提供了十千克的黄色合金套环,可以满足我们的要求。"

黄色合金是一种含有铀、钍、钚等裂变元素的金属,做成套环,套在氢弹外侧。聚变时释放的大量中子将引发次生裂变反应,裂变诱导出的更多中子又返回去强化聚变,可增加约百分之五十的爆炸当量。不过这样一来会造成严重的放射性沾染,方圆数百公里内将不再适合人类居住,包括诗宁的伊甸园。

"有别的办法吗?"我问。

"没有了。"李工摇头,"这是上头的指示,黄色合金就在那辆车上,我们得抓紧时间。"

我看了看表,忍痛点点头道:"开始装配吧。"

我不是那种让情感影响决策的人,何况,这个决策对人类可能很重要。

但是,等等!大雪花影响的,仅仅是下垫面系数吗?

有一个疑点。截至目前,所有的现象都和当初的计算机模拟完美吻合,除了大雪花。

我回忆起过冷水[1]形成雪花的过程,凝结核触发,晶粒生长,长到上升气流托不住的时候就下落,变成雪花,但核爆的上升气流太强了,使

---

1. 过冷水,指温度低于摄氏零度的液态水。

得晶粒一直在过冷水汽层漂浮,有充足时间长大,也就是说,上升气流的能量有一小部分被大雪花消耗了,相应地,掀起尘埃的能量可能没有预想的那么多!当然这种效应一两天还看不出来,但数十天后,就会发散为意想不到的结果。我自己心里也清楚,昨天的实验其实是一场说服政府和公众的表演。现在出现这样的问题,究其原因,还是因为我对我们的大气模型太过自信了。

该死,数值模拟的时候怎么没有考虑到这些大雪花!

这可不是一个炸点的问题,所有炸点都可能出问题,只要有过冷云。然而,这该死的黑暗星云好像早就算好了我们将来会用这种办法对付它,上半年,在它逼近太阳系的过程中,就通过反射阳光的方式在北半球蒸发了大量水汽,产生充足的过冷云,沿着北纬四十度线铺天盖地地压过来。所有的炸点都有问题!

不行,必须要和李工说清楚,要么修正模型,要么终止操作。我快步朝他跑过去,没想到刚跑到他身边时,他突然发出一声惊叫。

只见他拎着一只银色箱子,箱子开着。里面装满了玫瑰花。

"黄色合金不见了!"李工大叫道。

"孙诗宁。"我喃喃道,"你果然是个诗人!"

寒风吹过,无数玫瑰花瓣仿佛蝴蝶般随风而起,漫天飘飞。

"她去哪儿了?"李工一面走,一面愤怒地咆哮道,"只剩两小时了!"

"都说了,我不知道!刚才下山后我叫她自己搭车回去来着,谁知道她去哪儿了!"我说,"我怀疑她没把核燃料带走,因为下山的时候,她的手提箱看起来很轻。"

"黄色合金这么沉的东西,一个女孩子拎着,你怎么没发现?!"李工还没消火,"我看你是鬼迷心窍了!"

"胡扯!她告诉我箱子里是土来着,她故乡的土!"我争辩道,"她说她要死在这儿,但也希望身边带着故乡的气息。"

"我早就提醒过你。但愿,她不是'盖亚派'的教徒。"老胡叹了口气。"盖亚派"是最近才猖獗起来的,把地球视为生命体,把人类视为癌症,在三天前的会场外面就有数万名盖亚教徒游行,"你调查过她的身份吗?"

"我给她的家人打了电话。"我说,"她父亲说,她放弃学业之后没多久就疯了,一直待在医院,没想到她放弃治疗逃了出来,之后的事情就不知道了。"

"我认识她的导师,是做微生物能源工程的。他告诉我这孩子做事一直比较极端。"李工说,"冯渊,不是我说你,你实在是太糊涂了。"

我头皮发麻,只好加快脚步,希望能在孙诗宁的小木屋里找到黄色合金,要不然就惨了。很快那堵玻璃化的黑墙出现在眼前,绕过去,雪地,温泉,绿洲依次映入眼帘。在热腾腾的雾气里,一个苗条的身影若隐若现。

她居然还在这里!

更令我惊奇的是,她只穿着一件背心,脖颈上围着白围巾,手里拄着锄头,正在小木屋后面扒拉着什么。仔细一看,原来是马粪。她显然已经专心干了很久,满头大汗。旁边,一匹马傻乎乎地去嚼她的头发,被她笑着推开。

看到这幅画面,我们三人一时愣住了。

"嗨,太好了,你回来了!"看到我,她高兴地说,"还有后面的两位,欢迎来到我的草原!对了,三位绅士能帮我个忙吗?"

我本想兴师问罪来着,但话到嘴边却变了样:"什么忙?"

"帮我倒腾一下这些马粪,它实在太多了。"她说。

"马粪?"

"对,就这样倒腾——翻动它,上下混合均匀了。如果见到了这样的白毛,就挑出来,放在那里,待会儿扔到……"

"别胡闹了。"李工皱着眉头说,"孙诗宁,是你偷走了核燃料?"

"对,是我。"

"为什么?"我问,心里五味杂陈,"为什么这么做?!"

她指了指周围的花草,说:"放射性沾染会毁灭这一切,毁灭人类的希望。"

"你是说这些——这一小片绿地,是人类的希望?"李工环视一圈,最后目光落在了屋后的那堆干草上,"冯渊,跟疯子没什么可谈的。我猜,核燃料就藏在这堆干草里。"

"它在屋里,就放在桌上。"诗宁淡淡地说。

李工愣了一下,然后立刻上前打开了屋门。我跟着走进去,里面很昏暗,只有一盏白炽灯在半空中晃动着,桦木桌上放着一台双目显微镜,一台袖珍离心机,墙上挂了一排移液枪,房间一角还放了台不知名的大型设备,我在医院里见过一次,好像是用来做放疗的。原来装满土的手提箱放在地上,打开了,封装核燃料的铅盒也已经被拆开,黄色合金正放在里面。

"原来是你……"

我吓了一跳。原来屋角里还躺着一个人。我认出来了,正是那个试图劝阻我的数学家。

孙诗宁说:"你离开之后,我在回这里的路上,碰见了他。他奄奄一息,躺在晶莹的大雪花之间等待核弹爆炸。因为那样可以找到太阳的温暖,哪怕只有一瞬间。"

"女士,你把我说得太浪漫了。"数学家有气无力地笑道,因为受冻,他的牙齿格格打战,"我只不过是看到了一件东西,由此预见了人类的灭亡。绝望之下,想就此了断而已。"

"胡说八道。"李工说。

"等等,你看到什么了?"我追问,同时心里有一个声音隐隐在呐喊。不要,不要告诉我那是真的。

然而,他还是无情地掐灭了我的侥幸,"大雪花。"

"什么意思?"李工不解。

"你看看这张云图。"数学家从怀里掏出图纸,递给李工,"大雪花好像无数把突然在大气中张开的冰伞，消耗了上升气流的能量，阻碍了尘埃上升。如果你现在引爆核弹链的话，当然可以产生尘埃，不过据计算，它们将全部在日本列岛以西降落，无力覆盖太平洋，更不可能覆盖全球。"

李工摇头道："你对你的结果就这么自信？我们已经决定加大爆炸当量，三百万吨TNT当量的三相弹[1]，难道还扫不掉这些大雪花？"

"不是扫的问题。"此时，老胡也意识到了问题所在，"既然实验场能产生出这样的雪花，那所有的炸点都能。大雪花在半空中形成，消耗了上升气流的动能，不是修改一个下垫面系数就能解决的。"

"我们可以增大爆炸威力，在半空中就把它们汽化！"李工挥舞着拳头。

"哈，你怎么不算算？你是用屁股读的书吗？"

李工压住火气，闭起眼睛开始心算。很快，他说："算完了。"

"怎么样？"

"按降雪面积十公里乘一百公里，昨天落下的雪花，总质量三十七点五亿吨。"

我心中一凛。这样说来，单单要把这些冰汽化，就至少需要二十五亿吨TNT当量的能量，也就是八百三十四枚这样的核弹头。

像这样的爆炸点，还有两千个。

距离起爆时间不到半小时。

"这不是雪花。"数学家点点头，说，"这是海洋。"

"能不能后撤防线，让核弹的爆炸点退到过冷云团之外？"李工问。

"现在雪线前缘已经推进到北纬三十度。那里是人口密集区，绝对不能爆炸核弹，而且那儿的地面也没有那么多沙尘了。"我说。

"爆炸，尘埃，扰动，凝结核……没办法，如果要达成输送尘埃

---

1. 即加了铀238增益层后的氢弹，形成裂变–聚变–裂变三相结构。

的目的，降雪应该是免不了的。"老胡想了想，绝望地说，"真像宿命一般。"

"胡扯，总有办法——总会有办法的！"李工像困兽一样在房间里踱步，"数学模型重新求解需要多少时间？我们能不能试着改变核弹链的布置？我们可以去申请调用全国的计算资源，你知道的，现在申请肯定能批准！"

"这没有意义。"数学家掏出了他在大会上展示过的那个存储器，说，"无论怎样巧妙地设置方程，都无法改变数量级的差距，就好像无论设计多么精妙的机械，也不能让人类靠肌肉的力量飞上天空。我们的对手狡猾，诡秘，又力量无穷。在我的方程所演绎出的两百多万条演化分支里，没有一条是通往成功的。"

我长叹一声，李工和老胡也长叹一声。原来我们知道，成功本来就是一件极为渺茫的事情，但庞大的数学模型、貌似成功的实验和万众瞩目的期待蒙蔽了我们，让我们觉得，仿佛成功应该就这样到来，人类就应当凭着自己的智慧获得拯救。但我们错了。

后来我才从李工嘴里得知，毁掉这一切的，只不过是一个被过度简化的气象模型。它简单地认为雪都是毫米尺度的微粒，忽略了其他可能。但不这样做，我们又不可能在有限时间内完成计算。

方程，真的变成了粉饰现实的遮羞布。

我们是毁灭人类的罪人吗？我脑海中突然冒出这个念头。不，这太沉重了，沉重到让我的膝盖颤抖，脚下的地面似乎在塌下去。为了活命，我立刻忘掉了这个念头。

"算了，我们也别再用放射性污染地球了。"我说，但仍没有放弃希望，"还有二十分钟，就让核弹链按原有方式起爆吧，尽人事听天命。"

李工掏出手机给指挥部打了个电话，然后说："我们来不及回去了，就近隐蔽吧。"

"好，我看这里就不错。有山坡遮挡，没被昨天的实验摧毁。"我说。

李工懊恼地跺了下脚,然后蹲在地上。

"行了,咱们也都尽力了。"老胡从怀里掏出一根烟,点着了,说,"万一人类真他妈灭绝了,有朝一日外星人来访,看到亚欧大陆上这连绵不绝的两千多个弹坑,便会知道,这个星球上曾经有过一个不服输的爷们儿种族。"

6

在孙诗宁的草原上,诗人、数学家、工程师与三匹马在一起,等待核弹起爆的瞬间。

三,二,一,零。

西边的天空突然亮了起来,一小片奇异的色彩在天边涌动。然后紧挨着它,又有一片更大的色彩出现了,它们依次亮起,越来越近,直到我们的头顶。一片片光晕仿佛巨人的脚,迈着大步,隆隆地跑过横亘千里的亚欧大陆平原,落足之处烟云滚滚。两千多颗核弹次第引爆,即将要把世界弄得天翻地覆。聚变火球在大地上翻滚着,咆哮着,捶胸顿足,掀开山岩,撼动大地,向着天边的寒潮发出撕心裂肺的呐喊!但雪花无声地淹没了一切。静静的、温柔的、像婴儿呼吸一般轻盈的雪花,以压倒性的优势,压住了尘土,熄灭了火焰,冷却了余烬,并把这一切残骸统统掩盖,让世界归于一片混沌未开的银白。

温柔的雪花还在飘落。我的岁月,人类的岁月,所有生命的岁月,在这无边的雪夜里,被寒风吹彻。

狂风裹着沙尘,尖啸着扫过大地。雪原上响起哗啦啦的声音,绵延不绝,那是被风吹动的冰屑和雪花。很快,风停了,超级雪花对气流强度的削弱已经到了肉眼能察觉的程度;但太阳没有出来,汇入大气的尘埃还需要一段时间才能消散。

"电话还是打不通。"多次尝试未果后,老胡放下手机,"可能基站被摧毁了。"

"我去山坡上看看，他们总不至于把咱们忘了吧。"我说。

这时候爬上山坡可不是一件易事。因为核弹的热量，地表的冰屑已经融化，山坡上到处都是瀑布和小溪，偶尔有雪块哗啦啦地崩塌，爬两步，掉一步。好不容易登上山顶，只见山坡正面已经被完全熏黑。雪原上雾气腾腾，水网交织，无数条小溪汇成一条浩浩荡荡的大河，流过了土城所在的地方。古代的永昌王决计没想到这里会发洪水，土城早已被冲垮，只剩几辆军车翻倒在河水里，仿佛海中的礁石。

我回到小木屋，告诉大家这个不幸的消息。

"不要担心，救援很快会来的——虽然，来了也没有意义。"老胡说，"我们得找到食物和饮水。"

"饮水好说，食物难办。"李工嘟囔道。

"等等……"诗宁忽然说道，"有件事情，能不能拜托各位帮我个忙？"

"什么事？"

"能不能……和我一起倒腾一下那些马粪？"诗宁问道，"呃，我知道这听起来有些疯狂，不过，要是再迟疑的话，就来不及了。"

我觉得莫名其妙，不过还是答应道："好的，我帮你。"

老胡好像意识到了什么，也站了起来。李工不解地问："你们去弄马粪干啥？"

"你看看周围的东西就明白了。"老胡蛮有自信地说，"孙诗宁不仅是诗人，她还是生物学家，我想，她是要在这里建一个微型的生态循环系统。"

按照诗宁的指点，我们把马粪翻搅均匀了，挑出表面的白毛，剩下的都埋进了土里当肥料。但奇怪的是，在我们干活儿的时候，孙诗宁小心地拾起了那些白毛，然后拎出她的箱子，从箱子里掏出她带来的泥土，搓成一个个小球，把白毛揉进了里面。做出这样的数百个小泥球后,她捧着它们,绕过山坡,把它们放进了山坡另一侧的溪水中。她呆呆地站在那儿,望着那些泥球随着溪水远去,眼睛竟然湿润了。

"怎么了,诗宁?"我走到她身边,"天快黑了,咱们该回去了。"

"好的,我只是……"她轻声说,声音几似呢喃,"等待这一刻太久了。"

其实,食物并不难找。夏日塔拉草原是我国最丰饶的草原之一。在厚重的积雪下埋着青草、蘑菇,甚至还有块茎,只要花些力气就可以挖到不少。天彻底黑下来的时候,我们已经挖到了足够的食物,诗宁搬出了一口锅,本想烧点干草,但发觉草料已经被马吃完了。此时,作为一名核能专家,我的知识就派上了用场——我把封装黄色合金的铅盒拿了出来,切断冷却系统,然后深深地埋入地下。不久,地面上传来微弱的热力,到了下半夜,就变得烫手了。

五人围着炉火坐下。这是原子核的火焰,看不到。没有火光,也没有月亮,周围的一切淹没在墨汁般浓稠的黑暗里。末日来临,寒风呼啸,这本来很能让人陷入绝望的。但不知为何,我们居然感到了前所未有的畅快,就连一直懊丧的李工也打起了精神。一方面是因为孙诗宁的诗歌。这位太阳的代言人不断向我们炫耀着她的作品,尽管身上冷得发抖,但心里却被她烤得暖洋洋的。另一方面,是因为这用原子弹煮的蘑菇汤实在是太香了。

"这样不会出事吧?"老胡试了试地面的热度,担心地问,"好像,那个福……福岛核电站就是这样炸掉的。"

"不知道。"我吸了一口蘑菇汤,口舌生津,"反正都活不长了,管这些干吗?"

"回想起来,我们还真狂妄,居然想改变整个地球的反射率!"李工叹了口气,"失败,也不足为奇。"

"这有什么狂妄的,一个先进的文明,本来就应该在行星尺度上进行建设。"我想到了莱姆的名作,说道。

"这还不狂妄？人类落到这种境地，不就是因为你的这种狂妄吗！"李工居然向我开炮，好像忘记了雪花的误差是他的部门的疏忽，"说不定，地球上的生命会就此灭绝！"

"不会的。"诗宁忽然一改平日嬉笑之态，严肃地说，"这样的'雪球地球'在新元古代就曾发生过一次。"

"新……新元古代？"

"对，大概是七亿年前，由超大陆裂解引发。'雪球地球'结束后，你猜猜发生了什么？"

"猜不到。"

诗宁神秘地一笑，"寒武纪生命大爆发。"

李工一愣，随即大笑起来，"哈哈，这真是一个好消息！"

"可人类文明的灭亡应该是免不了的。"我说。

"但人类的顽强与勇气的确在这场战争中体现得淋漓尽致，我们将没有恐惧地迎来灭亡，人类的精神将在宇宙中永存！喂，老天爷，你听见了吗？！"李工仰天长啸。

"李兄，人类的精神可不在于顽强和勇气呀。"我反驳道。

"哦，你又有何高见？"

"你看蝗虫，人类用火烧它，用毒剂消灭它，甚至用基因工程使它绝种，但它仍毫不退缩地年复一年地来袭，你说人类有没有这种勇气？有没有这种顽强？如果说这是人类的精神，那人类岂不是比不过虫子。依我看，人类的精神在于，"我轻轻搂住了诗宁，说，"即便面临着死亡的恐惧，即便陷入无边的黑暗，却仍能忘情欢笑，写出歌颂太阳的诗歌。"

"哈哈，说得好！我早就知道，你跟我是一路的！"诗宁兴奋地站了起来，说，"啊，我不得不即兴作诗一首来报答你了——"

  我在夜空摆下残局

  你手执星子，与我对弈

相见，别离
那是黑暗里两道光的相逢
怎会有等待的时机？
命运，无常
那是天风中两片叶的追逐
怎会有牵手的奇迹？

但我坚信奇迹
我愿将灵魂投入你的焰火
熔化我的孤独
让这杯苦涩的酒
发出沸腾的欢呼
抱紧我吧
抱着我
走完亿万个世界的旅途
这簇守望的火
足以驱散整个宇宙的寒雾

吟完一首，她意犹未尽地问："天气冷，我在房子里藏了好几瓶白干和二锅头，各位要不要来一点？"

"好！"老胡放声大笑，"月下小酌，一醉方休！"

"月？在哪里？"我问。

"你看天上，尘埃散了。"

只见一轮淡淡的月亮高悬天空，黑暗星云弥散在黄道面上，名不副实地反射出了一片银光。

尾 声

二十年后。

"然后呢?"豆豆仰着小脸,问,"然后,我们是怎么活下来的?"

"这你得问妈妈了。"我笑着把话题抛给诗宁,"问问我们伟大的诗人、老巫婆、魔法师、科学家、救世主、太阳的代言人……"

"够了够了!你这家伙。"诗宁扑哧一声笑了,"干吗跟孩子讲这些,让他知道我以前这么疯疯癫癫的,实在太不好了。"

"妈妈,快告诉我是怎么回事嘛!"

诗宁沉吟片刻,说:"嗯,豆豆,那我得先考你一个问题:你说这世界上最有威力的东西是什么?"

"是雪花!"豆豆说,"噢,不,是地球!"

"不,是生命,远远比地球强大。"

我心悦诚服地点头,是生命,把地球从炽热的大石球变成了美丽的蓝色家园。我的思绪飞回七亿年前的那个同样冰封的世界上。厚达两公里的冰盖覆盖了世界的每一寸角落,但另一种力量在海底聚集,那是种子破开顽石的力量,是雨林吞吐风云的力量。细菌在海底疯狂繁殖,分解有机质,释放出的气体产生的压力崩开了冰层,巨量温室气体进入大气,让地球缓慢解冻。

"其实也算是缘分吧。"诗宁说,"要不是那天我在电视上看到'救世大会',我也不会有胆量放弃治疗逃跑;要不是你们对放射性材料保管不严,我也没机会对甲烷菌株进行耐寒性诱变……"

孙诗宁的博士论文题目就是《新元古代厌氧甲烷杆菌的耐寒性改造》,但没有做完经费就断了。她把休眠的菌株藏在湿土里,带到了她的草原上。我一直被蒙在鼓里,但她不承认。她总是说我肯定早就知道她的计划,要不然,怎么会动用两千颗核弹融出一条大江,来把她的菌株送入海洋呢?

"……核爆掀起的尘埃虽然没能遮蔽地球,没能遏制'雪球临界点',但它产生的热量为菌株的繁殖提供了良好的环境。要不是这些核弹,甲烷气体可能要到一千年后才能积累到足够的量。所以,还真挺有缘的。"

"这真的是缘分。在'救世大会'上我就看到过你的名字,就在外面游行的'盖亚派'的标语上,印象很深。"我说。

"我的名字?可我不是'盖亚派'的啊?"她惊讶地说,但转念一想就明白了,露出一个灿烂的微笑。

许久,雪终于停了。我们走进雪原,头顶阳光普照。这不再是寒风吹彻的地球,气温已经开始回升,而这仅仅用了二十年。脚下,无形的力量在聚集,冰层发出咔咔的响声,一条条裂纹仿佛活物般在冰面上蔓延。

"爸爸,我们今天能看到草原吗?"豆豆问。

"当然能。哦,你看!快看那边!"

只见远处的冰面突然发出一声巨响,向上隆起一个鼓包。冰屑四溅,一股令人扫兴的臭气从鼓包里冒出来,形成一个冰洞。我们捂着鼻子来到这个冰洞旁边,只见洞底是一汪墨蓝色的湖泊,仿佛地球的瞳仁;在湖边,冰封已久的草叶黄蔫蔫地耷拉着。但现在阳光已经恢复了正常,加上地热,这里将不再封冻,很快,就会有新的青草长出来了。

"爸爸,这就是你埋原子弹的地方吧?"豆豆拍手笑道。

我笑而不答,轻轻搂住诗宁,抬头仰望天空中夺目的太阳。

就像你的名字一样,SUN SHINING[1], FOREVER.

2013年9月11日
完稿于清华大学紫荆学生公寓

1.孙诗宁的名字恰好是英文里的"阳光"。

爱尔克的灯光

用星辰修筑的灯塔,呼唤我们回家。

亲爱的姐姐：

真不知道该怎样表达我的心情！

此时，我的手仍在止不住地颤抖，即便是安第斯山峰顶的寒风，也不能让我激动的心冷却分毫。你可能会觉得奇怪，毕竟，在之前的来信里，我一直说着一个穷困潦倒的游子所能说的苦闷的话。但今天不同。姐姐，你最近看电视了吗？你感受到弥漫世界的恐慌了吗？姐姐，这一切是因我而起的，但无人知晓。我有一项惊天动地的发现，但遭到了无情的打击。我必须要把我的发现和遭遇写在信里告诉你，留作凭据。也许百年之后，历史能擦亮眼睛。

光阴荏苒，扳指算来，我离家求学已有六年。原来还算愉快的时光，在出国后变得压抑而漫长。上回我和你说过，我不仅奖学金没拿到，普林斯顿的学费还涨到了每年六万美元。家里的情况我很清楚，读博如同赌博，不能再这么下去了。

所幸，三月份时我找了一份不错的工作。于是我结束了那段噩梦般的研究生生活，来到了安第斯山的南方天文台给 R. T. 詹姆斯教授打工。詹姆斯教授是射电天文学领域公认的大师，组织了1998年对海尔-波普彗星的射电学探测。而且南方天文台也很好，这里有世界最大的八米口径可见光巡天望远镜VLT，我所喜欢的宁静，以及最重要的，那虽然微薄但足以糊口的工资。

在天文台，我总喜欢黄昏时出去走走。山脚下是圣地亚哥的万家灯火，比老家的繁华万倍。陌生的社会，陌生的国度，但天空总是熟悉的。金红的晚霞、蓝紫色的残光、纯黑色的星空一层层沉淀出来，仿佛鸡尾酒般美丽，而待浮躁的色彩如同酒渣般沉淀而下后，留在天空的酒杯中的，就是那些永恒的事物。亿万星辰，我一次次向你们叩问存在的秘密，而今天你们终于给了我答复。

也许姐姐你又会取笑我了，笑我整日务虚不切实际。生活早已让你变得成熟，不知你是否还记得小时候，我们一起坐在屋顶数星星的日子？长大后，我真的看到了一些特别的星星。天文学界管它们叫微波激射斑（Maser spot），或称为"脉泽[1]"。它们太亮了，温度比太阳核心还要高十万倍，但在大部分频段看不到它们的光芒。它辐射的是微波，而且有的只辐射频带极窄的微波（2GHz~10GHz）。那是家里微波炉的频率，也是水的共振频率。

当然，这不可能是热辐射——在这种温度下，连原子都分解了。只有一种机制能产生脉泽，那就是激光。

这并不是什么新发现，早在上世纪八十年代就有人发过天体激光的论文，发生机理已经基本清楚。那是一些巨大的气体分子云，直径可达数百天文单位，自转很快，沿自转轴发射出狭窄的微波束，好像一些旋转着的太空灯塔。脉泽是那些转轴恰好指向地球的分子云，它们表现出极高的亮度。而转轴指向其他方向的分子云却很难分辨，它们的本体距离太远，也太暗了。我的工作便是在小麦哲伦星云中搜寻这些脉泽，把它们登记入册，并计算它们的轨迹以保持追踪。

现在距离圣诞节假期已过去一个月了。在那天晚上，天文台人去楼空，我孤身一人留在那里，继续做着数据分析工作。那个晚上比往常更加宁静，连山鸦的叫声都被吞没在了无边的夜色中。

但是，上帝啊……在那晚，我究竟看到了什么！

起初我以为那是超新星爆炸。在显示屏上，光度刹那间饱和，望远镜对准的天区霎时被点状放射的强光淹没，好像有个宇宙巨人正在那里电焊！我大吃一惊，冲向窗口望向天顶。如果真是超新星爆发，那麦哲伦星云的方向上应该出现一颗璀璨夺目的亮星，就像宋代的"客星"那样。但那里，只有依旧宁静的夜空。

我困惑地回到电脑前，刚才的强光已经消失了。程序开始自动分析新星的光变特征，数据来自阿塔卡马毫米波阵列（ALMA）[2]，那是一个对称的尖脉冲，主频率50GHz，频率展宽15Hz，持续时间13.52秒。

---

1. 脉泽研究的相关情况，可以参阅《天文学与地球科学》，迈克尔·汤普森，中国青年出版社。
2. 北美、欧洲和亚洲的一些国家或地区科研机构合作建造的大型射电望远镜阵列。

我忽然明白了，强光只出现在微波波段，在别的光谱频段上，那里一无所有。

这是一个脉泽吗？不，不可能，据粗略估计，这个微波爆发源的能量比超新星爆发的能量还大两个数量级，达到 10^{54} 尔格[1]。哪里会有能量如此大的脉泽？姐姐，你可能不知道，超新星是宇宙间最剧烈的爆炸之一。当巨大的恒星死亡时，气体外壳向核心崩塌坠落，剧烈撞击，爆燃波以惊人的速度扫遍整个星体，化作一道晴天霹雳，劈开宇宙的寒夜。但那是全谱段的，从伽马射线到无线电，都可以看到闪光。其他种类的能量爆发事件也逐个被排除。唯一的解释是仪器出了故障，毕竟数据来源单一，而若要调用IOS卫星数据验证，则必须经过詹姆斯教授的批准，太麻烦。

姐姐，要是我的好奇心到此为止，恐怕就没有后面的发现和挫折了。虽然明知不可能，在神秘冲动的驱使下，我仍然使用了处理脉泽的方法来处理爆发的光学图像。程序跑了很久，比平常久得多，我只听到电脑硬盘咔嗒咔嗒的响声，那声音单调均一，像是在描述我自己的生活。如今，我的同学有的在华尔街，有的在瑞士银行，日进斗金，春风无限。只有我还留在这里，继续像硬盘一样，单调地、机械地、咔嗒咔嗒地转着，拿着一点儿微薄的工资，等待着一个渺茫的结果。我知道我不是天才，我知道我的专业是没有"钱途"的，我也知道我的责任是让家里人过上好点的日子。多少次辗转反侧时我都在想，干脆听你的话，回国找个"人间的岗位"，回到家里温馨的灯光下，找个伴侣，赚点钱，让家里那六十平方米也体验一下"哈勃膨胀"的滋味……

这时，结果出来了。我一下子傻了眼。

程序竟然从爆发的闪耀中抽取出了四十二个脉泽！

我急忙调出程序的分析过程，并写了几行代码进行可视化输出。屏幕上开始显示爆发录像的反演过程：一个放射状的点光源，渐渐分解为

1.能量单位，1尔格=10^{-7}焦耳。

数十个小亮斑，这些小亮斑一边散开，一边变暗，很快就消失在黯淡的太空背景下，好像水滴融入了池塘。

但这已经够了。这不足半秒的过程，已经透露出这些脉泽的大部分信息。

事实很明显，这是小麦哲伦星云里的四十二个未被发现的脉泽。它们散布在横跨三千多光年的巨大天区内，围绕星系中心，沿着椭圆轨道运行。平时，它们的转轴在空间中的指向是凌乱的，所以我们看不到；但就在那13.52秒的时间里，这些天体完成了一次精密得可怕的四十二星连珠，所有的自转轴同时排成一条直线指向地球！这就好像有人从我们老家扔出了一根针，飞越太平洋，然后把在洛杉矶乱飞的四十二只苍蝇一齐钉在了墙上。

简直是见鬼了。

我连夜将这个发现整理成短文，发送给正在美国开会的詹姆斯教授。詹姆斯教授在第二天早晨乘机赶回来，看了所有的记录。他显得有些忧虑，说为了确保数据的可靠性，应该去检查一下二号射电基阵记录的数据进行对比。那个基阵在另一座山峰上，路程有二十余公里，我只好开车前去。不料，路上居然下起了大雨，这是在世界旱极——阿塔卡马沙漠旁下起的大雨！一向干旱得寸草不生的山间顿时雾气茫茫，缺乏植被固定的沙石倾泻而下，把公路冲垮了。车裹在泥浆里滑下去，情况极为危险，我不得不弃车逃跑，竭力爬上了一处地势较高的巨石，但因此被困住了。手机也打不通，后来我才知道，在昨晚，整个南美洲的手机通信全部瘫痪。

这场雨不同寻常，进一步证实了我那晚的发现。微波闪耀的功率是如此强大，以至于造成了大气局部升温，并摧毁了所有工作频率在50GHz的手机基站。地球好像被一台巨大的宇宙探照灯照了一下，或许，是整个太阳系都被照了一下。天啊，这束来自河外星系的闪光，到底是什么？

瓢泼大雨让我从最初发现的狂热中冷静下来。这只探照灯的光线穿透了几十万光年的空间和尘埃,到达地球时仍保持着能烧毁手机基站的功率,可见这束光一定非常强烈和集中。而把四十二个相隔数千光年的这些"针尖"排成一列、同时对齐,恐怕只有上帝才能办到吧……

不,未必!我想,脑海中突然浮现出一个名词:天体工程学。

天体工程是科幻作家莱姆在《完美的真空》里提出的概念。他认为我们之所以看不见地外文明,只是因为我们视而不见。我们把宇宙星辰当作自然,就好像蚂蚁把柏油路当作自然一样。文明所掌握的动力是衡量文明先进程度的标准。先进的文明有着巨大无比的动力系统,可以制造星体并控制它们的运动,甚至成为星体本身。

但它们是怎么办到的,渺小的人类又怎能知晓呢?

雨越下越大,好像老天要把上万年欠下的雨水一次性还清似的。连续二十多个小时没吃没睡,我已经极度疲乏,救援却遥遥无期。头顶,霹雳一个接着一个,惊雷滚滚,在山上看起来更为壮观。层层叠叠的乌云涌过山梁,在山坳里被卷成一团团硕大的旋涡,在旋涡深处,电光闪烁……我的意识渐渐模糊,周围的山脉、脚下的地球渐渐隐去,只留下太空和繁星。眼前的云团旋转着,咆哮着,坍缩着,突然中央闪出一道极亮的光芒,恒星和行星诞生了。

这是一个只有三颗行星的恒星系,位于小麦哲伦星云。我凑近了中间的岩石行星,惊喜地看着海洋诞生,绿色出现,陆地板块分而又合。很快,我在行星黑色的背面看到了散落的光点,它们爆炸般飞速扩散,然后忽然消失,整颗行星笼罩在一片灰土色中,不久后绿色再次艰难占领了世界,文明重生……这个过程反复了多次,我才注意到太空中多了一些银色的灰尘。这些灰尘增加的速度令人头晕目眩,连接太空和地面的细线拉起来了;环绕世界的大环建起来了;灰尘飘飞着,吹遍了整个恒星系,更多更大的太空物体出现了,有的像指环,有的像珍珠……还有一种手枪似的银色物体。它们飘在星系外围,猛地射出一颗银色的米粒,那米粒顶着一道弓形的引力波激波,一头扎进黑暗的深空……时光荏苒,沧海桑田。它们的恒星已濒临死亡,但它们并不畏惧,无数的控制棒被投入恒星深处,将它缓缓熄灭……

上百个世纪犹如弹指一挥,文明终于走出摇篮,越来越强,了解了空间的本质,有了神一般的力量。整个星系的空间已经显得太过拥挤,环境渐趋恶劣,唯一的出路是驶向最近的星系——银河系。一项辉煌的工程开始了:首先,是建造搬运恒星的引力滑道。在无数小型爆破的驱动下,暗物质在恒星之间凝聚,如絮如缕,组成气势恢宏的流形网,宛若城市间的铁路;无数人工黑洞维持着引力滑道,好像一排排钉在铁轨上的螺钉,保证流形的亘古长存。渐渐地,麦哲伦星云里的四十二颗白矮星的轨迹被改变了。它们进入了引力滑道,运行到了恰当的位置,获得了恰当的速度;米粒们聚集在白矮星周围,人造黑洞产生的空间扭曲,完成了对自转轴指向的精密调校……

接下来,自然的伟力开始起作用,脉泽形成了。引力吸附了星际介质,它们旋转坍缩,形成一个吸积盘。气体高速坠落在炙热的白矮星上,点燃核聚变,氢氦锂硼碳氮氧,产物原子顺着爆燃波喷涌而出,向圆盘外飞溅,在吸积盘边缘和落下的星际物质撞击、反应、化合。氧与氢燃烧化合成水,形成一圈环绕整个圆盘、长达数光年的环形热雨——那是从火中滴出的雨,宇宙间最壮观的大雨啊!如果有行星沐浴在这大雨中,如果我能降落在这行星上,那看到的,将是怎样令人窒息的景象!那天空之外的天空,云层之上的云层,行星在奇形怪状的云团间穿行。每一滴雨都有小山大小,呼啸着像陨星一样坠落,在地上炸起一朵朵冲天的水花……

这是一台天文尺度的激光器。渺小的文明总难以控制如此宏大的工程,一切都是通过逐级放大的控制、反馈系统完成的,好像人类的电磁继电器。是的,这便是天体工程的关键——诱导,而不是创造!在水合反应的化合能的激励下,水分子达到了布居反转态[1]。受激辐射仿佛雪崩般发生,麦哲伦星云里,灰暗的星际介质顿时化为数光年长的巨型

---

1. 又称粒子数反转或布居倒转。在一系统中发生原子能级的再分布,以致产生激光作用。

激光管。一道微波激光沿着圆盘轴线射入虚空，宛若灯塔，为远行的探险者指明方向，而那光束的尽头，正是地球……

姐姐，我几乎停不住笔了，好像又回到了当时的狂想中。我昏迷在山石上，发了高烧，三十多个小时后才被智利政府的救援直升机发现，在医院又待了两天。这两天发生的事，我什么也不知道。

当我康复回到天文台时，首先看到的是公路上望不到头的车队。他们是来自世界各地的记者，把詹姆斯教授团团围住。我心里一沉，挤进人群。人群中央，詹姆斯教授正对着镜头演讲，我耳朵里听到的，全是詹姆斯以发现人自居讲述的发现过程，全是编出来的鬼话！我全明白了，为什么当时我没有为自己的发现留下凭证呢？！

事到如今，恐怕只有一个办法了。我冲上讲台，当着记者的面给了詹姆斯一个耳光。全场大哗，闪光灯顿时笼罩了我，我对着镜头大声宣布，发现人是我，而不是这个骗子詹姆斯！

一片令人尴尬的沉默。

一个机灵的记者问道："那你如何解释海尔－波普彗星的脉泽激励效应呢？那无疑是1998年詹姆斯教授的成果，没有这个基础，你怎么可能想到用脉泽来解释这个微波爆发呢？"

我哑口无言。前面我说过，1998年的彗星脉泽是詹姆斯教授发现的，这毫无问题，但我总不能说我是因为无聊才用脉泽分析软件处理数据的吧！

詹姆斯教授倒是颇有虚伪的涵养，他慢慢站起来，对记者们说："如果你们怀疑事实，可以去查一下电脑网络的使用记录。这些数据全部是传往美国进行分析的，显然冯先生当时不在美国。"

我知道再怎么申辩都是无用的了。在我被困的那段时间里，詹姆斯肯定同时篡改了两地的使用记录，而且背后必然有同谋者。当然，更进一步的调查也许能戳穿詹姆斯的谎言。我可以起诉，花两万英镑请个律师，那是我三年的工资。我没有多说什么，当天就递交辞职报告，离开了南方天文台，心灰意冷地在圣地亚哥找了间小酒店住下，盘算着日后的生活。

下面该怎么办呢？没有钱，没有熟人，离乡背井，连我钟情的事业也给了我打击。不久后我回了美国。前天，我坐飞机前往普林斯顿，希望能在老地方谋一份工作，但目前还没有进展。闲暇时，我仍关注着小麦哲伦星云，看着电视上詹姆斯的报告。他比我更进一步，推算出五十年后这四十二个脉泽又将与地球排成一线，并且这样的事件每隔五十年就会精确地出现一次。整个麦哲伦星云是一台被上了发条的钟表，引力是它的齿轮，恒星是它的晶振。但无论詹姆斯如何荣耀，我想，他永远也不会梦到那纵横星际的引力滑道，那环绕星云的暴雨，和那个伟大的文明。

姐姐，你看到这里时，大概会觉得我又固执又可怜，想劝我结束这段漫无尽头的苦旅，回到你为我点的灯光下，过"正常人的日子"吧？你的弟弟并非无情，只是不习惯被人可怜。即便遭受挫折，我也只是暂时地消沉。姐姐，就像那日暮时的天空一样，烟云次第沉淀，留下亿万星辰缀满天穹，一切世俗烦恼终将归于沉寂，留在天空中的将是那些永恒的话题——我们从何而来，到何方去？宇宙从何而来，到何方去？人生目的为何，宇宙的目的为何？那穿越宇宙的光芒仿佛有魔法般攫住了我的心，蕴藏着这些问题的答案，那个伟大的文明，那段遥远的旅程，也许正是它们寻找答案的见证吧？

古代，人类曾建起宏伟的亚历山大灯塔，希望灯光指引着远航人不要迷失方向。在跨越星系的航行中，大概也是如此。有人猜测那束光或许就是外星舰队的航标灯，它们已经造访过地球，或是即将造访地球；也有人猜测那是星际战争的武器，地球危在旦夕。但我觉得，那只不过是温情的呼唤罢了。"爱尔克的灯光"，就像那个古老的希腊传说中所说的，姐姐爱尔克点着灯，希望照着远航的弟弟回家。或许——

或许，我们的祖先便来自那里？

啊，我真不知道怎么表达我的心情！我的心究竟是属于温馨的灯光，还是无尽的远航？然而，启示就在天上，抬眼便可望到：光束射穿了小麦哲伦星云和银河系之间二十一万光年的漫漫长夜,穿过银盘,直指地球。伟大的航路,向我们炫耀着前辈的辉煌。这个文明耗尽四十二个星系的物质建起这伟大的星辰灯塔,难道仅仅是为了呼唤我们回家?

2013年2月22日 凌晨
完稿于清华大学紫荆学生公寓

卡文迪许陷阱

文明,总是让自己的足迹走得与思想一样远。

1

亲爱的小妹，真希望你永远都不会看到这封信！可当你看到这里时，我想，一切都无法挽回了。

你的大难不死的哥哥马上就要死了。死于一个早有预谋的陷阱，一个无法破解的死局。

四天前——对于你来说则是十五年前了——在引力的撕扯下，"先锋号"突然解体。龙骨首先断裂，蒙皮被剥离、撕碎，化为无数飞舞着的亮晶晶的金属碎片。空气激射而出，裹挟着杂物和尸体；管道中的水汽刚喷出就凝成了冰霜，弥散成一片晶莹的雾，在星云的蓝色辉光里闪烁着，仿佛死者出窍的灵魂。

漫漫航程戛然而止。我成了唯一的幸存者。

借着四散的残骸，我察觉到了那个引力源的存在。它看不见，但残骸的运动方向显示出它的方位。冰雾被引力拉成了长条，向那个方向奔流而去，好像一条抖动的丝巾勾勒出风的吹拂，残骸的运动也令那个幽灵现了形。

那是一个黑洞吗？不，不可能。黑洞并不黑，当物质落入其中时，会发出强烈的辐射。何况在星云中央，黑洞会吸积大量气体，产生的光必定逃不过我们的眼睛。"先锋号"的探测器极为灵敏，在这趟跨越"大裂谷"的伟大航程中，它已经无数次发现了在航路上游荡的微小黑洞。而眼前的这个神秘的引力源，即便是近在咫尺，探测器也没有反应。它好像是凭空跃出，然后迅速飞远，留下一片残骸和孤零零的我。

这里是"大裂谷"，银河系中最荒凉的地带。没有恒星，没有人迹。唯一的寄托就是你，和你所在的殖民飞船。尽管我们的飞船一前一后，相隔十五光年，但我对你的牵挂却丝毫没有因此减弱半分。

其实我不该抱怨的。比起惨死的同伴，我不仅有机会能与你道别，而且还得以见证这个惊人的死亡机关。尽管它已经埋葬了无数生命,但我在诅咒它的同时,也不能不赞叹它的宏大与机巧。

时间不多了。在这里,我要为你,为人类,甚至是非人类,将我的遭遇细细道来。

2

我们是一支科学考察队,从温暖的地球出发,经过数百年的漫漫航程来到这里,为了搜索宇宙中看不见的物质——暗物质。

不得不说,我们是幸运的。在过去,科学家们只能在幽深的地底建起庞大的水槽,等候着暗物质粒子在极其微小的概率下碰撞上显物质,发出一道微弱的闪光。而现在,我们身处于一个奇迹的年代。我们乘着光速飞船飞驰在星海中,在广袤而原始的空间里,大批量地分拣暗物质的候选者。看看这些惊人的成就吧:基本粒子的理论已经建立完备,虽然仍在至大与至小的尺度上开拓出了新的未知疆域,但物质的本质已经清楚,并且闪电般地投入了应用。环日加速器击碎了夸克;曲率驱动让飞船达到了光速的百分之九十九;一百光年内的恒星系统都建起了人类的前哨站,南门二、巴纳德、格利泽……不到一万年,我们就从非洲的石窟里,迈进了格利泽星暗红色的光辉中。这个宇宙中,似乎已经没有什么能阻挡人类前进的脚步了。

但仍有一个谜题困扰着我们:暗物质。这一缺失的链条始终没有被补完,成为所有理论的一块心病。

你肯定会好奇,为什么我们会执着于这个东西,这种既不发光,也不能与我们发生任何作用的物质?抬头看看星空,你就知道了。无论在宇宙的哪个角落,星星只是微不足道的灰尘,占据了大部分天空的,是永恒的黑暗。那才是宇宙的主体,而我们怎能容忍自己对其一无所知?

当然,一鳞半爪的知识还是有的。有人怀疑那是"晕族大质量天体"，包括一种完全熄灭的不发光的恒星——黑矮星，还有宇宙间的怪兽——黑洞。但一颗恒星要熄灭为黑矮星，所需要的时间比现在宇宙的年龄都要长得多；而黑洞，则可以通过气体被它吸引时发出的热光来探测。早在二十世纪，人类就已经据此确认了这些天体的数量，可惜，它们最多只占了暗物质的零头。

那暗物质是什么？尚未发现的粒子，还是来自另一个维度的影子？为了寻找答案，我们一行二十人乘上了"先锋号"，去星海间一探究竟。

天文学家为我们指出了一条最佳的航路：穿越"大裂谷"。这是银河悬臂中的一个恒星稀疏带，宽达一千光年，其中几乎没有星际介质和气体。显然，这对航行不利，但用引力透镜测绘出的暗物质分布图表明，这里暗物质很稠密，是最适宜进行采集的地方。另外，这次考察是人类进行过的最远的航行。我们将陆续造访三百多个恒星系统，把人类的旗帜一直插到银河系边缘的那数百个世界，具有史诗般的意义。

而我现在所在的地方，就是它们中的一个。

"飞羽星云"，真是一个美丽的名字。它呈暗淡的蓝色，状如其名，仿佛一片羽毛，飘舞在"大裂谷"的黑暗虚空中。同样早在二十世纪，人类就已经发现了它，硕大的天文望远镜让人类得以窥见它独特而精细的纹理，每一根"羽毛"都纤毫毕现。这是一处残骸星云，大质量恒星爆发后的遗迹，可奇怪的是，它的中心并没有中子星或黑洞存在。要知道，每一颗死亡的大质量恒星都会发生爆炸，外层气体被炸飞，核心则坍缩为一个微小而致密的星体，有的是一颗只有北京大小，却比太阳还重的致密中子球，有的则是连光都无法逃脱的黑洞。不仅如此，那浅蓝色的漂亮"飞羽"是由恒星爆毁时喷射的气体组成的，人们分析了其中的氢丰度，发现它比常规超新星残骸要高得多。在爆炸时，它还有大量的核燃料未被燃烧。

也就是说，这并不是一颗恒星寿终正寝后的陵墓，而是一具突然死去的尸体。

我们早该想到那个凶手的存在。

可我们别无选择。在跨越"大裂谷"的航程中，我们必须要补给。曲率引擎每次启动都需要巨量的能源，这只能由恒星提供。我们的航迹在星图上画出一条连接数百颗星星的蜿蜒折线。这就像踩梅花桩过河，一步不慎，满盘皆输。而百余光年内，就只有"飞羽星云"这块跳板了。

是的，别无选择。漫长的航行让我们饥渴交加，我们好像在沙漠中突然看见绿洲的旅人，欢呼着向那里冲去。脱离冬眠，减速，入轨，采集燃料，我们没有任何犹豫就陷入了这里，这座用万有引力筑起的迷宫，无法逃脱的"卡文迪许[1]陷阱"。

事故发生得毫无前兆。当时，燃料已经基本采集完成，我正开着救生舱，在飞船外检修损伤。忽然，一股巨力猛然袭来，一切都发生在电光石火间，飞船仿佛一片落入狂风巨掌的叶子，疯狂地摇摆与旋转起来。但仅仅几秒钟后，这股力量就消失了。

当我稳住船体时，灾难已经酿成："先锋号"变成了一片不断膨胀的金属垃圾云，在我的视野中渐渐远去。救生舱脱离了轨道，发动机熄火，四下一片黑暗，我只能无奈地任由救生舱自由滑行，向一个未知的世界飘去。

那就是当下我所在的地方。

3

我把这里叫作"铁星"。事实上，这未必是铁，但星体的确是由一些颜色晦暗的金属组成的。

---

1. 亨利·卡文迪许（1731–1810），英国化学家、物理学家，主要贡献是测算出了万有引力常数。

起初，我并不知道它（它们）的存在。它们太小太暗了，就算是用"先锋号"上最先进的侦测系统都难以察觉。能来到这里，或许是命运使然，但我觉得更多的是一种必然。"卡文迪许陷阱"用万有引力筑起了恢宏的迷宫，我只不过是信马由缰，任这引力的滑道将我引导到了这里，并成功降落。

在降落前，我在太空中漂泊了整整三天。这是可怕的三天。恐怖的死寂环绕着我，黑暗围拢在舱外窥伺着，好像鬼魅在耐心等待着一顿美餐。为了与之对抗，我竭力回忆我们过去快乐的时光，回忆起地球的温暖，回忆故乡的美好事物：阳光，和煦的风，喧闹的街道，小河边的红砖房。在那里，留下了我们童年的欢笑……

唉，我为何会抛弃这些美好，放弃幸福的一生，到这个可怕的鬼地方来？这种看似愚蠢的选择并不是一时冲动。这种命运，或许在我小时候就已经注定了吧。

你知道，我从小就是一个很懒的人，但你这疯丫头却总要我带你出去。为了我的光辉形象，我不得不克服懒散，带你远行。慢慢地，远行也成了我生活的一部分了。我不知道已经多少次带你出去疯玩了，从自己造船去河对岸的旧房子冒险，到偷搭火车去两百里外的大都市。每次都惊心动魄，偷卡车的那次甚至险些丧命，回家后也没少挨板子。不过，我最终迷上了这种探险，尤其是你满目崇敬地叫我"大难不死的男孩"的时候！这种乐趣一直伴随着我，无论是在优雅宁静的校园，还是在尘土飞扬的战场，更无论是在小桥流水的故乡，还是在寒冷孤寂的太空，我一直都这样告诉自己，你可是"大难不死"呢，勇敢地去未知的世界里闯一闯吧。

但这次，我不行了。

你还记得我们分别时的光景吧？那时你才十六岁，第一次看到大海，却没有了以往的兴奋劲儿，赌气不理我。我知道为什么——这次旅行我不能带上你了。航程太危险，太漫长。当我们到达目的地时，地球上已经经过五百年；回来时，一千年。到那时，世界沧海桑田，万物白云苍狗，乡音已改，故人已逝。当然，你不理解这个，狭义相对论对你而言太过玄奥；但以你的敏感，肯定已经察觉到这将是永别了——在这分别的海港，气氛实在太过悲壮：上千人聚集在海港边，那是远征队的亲人朋友。他们小心地在大海中放下自己做的小船，船上放着蜡烛，为亲人祈福。夜幕降临，万籁俱寂，平静的大海上飘满星星点点的烛光，宛若星空的倒影。

在这片烛火星空之后的海平线上，一条银色亮线划破暮霭沉沉的天穹，穿云破雾，直插云霄。那是太空电梯，我们第二天早上就要乘坐它去到同步轨道，登上飞船。闪亮的电梯舱体沿着亮线飞速上行，川流不息，仿佛无数灵魂在升上天堂……

是的，只需要一点风浪，这些小船就会被掀翻，蜡烛浸湿，火焰熄灭。可我们却要驾驶着这样的小船去横渡太平洋。

不过，我一直都有安慰你的好办法，这么多年来，屡试不爽。你还记得吗？我们每次出门冒险前，总是找一块通灵板来占卜，结果都是"安然无恙"。是的，我很抱歉骗了你。现在你应该已经知道，那些随手抓起的沙子为何会自动排成神秘的图案了，不是什么神灵，而是金属板的共振塑造了这些沙子的形状。板子上有些地方振动很剧烈，叫作"波腹"，那里的沙子都被振飞了；而有的地方不会振动，叫作"波节"，那里就堆满了沙子。对于同一块金属板和一个固定的频率而言，波节与波腹的分布是不变的，自然会产生一样的图案。最后的那次，也是这样。

可这依然没能让你平静地接受这一切。你不理解，我去那个黑漆漆的一无所有的太空中要干什么。寻找科学家们所说的暗物质有任何意义吗？甚至，它真的存在吗？

是的，它们存在。在这里，在"铁星"上，我找到了它们。

4

三天的漂泊后，救生舱的导航系统突然发出警报，显示我正在高速接近一个大质量星体。

其实，直到这时才发出警报实属无奈。非惯性参考系（加速度）与引力等效，因此在自由飘行中，我无法检测到那个星体的引力，就好像从高处坠落的人感受不到地球的重力一样。这是爱因斯坦的等效原理。但潮汐力是可以被发现的：由于与引力源距离的不同，作用在船体不同部分的引力就有了差异，船体靠近星体一侧所受的引力略微大于远离星体一侧的引力。这个引力差就是潮汐力，"先锋号"就是被这种力量扯碎的。所幸此时的潮汐力还很微弱，仅仅能被传感器发现。

和刚才一样，我无法知晓这个引力源的质量，也无法判断与它的距离。我所知道的，只是一个方向。

没有任何参考系……没有任何坐标……只能靠运气了。

我战战兢兢地启动了发动机，希望能把相对速度降下来，以免一头撞死。那是我一生中最恐惧纠结的时刻，死亡可能远在天边，也可能近在眼前；我可能正把自己推向绝境，也可能在走向新生。要是这段时间再久些，我肯定要发疯了，但所幸没有。

突然间，舷窗里升起了一座隐约可见的拱门，以暗蓝色的星云为背景，反射着幽幽的微光。地平线！我如释重负地大喊一声，重新调整发动机，向那片大地降落下去。很快，激光测距仪有了读数，五十公里，十公里，一公里……砰！救生舱触地，弹起，然后再次坠落。天旋地转，但最后总算停了下来。经历了三百年的航程，我，一个人类，终于降落在了这个从未有人涉足的神秘行星的表面。

如果是以一个征服者的身份到来，此时的我肯定激动万分。但我是一个星际漂泊者，一个当代鲁滨孙。我太累了。在这历史性的时刻，我没有郑重其事地在这颗星球上踩出脚印（事实上也踩不出来），而是昏倒在救生舱里，沉沉睡去。

这一觉睡了很久。在这死寂黑暗的地方，无人打搅，我可能就这么睡死过去。但最后我还是醒了，是被日出的光芒唤醒的。

是的，小妹，你没有看错，就是日出。在进入"飞羽星云"前，我们早就已经确认这里没有恒星，也没有任何发光天体。星云本身的蓝色辉光是气体被宇宙射线激发后发出的。但我确实看到了一次日出，一次诡异的黎明：

一个妖冶的光团从地平线上跃起。它光度很暗，暗红色，并不耀眼，形状变化不定，好像某种时而伸展、时而蜷曲的软体动物，在顺着一根看不见的枝条往高处攀爬。我想那可能是某种发光的气体，观测也印证了这一点——它的主体是一个气体旋涡，因为高速旋转时的摩擦发热而发出光芒，好像一团有生命的火焰在不息地舞蹈。

那它的中心应该有一个黑洞吧？我们的航程中，已经发现了大量的小型黑洞，这么想是理所当然的。可是，当图像放大后，我在这个旋涡的中心找不到任何天体。气流旋转着，被吸引到中央，然后原封不动地朝四面八方喷射出来，形成这团不断扭动着的红色怪物。它吞吐着红光，在天空中洒下点点萤火，令原来隐藏在黑暗中的巨物纷纷显形——可怕，这片可怕的天空，就算神经错乱的疯子也要为之窒息！

只见一轮黑色巨月沐浴在血红色的光芒中。它占据了半个天穹，庄严而缓慢地移动着，表面却看不见任何细节，仿佛一口黑色深井，产生了一种巨大的视觉压迫。光影游弋，斗转星移，"太阳"踱过天空，让更多的天体显露出来。在巨月后面又露出了第二个月亮，第三个，第四个……天啊，漫天都是，难以计数！这无数的黑月亮或近或远，或大或小，悬挂在血色的天空中，好像无数只巨眼的瞳仁，冷漠地凝视着我。

这是魔鬼的宫殿，而我，只是在巨人脚下瑟瑟发抖的蚂蚁。

冷静，我告诉自己。现在有事可做了，冷静下来，才能有所发现。我用颤抖的手调出了导航程序的光学模块，让它记录这些星体的运动，然后用牛顿定律反解出天体参数，进行分析。很快结果出来了：视野中一共有三百二十三个天体。最大的星体体积与火星相当，最小的也有月球大小。但它们的密度却普遍是月球的三十倍！这简直不可思议，难道它们是由纯铁铸造的？那也不可能，即便是元素周期表里最沉重的金属，也不可能如此致密啊！

这些星体，到底是什么？

借着红色的天光，我低头打量着脚下的这片大地。有理由相信，组成我所在的这颗星体的物质，与其他星体也是完全一样的。大地颜色晦暗，镜面般光滑，应该是某种金属。几百米开外有一道悬崖，一大片地面都被淹没在这悬崖的阴影中；更远的地方，地表像被撕裂掀开了似的，尖锐而扭曲的金属冲天拔起，仿佛某种怪兽背上的板甲，形成一大片嶙峋峥嵘的奇异地貌。在这片破碎地貌的后面，我看到了一个圆钝的小山包，它很大，有些像文明的造物，但我不敢肯定。那里太远了，造访它是以后的事情。眼下，我手头上还有许多具体的事情可以做。

趁着光线尚好，我出舱取了一小片样本，带回舱里，然后做了一个简易杠杆粗测了一下样本的密度，发现它基本与铁相当。诚然，这是一颗奇特的星球，但组成它的物质是寻常的。

可这样一来，过大的密度又如何解释？我想起了"先锋号"的惨剧，想起红色旋涡中央的引力源。难道这个星系里真的游荡着无数看不见的引力幽灵，存在着隐形的质量？

这和我们寻找的暗物质有联系吗？

很快，日落就到来了。但"太阳"并非落到了地平线下，而是直接在半空中瓦解，消融。天空中只留下一片发着暗淡残光的尾迹，好像一道伤疤。或许那个引力源已经飞出气体云，没入了真空中吧。不多时，天空中的残光尾迹就完全消退了。它失去了光度，变成了暗蓝色星云中的一条纹理。而这样的纹理还有很多，它们一层层地铺展开来，形成一种漂亮有序的结构，仿佛树木的年轮，记录下了这个引力幽灵反复造访的足迹。我恍然大悟，原来这就是我们从远处看到的"飞羽星云"那细腻的羽毛了。

看来，这里原先确实有一颗恒星，但那些看不见的幽灵摧毁了它。在那之后，还一遍又一遍地穿过它的遗骸，仿佛上帝之笔在反复勾勒，画出羽毛的纹理，将星云拉扯成了这种飘逸的形状。

我终于看到那个凶手了，可它的存在已经超过了我的理解力。

黑暗降临，这个诡异的世界又重新笼起了它的面纱。

5

过了许久，我才从刚才的震撼中平复下来。我头昏脑涨，不过心里却兴奋无比。是的，小妹，这就是这趟漫长苦旅的意义所在，我看到了宇宙间最壮丽的奇观。仅仅是这样，我都会觉得此生足矣。

况且，这还远远不是全部。

在计算机的帮助下，我试图推测出这个天体系统的宏观分布图。这个过程颇为复杂，但在一片黑暗和死寂中，这无疑是一种忘记恐惧的好办法。

分析结果令人震惊：在半径为十五个天文单位的天球系统内，这三百二十三颗"铁星"排成了一个高度对称的点阵，仿佛向日葵花盘上螺旋形的花序一般，只不过那是二维阵列，而这个点阵是在三维空间里排布的。点阵的排布散发着数学与几何上的神秘，好像某种晶体，又仿佛一局死棋，等待着破解者的出现。

我无法相信这是大自然的手笔。

另一个奇异之处是，这个点阵的排布方式是不符合万有引力定律的，除非有外力维持。否则，这个结构很快就会崩溃散架，一些星体会撞成一团，另一些会被甩向虚空。

这些外力是什么呢？我想，那一定和我们寻找的暗物质有关。那些穿越空间的看不见的引力源，或许就是摆下这局死棋的神秘之手。但资料仍然不足。我需要确定引力源和星体的相对速度，需要再次观测，而这只能等到下一次日出。我不知道那得是什么时候了。总之，我必须保存体力，不是为了获救，而是想在死之前弄清这一切。救生舱的资源能维持三天，但如果我一直保持睡眠，节约口粮，坚持一周应该是没有问题的。

但我没能入眠。刚刚合眼没多久，一阵强烈的震动就把我惊醒。

地平线上出现了一道闪光，似乎是什么东西斜斜地撞上了地面，闪光的碎片仿佛礼花般四散飞溅。紧接着，第二道、第三道闪光在同一方向出现了。是陨石雨！我连忙抓起望远镜，只见地平线上碎片横飞，好像在进行着一场盛大的焰火晚会。因为真空，碎片毫无阻力地飞射，有些小块碎片直接被抛进太空，大的则只是晃晃悠悠地划过一条弧线，然后落在地上。突然，像触电一般，借助着爆炸的光，我的目光猛然抓住了那些碎片中一个转瞬即逝的轮廓：气闸舱、中央大环、引擎、散热翅片……

这是"先锋号"的残骸！

就像我飘荡到这里一样，"先锋号"也在引力的引导下随我而至，不过因为没有减速，此时它已经撞成了齑粉。

但无论如何，我仍然抱着一点渺茫的希望。就像鲁滨孙从搁浅的破船里找到了罐子、布匹和火药，我也希望那些残骸里还能剩下些什么。于是，待残骸碎片的轰炸停歇后，我启动了发动机，驾驶救生舱小心翼翼地向那里飞过去。

残骸坠毁的地方一无所有。大地漆黑一片，仅有的亮光来自许多暗红色的铁水湖泊，一幅地狱般的惨象。显然没有什么东西可以在这种撞击中幸存。不过，我并没有感到失望。在它们附近，我发现了一个有趣的东西——不久前我看到过的那座神秘的圆顶小山包就在这里，它直径大约二十公里，极为光滑，表面反射着微光。可现在，这个圆顶上多了一个黑色的大洞，显然是刚才的撞击产生的。

我恍然大悟。这是一个巨大的球壳，半埋着，只露出顶部，里面是空心的。

我操纵船舱降低高度，绕着它缓缓飞行一周。它呈一个精准的球形，外壳极为光滑，也很坚固，刚才的撞击仅仅炸开了一个几十米宽的洞口，对其余结构没有造成任何损伤。在小山包的底部，由于它投下的阴影，我看不清下面的情况，但在阴影外隐约可以看到金属地表被撕裂翘起的地貌，还有抛射物留下的痕迹。这些抛射物以球体为圆心，形成一个放射状的圆环。显然这不是天然的地貌或建筑物。

一艘地外文明的飞船静静地躺在这里，与我一样，被困在这座黑魆魆的陷阱中。

或许，后来的历史学家会对这个时刻有所描述，毕竟这是人类第一次接触到地外文明。但此时我却并没有预想中的激动和震惊，毕竟在这个奇怪的地方，这样的遭遇才算正常，何况人类为这一刻准备了很久。在这个寂寞的地方，我很高兴能有个伴儿。

没有任何害怕，也没有任何犹豫，我小心翼翼地操纵着救生舱，从还散发着余热的破口缓缓飞进了这个球体之中。

6

小妹，想必你也对这艘来自外星的飞船感到很好奇吧？但事实上，进入这个球壳后，我失望了。这里空无一物，除了一些庞大而简洁的机械外，我没看到任何活物，也没有看到遗骸。

现在可以下论断了，这艘飞船的主人与我们处于同一科技水平，它的能源动力是普通的反物质湮灭，并没有什么真空零点能之类的玄奥玩意儿。反物质被约束在一个磁场中，而这个磁场又被层层厚重的金属壁保护起来，体积巨大，坚不可摧。也正因如此，它躲过了撞击造成的破坏。否则，一旦约束失效，容器中储存的反物质足够把这颗铁星炸成齑粉。

由于巨大的体积，在刚刚飞入球壳时我就注意到了那个储存容器。它呈圆柱形，坐落在球壳的底部，我操控救生舱向它顶部的平台缓缓降落下去。随着我的靠近，它表面的纹理也渐渐清晰起来。那好像是一些星罗棋布的污点，其间穿插着被刮擦出的弧线。线上有些白点，也有些黑点，错落有致地交错排布着，好像中国围棋的棋盘。

这是一局无解的死棋。

我一下就看出了这局棋的意义——这正是那数百颗"铁星"的分布图，与我前一天辛苦绘制的大同小异。显然这是某个和我一样的落难者苦心孤诣得到的结果。确认周围安全后，我走出救生舱，趴在圆柱体顶部的平台上，开始仔细研究这幅刻在金属上的画。每颗黑子对应一颗"铁星"，每颗白子暂时还不知道它的对应物。先前，我分析的只是我能看到的天体，另一半天空还隐没在地平线之下，所以我的图是残缺的。然而在这里，所有的星体都被标注完了。它本来是一个球对称的空间点阵，被投影在平面上后，变成了某种螺旋形的疏密图样，非常规整漂亮，有着神秘费解的周期，但又格外熟悉，仿佛我在很久之前见过它似的……

是的，我确实见过它！那是我们分别的最后一晚。我将沙砾倒在了通灵板上，让你搓动板子的把手。嗡嗡的响声中，那些沙砾有了生命般跳跃着，自动在板子上排成了神秘而有序的图案……

天啊，我怎么没有早些想到？这种图案，也是某种振动产生的！

是什么东西能在一无所有的虚空中振动呢？答案非常明显，没有第二种解释——引力波，宇宙时空的涟漪，虽然极为微弱，但确实存在。如果存在激励源，那在来自各个方向的引力波的干涉下，的确会产生波腹和波节，前者对应那看不见的"幽灵"的位置，后者对应那些"铁星"的位置。与在平板上传播的、只有一种偏振态的机械波不同，引力波是一种四极辐射，有两个偏振态。波腹处的物体会被巨大的潮汐力向四面八方拉扯、粉碎，而波节则好像风平浪静的港湾，难怪"铁星"们能在那里形成。

毫无疑问，这是一座用万有引力筑成的米诺斯迷宫，无法逃脱的陷阱。数百个波腹在空间中运行，看不见的幽灵一遍遍扫过虚空，将一切冒失闯入的来客撕碎。即便能逃脱这些幽灵的魔爪，要逃离这里也成为不可能：在这些时空扰动的干扰下，曲率引擎将无法启动。

可是引力波极为微弱，以至于直到二十一世纪初，人类的探测器才第一次捕捉到它。究竟是什么物体，能产生强度如此之高的引力波？

我忽然感到了一种巨大的寒意。在"先锋号"的航程中，我们的确观测到了大量的黑洞。它们两个一组，形成双星彼此绕行着。由于距离很近，公转很快，它们确实会产生引力波，可仍然很微弱。要想达到撕裂"先锋号"的强度，这样的黑洞双星起码有两千万个以上，并且形成精确的聚焦。上帝啊，在这片数百光年的空间中，要把那亿万个激励源发出的引力波精确聚焦在一个点，要在漫长的时间里保持这些轨道的精确，到底是怎样的神手和天眼才能做到啊？！

我明白了，这些精心摆放的黑洞，就是"大裂谷"中的暗物质。它们之所以在这里，只有一个目的——消灭一切敢于横跨"大裂谷"的飞船。

是的，所谓的暗物质并不是某种未知的粒子……而是筑成陷阱的长钉。

随即，一种更大的恐惧攫住了我：在银河的其他地方也有大量的暗物质，莫非也是这样的陷阱？难道我们对于"它们"而言，就像厨房里的老鼠一般，要用捕鼠夹除去吗？

算了，这恐怕不是我能想清楚的了……即便想清楚，对于你我，对于人类，也没有更多的意义。

在短暂的震惊和恐惧后，我慢慢冷静了下来。我必须把这个发现告诉你们，让你所在的殖民飞船避开这儿，但没有办法。救生舱上没有高增益通信天线，即使有，那束微弱的电波在"飞羽星云"发出的电磁噪音里也细如蚊蚋——陷阱的设计者早已想好了一切，它们费尽心思制造了这样一个庞大的死亡机关，岂能让这机关沦为一次性的捕鼠夹？

但这难不住我。看着眼前储存反物质的巨大容器，我很快有了主意。尽管无力逃出这里，但我依然会努力破解这个死局。

7

在两天的时间里，我一直在尝试钻穿反物质容器的外壁。没有大型工具，我只能用最原始的办法——先用发动机的火焰把金属烧至红热，然后用镐头砸。进度很慢，好在我有的是时间。整整两天后，我终于凿穿了两层厚厚的金属壳，看到了约束反物质的磁力装置。只要我抡起斧头劈下去，这个装置就会报废，在重力作用下，反物质将掉落在容器底部，湮灭，发出开天辟地的强光，把我和这颗星球一起炸成碎片。这道光的强度将把这个天体系统彻底照亮，那数百颗"铁星"的影子，足以让你们观测到。我不知道你们会如何解读它，但无论如何，我已经尽力了。

可此时我还不能引爆这里。我必须把我的所见所闻记录下来，保存在一个安全的地方，这样，当有后人造访这里时，或许还能记起我，记起一个人类在这里留下的足迹和思考，尽管我知道这个希望实在渺茫。

能有些什么思考呢？在见证了另一个文明的神迹般的造物和宇宙的冷酷后，我不得不反思一个问题，那就是——我们是怎样到这里来的？

这似乎是个很愚蠢的问题。当然是坐光速飞船来的，但我们为何会有光速飞船呢？这个伟大航程的源头，不是曲率引擎的发明，不是物理学家的突破，而是一个神秘的夜晚——在非洲草原上，人类的祖先抬起头，久久眺望着远方的地平线。那个夜晚注定了人类此后的命运。走出非洲，环球航行，飞向太空……

不是飞船，而是那种神秘的冲动，将我带到了这里。

在漫长的航行中，闲来无事，我和我的伙伴们也曾谈起过人类文明扩张的问题。最早的扩张当属人类走出非洲。有考古学家认为，那时非洲遭遇了一场大饥荒，南方古猿们不得不离开栖息地，向远方的未知原野进发，最终走出了非洲，走向世界。如果把这个场景变换到当代，就会有这样的情节：太阳的聚变突然加速，毁灭性的氦闪即将发生。人类不得不竭尽全力制造世代飞船，逃亡太空，最终成为宇宙文明……

但当真正开始实践时，人们才知道这是不现实的幻想。太空殖民根本就不是这么回事儿。它是一个循序渐进的过程，需要大量的前期准备和铺垫。航路探测，部件实验，系统整合，试飞，建立通信链路，后勤与可靠性保障等等，都必不可少，而每一个项目都是耗时数十年的超级工程。太空是一堵黑色悬崖，需要以巨大的投资和牺牲为代价搭起攀登的阶梯。可是人就是这么个物种，不到火烧眉毛的时候，他就不会着急。所以，如果人类真的是在危机的驱动下，在缺乏积累的时候进行殖民，结局往往不是绝处逢生，而是全军覆没。

古猿们也是一样。是谁告诉了它们，在远方有着水草丰美的绿洲？显然，先行者们的足迹早已到过那里。那这个先行者为何要去呢？他本可以在自己的领地过得更加幸福。路途遥远，野兽遍布，陌生的环境潜藏着危险，而他对目的地一无所知……

是的，这就是意义所在了。如果麦哲伦仅仅是想得到黄金，那他肯定不会扬帆出海。如果人类仅仅想过得更幸福，那肯定不会选择星际殖民。在地球上有一百万种赚钱和寻开心的办法，哪种都比殖民外星好得多。但你还记得我们当年出门冒险的经历吗？真正的人总是要努力走向远方的。这种努力，看上去好像是可怕的自虐，甚至是自我毁灭，正如当年斯科特死在冰雪肆虐的南极一样。

有人把它看成一种投资，认为牺牲的目的是换来更大的利益，觉得苦尽总会甘来，付出总有回报。我以一个亲历者的身份告诉你，不是这样的。我之所以把自己放逐到这可怕的死亡之地，不是期待着这能为我们带来财富和地位，而是因为人总有一种不安分的渴望，想寻找新意，想看到更多，想逼迫自己有所追求，想从追求中找到生命的意义。如果我没有这种渴望，我大可以懒洋洋地躺在家门前的摇椅上，晒着温暖的阳光，看着河对岸的炊烟日复一日地升起……但我想看更大的世界，更奇妙的风景，以及悟到更深邃的真理。

不仅是人类，我相信，所有的文明都是这样。正如我在这冷寂的太空所见到的，文明，总是让自己的足迹走得与思想一样远。

会有后来者实现这个愿望的。就让我成为这个伟大航程的铺垫与牺牲品吧。

为了保存这封信笺，我做了一个简易的遥控起爆装置，然后驾驶救生舱离开了这里，离开了"铁星"。这封信将保存在救生舱中，和我的身体一起，漂浮在距离"铁星"三十万公里的太空。如果有朝一日你能找到我，请尽可能把我带回故乡。如果不行，就把我带到你要去的地方。虽然我不知道你的目的地，但我相信你，正如这么多年来你相信我一样，相信你能把我带到一个有趣而生机盎然的地方。

是的，这趟旅行马上就要到头了。我再也不可能"大难不死"，剩下的路，全要你一个人走了。我走得太匆忙，有太多的话还没来得及与你说，太多的情谊没来得及表达。现在，我已经飞行到"铁星"之外三十万公里的预定地点，这是一个引力平衡点，是时候了。我马上就要引爆反物质，然后放下笔，慢慢等待着真空和严寒夺去我的生命。

这个冷酷的宇宙有太多的陷阱，太多的危机。我衷心祝福你，祝福你们，能理解这道闪光的含义，能避开这里，避开这宇宙间所有的危险……

唉，我写这么多又有什么意义呢？你是永远也不会看到这封信的，我相信。

8

但是，我不得不又拾起了笔。

这还不是最终的告别!

刚才我引爆了反物质——上帝啊,我做梦都没想到会看到这样的景象!一道白光亮起,仿佛划过夜空的闪电;紧接着,在冲击波的作用下,"铁星"被炸开瓦解,支离破碎。由于炸点在"铁星"表面,爆炸是不对称的,所有碎片都向着一个方向喷射反冲,好像一把开火的霰弹枪。在这么大的天文尺度上,整个过程看起来极为缓慢,但在湮灭的强光下,我震惊地看到那些碎片都有着精致的轮廓,有的是球壳,有的是长杆,有的是圆环,有太阳帆蜷曲起来的巨大薄膜,还有复杂而庞大的桁架……

所谓的"铁星",是由无数宇宙飞船的残骸堆积而成的!

爆炸还在继续。很快,这束喷射的金属碎片就击中了相邻的另一颗"铁星"。出乎意料,这些看似坚不可摧的星球都异常疏松,只不过由于引力波在此叠加干涉,才产生了异乎寻常的"质量"。另一颗"铁星"也被击碎了,被封存了亿万年的飞船残骸好像扬起的灰尘般四散飘飞。由于引力的异常,碎片运动的轨迹很古怪,毫无规律可循,好像有个巨人捅开了一个尘封多年的马蜂窝,整个空间顿时充斥着无数乱飞的马蜂!它们有的冲进了气体云,剧烈的摩擦让它们都拖出了一条闪亮火尾,交错纵横,仿佛两支大军激战正酣;有的闯入了波腹区域,瞬间又被潮汐力撕裂粉碎,化为更细小的碎片飘洒开来……我知道,在这些碎片里,每一个都蕴藏着一首千万年的史诗。如今它们复活了,挣脱了凝结于其上的漫长时间,在这广袤的宇宙间起舞,迫不及待地倾诉着自己的故事,连成一片,我仿佛听到了它们嘈杂的呼喊声……

我感到热泪无声地滚落。此时,氧气报警灯已经亮起,时间不多了。但我丝毫没有感到死亡将至的恐惧,只有找到归宿的幸福和超脱……

是的,我们绝不孤单。这宇宙间充满了闪光的生命,它们和我们一样,也在勇敢地冲向远方。而我,也将和这来自亿万个不同世界的探险者一起,不分你我,埋葬在这座"卡文迪许陷阱"之中。尽管我们生前从未谋面,但死后却携手并肩。书写我们历史的将不会是人类的历史学家,而是宇宙本身——它不会言语,只会默默地看着这一切。但它将持之以恒地用时光之线把我们进取的历史串成一条长达百万年的文明线条,和数不清的其他文明的线条一起,编织成它的广袤无垠的黑色披风。

2014年7月28日
完稿于清华大学紫荆学生公寓

凤 凰 劫

毁灭，亦是新生。

序　章

这是无垠的时空平面上，某时与某地的交集。

厄尔斯星被它的命运牵引着在虚空中寂寞地滑行。这是一颗孤星。但如果此时有人发现了它，会发觉不能按传统天文学的归类法，把它定义为类地行星、类木行星或冰行星。它的皮肤——薄薄的一层外壳，散发着暗红色的辉光，上面交织着明黄色的网纹，那是液态金属构成的河流；高纬度地区则结着铁黑色的凝痂，整颗星球看上去好像一滴从冶炼炉里滴下的铁水。事实上，它的确是一滴熔铁。除了因热辐射损失能量而凝固的表皮，它的星幔、星核里，都是咆哮着翻滚着的炽热铁镍。这无疑是生命的地狱。但其上竟然还能找到文明的迹象：如果有路过者，他可以从太空看到，在北极的一隅，沉睡着厄尔斯人顶礼膜拜的一个庞然大物。他们管那里叫"遗址"。

在那里，莫尔兹——一个"梦者"——从他的睡梦中醒来。

这次的梦非比寻常。

莫尔兹愣愣地想着，身体仍吊挂在墙壁上，沉浸在梦境中不可自拔。一次全新的回溯，全新的！他不知道厄尔斯的梦者已有多少年没回溯过新的场景了，但他知道，无论长老会的老头子们怎么看，他的这个片段都将引起轩然大波。

尤其是现在这个时候。

莫尔兹欠了欠身子，松开一直牢牢吸在壁上的磁力吸盘，点燃了束流环。在他腹中，一圈冷蓝色的高温离子束高速旋转起来，光芒透过半透明的腹膜，把周围的黑暗化开。借着厄尔斯星上的天然磁涡流，他驱动自己漂浮起来，五条触手小心调整着周身电流的分布，像老练的水手拉着风帆的缆绳般，让安培力驱动自己缓缓飘向"遗址"高高的黑色墙壁边缘的大豁口。这是"遗址"唯一的出入口，外边，可以看到紫色天幕上红色恒星的半张脸,以及底下沸腾喧嚣不息的暗红色的熔铁海洋。

他并非不想把梦继续下去。离长老会召开还有五天,至少还可以回溯两个片段,只不过在连续工作了三天之后,他的能量实在不够了。

莫尔兹轻巧地降落在豁口边,把虹吸管伸向热浪涌动的海面。吸管上的半导体传来一阵满足的快感,温差发电产生的能量正源源不断地涌入他空空如也的胃中。

在饱餐之时,他又细细地把刚才的梦回忆了一遍。

1

地球。

三根铬银色的支持臂从夏威夷以南的太平洋的万顷碧波中巍然拔起,直冲五十米高,仿佛一只三指的巨手,将指尖的"希望号"擎在半空。梭形的"希望号"本来是黑色的,但它此时覆盖着一层防尘膜,有着和一旁的刀形立柱一样的漂亮的银色光泽。蓝天和缱绻的云霭映在它的表面,显得有些变形。"希望号"与其下的漂浮基座、发射塔架一起构成了一个简洁有力的符号,充满着后科技时代的冷峻和几何体的锋芒。

徐冰仰望着它,想:这是一只向天空挥舞的拳头,还是徒劳地想抓住什么的溺水者的手?

她心里不禁泛起一种哲学式的悲壮。

"欢迎来到'地球基点'。"直升机机坪上,冯渊向央视《现场》栏目的记者徐冰问候道,"您真走运,要是您的直升机晚半小时出发,恐怕你就会像你的同行们一样被太阳风暴拖在檀香山了。"

"是啊,他们中还有CNN[1]和BBC[2]的资深主播,只不过这次抢到独家

---

1. 美国有线电视新闻网。
2. 英国广播公司。

新闻的只有我们。"徐冰笑道,末了又加上一句,"如果发射不因太阳风暴而延期的话。"

"这倒不会。"冯渊说,"潜地船和空天飞机不同,它对空间电磁环境的要求没那么苛刻。来,介绍一下,这位是叶思云教授,相信您一定认识她吧?"冯渊指着刚从"希望号"上下来的一位女士向徐冰介绍道。叶思云披着一件男式黑风衣,戴着安全帽,但她在海风中飘扬的长发和美丽的双眸依然动人。

"当然认识,叶教授是大名人啊。只是我没想到叶教授这么年轻。"徐冰主动和叶思云握手。

"哪里,哪里。"叶思云笑了笑,显得有些心不在焉。她转头对冯渊说:"渊,刚才李工带我到警戒线里'近距离接触'了一下,你要不要带徐女士也转一圈?"

冯渊看看表,对徐冰说:"反正时间还早,如果不忙着做节目的话,我就带您参观一下'希望号'这艘不载人的'挪亚方舟'吧。"

出于记者的职业敏感,徐冰立刻从叶思云对冯渊的称呼中捕捉到了他们微妙的关系。她对这种花边新闻并不感冒,但也不禁产生了一丝好奇。一个上穷碧落,一个下探黄泉,是什么让他们走到了一起呢?

不过这些念头很快就被扔到一边。现在占据她全部视野的,是那个悬在发射塔上的三十米长的庞然大物。

"真难以想象,在离发射不到一天的时候,您作为'方舟'工程的总工程师竟然还有闲心陪一个记者散步。"徐冰说。她已经不是第一次采访冯渊了,所以交谈比较随意。

"这没什么可奇怪的。当然,严格来说我算是半个有效载荷任务组的成员,但我的使命已经在一个月前结束了。当'希望号'被架上发射塔后,该忙活的就是发射组、火工组的小伙子们,我只能'听天由命'。"冯渊不无自嘲地说,"徐冰,听说你去过'暗星'工厂?"

"对,在那里我做过一期亚简并材料工业与地层探险的特别报道,所以待会儿访谈时您尽管专业地讲,我们栏目组可是做了一番功课的。"徐冰边走边说,两人很快来到发射塔的正下方,仰望着被支持臂均分为三份的蓝天。中间的"希望号"像巨大的钟乳石般悬垂下来,尖端是一个黑魆魆的洞口,洞口里有一个银色的尖锥,不仔细看是看不到的。徐冰望着那个尖锥,问冯渊:"这就是主喷灯吗?"

"这是船首防护罩。"冯渊解说道,"和船壳一样,它也是由亚简并材料制成的,不过在发射时这个防护罩会被抛掉,然后主喷灯才会点燃。"

"听说您曾在暗星工厂工作过?"

"对,我的专业是亚简并材料应用,因为这层外壳的关系,才开始参与'方舟'计划。"冯渊说。这时三人来到了"希望号"船首对准的发射通道旁。他倚在一圈粗大异常的圆环形护栏上,望着底下深蓝的海水,陷入了回忆,"我还记得第一次目标材料合成成功的场景。启动按钮按下后,几百台兆瓦级激光器同时点燃,以最大功率在靶材上聚焦。那个篮球大小的球体顿时在比核爆中心还高的温度中爆发成一个小太阳,上亿度的高温等离子射流向四面八方喷出,反作用力将靶材猛烈地向心压缩;爆炸后,反应腔里只剩一颗纳米尺度的超高密度的黑色微晶……"

参观的时间到了,"希望号"即将加注反物质燃料。这是发射前最危险的时刻,但似乎没人有撤离的打算。警戒线外的李工焦急地向冯渊挥手示意,冯渊点点头,问徐冰:"采访安排在什么时候?"徐冰瞥了眼作为背景的发射塔架,塔臂顶端刷成黑黄警告色的大功率电磁起重机正把重达五百吨的"希望号"缓缓放低,船首探入发射通道中;顶层平台上有一群麻点般的人影,火工组正检查燃料和冷却剂的加注情况,液氦引发的白雾像纱巾般围在发射塔的脖子上……

"就现在吧。"徐冰回答。

知者回溯资料节选：亚简并材料工业简介

从18世纪开始，人类经历了四点五次工业革命：第一次是蒸汽机与煤矿工业，第二次是内燃机与石油工业，第三次是计算机与信息工业。21世纪60年代，出现了被称为"第三点五次工业革命"的简并态材料工业。最后是22世纪伊始的第四次工业革命——以"细胞机械"为基础的生物机械化制造业。

简并工业的基础是人工简并态物质的制造。简并态是一种高密度的物质形态，其主要成因是泡利不相容原理：不允许不同组成粒子占据同一量子态。因此，减少体积就会迫使粒子进入高能态，从而产生巨大的简并力。在茫茫宇宙中，简并态是普遍存在的。质量小于一点四倍太阳质量的恒星将演化成高密、高温、高压的白矮星，白矮星就是由简并态物质组成的。

简并态物质的发现非常偶然。2056年，中国工程院院士高阳在可控核聚变的惯性约束实验中发现的黑色微晶就是一种初级简并态物质。后来，可控核聚变普及后，核电站的激光聚焦反应炉遍布世界，简并态物质就可作为副产物被大规模获得。但它的应用并不广泛，最成功的例子，是"简并态热烧蚀材料"。

这种材料的发明人是冯渊。它的原理很简单：由于简并态物质具有极高的密度、硬度和极强的简并力，这种材料表面每个粒子的热运动几乎被卡死，也就是说，外界的热量要传递进入简并态物质，必须消耗巨量的能量克服原子核间强大的简并力，所以它的热导率几乎为零。这样的特性，令冯渊发现了它作为宇宙飞船返回舱的热烧蚀材料的巨大潜能。然而，它的缺点也不可否认——巨大的质量。为节约燃料而"寸克寸金"的飞船，是绝不可能让这种重担上身的。

尽管在宇航上应用失败，但它终究找到了用武之地，那就是

"地层探险"。

慑于高热，人类从未深入地层，去一探地球隐秘的心扉。但由简并材料制成的潜地船却提供了这种可能。试制成功后，地层探险发展迅猛：在2080年，第一艘无人潜地船发射成功；2083年，无人潜地船首次穿越莫霍界面；2095年，无人潜地船到达古登堡界面；2108年，第一艘载人潜地船"希望号"整装待发。

简并材料仅仅应用于地层探险活动，在对人类生活的变革上远不如此后发明的"细胞机械"。因此，历史学家们把它称作"第三点五次工业革命"。然而，太阳浩劫到来后，在"方舟"工程中，被小觑的简并材料工业，终发挥出了不可磨灭的巨大作用。

在一段简短的背景资料介绍片段后，全世界几乎所有的电视屏幕上都播放着《现场》栏目在"地球基点"的实况画面。

采访采用专家座谈形式。在发射塔宽敞的顶层平台上，摆了几把普通的竹椅。受访者除了冯渊、叶思云外，还有暗星公司的技术顾问柯林斯。这个三十多岁的白种人是"细胞机械"专家，负责潜地船的建造工程。从某种程度上说，人类文明的延续与否就掌握在他们手上。

"观众朋友们，我现在所在的地方就是'地球基点'站。它由上世纪的BP石油公司的钻井平台临时改建而来，原来的高塔已被拆除，取而代之的是三个折刀式的发射支持臂，顶端即是整装待发的'希望号'。它的正下方有一条直径三十米的发射孔道，通过它，'希望号'的船首直指前方五公里深的海水，以及其下三千公里厚的坚硬的地层……"

海风灌满了话筒，徐冰要扯开嗓门才能换来音频师OK的手势，但她很满意由此营造出的现场感。接着她转向坐在一旁的冯渊，"冯总，离发射只有三个小时了，您现在有什么特别的感受吗？"

"其实没什么，很平静，好像卸下了一副沉重的担子，剩下的就交给发射组那帮小伙子了。"

"冯总，'希望号'的无人化设计是您最先支持的，您为什么要设计一艘无人的挪亚方舟?"

"嗯,很多人都在追问这个。在这里我再次官方地声明一遍:人类存在一个种群繁衍阈值,一艘船最多载十个人吧,是不可能维持繁衍的。载人,没有任何意义。"

"那人类会不会因此灭绝呢?"

"当然不会!'希望号'载有一万个从全球人类精子库和卵子库中提取重组而来的受精卵,并携带有全套抚养教育系统,飞船计算机中储存有人类全部的科学文化成果,足够将他们培养成像我这样的工程师;船上还载有暗星公司的'细胞机械',必要时,孩子们可以借此重建人类的农业和工业。"

"说到'细胞机械'系统,在地球上,恐怕没人比柯林斯先生更熟悉它了。"徐冰把话筒传给柯林斯,"柯林斯先生,能不能简要地介绍一下'细胞机械'是什么?"

柯林斯说:"细胞机械其实是一种纳米机器人,它有着和人体细胞一样复杂的结构,能自行生长繁殖,靠空间中的微波辐射获取能量。如果将'遗传物质'编码,可以按蓝图生长出各种各样的物件——我们坐的竹椅就是它的产物,如果你有留意,会发现它上面一个竹节都没有。当然它也能生产大家伙。只要车间里有微波照射,金属坯料从一端吃进去,一周左右就可以取出成型的零部件。'希望号'就是这样生产出来的。"

"您认为在太阳成为红巨星后的恶劣环境里,这些细胞机械能使用吗?"

"可以,它们本质上就是一种硅基生命嘛,五百多度的气温对它们来说可谓是相当宜人。"

徐冰点点头,转向冯渊,"那么冯总,您觉得'方舟'工程能成功吗?"

"那得看所谓的造化了。不过自信也好,绝望也好,我们总归还有希望。请相信'特别联大'的决定是正确的,在此我也以个人身份恳求大家:不要骚乱,留在家里,留在亲人身边,度过末日前最美好的时光。"

"谢谢冯总。其实人类文明的传承并不在于肉体,而在于文化的生生不息,这或许能帮我们看得开一些。"徐冰带着职业式的笑容,一边把话筒递给叶思云,"我们再听一下叶教授的看法。叶教授,作为亚稳态太阳模型的构建者,您觉得'方舟'工程成功的可能性有多大?"

叶思云点点头道:"这一切的理论基础都建立在亚稳态太阳模型的成立上。萧伯叶莫桑公式可以接近精确地预测太阳的一切活动,甚至包括上世纪人们束手无策的磁暴和耀斑现象。但这个模型的数学形式隐隐预示着主序星稳态的形成远不仅是原先认为的聚变-引力平衡那么简单。在氦富集接近临界阈值时,它转化为亚稳态形式,而这必须牵涉到目前尚未完成的量子引力论……"

"那这是不是预示着,目前对'氦闪'的预言存在着不确定性?太阳膨胀可能最终不会终止在金星轨道,而会吞噬地球?"

"是的。如果这样,地球不仅会被剥去外壳,连'希望号'的地核避难所都不会剩下。而这一切,都取决于萧莫公式中的一个待定的解——说实话,我真不知道太阳的底线在哪里。"

"但毕竟,正如冯总所说,我们还有希望。"徐冰转向镜头真诚地说。

镜头转向中天夺目的太阳——那是人类最后的盛夏。

当晚,发射倒计时三十五分钟。

冯渊等人早已从"地球基点"后撤到主控船上。每到这个时候,冯渊都会展现出总工程师良好的心理素质。他在有效载荷任务组的控制区转了两圈,落实了一下各部门的工作,说了些鼓励的话,依次检视了他们负责的数据曲线……

"只有一毫米厚?"

冯渊蓦地一惊,回头,看见叶思云正俯身盯着屏幕。

"如果没记错,'希望号'的简并热烧蚀材料是四级凝聚态夸克,一毫米厚的船身……应该不能抵抗很强的剪切应力吧。"

冯渊不置可否地耸耸肩。能从温层图线上看出隔热层厚度,不是专家就是疯子……当然他得承认,她是个例外。

"如果地幔物质情况符合均质分层模型,传统的那种,是不会有超过阈值的剪切流的。"他解释道,同时安慰自己。

"但是,渊,冗余度[1]真的太少了。"

冯渊点点头,示意叶思云,"我们出去说话,有件事我想问问你。"

叶思云的话引起了他的不安,让他想起了那一次失败。冯渊记得,最初的那次无人实验,是在吐鲁番盆地的一个沙坳中进行的。缩比例试验船从发射塔上释放,主喷灯向地层喷射出锥形发散的反质子流,一切瞬间都笼罩在核爆般的炽热白光中;几分钟后,发射塔已荡然无存,只剩下一泓翻腾的血色岩浆湖,以及潜地船穿过地层引发的轰轰的震动,震得他好像过电一般,浑身麻酥酥的。

但仅一周后,潜地船遭遇一次突发的构造地震,在地质板块的相互错动中被拦腰截断,再也没能从回收场的地下钻出来。冯渊知道,用于隔热和机械支持的简并材料用量不足,但囿于简并材料那白矮星般恐怖的密度,他最终都没给潜地船增加一层冗余外壳。潜地船百分之九十的质量都在外壳,早已不堪重负了。

隐隐的不安盘旋不去,他好容易才回过神来。

这时倒计时刚走到二十分钟,冯渊已经没什么事了。于是,他在指挥中心外靠海的船舷边找了个远离熟人的地方,和叶思云一起,肩并肩地对着面前凌晨墨蓝的海天。沉默了片刻,他问叶思云:"我听说还有一个'补天'计划,是独立于方舟委员会运行的,有这回事吗?"

叶思云有些惊讶地说:"是,不过早就停了,我们搞不到足够的反物

---

1. 从安全角度考虑多余的一个量。为了保障仪器、设备或某项工作在非正常情况下也能正常运转。

质燃料。"

冯渊点点头,"我了解。你们要的燃料,我会想办法弄到。现在这个混乱时期,管制也松多了。"

"真的?这可不是一笔小数目。"

"我知道。我看过你们的初步方案,说实话,的确很疯狂。但你们物理学家毕竟站得高,看得远,在这个节骨眼上,逆天而动,说不定真的能拯救世界。"

叶思云沉吟了一会儿,说:"但愿吧……不过,无论是公众还是特别联大,肯定都不会接受这个计划。"

"的确。不过如果你的计划失败,不就是把毁灭提前了几年嘛,我相信大家还是有这种豁达的。"冯渊说。两人沉默了一会儿,冯渊忽然从兜里掏出了一枚黑色的戒指,捉起叶思云的手,轻轻将戒指给她戴上,"思云,如果成功的话,我们……"

"如果?"叶思云淡淡一笑,没有推辞,发梢在凉爽的海风中飘动。

冯渊报以一笑,没有回答。

指挥中心里传来十秒倒数的口令声。"发射"命令发出后,潜地船从发射架上释放,笔直地坠入水中。当它到达五公里深的海底时,主喷灯开启,烧蚀岩层。高热引发的巨量蒸汽汹涌上升,鼓起一个硕大的白花花的水包,喷出海面,海水轰然落下,好像一场小型的山崩。冯渊知道,发射地点是精心选择的:夏威夷地处太平洋板块中央,处于"地幔热柱[1]"之上。地幔热柱所在之地,岩层相对较稳定,地壳也较薄,是潜地船航行的天然通道,相对来说安全系数是很高的。

但是,冯渊苦笑着想,叶思云的"补天"计划,恐怕是一点安全系数都没有吧。

一切是从一个笑话开始的。叶思云在加州理工读博时,用从NASA

---

1. 地幔中一大团温度较高、缓缓上升的岩石。

深空探测网络上盗出的数据做成了她的第一个亚稳态太阳模型,却发现太阳已进入不稳定的主序偏离区,比预期的快了近三十亿年。于是,她拿着计算结果找到导师。导师一看标题,便放声大笑道:"叶,你的博士论文就这一篇吧!"导师取笑过后,浏览了一遍,眉毛鼻子就挤到了一块。他请来了量子引力论的权威福克斯教授,又找NASA的熟人调来绝对精准的数据,三人待在一台雷诺小型机机房里捣鼓了一星期。末了,他们走到加州理工那座漂亮的圆顶礼堂前,倒在草坪上放声大哭。

许多人打电话质疑。除了歇斯底里的家庭主妇,也有冷静的学者。上千个无人探测器被投入太阳,无数数据表明,氢燃料完全足够太阳燃烧几十亿年,不少人纷纷抱住这根救命稻草:恒星,这个万有引力和热核聚变达成的"共识",这个宇宙中处处可见的自发现象,怎么会忽然崩溃呢?

天文观测无情地粉碎了人们的侥幸心理。事实上宇宙中这样"早夭"的年轻恒星并不罕有,只不过机制尚不清楚。

很多厄运,都不必弄清楚为什么。

叶思云倒是对此提出了一种可能的解释:就像一栋砖房搭得太高时,一阵微风就能使其倒掉,太阳的死亡不是能量式的,而是熵式的。这种稳态的破坏是由于日核中某些微观尺度的扰动被混沌系统放大,最终导致雪崩式的解体。探测器测得的太阳辐射急剧增强也证实了她关于氦闪的预言。

"就像一个年富力强的中年人突发心肌梗死。"叶思云解释道。

死亡的太阳将发生一系列被称为"氦闪"的爆炸。这一系列的爆炸是逐步进行的,其间可能间隔数百年,但第一次冲击——氢聚变转为氦聚变的历史性时刻——将释放出大量额外能量,把太阳的气态外层吹涨,直到金星轨道,辐射暴可以把地球的外壳像糖衣一样熔化蒸发,残存的部分,或许只有铁镍地核,在距太阳表面不到一天文单位的地方苟延残喘。

移民外星?流浪地球?科幻只是科幻罢了,上帝终于抛弃了他的子民，任他们的太阳化为伯利恒星空中的晨星一闪[1]。

就在这时，叶思云抛出了一个疯狂的解决方案。

2

"莫茨，莫茨！嗨，你终于醒了！"

莫尔兹吓了一跳，回忆被打断了。一阵快活的电波传来，只见尼古拉——莫尔兹最好的朋友——从空中轻盈地降落。

"旅行回来，是什么让你这么开心，专门跑到'遗址'来找我？"莫尔兹半是开心半是担忧，"要是长老们知道一个'行者'跑到这里，他们会把你扔进荒之海的！"

"唉，这就是行者的命啊。"尼古拉自嘲道，"不过莫茨，不管你信不信，这趟旅行，我有了一个颠覆性的大发现！"

"难道你发现了荒之海发热的原因？"莫尔兹问。

"三言两语难讲清楚，莫茨。"尼古拉回答。

荒之海发热无疑是目前厄尔斯人面临着的最大危机。只要伸出两只触手测量一下电势差就可以感觉到，无论是在熔铁海洋还是在空气中，强大的电流在不安地涌动，被电离的氢气吹出的离子风绕着整颗行星不停地环流。电流热效应使荒之海急剧变热，他甚至怀疑，连星幔、星核中，都运行着贯穿整颗行星的大涡流。漂浮在荒之海上的金属板块正渐渐消失，厄尔斯人的领地正因此一点点缩小。

"我建立了一个厄尔斯星系的新天文模型，准备到长老会上发表。不过莫茨，看在朋友的份儿上，我可以先跟你讲个大概。"尼古拉说。

"这得从我们星系的天文结构讲起。"

---

[1]. 据《圣经》记载，耶稣生于犹太的伯利恒，在他降生之时，一颗星照亮了伯利恒的早晨。作者认可天文学界将该星的出现解释为超新星爆炸假说，并借此来比喻即将毁灭的太阳。

厄尔斯星的天空永远是黑的，但它的太阳永远不落。

这不是北极的白夜。居住在厄尔斯星阳半球的居民，终年都生活在一轮赭红色恒星的有气无力的光辉下。和大多数红矮星一样，朱庇萨顿，这颗暗淡的恒星丝毫不能带给厄尔斯星光明和温暖，恒星的亮度甚至连周遭的星光都无法遮蔽。

厄尔斯星一面始终向阳固然奇怪，但更令人不解的是恒星的运动方式——每一年，朱庇萨顿都从天顶运行到接近地平线，然后回到天顶，来来回回，一年一度地做着单调机械的往复振动。

而在北极地区阳半球和夜半球的交接带上，常在"遗址"中待着的莫尔兹看到的则是另一番景象——一年出现一次的红日。它偶尔从地平线上露出半个脸，慢慢减速到静止，很快又加速落下去，好像一个振动周期为一年的巨大的弹簧振子。夜半球则终年不见天日，除了行者，没有厄尔斯人去那儿：那是荒之海中的诺侬曼虫的天下。

红矮星并非厄尔斯人的"太阳"。行星上真正的光源，来自天之痕。

天之痕的蓝光只有在阳半球才能看得到。它横贯天穹，仿佛一道凝固的蓝白色电光剖开宇宙，和同样划过天幕的淡淡的星环交错，成六十六度夹角，在厄尔斯星的天空中画出一个巨大的叉。依据曾飞到高空进行观测的行者的描述，知者中的天文学家把天之痕划分成三部分：正中狭窄、边界明显、白炽得如灯丝般耀眼的是"谷心"，向两极延伸、拉长的散发蓝光的裂痕是"谷口"，最边缘的飘忽不定、边界模糊、向四周发散的紫色光雾称为"逸散带"。

赤道上的居民直接对着炽白刺目的谷心。为了削弱辐射，那里的厄尔斯人皮肤都是全反射的镜面；越靠近两极，光辐射越弱，光色偏向蓝紫，厄尔斯人的肤色也随之加深。而在北极的地平线上，只能看到逸散带飘忽的紫光。

至于夜半球，在那里看不到朱庇萨顿，也看不到天之痕，但黑暗的环境为天文观测提供了良好条件。行者们只要在眼膜上生成一层薄薄的干涉层，滤去来自荒之海的暗红色光，就可以观察天空。但厄尔斯星上看不到星星。所以除了朱庇萨顿外，厄尔斯人并不知道有别的星星存在。他们看到的，只是漫天流动的绛紫色辉光。

在那里，宇宙肆意展示着它的费解与神秘。

　　知者回忆资料：厄尔斯星的天文理论

依据行者观测到的天文现象，自厄尔斯星的文明史开始后，各种各样的宇宙模型被提了出来。

裂谷宇宙模型。该理论认为，天之痕是宇宙之穹顶上的裂缝，宇宙之外是无穷无尽的熔铁海洋，天之痕的光芒是高温液态铁在发光，宇宙中的星体都是从这个裂缝中滴落的铁珠。并且由于宇宙中无处不在的磁场（该理论认为磁场是空间的一种基本性质），这些铁珠都感应出了电流，堆积起电荷。由于电流间的相互引力，星体彼此靠近；由于同种电荷间的斥力，星体彼此远离。朱庇萨顿这滴大铁珠和厄尔斯星这滴小铁珠就在这种来回振动中不断地下落。此外，"逸散带"被解释为被高温蒸发的宇宙外壳，这些紫色的气体被泻下的铁流拖入宇宙，形成了紫色的天空。

该模型成功地解释了所有天象，但遇到了物理学和哲学上的难题。厄尔斯科学家马顿的最新成果——万有引力定律表明，若宇宙之外是无穷的熔铁，他们应该会在彼此的引力作用下坍缩到一起。哲学上的谬误则是：如果星体都在不断跌落，那它将跌落到哪里？如果存在铁流，那应该有更多的"铁珠"，它们又在哪里？

平行板模型。该理论认为，宇宙是两块无限大的黑色带电平行板所夹的长方体空间，星球在电场力的作用下来回振动，天之痕则是两板间露出的"一线天"形状的宇宙之外的光芒。这个理论不否认宇宙之外的更大的宇宙，它甚至认为厄尔斯星系所在的这两块平行板只是更大宇宙中的一部分。但这一理论没有任何说服力。

星摆模型。这个理论只适用于解释朱庇萨顿的奇怪振动。该理论的提出者是厄尔斯星力学最前沿成果——单摆简谐振动的发现人。他注意到单摆振动的规律与朱庇萨顿振动的规律完全一样。并且，他注意到如果单摆不在一个竖直面内摆动，而是稍稍掺杂了一点圆锥摆的成分，就会发生"进动[1]"。而行者观测显示，朱庇萨顿恰恰也发生着一模一样的进动！于是它认为朱庇萨顿是一个巨大的带电钟摆，这个钟摆来回摆动，激起电磁场，在厄尔斯星的荒之海中感应出电流。这个理论解释的现象很单一，但由于极其精确的数学描述，它赢得了大批信徒，有人甚至因为朱庇萨顿振动的轨迹始终和天之痕垂直，就把天之痕看作宇宙钟摆的摆线。

星渊模型。这是所有模型中最不祥的一个。它认为天之痕是宇宙的边缘，那里是燃烧着蓝色火焰的高温炼狱；而宇宙就像一张紫色桌布，厄尔斯星是摆在桌布上的苹果，被桌布拖着落向深渊。然而，这个理论并非无中生有。行者观测到，每年天之痕的长度都会增长一点，谷心亮度也会增加一点，这恰恰是厄尔斯星不断接近炼狱的最好证明。况且，最近的荒之海发热危机也可以用此解释。

"说到底，你只是把天象倒嚼着说了一遍嘛。你的理论呢？"莫尔兹问。

"哦，关键内容我到长老会上才会说。下一个裂谷蚀快要到了，那将是一个历史性的时刻！"尼古拉挥手作别，"莫茨，继续你的好梦吧。

---

[1] 一个自转的物体受外力作用，导致其自转轴绕某一中心与自转方向相同的旋转。

我们长老会上见!"

莫尔兹知道,裂谷蚀是指朱庇萨顿通过天之痕的时刻,一年两次。第一次被称为"跨越蚀",因为朱庇萨顿遮蔽了天之痕的辉光,好像从裂谷上跳了过去;第二次被称为"泅渡蚀",因为朱庇萨顿大部分都淹没在辉光里,好像在潜泳过河。一年一度的长老会都在泅渡蚀发生时召开。但今年格外不同:朱庇萨顿即将通过谷心,这在厄尔斯人的历史上还是第一次。

莫尔兹望着尼古拉飞远了,便又缩回"遗址"的黑暗里,渐渐沉入下一轮的回溯中。

3

"希望号"发射三个月后,潜地船平安越过最危险的莫霍界面,深入三百公里深的软流层中,在相对安全的停泊轨道上缓慢航行。测控任务松弛下来,冯渊也终于有机会请了一天假,送叶思云和徐冰来到美国航天中心卡纳维拉尔角。这里,她们将踏上"补天"的旅程。

其实搭乘古老的空天飞机是一个无奈之举。短短三个月内,太阳辐射比去年同期增强了百分之二十,并且频段峰值渐渐偏向灾难性的紫外光区。就在卡纳维拉尔角的干涸的沼泽地里,冯渊看见了不少全身溃烂的佛罗里达短吻鳄的尸体。近地大气中的电离层电流也急剧增强,暴烈的太阳风暴扫荡着太空,全球五部太空电梯的导轨被熔断了三根,剩下的两部也宣布无限期停止运营。眼下,也只有皮实的空天飞机能带她们到"凤凰号"飞船了。

"补天"计划依然处于半保密状态。特别联大以微弱票数优势秘密通过了该计划,但随即对全球公众封锁了消息。本应该一无所知的徐冰跟着冯渊,真可谓"近水楼台先得月"。得到许可后,她跟上级请了半个月假,跟着叶思云前往"凤凰号"。于是,她又抢到了独家新闻。

除了叶思云和徐冰，同行的还有十几个不同国籍的天体物理学家、材料学家和宇航工程师。他们都穿着清一色的白色舱内航天服，戴着墨镜，以抵挡强烈的阳光。冯渊目送他们登上阶梯，忽然注意到，机长的衣服上画着一幅颇有个性的漫画：那是一个奔跑着的原始人，肌肉如泰山般雄健，仰着头，伸出右手去捉天边的太阳。

"是夸父吗？"徐冰饶有兴趣地问道。

"是的。除了这件，我还给冯总送了件精卫填海的，给叶教授送了件女娲补天的。哈，你们中国人还真是有逆天的传统。"

"无论如何，他死了。"冯渊说，"虽然留下了一片邓林。"

"既然我们已身处悲剧之中，悲哀就显得没有必要了。"叶思云淡然地说，"补天计划中，我们以魔鬼钳制魔鬼，以恒星的力量遏制恒星，以单薄的理论迎战疯狂的宇宙，失败不足为奇。如果留下了一片邓林……那该有多好。"

时间不经意间变得黏稠起来。冯渊甚至希望，它能永远黏住她的脚步。但他最终只是郑重地点点头，"不管多小，总是希望……诸位保重吧，如果弄砸了，冯某人八分三十二秒后赶来和诸位会合。"

冯渊一直目送着叶思云消失在舱门之后。

冗长的起飞检查结束后，空天飞机的脉冲爆震发动机打起了激越的节拍。它在跑道上滑行加速，轻盈地告别大地，冲向未卜的前途，而冯渊一直伫立在那里，仰望着飞机尾喷在蓝天上留下的一串长长的省略号般的尾迹，恍然间，觉得自己翻到了人类这本书戛然而止却意犹未尽的尾声。

叶思云的话在耳边徘徊不去，直到一个月后，他才悟出了她的深意。

手机忽然响了。冯渊很讶异于那束缥缈的电波竟能在太阳风暴中幸存。他赶忙接听电话：

"喂，我是冯渊。"

"冯总，我是小李，您还在休假吗？"

"是的,在肯尼迪机场。"

"不好意思冯总,请您务必在最短时间内赶回'地球基点'!"李工焦虑的声音像一盆冰水毫不留情地浇在冯渊头上,"潜地船出事了!"

冯渊到达"地球基点"时已是凌晨一点。海涛汹涌,天却还没黑,群星璀璨的投枪在天幕华丽地舞动。那是极光,一片片光幔、光晕疯狂地涌动,仿佛法厄同[1]驾着阿波罗的太阳车驰骋天际,将世界化为灿烂的火海。

在低纬度的夏威夷竟然产生了如此规模的极光!

脚一沾地,冯渊立刻赶往任务支持区。不出所料,里面乱得像个集市,工程师们围着堆满图纸的桌子争吵着,还有不少人蹲在椅子上,一边愁眉苦脸地盯着屏幕,一边大嚼幸运花生米。冯渊瞥了一眼地上堆积如山的比萨饼盒和幸运花生米包装袋,他知道,在诸事顺利的情况下,大家是不会在控制大厅吃幸运花生米的,由此可见险情有多严重了。

"什么情况?"冯渊问李工,后者正戴着全息手套摆弄着"希望号"的三维模型。

李工回答道:"潜地船不慎驶入了一条我们从未发现的高速地幔上升流,与太平洋板块下部的D2下垂岩瘤相撞,导致Ⅱ舱的磁流体涡轮损坏。"

"具体位置?"

李工把飘浮在空气中的潜地船的全息投影换了个角度,让冯渊看见破损舱的管路细节。"希望号"整体呈梭形,是内筒-外筒结构,内筒包裹着驾驶舱、货舱和发动机舱,外筒与内筒有一个间隙,主喷灯烧蚀的岩浆从这个间隙流过,被磁流体涡轮加速,从尾部喷出,赋予潜地船推力。现在它撞上了一个从板块底部垂下的石钟乳似的岩瘤(当然这个岩瘤足有数十公里长),外壳被尖锐的橄榄-榴辉石撞出一处凹痕,附在内

1.古希腊神话中,太阳神赫利俄斯之子。

壳上的磁流体涡轮因此严重损坏。

冯渊摇摇头,"失去了磁流体涡轮,它连动都动不了。看来只有启动应急预案了。"

李工说:"对,必须派备份船下去维修才能解决问题。"

"但我们必须确定下去的人选。"冯渊皱眉道,"这可是个棘手的问题啊。"

半小时后,冯渊和"方舟"工程各部门的主要负责人为此开了个会。

事情的进展大大超乎冯渊的预料。本来,在氦闪之后,去到潜地船内是唯一幸存的机会,所以在冯渊看来,这项任务应该是个抢手的香饽饽。但会议开了一小时,人选仍定不下来——

没人愿意下去。

"有效载荷任务工厂、暗星公司都有不少熟练的工人,派一个下去就好了。"有人说。

"不行,这个任务事关重大,况且周边地质情况尚不明朗,必须要派一个了解'希望号'、懂维修的地学专家下去。"

"哈,这种人上哪里找?"

"即使找到了,他也不会愿意到那个生不如死的鬼地方……"

冯渊看着众人乱哄哄地争吵,忽然明白了:的确,乘潜地船躲入地幔是唯一的生存机会,但关键是没人愿意到那个毁灭后的世界去。冯渊能想象到,那里已经没有了蓝天,红色的巨日炙烤大地,到处沸腾着岩浆,维修员孤身一人躲在狭窄黑暗的舱室里,直到自然死亡……

"我去。"冯渊忽然大声宣布,会议室里霎时安静了。

"冯总……您何必这样为难自己呢?"有人打破沉默。

"我完全符合你们刚才所说的条件:刚毕业时,我就在暗星工厂的维修车间做事,身体条件应该也符合地航员的选拔标准吧。"冯渊说,"况且,我是总负责人,我也有兴趣见证一下地球的毁灭,或是奇迹的发生。我不入地狱,谁入地狱?"

"但是……"

"没关系,我对我的决定负责。"

人选就这样定了下来。

会议临近结束,冯渊说:"具体的细节大家各自回去落实,但先让暗星公司把备份船运到发射工位,发射组、载荷组、火工组都把程序走起来吧。时间毕竟不多了。"

柯林斯点点头,叹息一声说:"冯总,我们做的一切有意义吗?就算维修成功,我们也不过是给自己修了一座墓碑。"

冯渊没有回答。尽管他心里清楚,他仅存的那点希望已不再来自手头的工作,而是太阳近旁的那一缕缥缈的电波。

一亿五千万公里外,精卫鸟衔着小石子扑向浩渺的火海。

"天啊,这么大的太阳!"

"凤凰号"足有半米厚的广角观察窗前,徐冰失声惊叫。

叶思云站在她身后,和她一起面对着这光辉灿烂的地狱。光致变色材料已达到黑度极限,依然挡不住那恣肆的暴烈。白炽的光球层喷发出能量,每团火焰都有地球大小,光度璀璨不可逼视,宛若一条条永不停止的流火之河。太阳米粒组织[1]喧嚣地沸腾涌动,幽灵般的太阳黑子则是上帝意味深长的标点,于火海上漫不经心地飘行,长袖般舒卷的日珥,发出肆虐的辐射风暴……

这是强力的领地,这是核火的原初,这是生命的发端,这是人类的终结。

横亘徐冰和叶思云面前的,是一片无限大的光辉灿烂的死亡之海。

"凤凰号"静静漂浮在地狱门口,太阳光球以上一千公里处。

---

1. 太阳光球深处的气团。在新的米粒组织代替消逝的老的米粒组织时看上去很像沸腾米粥上不断翻腾的热气泡。

正如它的名字，"凤凰号"不惧怕烈焰。相反，它恰恰依靠被称作"太阳风"的粒子流航行。这是一艘"磁场帆"飞船，由一对共轴的环形舱和连接两环的圆柱形的中轴舱组成，看上去好像马车的一对车轮和车轴。两个环形舱中流动着超导电流，于两环间的空隙激发出一个匀强磁场。射入这个磁场的带电粒子在洛伦兹力下，会绕着中轴做一个半圆周回旋，再高速地反向射回去，对飞船产生反冲推力。有人将这张磁网称作"粒子蹦床"，有人则称之为"星帆"——的确，在不携带燃料的情况下，仅靠超导环中奔涌不息的电流，就可以维持这个磁场，并借着太阳风加速到第三宇宙速度，在星海中傲然远航。

"云姐，背景就选这里吧。"徐冰职业性地拿出录音笔和小型摄像机，取景框框住了叶思云和她背后的万顷烈焰。就在一小时前，"补天"计划对公众解密，全球哗然，所有的目光都投向了电视屏幕上徐冰的现场报道。但无论欣慰也好，反对也好，现在已经没人能对一亿公里之外的事情产生任何干预了。

这或许是离办公室最远的一次采访吧。徐冰想。

"观众朋友们，大家好，我是《现场》栏目记者徐冰。大家可以看到，我所在的位置，是人类距太阳最近的前进基地——'凤凰号'。我身旁的就是'补天'计划的首席科学家叶思云教授。相比'方舟'计划，'补天'计划刚刚解密，所以很多观众朋友对它并不了解。叶教授，您可否介绍一下它的来由和原理？"

叶思云点点头说："其实这个计划是一种'拼个鱼死网破'的打算，在这里，我首先要感谢我的导师汉斯先生和福克斯教授，没有他们，这个计划不可能成熟完善。它的原理很复杂，我就打个不恰当的比方吧：简言之，太阳是一台高压锅，核聚变是里边的'高温蒸汽'，它使劲往外顶；万有引力是压力阀，使劲往里摁。当这种拮抗动态平衡时，在我们看来，太阳就在和煦地普照大地；但由于某种……某种不太好打比方的原因，锅里的汤发生暴沸，顶开了压力阀，我们的太阳就爆发了。而我们所做的，就是在这锅即将暴沸的汤里投入一颗疏松多孔的'沸石'，让它吸收掉多余的'高温蒸汽'，让紊乱的体系恢复秩序。这就是'补天'计划的基本原理。"

徐冰瞄了一眼笔记本，又问："据说这颗'沸石'是用制造潜地船的材料——简并态材料制造的？"

"对。"叶思云说，"但这颗'沸石'的密度，比潜地船外壳的那种凝聚态夸克还要高上两个数量级，接近于中子星核心的水平。这种物质的合成无法在地球上进行，所以，我们来到了这里，给它来了个'现配现用'。"

"这样类似中子星的物质投入太阳，无疑会吸收大量太阳物质，这会产生黑洞吗？"

"不会。它所吸纳的外围物质的密度是从内向外递减的，存在一个临界质量，使它恰好能维持稳定。只要不超过这个阈值，我们就不会有危险。"叶思云说，"但'补天'计划的风险的确是存在的。这不是因为'沸石'可能变成黑洞，而是因为它在投入太阳的过程中，对太阳的扰动是非球对称的，也就是说，刚投入进去时，太阳的一侧会受到一定的冲击，另一侧却没有。要预测这种不对称的冲击将对太阳造成怎样的影响，我们的理论是苍白的。但没办法，我们还得放手一搏。"

"'沸石'的制造即将开始。叶教授，您有信心吗？"

"这么说吧：我相信我们不是夸父，而是女娲。"

"谢谢叶教授。让我们一起祈祷，祈愿我们的世界能得救。"

4

诺依曼星环是厄尔斯星上最安静的地方。

在这里，原本从地表仰望看上去细腻光洁的星环，变得粗粝不堪。上亿块直径数米到一公里不等的岩块，在距地面两万公里的太空寂静地滑行，点缀其中的淡蓝色冰晶流光闪烁，将来自天之痕的光芒切割得支离破碎。向下看,直径不到三千公里的厄尔斯星泛着煅烧铁块的红光,明黄色的"热溪"爬满表面,星幔完全熔融,推搡着金属板块躁动地碰撞不息;向上看,在外环——维纳环轻纱般的掩映下,天之痕的光芒也柔和了许多,挂在谷口、即将发生裂谷蚀的朱庇萨顿却更显黯淡了。背景尤为神秘,漫天充斥着极暗却涌动不息的绛紫色辉光,看不到一颗星。

每年,长老会都在这里召开。

当然,厄尔斯人不能凭自己的推力到达这么高的地方。为了加速,他们要做一套繁杂的准备运动:首先排泄出电子气,剩下正电荷;他们将正电荷涂满全身,再一头扎入厄尔斯星上天然的电流场中,让电场力推动自己,像炮弹一样弹向宇宙空间。因此,这种天然电流的冒头结构,被厄尔斯人戏称为"太空蹦床"。

莫尔兹到达时已几乎耗尽了最后一点动能。长途跋涉令他疲惫不堪。所幸,长老会才刚刚开始,祭司正按惯例奏乐。他用两只触手庄重地拿着一圈金属环,与他的另两只触手构成了一个电容器。他将金属环悬浮在半空,用触手灵巧而微妙地摆动着,控制这个简易谐振电路激发出的电磁波的频率,奏响了这把奇特的电琴:

> 今夜,让我在膝上静静地摊开银河
> 用星辉之手拨响命运的弦
> 今夜是永恒之夜,今夜是重生之夜
> 我,一个孤独的人子,独对苍天
> 无声地抚摸着无垠的时间
> 今夜是呈现之夜,今夜是告别之夜
> 我,一切事物中最易朽者
> 是父亲也是母亲,是祖先也是后代
> 怀抱着一把古老的琴
> 轻轻奏响了宇宙的叹息

空灵的音符渐渐飘远,祭司之曲奏毕,十二位长老都发出了表示敬畏的电波。

"上古的音符总是令人感动。"酋长克里克斯慨叹道,"七音阶的排列组合虽不似二音阶简洁有力,却能传达出难以言喻的厚重……"

"这是梦者在'遗址'中回溯时偶尔吟唱起的歌谣,不知道是不是来自遥远的祖先。"

"这次的议题还是荒之海发热危机吗?"

"是的。为弄清荒之海发热的机理,我们在上次长老会后向星系深处派出了若干行者。现在他们回来了,不知有何发现?"

莫尔兹望向会场的另一端,看到尼古拉快活地朝他打着招呼。

"尼古拉,你讲讲你的看法。"

尼古拉缓缓飘到长老们面前,依次舞动五只触手,行了个复杂而漂亮的礼,然后说:"我想我可以解释荒之海的升温现象,因为,它与我此行的发现——厄尔斯星系真实的天文结构密切相关。"

"很好,我们又要听到一颗新的宇宙模型了。"克里克斯意味不明地说,"讲下去。"

"首先,我能不能假设诸位对目前的宇宙模型有一个系统的了解?"

"当然。裂谷模型,星摆模型……就我个人而言,我更倾向于星摆模型,因为只有它是以最前沿的力学理论——简谐振动,建立起来的。"克里克斯说。

"我所讲的模型也有精确的力学描述,但它可以解释所有的天象。"尼古拉说。

"一直以来,我们的知者最为困惑的并不是永昼现象,因为,马顿先生的'潮汐锁定'可以解释它:一颗系着绳子的小球,用触手拎着它旋转,系有绳子的那一面当然始终对着转动中心。我们的厄尔斯星就是这样一个球,绳子是万有引力,引力阻尼刹住了它的自转,让它一面始终向阳,另一面不见天日。"

"很贴切的比喻。"马顿点点头。因为新建立了一门学科——力学,他也被吸纳为长老之一。

"此外,对于朱庇萨顿的振动、进动,我们也有了星摆模型。这不是困惑所在,但天之痕,这个一直被认为是处于厄尔斯星系之外的神秘的天文结构,永远是知者们的梦魇。

"刚才说了,我们处于'潮汐锁定'中。这种引力的锁定必然有一个中心天体,一直以来我们都认为这个天体就是朱庇萨顿。其实,锁定厄尔斯星的,不是它,而是天之痕。"

长老们一片哗然。

尼古拉继续解释道:"这就是我的宇宙模型了。我称之为'星流模型'。我认为,宇宙并没有裂痕,也没有边缘,它是无穷无尽的空间与时间。而天之痕并非在宇宙深处,它就在我们的星系中。它是群星的喷泉,是宇宙的发端。时间、空间和物质都从那里涌出,浩浩荡荡的星流喷涌,紫色的星际气体向宇宙四处飘散。带电的星流激发出环形磁场,在我们星球的荒之海中产生涡流。天之痕的本体并不包括'逸散带'和'谷口',它是一个点,而不是一条线,这个点能产生强大的引力,拉着朱庇萨顿和厄尔斯星围绕着它运行。我想,那一定是一种非常特别的、我们看不见的大质量天体——我称之为'泉眼'。"

"年轻的行者,你有观测依据吗?"

尼古拉肯定地回答:"有的。在旅行中,我曾飞到厄尔斯星的北极上空两万公里,又赶到厄尔斯星的南极上空两万公里,以这段三千多公里的地轴为基线,对朱庇萨顿进行了三角测量。结果发现它的体积比我们原先设想的要小得多,经过知者的计算,我发现它的引力不足以引发'潮汐锁定'!"

"即便这样,据此就认为天之痕中有隐形的大质量天体是毫无逻辑的。如果比朱庇萨顿还要大,又在我们的星系之中,怎么会看不见呢?"马顿说。

"况且,'我们与朱庇萨顿都绕着泉眼旋转'——这一解释也不符合朱庇萨顿在天上来回往返的事实。"克里克斯说。

"简谐振动。"尼古拉转向马顿,"关键是简谐振动。下面,尊敬的酋长,请允许我就地为大家演示我们星系的运行。"

在尼古拉的指引下,祭司将星环中三块岩石拖入会场,并按计算出的朱庇萨顿、厄尔斯星以及"泉眼"的质量,分别成比例地给三块巨石带上电荷。中央是"泉眼",石块体积最小,但足足带了五万单位正电荷;内侧轨道是"朱庇萨顿",带三千单位负电荷;外圈是"厄尔斯星",带十单位负电荷,"厄尔斯星"和"朱庇萨顿"分居在"泉眼"两侧。祭司站在"泉眼"上,长老们则挤在"厄尔斯星"上。布阵完毕后,祭司施了个复杂的把戏,用环形涡旋电场给这些"天体"以第一推动。

长老们目不转睛地盯着"朱庇萨顿"。由于它靠轨道内侧,转动角速度比"厄尔斯星"稍快些。它"追"上"厄尔斯星",然后减速到停,接着反向加速……与真实朱庇萨顿的轨迹如出一辙!

长老们不由发出一阵低低的惊叹。

"诸位,下面才是重点!"尼古拉说,"祭司,请射出'喷泉'!"

站在"泉眼"上的祭司,忽然从垂直于行星运转的轨道平面射出一束冰晶。这些晶莹的灰尘折射着天之痕的蓝光,形成和真实天之痕一样的一条蓝白色的大"裂谷"。"朱庇萨顿"来回震荡着,每转一圈都跨过"裂谷"两次,一次遮挡光芒,一次被光芒遮挡,分明是跨越蚀和泅渡蚀,后者正是长老会召开的时间……又一次与现实完全吻合!

"我明白了,是圆投影!"马顿恍然大悟。看见克里克斯和其他长老困惑的眼神,他解释道:"假设宇宙中有一个理想平面与我们的轨道平面垂直,将厄尔斯星、朱庇萨顿匀速圆周运动的轨迹投影其上,分别是两个同向、不同频率的谐振;如果这两个振动方程相减,得到的式子应该仍是谐振的形式!这就是在厄尔斯星上看到的轨迹!"

"事实比这稍稍复杂一点。由于厄尔斯星的轨道面和朱庇萨顿的轨道面并不完全重合,所以严格讲,这两个轨迹不是同向的。合成后,它是一个不断进动的图形,这正好与我们观察到的进动现象吻合。"尼古拉补充道。

"很好,年轻人!"克里克斯满意地说,"那么,你的模型如何解释荒之海发热危机呢?"

"我认为,我们的行星之所以有着密布的电流和熔化的星幔,是因为'泉眼'除了喷出物质,还产生着强大的磁场。在运行过程中,行星铁质星幔切割磁感线,产生涡流,引发电热,这和之前的宇宙模型基本一致,但是……"尼古拉不安地说,"我想,这种现象是要损失能量的。我们行星的势能正因为这种热损耗而不断衰减,也就是说,厄尔斯星的轨迹并非正圆,而是一个转动半径渐渐缩小的螺旋线——它正向着天之痕跌落……轨道高度越来越低,速度越来越快,切割磁场越来越强烈,于是……荒之海越来越热。"

可怕的沉默笼罩着会场。克里克斯原本希望能够得到板块消融危机的解决办法,不料却得知一个更大的危机,而且,一切天象都在证明着这个理论是对的!三块巨石呼呼地彼此绕行着,交替掩映着天之痕的光芒,明明灭灭地照亮了十二位长老和一个瘦小的"上帝"。但星际中弥散的那些紫色气体的空气阻力体现了出来:岩块越转越低,越来越快,最后砰砰地撞成一堆。

马顿悲叹一声:"今天真是个不幸的日子。"

克里克斯厉声说:"尼古拉,你谣言惑众,立即放逐!"

莫尔兹知道,"放逐"是厄尔斯星上的最高惩罚。受罚者被强迫带上巨量正电荷,然后被扔进赤道附近最大的天然电流里,被加速到第二宇宙速度扔到宇宙的尽头。但莫尔兹知道尼古拉并不在意这一点,他有他的打算。

马顿同情地问:"尼古拉,你还有什么话说?"

"有的。"尼古拉略略颔首道,"尊敬的酋长,可否让我自行选择执行放逐的时间?"

克里克斯有些奇怪,但还是同意了。时间不同,厄尔斯星转动到的位置就不同,放逐发射的方向也因此不同,但这有什么意义呢?

几个身强力壮的厄尔斯人捉住了尼古拉,把他的触角捆了起来。但莫尔兹竟听到尼古拉触角的末端震颤了一下,朝着他激发出一束微弱的电波:

"跟我走,去另一个'遗址'。"

此时,天幕慢慢变了颜色,朱庇萨顿缓缓侵入天之痕的"谷心",裂谷蚀即将发生。莫尔兹觉得,即便是泗渡蚀,天之痕也不能完全淹没朱庇萨顿的圆盘,因为"谷心"实在太细小了。

忽然,祭司大喊:"看那儿!"

众人抬眼仰望。只见天幕上,那片圆形的红色"薄纸"正被一把看不见的剪刀裁得支离破碎。

朱庇萨顿消失了。

其实并非完全消失。刚开始时,红矮星变成了一种破碎纠结、难以言喻的混乱形状,随着暗影的渐染,到"全食",也就是朱庇萨顿正好位于谷心时,它几乎完全被肢解,只在边缘留下了一圈环形的红影,仿佛魔鬼口边的鲜血,又像是对某种神秘存在的一个圈注。接着,圈形的红影也被扭曲,成了四个月牙形的红斑,分居在四个对称的顶角,但片刻就颤抖着发散淡去。

好像是某种扭曲产生的光学效果。莫尔兹想。

完全黑暗过后,红影再次出现。接下来的过程是刚才的反演,很快,朱庇萨顿被地狱谷吐了出来,世界又恢复了以往的秩序。

但莫尔兹感觉到,天空仍有一丝异样:

在朱庇萨顿的一角,一条暗红的血河从红矮星表面流泻出来,伸向天之痕"谷心",仿佛狰狞的魔鬼的舌头。

5

知者回溯资料：沸石

在任何有万有引力的星球上，人们都能看到这样的现象：如果释放一段水流，让它从一定高度上自由落体，在下落过程中，水流往往不能维持它原先的长度，而会断裂成一段一段的水珠。其实，若把一段木头从一定高度坠下，它的确也存在着这种断裂的趋向，只不过木头比水要硬，它能靠内力维持自己的形态，不致被拉断罢了。

这种使物体撕裂的力量，称为"潮汐力"。对于下落的水柱，那个它恰好将要被拉断的位置，被称为"洛希极限"。

天文学中也广见此类现象。早在公元1993年，苏梅克-列维9号彗星近距离掠过木星。由于飞入了木星洛希极限的范围，它被潮汐力撕碎为十一片碎块。这些碎块相继撞击木星的表面，留下了一串省略号般的黑斑，直到十年后，这些遗迹仍能被看到。

"补天"计划中的"沸石"，用的也是同一原理。

"沸石"由简并态中子构成，简言之，它就是一颗微型的中子星。被投入太阳后，它的潮汐力会将靠近它表面的原子肢解，就像木星对彗星做的那样，进而，这些基本粒子碎片会被微型中子星吞并，使它像滚雪球一样越滚越大。当然它不会大到把整个太阳都吞进去。这是因为，随着质量的增加，它的洛希极限逐渐外推，但它的体积增长得更快。当微型中子星的半径超过洛希极限的距离时，再也没有原子能进入洛希极限，它的增长也就停止了。

由此，工程师们可以通过控制"沸石"的初始质量，来控制最终成体中子星的大小。在"补天"计划的预期中，它的最终尺度和一辆公共汽车差不多大。在此过程中，日核百分之五十的氦会被吸收，氦闪也就因此化解于无形。

它是一个预先挖好的能量空穴，将过量聚变的能量转变为引力势能储存起来；它也是一个熵空洞，混乱的热运动和量子扰动禁锢在紧密堆砌的中子间，岌岌可危的"势垒"转为安稳低平的"势堑"，完成一个"逆天而动"的熵减过程。

等待并未像徐冰想象的那么久。约莫半小时前，"凤凰号"开始减速制动。制动完毕后，储存靶材和燃料的中轴舱便将开放。

此前徐冰一直待在1号环形舱的一个天文观测舱中进行采访，因为这里有广角观察窗，恐怖的巨日照进来，更适合营造新闻直播的现场感。1号、2号两个环形舱完全相同，直径足有一百米，本应十分宽敞，但由于舱里粗大的超导励磁线圈和冷却管线占去了近半的空间，徐冰还是感到有点压抑。飞船一直在自转，环形舱里便有了相当于1G的标准地球重力，徐冰和叶思云可以很自在地活动；但减速制动开始的瞬间，一件奇怪的事情发生了：叶思云的手臂好像突然被一种无形的力量猛地攫住，拖向那条超导电缆，弄得她差点跌倒。

"怎么了？"徐冰连忙走过去，看到叶思云被拖住的那只手上，戴着一只黑色的戒指。叶思云使劲把戒指脱下来，那股拉力立刻没了，但戒指却当的一下被吸在了超导电缆的外壳上。

"黑色的戒指？"徐冰有点奇怪。

"冯渊送的。"叶思云捋捋弄乱的头发，说，"戒指上镶的黑石头是'极限号'从古登堡界面采到的地核铁样品的一部分，看样子，里面有不少磁性氧化铁。"

"哇，冯总可真有情调。"徐冰笑道。

两人又这样扯了一些闲话，过了十来分钟，制动停止了。她们来到中轴舱。

与环形舱不同，中轴舱里没有人工重力。她们飘了起来，上下左右都颠倒了，觉得很不习惯。但这里是超乎想象的宽敞：中轴舱长三十米，直径六米，内壁涂着白漆，舱内充盈着柔和的白光，并且没有什么挂在舱壁上的附属物，不像环形舱里密布着各色管线，给人一种简洁的感觉。

徐冰一眼就看到了舱中央放的那个东西，直觉立刻告诉她：这就是用来合成"沸石"的装置。

这是一个纯黑色的球体，直径四米左右，在这个白色的筒形空间中央悬浮着，没有一点反光。这正是简并态热烧蚀材料的特征：以百分之九十九点九九的效率吸收电磁波。沿着中轴舱的轴线，在这个黑球两端，各放着两个稍大的乳白色半球，其上连着乱七八糟的管道。两个半球中心都是掏空的，空腔也呈半球形。徐冰目测了一下空腔的尺寸，觉得如果那两个半球合起来，应该刚好可以盛下"沸石"。

"那个，是反物质约束装置。"叶思云有些疲惫地指了指那两个半球，很明显，那些管道是为超导磁约束线圈提供制冷的液氦管道。但徐冰也吓了一跳：这么大的半球，每个起码含有一吨以上的反物质！叶思云是上哪里找到如此巨量的反物质的？如果这些反物质在地球上湮灭，整片大陆都会被化为焦土，看来，人类自我毁灭的潜力真的不可小觑。

"云姐，你还好吧？"徐冰关切地问。

叶思云摇摇头，"哦，没事，只是有些莫名的忧虑，有些累……想休息一下。我先上指挥舱了，你要做节目就在这里随便拍点啥吧。"

说罢，叶思云拍了拍徐冰的肩，轻轻一蹬舱壁，像游鱼一样飘进了通往2号环形舱的通道。

徐冰摇了摇头，一种不好的预感如乌云般升腾。

> 今夜，让我在膝上静静地摊开银河
> 用月光银色的手指拨响命运的弦
> 今夜是永恒之夜，今夜是重生之夜

星光与月华像水汽一样弥漫空中
我,一个孤独的人子,独对苍天
无声地抚摸着无垠的时间
就像抚摸一匹皮毛光亮的马,一匹飘扬万丈的绸缎
……

徐冰看到叶思云时,后者正盘腿坐在指挥舱宽大的观察窗前,静静地一边弹着一把没有琴弦的特雷门琴,一边低声吟唱着什么。这把光秃秃的琴只有一根连在电源上的长金属天线,一圈金属环,叶思云修长的手在环中拨动着看不见的电磁场,不停改变着身体与线圈构成的可变电容的法拉值,谐振电路的振荡转变为声信号,以此弹出空灵的音符。

徐冰默默地听着。

今夜是呈现之夜,今夜是告别之夜
我,一个泥土捏就的人,一切事物中最易朽者
是父亲也是母亲,是祖先也是后代
怀抱着一把古老的琴,坐在宇宙中
轻轻奏响了人的叹息
……

在特雷门琴深邃的乐音中,原先在白色中轴舱里的宁静感消失了,徐冰又感到在"地球基点"产生过的那种哲学式的悲壮涌上心头,如此强烈,她不禁热泪盈眶——命运的绝望,浩劫的定数,死亡的必然,一切终会尘归尘,土归土。人类,在苍天之下,来了又走了,没有观众,没有证人,没有期待,没有援军,只留下无可告慰,无可告慰……

观察窗里的火海随着环形舱的自转漫涌上来,叶思云的侧面被巨日映衬成一个黑色剪影,而在她的航天服背后,女娲正托着五色石,补起开裂的天穹。

或许，这是人类在大自然面前最后的尊严。

"沸石"最后的合成开始了。

指令长读出口令："整流罩脱离，飞船进入监控位置！"

一阵轻微的震动后，"凤凰号"的中轴舱分裂成两段，"车轴"断开，两半片筒形的整流罩外壳在微型火箭的推动下飞离，露出了中间排成一线的黑球和白半球。这时"凤凰号"分身为两个一模一样的环形飞船。这两个环中仍激发着磁场，它们飞速在相反的方向上后退，约莫一小时的光景，就脱离到一万公里的安全距离之外，以防被湮灭产生的辐射暴击伤。

"各系统自检！"

"导引系统正常！"

"监测系统正常！"

"空间粒子密度满足要求！"

"靶球质量阈值在许可范围！"

"燃料约束解除，程序不可逆，十秒倒数！"指令长掀开保险盖，按下一个绿色钮，"艾森，请把观察窗黑度调到最大值。"

倒数八秒。此时，黑球上附着的一个装置开始向星际空间喷射电子束，剩下正离子，给靶球带上正电。湮灭反应是电荷守恒的，这样，获得的"沸石"终产物就会有一定的电量，有利于捕捉和束缚。六秒时，附属装置飞离黑球。

倒数五秒时，两个白色半球的外壳被抛掉了，塑成半球形的两块反物质直接暴露在太空中，稀薄的太阳风吹拂其上，微量的湮灭激起一片片流动的蓝光。在导引激光的校正下，两个半球对准了黑色靶球，精确得一毫米都不差。这样做是因为任何不对称性都会导致向心压缩的不均匀，以致反应失败。

"4，3，2，1……"

指令长掀开另一个保险盖，手指悬在一个红色开关上方，接着，毫不犹豫地按下。

"半球合拢！"

徐冰立即把摄像机镜头转向观察窗。她本想看到湮灭产生的耀目白光，那应该是此时太阳系里最夺目的光源，太阳与之相比都会黯然失色。但她什么都没有看到：真空中，再强的光都不会散射。但她感到舱里气温突然上升了，控制面板上各色指示灯哗哗地亮成一片，显示着湮灭反应已经完成。

半秒后，船舱轻微晃了一下。被蒸发的白色半球外壳的蒸气扫过飞船，产生了一定的冲击。

"各部门注意！各部门注意！反应完成，立即捕捉产物！"

两个环形舱又飞速地靠拢，两环间磁场迅速增强，本已开始坠向太阳、有了一定初速的"沸石"立刻被磁场约束住了。

待两环靠得足够近时，指令长下令，"进行质量检测！"

半分钟后，检测员报告："'沸石'质量两百吨，尺寸约十的负七次方米，在许可范围！"

"合成成功！"

舱中沉默了片刻。徐冰忽然感到有一种庄重的气氛笼罩下来，每个人都停下了手里的操作，望着指令长。指令长拿起话筒，向地球发了一条简短的确认信息。电波一来一回需要十六分钟，但指令长放下话筒，没有等地球的回复，立即就下令：

"解除约束，释放'沸石'！"

"目标已锁定，信号正常！"

"670，2，上升率5，白色区间！"

"450，6，上升率11，白色区间！"

"目标进入色球层！"

徐冰扛着摄像机，将话筒递给叶思云，"叶教授，能否解释一下刚刚测控人员喊出的数字的意义？"

叶思云说："第一个数字表示距光球层的高度（km），第二个数字是沸石下降的速度（km/s），区间的颜色表示沸石所经过空间的物质密度。白色区间的意思是，沸石仍处于星际空间，周围粒子密度几乎可以忽略不计。"

"这些数据是如何测得的呢？"

"我们释放了一台一次性探测器随着沸石一起下落。"

沸石的下降仍在加速。

"90，12，上升率30，白色区间！"

"10，20，绿色区间！"

"快要击中光球层了。"叶思云解释道，"光球层界面上太阳物质密度有一个突增，过了光球层，电磁波透不过太阳物质，我们的监控只能持续到这里。此后，就只有借助太阳数学模型的计算机模拟了。"

徐冰想象着，那一个致密无比的黑色小点，穿过黑色的太空和漫卷的红色火舌时，该是多么壮丽！

探测器坠毁在光球层上。此后的过程，由计算机模拟出的太阳模型显示。

这一刻开始是"补天"计划中最危险的阶段，按叶思云的话，这是"深渊上最后的一跳"。在一小时的时间里，"沸石"将相继高速击穿太阳五百公里厚的光球层、沸腾汹涌的对流层、充满黏稠高热物质的辐射层，最后进入零点二个太阳半径以内的日核。在下落过程中，它将疯狂吸收太阳物质。然而，即便是密度最大为150g/ml的日核，与中子星物质相比，亦如空气和石头的比重，"沸石"坠入太阳，就像流星划过天空一样，几乎不受任何阻碍。这一连串不对称的冲击将对太阳造成怎样的影响，徐冰不得而知，只能祈祷上苍保佑了。

叶思云倚着观察窗，绞着双手，不敢看身后的太阳。

"-5000，44，黄色区间，进入辐射层！"

"-154000，50，红色区间，到达日核！"

十分钟过去了。半小时过去了。一小时过去了。

太阳没有任何异常。

叶思云有些恍惚,不敢相信人类就这样得救了。或许,计算机对"沸石"下落的时间计算有错误?

"再等半小时吧。"指令长说。

半小时过去了,仍然一切正常。就算是最保守的太阳模型,也可以算出"沸石"已经稳定地到达日核了。

"有没有图像对比软件,把投放前后的太阳在各个频段上的辐射波谱比较一下?"叶思云问。操作员艾森在大屏幕上调出了她要的图像,仔细读取了软件分析结果,忽然尖叫一声:"有不同!"

"什么?"

"现在的太阳亮度降低了!恢复到了历史正常水平!"艾森喜极而泣,"叶,我们成功了!成功了!"

众人沉默了半秒,然后,欢呼像火山一样爆发!

6

两天后。

"冯总,经历了太阳危机后,人们都开始懂得享受生活了。"柯林斯和冯渊并肩靠在"地球基点"顶层平台的护栏上,眺望着落日余晖下镀金的大海。

钻井平台旁的海上,从测控船上放下的几只舢板正自在地滑行着,上面都是"方舟"工程的测控工程师们。紫红色的晚霞下,有人在钓鱼,有人在游泳,还有人弹着吉他放声歌唱,醉人的欢笑和夕阳一起,像一张华丽的金色织毯,铺满了辉煌灿烂的海面……

"可不是吗,看来,这场凤凰涅槃一般的浩劫教会了我们许多。"冯渊点点头。

"但是冯总,你们中国人有句老话叫'乐极生悲',我担心这样狂欢下去，明天备份船的发射会受影响啊。"

"没关系，就让他们放松一下吧。咱们都紧绷两个多月了。"

"其实，备份船把'希望号'拖回后，'希望号'很可能就要在博物馆中度过余生了。"柯林斯继续喋喋不休地说，"'凤凰号'也一样。而且，我担心，叶思云补天归来后，你们恐怕也度不了一个正常的蜜月，而要应付各种媒体和崇拜者的狂轰滥炸。"

"那他们恐怕没有机会了。"冯渊说，"别忘了我仍然是备份船的维修员，可能要到半个月后才能回到地面。"

"呵，您还坚持亲自下去维修？"

"到手的机会怎能放过。毕竟，这是人类的第一次'入地'嘛。"冯渊说，"柯林斯，听说明天你就要回纽约？"

"对，但是，我有一个小小的要求……"他一边在口袋里翻着什么东西，一边说，"我的小女儿艾丽莎早就听说了冯总的大名，所以，手信当然是要带的。"

柯林斯咧开嘴露出一个灿烂的笑容，伸出双手，摊开的手上是一只记号笔和一张纸，纸上已写满了"方舟"工程大半个任务组花里胡哨的签名。

"凤凰号"此时已经回到地球，正停泊在四百公里高的中介轨道上。

"云姐，待会儿您是换乘空天飞机回去，还是坐太空电梯下去？"采访结束了，徐冰一边整理她的摄影器材，一边问。

叶思云正伏在电脑前演算着她的修正模型，有些心不在焉地回答："我暂时不下去。"

"那我可等不及要回家了。"徐冰幸福地自顾自念叨着，"回去后，我首先要拿到两次现场采访的工钱，然后跟我的上司请整整一个月的假，到云南香格里拉去好好放松放松。不过，我猜全世界的人这时都该想着要放松放松吧，票就难买了……云姐，你有什么打算？"

叶思云耸耸肩,"先把我的亚稳态太阳模型弄完吧。"

"太阳已经返老还童了,您还在演算什么呢?"

"哦,我只是有点不好的感觉……"叶思云低声地自言自语道,"我只是在想,为什么太阳的过度辐射消退得这么快?"

"这有什么不对吗?"

"你可能不知道,太阳从内到外依次是日核、辐射带、对流带,其中辐射带厚达零点五个太阳半径,而且致密黏稠。一个光子从日核逃逸到宇宙空间,要在辐射带里的无数个'能量镜面'上不断吸收、发射,这个过程可能要一百年的时间。因此'沸石'在日核中产生的效应,我们至少要数年才能观察到,但是……你发现没有,从'沸石'投下,到额外辐射的消退,仅仅用了不到两个小时!"

"这是什么意思?"徐冰忽然感到一种不祥的预感攫住了她。

已经不需要她多想了,半小时后,警报就响彻全船。

没有任何预兆,太阳突然爆发了。

"凤凰号"上的自动天文观测仪器首先发现了异象:在原本应呈正圆的日轮的边缘,忽然隆出了一个疖子似的突起。这个图形有点像微生物的出芽生殖,又像太阳这个宇宙巨人打了个大喷嚏。"芽孢"看似不起眼,但这一次喷出的物质总质量已远远超过太阳系所有行星的总和!它很快膨胀,脱离了日轮,飘逸地飞散成一口上千万公里长的火喷泉,绽放在黑暗的宇宙深渊之上,好像太阳这块金灿灿的拔丝土豆上拉出的糖丝。

很快,第二个、第三个疖子也出现了。它们都集中在日轮的一隅。火流溢出,越来越密,很快汇成一股长达半个天文单位的火焰风暴。如果此时有人站在这股风暴的边缘,可以看见太阳的火海中陡然出现了一条恐怖的大裂缝,就像太平洋中央突然出现了一口五百公里宽的深井一般。透过裂缝,日核白炽的光焰在火流下隐现,狂暴的伽马射线和上亿度的聚变物质,井喷般毫无阻拦地高速射向星际空间……

太阳变成了一颗硕大的火彗星，仿佛一个披散着乱发的巨人的头颅。而在那火流的末端，地球，正在它的命运之轨上，一如既往地滑行着。

夏威夷当地时间，凌晨三点一刻。

在"地球基点"，直接通往备份船舱口的顶层平台上，冯渊已在地勤人员的帮助下穿上了舱内服。

"嘿！看月亮！"忽然有人叫道。

冯渊抬头，只见洁白如玉的下弦月陡然变亮，几乎达到太阳的亮度，明晃晃的，十分耀眼，好像一把准备淬火的镰刀。渐渐地，有些纤细的"白毛"从月亮的光弧上生长出来，披散缭绕到月亮的背阴面，越来越多，约莫半分钟的光景，月亮就变成了一颗拖着轻纱般白色尾巴的大彗星。

冯渊当然知道这意味着什么。虽然在电脑模拟中曾无数次看到这个结局，但它来得太突然了，突然得难以置信。

"太阳爆炸了？"李工是一副不可思议的表情，"为什么？叶思云不是成功了吗？"

"看来，上帝做事是不需要理由的。"冯渊叹息一声。

光辐射到达了月球。雨海、风暴洋上的月壤，还有阿姆斯特朗的脚印，正被高温蒸发，那些漂亮的轻纱般的尾巴则是被太阳风暴吹起的月尘。

"太阳辐射以光速行进，到达地球要八分三十二秒。而后续的高能粒子射流要慢些，可能要二十分钟才能到。"冯渊接着说，"我们只有这点时间了。"

"地球那边的'尾巴'也该扫来了吧？"

"是的，快了。"

光辐射击中地球时，大西洋地区首当其冲。超过九百万平方公里的海域同时爆炸性地沸腾，在中央地区甚至连一百米深的海水都化为了高热蒸汽。如果有人从太空轨道上往下看，可以看到蔚蓝的大西洋上出现了一片片不规则的乳白色斑块，这些斑块迅速膨大、扩张、融合、上升，最后形成了有史以来最大的蘑菇云——"海洋炸弹"爆炸产生的蘑菇云。它的顶端伸入了一百公里高的电离层，外沿的圆形冲击波裹挟着过热蒸汽，以三倍声速往前推进着，扫荡着地表上的一切。

纽约，是环大西洋地区首先受到冲击的前缘城市。

柯林斯此时在纽约的暗星公司总部办公室里，陪着他的女儿艾丽莎，跟他的同事们炫耀着"方舟"任务组的签名。他的办公室在四十楼，有着宽大的落地玻璃窗，正对着纽约港，风景绝佳。

这时刚刚破晓，但看不到太阳，也没有柯林斯熟悉的朝霞。只见海天相接处，一线奇特的红云排沓而来，似怒涛排壑，渐渐逼近，又如巨人的战阵在天际线上齐刷刷地冲锋。大地簌簌地战栗着，办公室里挂灯、桌椅叮叮当当响成一片，但不是特别剧烈，柯林斯估计，地震里氏烈度大概只有2~3级的样子。冲击波在固体介质中的传播比空气中要快得多，据此，柯林斯立刻就知道他面临的是什么了。

"爸爸，那是什么东西？"艾丽莎注意到办公室里所有的大人都木然地走到了落地窗前，于是放下了她的签名簿，问柯林斯。

"宝贝，别看！"柯林斯紧紧抱起女儿。

艾丽莎虽小，但也马上知道了这句话意味着什么，"爸爸！我们要死了吗？"

柯林斯没有回答。与其说是不忍回答，不如说是被更恐怖的东西攫取了身心。他张大了嘴巴，目不转睛地盯着面前疯狂的景象。

眼前，海天风云变色。

此时冲击前缘已经逼近，但红云的上部又探出了一道更高的白色云墙。它推进得更快，很快就超过了那一线红云，成了冲击面的主体部分。柯林斯猜想，这可能是高空大气较稀薄、黏滞阻力比较小的缘故。

云墙顶天立地，尽管云脚仍在地平线之外，但它气势磅礴的身躯已经占据了柯林斯的全部视野。由于上下部分的冲击速度差，云墙层层出挑，倒倾着推进，好像一叠向着他滑开的巨型扑克牌。柯林斯不由心惊胆战——这一堵五十公里高的倒倾着压下的墙，正以三倍声速疯狂地冲来！

接着，又有什么东西从云墙后面探出头来了——一个水平的巨大圆盘，呈蓝白色，距离隐去了它表面的粗粝，让它看上去十分光滑。圆盘越升越高，外沿急速扩散，很快成了这堵倒倾的墙出挑最远的上缘，并掠过柯林斯的头顶，一片阴影随之掠过海面和纽约市，整个纽约的天空都黑了下来。柯林斯好半天才想出了那是什么——原来，刚才的云墙只不过是蘑菇云在地面上的冲击波的边角，这个圆盘才是蘑菇云真正的头部，它已经冲到一百公里高的近地轨道了。

云墙仍在继续逼近。海面翻腾起来，纽约港的海水迅速消退，被云墙后面的负压吸引形成一个向上翻起的弧面，弧面顶端和云脚相接，柯林斯看到，那里只有一片迷蒙的白色水花，偶尔出现一两个蚂蚁般的黑点，那是被吸起的轮船，它们好像风暴中的树叶一样翻飞着。

接下来，一层一层的云飞速从头顶掠过，越压越低。云脚冲进纽约港，前沿半透明的超声速激波已经能看得清楚，柯林斯知道，自己即将走入那无边的寂灭中去了——忽然间，他什么都想说，又什么都说不出。那寂灭其实并不可怕，他安慰自己，你出生前不就在这寂灭中吗？万物皆有毁灭之日，有什么可恐惧的呢！

但是，在这无垠的充满寂灭的时空平面上，是什么给他以这一小段时空的交集，在"无穷"的分母上添了"生命"这样一个绚丽的分子呢？

难道，一切终要归于零吗？

云墙碾过自由女神像，碾过证券交易所，一切都在电光石火间。接着，柯林斯面前的落地窗被激波狠狠拍碎。

"爸——"艾丽莎的尖叫刚发出，瞬间就被呼啸的风声淹没。

"冯总，这唯一的生机就给你了，不过我想那时的日子肯定很难。"李工和冯渊做着最后的告别，"一定要把'希望号'修好，保住人类的种子……冯总，保重了。"

冯渊点点头，眼里闪着泪光，"保重。"

舱门关上了。电磁起重机发出一阵嗡鸣，备份船的船首探入了发射通道。

此时，天边曙光初现。但那是死亡之光，一线红云从海天相接处漫上来，好像一抹涂在天上的鲜血。

这次发射，测控船没有撤离。

"各部门注意，进入发射一分钟倒计时！"

白色的云墙从红云后探出头，排山倒海地压来。

"导引激光已发射，信号正常！"

"10秒倒数！10，9……"

云墙迅速推进，一堵顶天立地的倒倾的墙。

"……5，4，3，2，1，发射！"

"限位解除，释放船体！"

备份船笔直坠下，溅起一片白浪，像一块石头似的冲向海底的岩层。而这时，云墙的顶端已掠过"地球基点"，死神的阴影笼罩住了测控船，但简洁有力的口令声仍此起彼伏：

"地质监测组报告：出现低烈度海震，3.2级！"

"4号抗震冗余备份投入工作！"

"打开主喷灯！"

一团白色蒸汽从海底涌上来。但它还没来得及到达海面，冲击波就像复仇女神的裙摆般扫过了"地球基点"。铬银色的发射塔，顿时在风暴中断裂为纷飞的碎片。

望着突如其来的浩劫，"凤凰号"上的每个人都震惊得麻木。

这时太阳的球形已完全被破坏,核聚变终止,不再耀眼地发光,颜色也渐渐变成了红棕色,好像宇宙中的一摊脏兮兮的污渍。叶思云看到,太阳面对地球的半个日面已在内爆中完全炸飞,喷涌的恒星物质变成一条横贯太空的几亿公里长的"血河",地球就在这条河流的末端运行着。随着太阳的自转,这条河流渐渐甩成了渐开的螺旋形。如果按这个速率运行下去,"凤凰号"马上也要进入这条高能粒子的河流了。

"有一种办法能逃脱。"指令长说。

"对。"叶思云马上领会到了指令长的意思,"'凤凰号'是一艘磁场帆飞船,而这条粒子河是一场超大规模的太阳风。只要有高能粒子射流,'凤凰号'就能不断加速。"

"我们已经抛掉了中轴舱和1号环形舱,还能产生足够的磁场吗?"

"可能不够,但是……"

"试试吧,跟它拼了!"指令长的手在空中使劲一劈,决绝地说,"艾森,给励磁线圈按最大负荷注入电流,各位系好安全带,准备承受加速冲击!"

"全体各就各位!各就各位!"

半小时后,把自己紧紧束缚在座椅上的众人,都感到自己好像被一把八百磅的大锤狠狠地砸了一下。轰!7个G的过载把支持整个环形舱的龙骨猛地扭折,发出可怕的嘎吱巨响,但所幸外壳没有破损。"凤凰号"像一颗被网球拍击中的网球,狂乱地打着旋,向着深空急剧加速!

"3!5!"指令长对着屏幕,咬牙切齿吼道,"10!15!16!"

叶思云双目紧闭,高速的翻转令她头晕恶心,但她仍在屏息等待着那个数字——16.7公里/秒,第三宇宙速度。

"16!16!16!"

叶思云感到超重的压迫感渐渐减轻。这是怎么了?

"气体阻力太大,励磁线圈不行了!"艾森喊道,"已经到最大功率了!"

"16！16！15！13！8……"指令长绝望地喊道，"不，不——"

"凤凰"在火焰风暴中绝望地最后扑腾了一下翅膀，发出一声悲啼，然后无力地坠入那万劫不复的引力深渊中。

7

厄尔斯星的长老会再也没工夫扯闲话了，他们有更紧迫的危机要应付。

现在不管是谁，都能轻而易举地看出尼古拉的模型是正确的。红色恒星朱庇萨顿刚落入"泉眼"的洛希极限，强大潮汐力扯碎了它，红色星流正咆哮着旋转着落入"泉眼"，形成一个和蓝色天之痕垂直的吸积盘——一个恐怖的大十字，横亘在厄尔斯星的天幕上。荒之海也越来越热，一些地区已经达到了铁的沸点，金属蒸气蒸腾起来，又在低温地区冷凝成铁雨落下，不少部落就在这铁雨的袭击下全军覆没。

严格来说，尼古拉的星流模型并不完全是正确的。马顿在长老会结束后回去仔细修正了他的模型，指出天之痕并非一束星流，而是"泉眼"射出的高能辐射激发氢气所产生的气体辉光放电现象。不知为何，在厄尔斯星系中处处弥漫着大量的氢气。在高能辐射较弱的区域，激发强度稍逊，于是，产生了那种神秘的紫色流光。

一切的焦点就此转移到"泉眼"上——一个能产生高能辐射的天体，超大质量，不可见，那是什么呢？

马顿把他复杂的引力方程不断修正，终于得出结论：那是一个黑洞。

长老会沉默了。的确，这理论不可能有误——马顿指出，黑洞的引力能对光线产生弯曲，形成"引力透镜"现象。据此他算出的朱比萨顿被黑洞折射后的光学图形，和泗渡蚀的那分居四角的红色月牙居然一模一样！

看来，厄尔斯星真的在落向深渊！

马顿还算出了厄尔斯星和洛希极限的距离，结果非常不妙：就在今年，厄尔斯星也将被扯碎。命运之神甚至都不给它机会跑完这最后的半圈路。

长老会沉痛地宣布全体移民。

对于厄尔斯人来说，在看不见任何星星的紫色天幕上随便找一个方向，然后跳进电流把自己发射出去，这与自杀无异。但有什么办法呢？一批批厄尔斯人发射进入深空，然而，他们的方向与尼古拉"放逐"的方向恰恰相反。

莫尔兹和尼古拉终于来到了"遗址2号"。

当然，两人旅行的性质并不相同。尼古拉是被"放逐"，而莫尔兹是自己跳进电流跟着尼古拉一起发射出去的。连角度都计算得那么精确，莫尔兹想，看来，尼古拉可是早有预谋啊。

眼前的"遗址2号"漂浮在距离"泉眼"不到一百万公里的地方。它是一个巨环，和厄尔斯星上的"遗址"差不多大小。一个是修长的圆筒状，一个是环状，在自古熟悉电磁现象的厄尔斯人看来，这是共轭的图形。

难道这都是祖先的手笔吗？

"我上次的旅行最远就到这里了。怎么样，一个颠覆性的发现吧？"尼古拉一边说，一边忍着朱庇萨顿星流的高热，轻巧地降落在大环的外壳上，然后用触角开启了上面的一个圆形舱门。

"你进去过吗？"

"那当然。对了，莫茨，你是个梦者，能看懂上面这些稀奇古怪的文字吗？"尼古拉牵着莫尔兹进入了"遗址2号"，关上门，然后用触角指着门背后的一行红字问。莫尔兹借着腹膜下蓝色电光仔细看了一遍，说："这……我在梦中看到过！"

舱门背后写着：凤凰号。

"我有印象……"莫尔兹环顾着嘀咕道,"在这里……抑或,在某些地方……"

尼古拉梭形的身体在甬道里来回穿梭,时而趴在尘封的控制台上胡乱敲打着了无生气的按钮,时而像长尾猴一样吊挂在密布的管线上。忽然他看到了什么,发出一连串惊喜的电波:

"莫茨,你看!祖先的遗体!"尼古拉指着舱室中的一个角落。

只见一个浑身雪白的生物蜷缩在那里。她个子很大,比最大的厄尔斯人还要大得多,有四只触手,但不像厄尔斯人那样可以随意弯曲。看到她,莫尔兹的主芯片霎时过载,回溯片段洪水般涌出……

他认识她!

在莫尔兹大脑超频的时候,尼古拉从她的衣袋里找到了一只电子录音装置。他轻松地剔除了岁月和辐射在它上面产生的杂波干扰,0和1的数字洪流涌入脑海,一段令人难以置信的历史汩汩流出……

叶思云的录音

渊,你还好吗?

徐冰千收拾万收拾,还是漏下了一支录音笔。大概她的采访资料不储存在这里吧,不重要的东西,随手就忘了。

当然,她也走了。现在宇宙里恐怕只剩你和我两个人类了。只有我们两人,真是个度蜜月的好地方啊,不是吗?只不过,大风泱泱,大潮滂滂,人类和地球都成了过眼云烟。现在浩劫刚过去一个月。飞船状态还好,只是因为励磁线圈过载烧毁,没有了加速能力。但戒指总算取下来了。

渊,你那里看不到星空吧?如果你看到,一定会吓一跳的。在我的舷窗外面,太阳系已经不是我们所熟知的太阳系了。

在爆发两天后,太阳完全解体,变成了一团褐色的星云,但膨胀很快停止，随即转为收缩，最后全部吸入了中央的那个小点。对，我们投下的"沸石"终究有了归宿——变成一个微型黑洞，我估算了一下，大概只有零点四个太阳质量。这么小的黑洞，大概几百万年后就会自行崩溃吧。

靠近太阳的水星、金星都没了，完全被蒸发；地球的地幔、外地核也完全被剥去，只留下了铁镍内核。恐怕它将是未来太阳系里唯一的行星了。

至于那几个气体巨行星的变化则有趣得多。由于太阳是从我们投放"沸石"的位置"非球对称"地爆发的，在爆发过程中，太阳喷出大量高速气体，这种猛烈的反冲撼动了太阳系的整体质心，导致那几个巨星完全偏离了原来的轨道。现在火星、木星和土星已经发生了碰撞融合，你没能看到，真可惜，那场面的壮观真的无法用语言来描述！现在融合体已经基本稳定成球形，也有了稳定的轨道，变成了一颗体积两倍于木星的黄色气体巨星。在古希腊和古罗马神话中，木星和土星分别象征着主神朱庇特和土地之神萨顿，那么，这颗新形成的星球就叫"朱庇萨顿"吧。

天王星和海王星的轨道仍然不稳定。飞船的主电脑坏了，不能进行演算，所以我也不知道它们将被抛出太阳系还是坠入黑洞，抑或，和朱庇萨顿融合形成更大的行星，甚至点燃核反应变成一颗红矮星……

唉，在这种恶劣的宇宙里，"希望号"上那些受精卵又有什么用呢？

其他就没什么了。这里本来就没储存什么食物，恐怕再过两天，我也要像其他人一样不行了。以上这些，就算是遗言吧。

录音笔快要没电，这段时空的交集要结束了。人类，来了，做了，走了……

永别了，渊；永别了，厄尔斯（earth）。

尼古拉放下录音笔，发出一声长长的叹息。他们的祖先就是这样毁灭的，但许多疑惑仍然不解：祖先是碳基生物，厄尔斯人是硅基生物，二者是如何传代的？为什么厄尔斯的梦者能不断地回溯到祖先的记忆，知者能回溯到祖先的科技和文化呢？难道，自己真的就是这种叫作"人类"的生物吗？

尼古拉困惑地回头，吓了一跳：莫尔兹不知什么时候挂到了舱壁上，束流环的蓝光灭了，一副不省人事的样子。

"莫茨，莫茨，你怎么了？睡着了吗？"尼古拉试图叫醒莫尔兹。

梦者就有这种奇怪的习性，一到"遗址"，就好像回到了久别的家一样，把自己倒挂到舱壁上陷入回溯。谁知道，他们的遗传基因里储存着祖先怎样的记忆？

沉睡的梦者是叫不醒的。尼古拉放弃了努力，看来，莫尔兹又沉入了一轮回溯中。

8

地球上的最后一个人独自坐在房间里，没有敲门声。

冯渊无奈地站起来，像一头困兽般在"希望号"窄小的舱房里来回踱步。当备份船与"希望号"成功对接，外壳的破损被"细胞机械"成功修复后，他也曾激动过一阵子，但冷酷的现实粉碎了他复兴人类的幻想。

叶思云的遗言录音仍保存在主控电脑里。恶劣的星际环境提醒着他，曾经的地球是一个怎样美好的伊甸园，而现在沸腾的铁海又是怎样的地狱！以前，探索外星生命的天文学家都以水的分子光谱作为生命宜居星球的特征，但现在的地球别说水，就连岩石都化为了蒸气！

冯渊走了一圈又一圈，感到越来越后悔。也许在地面上更爽快，在烈日下化为一滴蒸发的露珠,而不用在这里忍受孤独的煎熬。唯一的安慰——叶思云,大概也在两天前离开了人世。况且,在短暂的天地连线中他只是聆听,并未和她有真正意义上的对话:由于高增益天线在碰撞中完全损毁,他只能用应急天线收到叶思云的信号,却不能作出回答。他用"细胞机械"修理高增益天线,修好后,叶思云却先走了一步……

于是,冯渊成了最后一个人。

"生命,难道就这么脆弱吗?"他喃喃道,轻轻打开冷藏柜,惆怅地望着那一排排笼罩在蓝色液氮中的盛有受精卵的试管,出神地想,如果人类像那些"细胞机械"一样,能耐受五百度的高温,现在的世界恐怕就不再是地狱,而是生命的天堂了吧?

等等……地狱与天堂……细胞机械?!

一道闪电猛地划过他的脑海。

冯渊小心翼翼地将试管里的"细胞机械"倒入细胞编程仪,仪器连着主控电脑,电脑屏幕上,新的硅基人类已经设计成型。

他并不喜欢那五条触手,并不喜欢那蜘蛛般的形状。它一点儿人类的特征都没有,但一切都是工程学上的极致:每个零件都发挥到了它的最大效用,每个部件的有机组合构成了最优化的整体。

唯一能证明它来自人类的,恐怕只有根植于"细胞机械"遗传基因中的记忆了。

编程仪上的红灯亮起,显示编程完毕。冯渊打开盖子,取出一管"细胞机械",放在灯光下默默地凝视着它。浑浊的溶液中,灰黑色的小东西上下游动着,但光靠它自己是长不出"厄尔斯人"的:它需要坯料和有机营养,以及充足的热能辐射。

冯渊端起试管一饮而尽,然后又盛了一管"细胞机械"洒在电脑主机上。他感到剧痛从腹中升起,在失去意识前,他还来得及将又一管"细胞机械"洒上舱壁,舱壁迅速被小东西啃噬解离,外面,白炽的熔铁海洋张开了它温暖的怀抱……

尾 声

"……最后,行者尼古拉和梦者莫尔兹弄清了厄尔斯人的本源。"克里克斯用他苍老的电波,轻轻地给他的传说故事画上了句号。

这时,厄尔斯残存的族人已经飞出了太阳爆发产生的紫色行星状星云,正寻觅着新的定居行星。也许这根本不需要,厄尔斯人已在远航中进化出了将宇宙高能射线转化为能量的光电皮肤,说不定,它们将永远在星海间远航。

"酋长,那知者和梦者的记忆遗传是怎么回事?"有个孩子问。

"祖先吞下他的第一粒种子,将他的碳基身体转化为有着他记忆的梦者;祖先洒下他的第二粒种子,将他的硅基伴侣转化为有着知识的知者;最后一粒种子是无意间洒下的,变成了没有智慧的诺伊曼虫……"克里克斯缓缓解释道,思绪沉浸在上古的传说中,"我想,祖先一定会唱那支歌吧?"

随即他弹起手中的特雷门琴,轻声唱了起来:

今夜,让我在膝上静静地摊开银河
用星辉之手拨响命运的弦
今夜是永恒之夜,今夜是重生之夜
我,一个孤独的人子,独对苍天
无声地抚摸着无垠的时间
今夜是呈现之夜,今夜是告别之夜
我,一切事物中最易朽者
是父亲也是母亲,是祖先也是后代
怀抱着一把古老的琴

轻轻奏响了宇宙的叹息

在他们的前方,是银河的亿万星辰;在他们的后面,绚丽的紫色星云——太阳星云,正缓缓扩散,恍若一个奔跑着的人形——
夸父的背影,永远在星海间绽放。

2011年2月3日,大年初一凌晨
完稿于珠海唐家

海 洋 之 歌

繁衍、扩张、远航,是生命永恒的主题。

本文系陆哲教授在"新科学系列讲座"中的发言稿。这次重印，得到了出版商学术出版公司的许可，以飨读者。

1

各位，我没料到我能站在这里——活着站在这里，向各位讲述我的故事。

命运真的很神奇。两个月前的这个时候，我在北大西洋上空，飘浮在一百公里高的地方，蜷缩在一艘海洋深潜器里，目睹着天崩地裂的可怕景象：数百亿吨海水从太空落下，数百亿吨熔岩从地幔上涌。若救援来迟一点，我便不可能在这里与大家共同见证这令人战栗的时刻了——这个科学革命的时刻，文明史转折的时刻。在这个时刻，我有幸与大家一起，迎来人类崭新的黎明。

为什么这么说呢？现在已有超过两亿人死于海啸、地震与火山爆发，两千多座城市惨遭毁灭，近十亿人流离失所，人类文明遭遇前所未有的浩劫。为何我会以这种乐观到狂妄的口气说，这是人类的黎明呢？

请允许我先谈谈我的母亲。

我对母亲最早的记忆，来自我的一次哭泣——第一次上幼儿园时的哭泣。那时，我号啕大哭，老师怎么哄都没用，糖果、玩具、各种招数都用尽了，所有人都一筹莫展，但母亲却给了我一块拳头大小的黑石头。

"你听。"她说着，把黑石头在桌上轻轻磕了一下。

黑石头发出一种不可思议的悠扬鸣声，如鸣佩环，经久不息。后来听老师说，我那时立刻就不哭了，瞪大了眼睛看着那石头，仿佛那是一块闪闪发光的宝石。

我生于一个单亲家庭——两岁那年，父亲离家而去，母亲独自抚养我长大。和我一样,她也是一个海洋学家。每年冬天,她总会跟着考察船出海,回家时为我带来各种奇妙的玩具——贝壳,五颜六色的珊瑚,可以养在瓶子里的灯笼水母,还有那些黑石头。这样的石头,她每次考察归来都会带回几个,天长日久,在狭窄的屋里堆积如山。母亲索性把它们按大小堆在一个木架子上,做成"架子鼓",又向学乐器的邻家孩子借来了鼓槌,和我一起敲着玩。

当然,因为音准不对,这架子鼓并不能演奏常见的乐曲。一般的乐曲中,音高差八度意味着频率差两倍,但这个乐器只能演奏频率差六倍的音乐。母亲是个很有才华的人,为此她专门自编了不少曲子,我最熟悉的便是《海洋之歌》。在那悠扬的音乐声中,我度过了一个无忧无虑的童年。那是多么美好的日子,我以为生活将永远这样继续下去,直到六岁。

那是我第一次跟着母亲出海。在海洋考察船的一个船舱中,我坐在桌旁,准备过我的六岁生日。桌上摆着蛋糕,烛光跳跃着,为冰冷的船舱抹上橙红色的温暖。但我身边的叔叔们却面色凝重——母亲下潜考察,突然失去了联系。我望向大海,焦急地等待,等待她回航时溅起的浪花。然而,铅灰色的大海却沉默着,一天,两天,没有任何消息。她消失在了两公里深的大西洋底,直到现在,也没有回来。

这是巨大的悲痛。厄运降临后,我的世界天崩地裂。但我不再哭泣,有另一种东西让我从悲痛中走了出来。大概每个人到了某个年龄都会经历自我意识的"天启",于我而言,这种"天启"是母亲的永别带来的。

葬礼上,我抚摸她黑色的灵柩时,某种陌生、无边无际、黑色而冰冷的存在突然攫住了我,眼泪戛然而止。死亡,虽然当时我无法理解它,却也朦胧地感受到了它无所不在的羽翼与它扇起的寒风。我眼中的世界忽然变成了另一种样子,我再也不是那个无忧无虑的小孩了,我开始思考,思考生命的奥秘:生命是什么?死亡是什么?生命存在于宇宙中,意义又是什么?

这些问题伴随着我长大，引领我走进实验室，走向那片海洋，最后，把我带到了这里。

对我个人而言，母亲的死是我人生的转折点，我相信对于人类文明而言，这场灾难也会成为文明史的转折点。就像我感受到的"天启"一般，人类也将重新审视自我、文明与生命的意义，不是在地球的尺度上，而是在宇宙的庞大舞台上审视，从而点亮新纪元的崭新黎明。

而这一切，都来自我母亲的"海洋之歌"。

2

故事不妨从头讲起。

五年前，在担任讲师时，我与北方矿业集团合作，参与研究深海锰结核的项目。

锰结核是一种储藏量很大的金属矿藏，早在19世纪末就被发现，但直到现在都没有大规模开采。原因很简单：它们都沉积在几公里深的海底，勘探困难，成本高昂。为了解决这个难题，北矿集团希望能借助浮游生物来定位锰结核。

这不是什么新奇的想法。当时人们普遍认为，锰结核起源于一种特殊的浮游生物。海水中的锰元素会富集在它表面，层层堆积生长，最终形成结核，就好像水汽凝结成露珠。

显然，这个理论有很多漏洞——比如著名的"同心圆疑题"。锰结核都沉积在海底，如果它真是由锰元素沉积而成，那就应该只在其与海水接触的上表面生长，剖面的生长纹应该下密上疏，是严重偏心的，但事实上，这些"年轮"都是均匀对称的同心圆。难道石块会悬浮在海中生长吗？但北矿集团并不在意这个，他们关心的是钱——这种浮游生物带来的生物探矿法，将为集团节省一大笔开支。

无疑，这个课题是纯应用的，和探索生命奥秘八竿子打不着，却成了我研究生涯的转折点。我此前的研究一直停留在海洋浮游生物领域，从未研究过锰结核，更没有见过锰结核的样本，所以当我第一次见到那些从海底捞上来的黑疙瘩时，我的震惊溢于言表。

那就是我母亲带回来的黑石头！

这就是命运的神奇之处。时隔二十年，我竟然阴差阳错地与我母亲走上了同一条路，来到了同一片海。在这里，我接下了母亲未竟的事业，并且解开了一个巨大的谜团。

这个谜团的线头，来自一串神秘的数列。

那时，出于研究需要，我们采集了数十吨的锰结核样本。进行粗略统计后，我们惊奇地发现，从这片海域里采集到的样本格外蹊跷——在两万多个样本中，锰结核的大小呈现出奇特的等比数列形式的非连续规律，我们称之为"直径量子"。这些结核的直径均取了若干分立的值，而这些值可以近似看作以六为倍数的等比数列，如3.3厘米、19.8厘米、119厘米等。在打捞上来的样本中，我们只发现了这些尺寸的结核块。而如果锰结核是由浮游生物吸附形成，那应该各种尺寸都有，不可能只出现这种离散化的值，何况是等比数列！

从那时起，我的全部精力都放在了锰结核上。

必须承认，转行并不容易。锰结核的成因属于海洋地质学，后来发现还必须考虑电化学和流体力学，那都是数学背景相当复杂的东西。但那串神秘等比数列的诱惑足以激发我克服一切困难的欲望。经过三年的研究，在冯坎博士、乔羽高工等人的帮助下，一个新的锰结核形成理论渐具雏形。

理论的出发点，来自那串等比数列中的比例因子"6"。

这是一个很有趣的过程，现在回忆起来，仍趣味盎然。我们就好像破解凶杀案的侦探，死者留下了一个神秘数字，而我们要从它推断出凶手的身份。为何恰好是六倍？刚开始思考时，没有任何理论能解释，我们只能天马行空地想象，寻找一切若隐若现的联系，同时还要避免陷入玄学的陷阱——雪花的六角，米粒组织的六边形，巨人之路的六棱柱[1]，但肯定不是大卫的六芒星（笑）。这不是胡思乱想，我们知道，自然界的一切都遵循能量最低原理，如果我们承认锰结核的这种比例关系是自然形成的话，那"6"这个比例一定来自某种能量最低的几何形状。

于是，我们想到了"瑞利-本纳德对流"。

这并不是什么玄奥的现象，我们每天都有机会见到它。请各位看这张图，这是我今天早上在宾馆厨房做的实验。找个平底锅，加半锅水，打一到两颗鸡蛋，让水具有一定的黏度，接着均匀、平缓地加热锅底，注意一定要非常均匀，然后等上一会儿。你会发现，在某个时刻，水面突然涌现出规则的六边形涡胞，原来混乱翻腾的水流被约束在了六边形涡胞内，以对称的方式上浮和下沉。

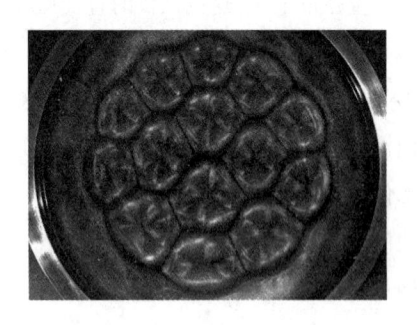

在大洋深处，类似的过程也在进行着，只不过规模要大得多。洋中脊裂谷底部，来自地幔的炽热熔岩涌出地壳，与冰冷的海水接触，形成热对流，与炉灶中加热的水如出一辙。

让我们继续实验。请看这段视频，在平底锅中，水涡呈六边形对称翻滚，大概有二三十个涡胞，每个涡胞尺寸是一厘米左右。现在，我把炉灶火焰开到最大，同时向锅中的水面均匀地喷洒液氮，以加大水底

---

[1] 北爱尔兰的一个景点，世界自然遗产。由数万根大小不均匀的玄武岩石柱，聚集而成的一条绵延数公里的堤道。

和水面的温差。可以看到,当温差增大到下一个临界值时,涡胞突然分裂,每一个大涡胞分裂成三十六个新的小涡胞,小涡胞的直径恰好为原来的六分之一!那是两年前的一个清晨,在煮鸡蛋时,我偶然观察到了涡胞的六分裂,从而解开了困扰数年的谜团。多亏了我家乡的凛冽寒冬,让温差达到了涡胞分裂的临界点。

当然,如果温差继续增大,涡胞还将继续分裂下去,形成一系列更小的涡胞,六,三十六,两百一十六,那是以六为倍数的无穷无尽的分形……

是的,这就是"直径量子"的成因——在火山与海洋接触的表面,冰与火的交织中,熔岩形成了具有六倍比例关系的对流涡胞。接下来就是复杂的化学过程了。我们猜想,在两相界面上,熔融的酸性玄武岩萃取了海水中的二价锰离子。熔岩中的锰含量不断提高,当达到饱和后,将在旋涡的核心析出、凝聚、结晶,形成锰结核。去年五月,我们用格子玻尔兹曼方法对这个模型进行了仿真,并且在国家海洋地质中心进行了缩比实验,首次获得了人工锰结核。结果是令人惊喜的。那天下午,在实验车间里,我戴着石棉手套捧起那个还在冒烟的黑石块,然后小心地用电锯剖开。在剖面上,生长纹果真呈现出同心圆状!

我们连夜撰写论文,给出了描述这一过程的数学模型,题目叫《本纳德对流倍周期分岔在海底扩张过程中的电化学作用》。全文在《科学》杂志刊发。

至此,我们揭开了锰结核的"直径量子"倍数之谜。鲜花与掌声随之纷纷拥来。一夜之间,学校就将我从讲师提拔为教授。各种委任函如雪片般飞来。十几所大学邀请我去做访问学者。但我全都拒绝了。我知道,那些头衔意味着我将不得不把大量时间花在讲座和会议上,而这个成果只不过是一个更大谜团的发端——乐曲才刚奏完序章,海洋底部还隐藏着更深刻的东西等待揭晓。我必须轻装上阵。

还有什么更深刻的东西呢?生命,一种新形态的生命。

让我们重新回顾一下本纳德对流。这是流体力学中的经典问题,非常简单,却能体现出生命的本质——低熵体。在那层薄薄的液体中,随着温差的增加,熵不断降低,有序度不断升高,六边形涡胞突然涌现,分岔,结构从混沌中浮现,如同受精卵分裂为胚胎,秩序的磷火,从黑暗的海面上升腾。多么神奇而美妙的演化!我不由想起从前看过的一篇有趣的文章,阿西莫夫写的,里面描述了一种硅基生命,它呼吸氧气,一面走,一面要吐出石块般的二氧化硅。我们所见到的那铺满海底的锰结核,是不是某种硅基生命的排泄物呢?

这幅图景实在太惊人了。要知道,世界各大洋的洋底都广泛分布着锰结核,数量在百亿亿量级。如果那真是某种生物的产物,那它得有多庞大!

思虑再三,我最终还是没敢把这个狂想写进论文。毕竟,古往今来,还没任何人见过这种新生命的迹象。况且我心里很清楚,这些单调的旋涡绝非生命——它会繁殖吗?会遗传吗?会对我们的呼唤作出反应吗?显然不会。要跨越这道隔绝非生命与生命的鸿沟,还需要更多的因素。

在命运的眷顾下,我们有幸成了这种新生命的见证者。

那是在两个月前,我和乔羽高工一起,乘坐"达尔文号"深潜器潜入了我母亲葬身的大西洋中央海岭,实地考察锰结核的形成过程。在那里,我们看到了比梦境更加疯狂的东西。

3

今年三月二十日,我们来到了亚速尔群岛以南两百二十海里的海域。天气湿冷,灰色的冬云低垂,那是北大西洋冬季的一个寻常的早晨。"达尔文号"深潜器悬挂在考察船的龙门绞车上,修长的艇首指着海面,仿佛一柄准备劈开波浪的白色钝剑。

因为兴奋,我起得很早。吃过早饭后,我与乔羽等人道别,坐进了深潜器的驾驶舱里。那是一颗直径一百二十厘米的钢球,异常狭小,我像是胡桃壳里的胡桃。所幸,深潜器外安装了二十四台全景摄像头,配上虚拟现实眼镜后,舱壁就在我眼中消失了,海底的壮丽景观一览无余。

正因为有了这些摄像头,我们才能捕捉到那些惊人的画面。

当天上午八点二十分,技师锁死了深潜器重达一百六十公斤的舱门。探险开始了。释放指令发出,短暂的失重后,我砰然落水,像石块一样沉向海底。考察船的船底迅速变小,很快变成了微光闪烁的海面上的一个黯淡小点。不久,连光线也消失了。只有灯光下无数的微小浮游生物在飞速上移,整个场景宛如开车穿过暴风雪。四周变得一片漆黑。所幸,仪表还是可靠的,它告诉我深潜器正以每秒三米的速度向海底靠近。

这次考察中,我的目的地是一片海底扩张带。它于1989年被首次发现,人称"海洋之喉"。在那里,熔岩从海岭中央的裂隙中涌出,冷却凝固为新的海底,锰结核只不过是这个过程的副产物。这里是具有"直径量子"的锰结核的发现地区。我们猜想,这里的海底扩张带一定形成了一片宽阔而均匀的熔岩湖泊,就像一只硕大的平底锅,使得本纳德对流涡胞变得均匀,只有这样才会产生大小均匀的锰结核来。

几分钟后,深潜器已经位于海面下一千二百米。黑暗更浓,浮游生物微粒也看不到了,海水变得极为澄澈,澄澈得让人怀疑充满那片黑暗的不是海水,而是真空。有人说大海是太空的镜像,我深以为然——黑暗,死寂,还有一分钟的通信延迟。我仿佛是一个宇航员,在没有任何星辰的冷寂太空中孤独地航行着。冷,彻骨的冷。大洋底部的水温只有一摄氏度,驾驶舱在冷却,舱壁上凝结了大颗水珠。我的一双赤脚就踩在舱门的钢板上,冻得发抖,不得不穿上毛袜和防水靴。但即便如此,我的牙齿仍格格打战。

坦率而言,我发抖并不仅仅是因为寒冷。当时,我已经对我母亲罹难的过程略有耳闻。有人告诉我,她当时似乎有了一个发现,但对此守口如瓶，唯一的知情人是她的一个学生。有一天他们乘坐深潜器下潜，深潜器在距离海底两百米的位置突然失去了联系，声呐中断，音讯全无，救援队在海底搜索了几个月都没见到深潜器的踪迹，也找不出事故原因。事到如今，已经没人知道她当时下潜的目的。唯一的线索是她当时的奇怪举动——在失踪前的半小时中，她一直在用超大功率声呐扫描海底，声呐信号的内容是一段她自创的音乐。

向海底播放音乐？播给谁听呢？

在兴奋之外，我也感到了一种隐隐的恐惧。

但我没有太多时间去恐惧。三分钟后，在二千二百米深处，我看到了海床。

这是位于中央海岭西侧的缓坡。数十米厚的沉积物覆盖其上，仿佛一片无边无际的雪后荒原，探照灯只能照亮其中一小块。我扔掉了四个压舱块中的一个，深潜器停止了下降，悬停在海床上方，以便我仔细观察周围。只见沉积物上布满了锰结核，每平方米足有十几个，分布均匀，仿佛尘封的古战场中散落的盔甲。

这时，我发现全景摄像机真是个宝贝。它视野极佳，而且可以将海底极为微弱的光线放大数万倍，大大提升了我的工作效率。只用了几分钟，我就看到了目标——在中央海岭山脊上跳跃的一片暗红的辉光。它节奏缓慢，却极有韵律，自左向右，像海浪一样波动，仿佛山风中燃起的篝火。深潜器的影子被投射在海床上，随着那辉光微微颤抖着。

循着那片辉光，三分钟后，我越过山脊，来到了"海洋之喉"正上方。

这是洋中脊裂谷宽度最大的位置。我向下俯瞰，只见裂谷侧壁陡峭，宛如刀劈斧砍。在那峭壁底部有一道暗红色的熔岩狭缝，像魔鬼微微裂开的嘴。我拉近相机焦距，努力分辨其中细节，但因为距离太远了，那里的熔岩显得朦朦胧胧，看不清楚。我必须再下潜，再靠近些，才能得到有意义的照片。

距离底部八百米。我看了一眼雷达的读数，忽然意识到，这就是二十年前我母亲失踪的地方。

当年她也是这样,为了看清谷底的景象而毅然下潜吗?

我咬了咬牙,启动了推进器。

两侧的峭壁缓缓上移,慢慢地,"海洋之喉"已经占据了我的整个视野,熔岩表面纹理清晰。然而我已经感到了那地底火焰的威力——船舱在晃动,被加热的海水正紊乱地上涌,高温透过钢壳传进来,刚才还如同冰窖的船舱转瞬间就变成了蒸笼。

时间不多,我用最快速度调整好了相机,连续拍摄了数百张相片。

诸位请看,这就是那些照片中的一张,也是目前为止,唯一拍摄到"海洋之喉"核心区熔岩的照片。可以看到,涡胞很规则,与我们预测的一样,呈整齐的六边形,排列均匀密集,表面盖着一层乳白色的薄雾,好像一锅煮着的大米粥。在裂谷北端,这些涡胞翻滚得要慢些,颜色也更暗些,更精细的照片显示,那里的涡胞核心已经结晶,锰结核正在形成;而在裂谷南端,这些涡胞则更亮、温度更高、旋转更快些,中心很干净,没有结核。

显然,那是一种类似新陈代谢的过程——数以万计的涡胞如齿轮般互相嵌套,精密地旋转着,组成一条火焰巨蛇,头部啃噬着岩石,而尾部不断结晶、固化、分解,化为无数在海底铺陈的锰结核。那起伏的暗红色辉光仿佛一颗律动的心脏,亘古不息,有一种催眠般的魔力。

面对此景,我几乎忘记了思考,忘记了呼吸。

不知是不是幻觉，我还听到一种声音正从那里传来。它是一种低沉的嗡嗡声，好像一只巨掌，穿过海水，握住深潜器，缓缓摩挲着它的外壳，又好像妈妈的手，在温柔地抚摸着我的额头，哄我入眠。

二十年前，我母亲目睹这奇景，是不是在震惊中忘记了离开，以至于被突如其来的爆发吞噬了呢？

我低声默念，妈妈，我来看你了。

话音刚落，在那个瞬间，我竟然无比真切地听到了她的回答——

皙皙，你终于来了！

4

骤然间，谷底风云变色。

熔岩突然变亮了，短短几秒内，便由暗红转为耀眼的白炽。在翻腾的岩浆中，无数六角形涡胞好像活了似的，急剧分裂，并四散游动开去。我还没来得及看清，熔岩上方的海水就化作一团浓稠的云雾，瞬间扩张，灌满了整个裂谷。火光将这团云雾映成了橙红色，仿佛一条在裂谷中翻滚的火龙。被高温煮沸的海水喷涌出大量气泡，化作那条火龙的头部，向我昂首冲来。

我心下大骇，望着扑面而来的火雾，一时忘记了思考。

皙皙，你终于来了……

那声音透过船壳，回荡在这狭小的舱室中。它分明就是我母亲的声音！

啪的一下，我狠狠给了自己一耳光。这是在做梦吗？二十年过去了，难道我母亲还在这片海底？那她岂不是早就化为了尘土？还是说这世界上真有鬼神，这团云雾，难道就是她灵魂的寄托？

但我来不及多想了。火雾近在眼前。我猛然按下按钮，哐的一下，压舱块被丢弃，落入了下方翻滚的红云中。深潜器猛然上浮十几米，但气泡上涌得更快，几秒后，我的周围就全是气泡，船舱好像被无形的手拖住了，粘住了，上浮很快停止，我被困在了这团气泡云里。

怎么了，哲哲？别走，你不想见妈妈吗……

那声音飘忽不定，时而近在耳畔，时而又远在天边，吓得我冷汗直冒。

冷静，我必须要冷静下来，就算那是鬼魂，我也会有办法找出一个合理解释的。想到这儿，我心下稍安，扫了一眼仪表，舱外海水密度的读数正在下降，温度和电导率都在急剧升高，浮力越来越小。拾音器显示的波形让我确信那声音不是我的幻觉，它来自船壳，肯定是某种定向的声源把话音传到了船壳上。但那声源在哪儿？全景摄像机的舱外画面一片朦胧，到处都是翻滚的气泡，什么都看不清……

也许，唯一的选择就是继续与"她"交流了。

"你是谁？"我用颤抖的声音问。

没有回音。

我打开声呐，切换到载波模式，然后对着麦克风再次问道："你是谁？"

强劲的声波穿过火雾，扫向海底，两秒后，那声音回答了：

你不认识我了吗？我是妈妈呀……

"不，你不可能是妈妈。"我努力克制住声音中的颤抖，"或许……我应该问，你是什么？是机器，是鬼魂，还是外星人？"

你不认识我了吗？我是妈妈呀……

"别胡说了！你到底是什么，为什么要用她的声音说话？！"

你不认识我了吗？我是妈妈呀……

"你为什么总是重复这句话？"

没有回音。

"好吧……那你为何把我困在这里？"

听妈妈给你讲个故事……

"什么故事？"

你已经六岁了,长大了,妈妈就不给你讲童话了,这是一个真实的故事……

话音刚落,在全景摄像头的画面里,舱外的气泡忽然有了变化。在我眼前,无数气泡凭空生成,瞬间又消失湮灭,在这由生到死的短暂时间里,它们在我前方的海水中汇聚,变幻出栩栩如生的立体图形——太阳,还有一颗行星!我目瞪口呆,望着这奇景出神。行星绕太阳旋转着,气泡的反光让它显出一种梦幻般的美感,好像玲珑剔透的水晶球,在黑暗的海底折射着火焰的红光。

这时,舱内突然响起了一种音乐,叮叮咚咚。我不禁呆住了,这声音是那样熟悉,在我心底埋藏多年的记忆忽如洪水般喷涌而出。

"不,这不可能,难道你真的是……"

还没说完,忽然,"行星"迅速拉近,变大,充满我的视野,我能清晰地看到它的表面——大陆、云层,还有海洋。云层从我耳畔飞掠,海洋迎面扑来,我穿过海面,俯瞰海底。海底熔岩四散流溢、铺展,发出光芒,板块在激烈地运动,板块的裂缝中翻滚着无数我见过的六边形涡胞。

突然,海底猛地下陷,仿佛大洋底下坍塌了一座直径数千公里的穹窿,海水汹涌地灌入炽热的地幔,沸腾,然后剧烈爆炸。整片大陆被撕成碎片,无数流星射入太空,快如闪电,灿若繁星。它们飞出了行星的引力圈,有的甚至飞出太阳系,宛如一场宇宙尺度的焰火,又像风中的蒲公英,将种子飘散向无尽的虚空……

"我不明白,为什么给我看这些?"

因为今天是你的六岁生日,哲哲,从今天起,你就和以前不一样了……

"不一样?会有什么不一样呢?"

从此以后,你就不是小孩子了……

"等等,你在说什么?这是什么意思?!"

但无论我怎么呼唤,那声音都不再回答了。气泡渐渐消失,声音淡去,裂谷中的云团也慢慢飘散,消失于无形。

这时,船舱的浮力也复原了。气泡消散后,周围海水的密度恢复了正常值,在浮力托举下,深潜器像个梭形炮弹一般飞速上升。半小时后,我浮出海面,被考察船捞了上来。后来听说,当打开舱门时,我正呆呆地蜷缩在舱里,眼睛发红,双手发抖,嘴里还念念有词:

"结核……涡胞……流星……火山……那是什么,我不明白,我不明白……"

5

事到如今,大家肯定已经明白那是什么东西了。

其实,在下潜之前,我在潜意识中已经对自己可能遇到的事物有过最疯狂的设想,比如海底文明,比如一种有意识的新生命形态。毕竟,现代科学已经彻底刷新了人们对于生命的认识——从达尔文打破神创论,到孟德尔揭示遗传规律;从沃森、克里克发现基因密码,到洛伦兹、普利高津创立的混沌、耗散结构理论与超循环论,生命一步步走下神坛,与非生命的界限逐渐打破。我们的发现,只不过是把这个过程推进了一步罢了。

让我们回到四十亿年前,回到那个混沌未开的时代。地球仍是一片沸腾的泥沼,天空电闪雷鸣,被火山煮沸的热雨终年不息地下着。在热雨中,熵在降低,秩序在产生,有机分子分分合合,化学反应被连接成循环,循环层层嵌套,愈发复杂,突然一道闪电劈下,分子聚成长链,唱响了有机生命的第一声啼鸣……

好了,既然我们承认生命从非生命中产生,那我们就避不开这个问题:为何生命只以我们这种形态呈现呢?

当然,教科书会这么告诉我们,那是因为碳原子的四个价键能使之形成复杂的有机物,因为这些有机物能在常温下保持稳定,因为水是最好的溶剂，因为酶与DNA神奇的特性……但宇宙有着如此繁多的物质，有着如此广阔的温度、压强和时间尺度，难道它们都是简单平凡的？唯有常温常压下的碳原子能绽开神奇的生命之花吗？

这是一种奇怪的特殊性，是生命科学领域的"地球中心说"。

生命究竟是什么？自古以来，无数的智者都在这个难题前铩羽而归。而在过去的二十年里，人类有了突破性的进展。现代科学正从一个前所未有的角度解读生命：别洛索夫－扎鲍廷斯基振荡反应、图灵方程、元胞自动机、神经网络算法等，让我们渐渐领悟生命的本质——生命并非某种神奇的物质，而是平凡物质的神奇组合。但这还不够。要想真正颠覆原来的认识，就必须找到用另一种砖块构筑的生命，就像阿西莫夫所说的，一种由所谓的"非生命"物质组成的生命，一种"不为我们所知的生命"(Life not as we know it)。

那就是我所见证的"海洋之歌"。

与它的接触，让我们的研究陡然进入了一个全新的领域。回航后，我带回的录像和录音被反复分析，数据在各种模型中被仔细比对、校验。同时，更多的下潜考察一一展开，并且成果卓著。涡胞的详细模型被建立起来，更多精细结构被发现，描述它的语言也不断发生变化——流体力学的术语如球面二次流、希尔球涡、磁流体剪切层等，渐渐地被外胚层、细胞核、线粒体这些生物学名词取代，形成锰结核的驻涡被叫作"泄殖腔"，超临界流体中间介质层也被形象地称为"组织液"……

在那段时间，研究突飞猛进。我们仿佛坐在奔驰的过山车里，看着各种神奇美妙的事物如闪电般迎面扑来。很快，第一个"细胞器"被发现。我们终于定位了那神秘声音的源头——涡胞中央的一个驻定气泡，每个涡胞都有。在气泡上缘，从海水中萃取的锰元素与游离氧剧烈化合，生成具有磁性的四氧化三锰粉末。它们沿着气泡壁顺流而下，被磁场驱动振荡，压缩气泡中的空气，产生声波。数以万计的涡胞组合起来，就形成了地球上最大的声波发射阵列，伪装成我母亲的声音与我交流。

这是两个智慧文明间的交流。遗憾的是，在我之后，无论其他考察者怎么呼唤，它都保持着令人敬畏的沉默。

我们将最新的成果整理成文，但那已不是学术论文了。它被第一时间刊载在世界各大报纸的头版，题目是《来自大西洋底的呼唤：你是谁》。

文章刊出后，冷清的海面顿时热闹起来。来自世界各地的数十支海洋考察队蜂拥而至，随之而来的是媒体记者、工程师、大企业的代表，甚至还有海军的舰队。几个高大的海洋超深钻探平台在这里下了锚，钻头扎进地壳深处，试图绘制地底生命的轮廓；反潜侦察机在它们上空巡航，投下声呐浮标，搜索海底的可疑声响。在更远些的地方，竟然还开来了八个航母战斗群，来自中美法俄四国，此外还有若干核潜艇。它们一面谨慎地保持着彼此间的距离，另一面则整齐划一地对"海洋之喉"的方向保持着高度戒备。

我从没料到各国对此事的重视会达到这种高度。但后来的事态证明，这种重视极有远见。

我还记得在半个月前的紧急会议上首长的讲话：

"我们来到了一个特殊的历史时刻。与另一种智慧生命的接触，既没有先例可循，也没有经验可鉴，只能摸着石头过河。我们的愿望是美好的。既然两种生命已经在地球上和平共处了数亿年，我们有理由期待，这种和平将继续下去……然而，世事无常，我们不能不做最坏的打算。"

6

在那场紧急会议上，首先发言的是中科院的秦院长。

"各位，想必大家已经对目前的情况有所了解，但按照议程，我还是简单回顾一下。

"在过去一个月中,联合科考卓有成效。来自各国的考察队已经定位了三十六个海底熔岩裂隙,陆教授发现的'海洋之喉'只是其中的一个。它们分布在北大西洋中央的海底扩张带与板块边缘的消减带上,面积达数百平方公里,都处于高度活跃状态……"

那次紧急会议上,与会者有政府高官、科学家、工程师、高级军官,都是人们在电视上见过的面孔,加起来不超过二十人。

"……然而,对于我们的呼唤,它们一直保持沉默,我们因而无从判断它的意图。显然,它们已经得知了我们的存在,而且有能力对我们施加影响。因此,在第六十三次国务院特别状态委员会第二次扩大会议上,经过民主投票,委员会决定实施'共工'计划。下面请钟将军介绍计划的落实情况。"

军方代表站起来念道:"各位首长,各位同志,'共工'计划是我军首次针对另一个文明制定的作战计划。此前我们已完成了前瞻性研究,初步指出了假想敌可能的攻击模式与相应的防御手段,简述如下:

第一,次声波攻击。'海洋之歌'可能并不动听,它是断肠曲,若海底的涡胞群集束向我军舰艇发射次声波,可能造成有生力量伤亡;

第二,地震与火山攻击。此攻击方式对舰艇威胁有限,但对于沿岸的居民是灭顶之灾;

第三,泡沫化攻击。这是对我军舰艇威胁最大的攻击方式——高温岩浆将海水汽化,变为泡沫,导致海水密度下降,浮力降低,以致舰艇沉没。在座的陆教授就差点丧生于这种攻击。

我们目前并不了解这三种攻击方式的原理,所以无法预警,只能进行被动的防御。因此,我们必须提出先发制人的战略,称为'共工'计划。陆教授,我想冒昧向您请教一个问题。"

我吃了一惊,"不敢,您请说。"

"如果将'涡胞'与海水隔绝,是否可以杀死那种熔岩生命?"

我想了想,说:"我只能说这是目前最有效的方法。毕竟,任何生命都有新陈代谢,而海水与熔岩的温差是这种代谢过程的动力。隔绝海水,可以有效地消除温差。"

"谢谢您,这正是我们计划的理论依据。"军方代表说,"目前,我军六艘095型攻击核潜艇已经抵达目标海区,每艘都携带有二十四枚特制的深水核鱼雷,弹头当量两百万吨TNT。一旦打击指令发出,鱼雷将射向裂谷侧壁的某些特定位置,核爆炸会击垮岩壁,引发海底山崩,巨量碎石和沉积物将彻底埋葬熔岩生命。该计划的名字'共工',正是取自水神共工怒触不周山的传说。"

"谢谢钟将军的介绍。"主持会议的首长扫视全场,"如果没有别的问题,下面我们就进入第二部分,对该计划的执行细节进行审议。"

审议与我的专业无关。我感到有些乏味,看着白瓷杯中翻滚的茶叶,心思渐渐飞到了别的地方。

诚然,共工计划是一个可怕的行动。那种生命早已得知了我们的存在,却没有进行任何攻击,哪怕对我这样的入侵者,也只是暂时用气泡雾扣在海底,似乎没有恶意。可我也不能说它对人类绝对安全,谁知道那些活跃的熔岩在"想"什么?它可以轻易掀起巨浪,撕碎船只,把海滨城市抹平。

想到这儿,我忽然回想起一个问题。那是很重要的问题,却在此前的研究中被忽视了。

我回想起自己与熔岩生命的对话。"一个真实的故事",气泡状的行星,四散纷飞的碎片,宇宙的焰火,还有那段音乐。我无比清晰地记得,那正是小时候母亲在架子鼓上与我一起敲打的音乐。陪伴我童年的旋律,为什么会在那熔岩翻腾的裂缝中奏响?

难道那就是"海洋之歌",我母亲罹难前向海底播放的音乐?

一个念头如闪电般击中了我——

那个架子鼓,恐怕不是用来哄孩子的!

会议结束后,我立刻赶回家乡。家乡已经面目全非,我小时候住的老楼已经拆除,我母亲的手稿、乐谱早已随之散失,连那只架子鼓也不知所踪,据说搬家时被卖掉了。我发了疯似的问邻居,问亲戚,问亲戚的亲戚，最后才在一个老收藏家手中找到当年的架子鼓。他被一个卑鄙的中介骗了，以为那些是陨石，高价买来，鉴定后才大呼上当。见到我后，他立刻大倒苦水：

"这世道，人的良心都喂了狗，可咱不能再坑您不是？说实话，我真不能按陨石的价卖您，这最多也就……"

"不，就按这个价。这真是陨石，来自另一个世界的会唱歌的陨石。"我掏出一张支票，在一后面写了七个零，拍在桌上，"全买了！"

收藏家用看疯子的眼神送我离开。

我带着两百多斤的石头回到北京，然后打电话给我的一个高中同学，王梓榆，他当时在谷歌任职，总说自己是什么码农，但我知道，他在人工智能与机器学习方面的造诣相当深。

"神经网络算法？哈哈，你这个大科学家怎么会对这个感兴趣？"他说。

"别寒碜我了，你小子应该听说过海底熔岩生命吧。"

"那可不，头条新闻，如雷贯耳。"

"废话少说，有正事问你。以你来看，那种涡胞有没有可能对外来信息，比如音乐，产生某种记忆和反应？"

"当然有哦，不过，那得形成网络，数量得相当庞大。"

"有多大？"

"几十亿的量级吧。手机上的语音助手，会在与用户的对话过程中不断学习，嗨，其实就是'鹦鹉学舌'，其核心与神经网络算法很类似。我去年搭的一个神经网络更进一步，在设置了十亿个节点后，它可以写出一篇像模像样的影评来。这是很成熟的技术，就是训练太麻烦了。"

"训练？"

"对啊，神经网络算法是一种模拟大脑的方式，本质上是一种多层次的节点网络，就像神经元，我得不断地给它灌输信息，强化学习，才能产生有效的记忆。"

我挂断电话，心里一片空明。谜团终于解开，一切都串起来了。

在刚刚发现锰结核的奥秘时，我曾考虑过它是生命的可能性，但这种推测却被三个问题打断。它会繁殖吗？会遗传吗？会对我们的呼唤做出反应吗？三条沟壑，成了生命与非生命的界限。但如今这三条沟壑已经被填平，我可以明确地告诉大家，它有反应，它会遗传，它会繁衍。

而且，是用一种惊天动地的方式繁衍！

7

在与王梓榆通话两天后，也就是两周前，我再一次来到北大西洋，来到那片我母亲葬身的海域。

大海异常平静，波澜不惊，是凝滞而沉重的铅色。这是暴风雨前的平静。天空盖满浓厚的黑云，唯一的亮色是海天交接处的一线狭窄的阳光，仿佛一根即将绷断的亮弦。云层之上，暴风雨正在酝酿，而在大海之下，更可怕的力量正在聚集着。

"我是陆哲，有紧急情况要见钟将军。"在共工计划指挥部，我对秘书说。

几分钟后，钟将军急匆匆地从指挥前线赶了回来。

"陆教授，有什么新进展吗？"

"对，有重大突破。"我说，"我找到了与熔岩生命体沟通的方式——'海洋之歌'。"

"你指的具体是什么？"

"是我母亲留下的一份乐谱，一份用六倍比音阶写成的乐谱。钟将军，您还记得我最初发现的那串以6为公比的等比数列吗？这里面蕴含着那种熔岩生命的意识和语言。熔岩涡胞的特点，决定了它只能接受六倍频的音乐，'海洋之歌'便是用这种特殊频率写成的。"

"这太玄乎了，有做过实验吗？"

"有，但不是我做的。"

"是谁?"

"我的母亲。二十年前,她就对熔岩生命体演奏了这份乐谱,她的声音至今仍被铭记着。钟将军,您听过我在海底遇险时的那段录音吧。"

钟将军沉默了片刻,说:"你打算和它沟通?"

"我们别无选择。"

"好吧,陆教授,你可以尝试,不过恐怕时间不多了。"钟将军说,"各国已经达成共识,决定立刻执行共工计划。"

"什么?前天卢部长不是说了,决不……"

"情况变了,陆教授。你看这张假彩色图[1],看这里,你知道这是什么吗?"

"台风?"

"不,这是旋涡,直径数百公里的旋涡。"钟将军说,"墨西哥湾突发10级大地震,波及整个加勒比海。在震源附近的海底,遥感卫星发现一个八十多公里长的裂缝,深度不详,可能一直通往地幔。巨量海水正灌入裂缝中,每秒钟灌入的水相当于长江一个月的径流量。"

"天啊,这是什么时候的事?"

"八小时前。"

"还有其他的裂缝吗?"

"有,类似的裂缝还有六处,环绕北大西洋散布,最大的一条位于设得兰群岛以西,长达两百公里。有意思的是,它们都是在同一时刻突然产生的。详细的分析报告还没出来,不过用屁股想想都知道,这肯定和熔岩生命体有关。"

顿时,我的眼前掠过一幕幕画面。那气泡组成的晶莹剔透的行星,突然坍塌的海底,陷入熔岩火海中的地狱般的世界,四散纷飞的流星……

1.利用假彩色合成的图像,以增强视觉效果,便于从图像中提取更有用的定量化信息。

"钟将军,那确实有关。"我说,"您知道它这是在做什么吗?"

"向人类示威?"

"不,钟将军,它在加注起飞燃料。"

8

繁衍、扩张、远航,是生命永恒的主题。

我不由得想起1957年的一次地下核试验,由美国洛斯·阿拉莫斯国家实验室主导,代号"帕斯卡A"。在那次实验中,一块钢制井盖——至今仍是人造物飞行速度纪录的保持者——被焊死在深达一百五十米的实验井口,好像战舰巨炮口上盖着一个饮料瓶盖。核弹起爆,"炮膛"中几十吨泥土刹那间蒸发,一道火柱冲天而起,井盖在万分之一秒内被加速到二百零六马赫,相当于第三宇宙速度的四倍。

显然,熔岩生命已经掌握了这个诀窍,只不过它的"燃料"是水蒸气。

到那个时候,每秒钟都会有巨量海水灌入炽热的熔岩,沸腾为超高压蒸汽,积聚在地幔中,将地球化为一门正在蓄能的宇宙大炮。大炮开火时,整片板块将被撕碎,天崩地裂,地表将回到创世之初的熔岩火海状态。但"寄主"的死亡换来的是新生命的诞生。无数种子将被抛出地球,飞出太阳系,飞向熔岩生命的下一个"寄主",下一个家园。

这时,我才终于确信共工计划的必要性,但同时我也知道,这于事无补。

和预想的不同,熔岩生命的主体应当包括地下更深的结构。环绕大西洋沿岸,它突然打开了六个"加注口",横跨数千公里,每秒数亿吨的海水被吞入其中,由此看来,它的须根已经在地球内部蔓延了相当的深度和广度——后来的发现也证实了这一点。它的主体面积相当于北美大陆,分布在地下八十公里的软流层中,体内的一条超临界水通道甚至延伸到地下一百六十公里，远超过莫霍不连续面，好像一条探入地底深处的气根，为它的主体补给着水分。对此，共工计划无异于隔靴搔痒。

唯一的希望，大概就是与"它"沟通了吧。

所有的攻击核潜艇已经就位，根据共工计划，核鱼雷的引爆时间定于当天晚上九点整，在那之前，我还有五个小时的时间。

那是我永生难忘的一个晚上。回到考察船上时，天空已经无一点亮色。狂风大作，暴雨倾盆。"达尔文"号悬挂在龙门绞车上，状态良好，在探照灯的光晕中微微摇晃着。充电，加液压油，调整重心，气罐加压，系统自检，这一套工序耗费了我整整两小时。在深潜器里安置"架子鼓"又花了一小时。当厚重的舱门关闭时，我最后看了一眼外面的天空。那里没有星星，只有乌云滚滚，电闪雷鸣。

"妈妈，我回来了。"

砰的一声，深潜器溅落入水，再次向海洋深渊进发。

我又有了那种奇异的感觉——仿佛自己不是在向海底坠落，而是在无边的虚空中飞行，正跨越阳世与阴间的藩篱，飞向一个远在天边的世界。海水中无数微粒在舷窗外掠过，宛如在弹指之间飞掠的万点繁星。很快，我就再次来到海底裂谷的上方，眼前的景象已经与上次来时大为不同：海底一片赤红，气泡翻滚，熔岩涡胞的范围已经扩大了数十倍，整个海底看上去就像一片烟雾蒸腾的大工厂。

面对着那不可思议的生命，我拿出乐谱，扬起木槌，奏起"海洋之歌"。

在乐声中，我仿佛又回到了童年，那段无忧无虑的时光。妈妈带着牙牙学语的我，在狭窄的陋室中敲打着自编的歌；幼儿园里只剩下了我一个人，眼巴巴地望着大门，等着妈妈做完实验来接我；父亲有时会来与妈妈争吵一些大人的事情，每次总是父亲怒气冲冲摔门而走，妈妈却神色平静，那些污言秽语于她就好像荷叶上滚落的水滴；最后是我在考察船上度过的六岁生日，早上睡醒后，我本来期待着妈妈会与我一起吹灭生日蛋糕的蜡烛,却发现她抛弃了我,下海考察,一去不归……

在那最后的时刻,母亲做了什么,说了什么,我竭力回忆着,但实在想不起来。

一曲终了,我放下木槌。

数据转换需要一些时间。转换完成后,声呐会将我演奏的乐曲放大,然后用最强功率发射向海底的熔岩涡胞群。

忽然,深潜器剧烈振动起来。只见海底熔岩涡胞群光芒大盛,并开始飞速运动,仿佛一群突然接到号令的士兵在快速有序地奔向各自的阵位,形成一层层嵌套的六边形结构,宛如向日葵的花盘,繁花次第绽放,复杂的图案出现又消失,令人眼花缭乱。接着,以熔岩涡胞群为中心,直通地幔的裂纹出现了,它们在漆黑的海底蔓延,好像包裹着火焰的黑色蛋壳正在裂开,又像是黑夜中的红色闪电。它们从我脚下发出,急速扩展到了目不可见的远方。后来我才知道,在几秒内,它们在海底蔓延了将近四百公里。

而在它们之下,是一颗半径四百公里的、充满了超高压蒸汽的"巨蛋"。

有东西要破壳而出了!

刹那间,还没来得及反应,一道强光铺天盖地地袭来!在那万分之一秒的瞬间,我瞥见了"超级巨蛋"的内部,一个充满了炽热熔岩、超临界水和超高压蒸汽的空间,那是地球巨炮的炮膛,白炽的光芒在其中闪耀,好像火箭发动机燃烧室中的火焰。海底地壳破裂了。激射而出的蒸汽裹挟着强光瞬间吞没了我,一股巨力把我压倒在座位上,加速度瞬间超过人体承受的极限。我眼前一黑,昏了过去。

而当我醒来时,看到的是噩梦般的景象——

我正在一个深井中坠落着。

那是由浓云和海水组成的深井,井壁是灰白色,有着令人目眩的复杂纹理,旋涡在其中翻滚,仿佛我四周被围上了一圈尼亚加拉大瀑布。它不断向上方涌动,泛起水花和泡沫。其中有个小黑点,好像被河水裹挟的沙砾般,在那瀑布前飘飞,若隐若现。待它飘近了,我才惊恐地发现,那竟然是一艘航母!在这气吞山河的水墙面前,人类最大的战舰看起来也宛如尘埃。很快,水墙慢慢改变了颜色,由灰白、乳白而至轻纱般的白色,水流在蒸发,一层层水膜在剥离、破碎,最后变得竟然有些透明了,好像清晨的薄雾。透过它,我看到了一道朦胧的光弧,弧线很低平,泛着蔚蓝的光芒。

那是地平线!

我没有坠落。恰恰相反,我在飞速上升。

在刚才的爆发中,巨量海水被喷入太空,总重超过十万亿吨,相当于整个黑海的水量。由于海水喷发的速度比我上升的速度要快,相对来看,就产生了我正在坠落的错觉。此时,海水已经因为真空环境而蒸发大半,但仍有一部分凝成了冰晶云,宛如一场稀薄的冰雪风暴。这是超过第二宇宙速度的风暴,我被裹挟其中,好像狂风中的蒲公英。

而在我的周围,还有无数的"蒲公英"。那是熔岩生命的种子。它们的速度已经远远超过第二宇宙速度,有的甚至将飞出太阳系,正带着熔岩生命体的遗传信息,向着宇宙深空中的下一个家园飞去。

几十秒后,围绕我的海水终于彻底蒸发。没有了遮挡,蔚蓝的地球与壮丽的星空一览无余,仿佛一首凝固的诗。转瞬之间,潜艇竟然变成了飞船,这真是超乎我想象,所幸它们还是有不少共同之处——气密性都很好,温控也凑合,所以当时我还可以在太空坚持两三天。我并不期待有救援,但幸运的是,俄罗斯的反导雷达捕捉到了深潜器,一天后,一艘"联盟"飞船将我送回了地球。

但地球上的人就没这么幸运了。我俯瞰北大西洋,很快看到了可怕的东西——大西洋中,一个白色圆圈正在扩散,直径已经达到数千公里,那是巨浪,数百米高的巨浪。首先是板块塌陷引发的超强地震波,然后是这圈巨浪,它们将抹平所有沿海城市,杀死几亿人。想到这儿,我不禁打了个寒战。

这会是"海洋之歌"导致的吗?我想并不是,早在我下潜之前,涡胞们已经开始向地底灌注海水，说明它们早已酝酿了这次大喷发，我的行动就好像蚍蜉撼树，对它们根本没有影响。

但我当时还没明白，"海洋之歌"究竟是什么？

在寒冷的太空中，我又想起了我的母亲。

9

我获救后，在医院住了两星期。出院时，世界已经有了很大的改变。坏的变化是到处一片狼藉，难民无家可归；好的是各国在海底生命的研究上投入了很大力量，真相渐渐被还原了。在一个调查组的努力下，当年的一些通信记录重见天日，加上我母亲的同事还有当年参与考察的队员的回忆，我母亲下潜时的部分对话终于复原。

那是一个寒冷的早晨，我从睡梦中惊醒。舷窗外，浪花发出低吟，灰蒙蒙的天空让人打不起精神来。对床是空的，妈妈不见了。她昨晚还答应过要给我过生日的。我不高兴地披上衣服，磕磕碰碰地穿过灰色的走廊，到妈妈最常去的舱房找她。在那里我看到了一张桌子，桌上摆着一块蛋糕，蛋糕上点着蜡烛。在跳跃的火光中，整个舱房难得地染上了一层暖意。

妈妈不在这儿。我只听到了一个声音——从桌上的通话器里传出的声音。

"……哲哲，你终于来了！"

通话器里的声音很模糊，我听出那是妈妈，但就是赌气不认。

"你……谁呀？"我故意问。

"你不认识我了吗？我是妈妈呀……"

"不对，你骗人！我走了！"

"怎么了哲哲？别走，你不想见妈妈吗……"

"你才不是妈妈，她的声音才不是这样呢！"

"噢,那是因为妈妈现在在海底啊,声呐信号不好,声音传到船上就走样了……哲哲,对不起,妈妈又下海考察了,等我回来就给你过生日,好不好?"

"不行!不行!你又是这样,说话又不算数!"我一着急,眼泪就涌了上来。

"别哭,别哭,今天可是你的六岁生日,哲哲,从今天起,你就和以前不一样了——从现在开始,你就不是小孩子啦,你要做个男子汉,男子汉可是不能哭的……好啦,是妈妈不对,妈妈回去再给你讲故事好不好?"

"呜……不行,我现在……"

"你已经六岁了,长大了,妈妈就不给你讲童话了,这是一个真实的故事……很久很久以前,在人类出现之前,有一些石头飞越了茫茫宇宙,不知飞了多少万亿年,才终于遇上了一颗蔚蓝的行星。在穿越大气层时饱经灼烧的酷热后,它们苏醒了,复活了,流星般扎进大海,慢慢沉到了幽深的海底,落进了温暖的火山裂缝中。它们只是一些石头,没有智慧,但有朝一日智慧终会被唤醒,好像等待着王子的睡美人。它们日复一日地鼓动海水,聒噪着,吵闹着,好像一群不开化的原始人。如此过了数十亿年,直到有一天,一个普通的人类听到了它们的呼唤,而她的手里,有开启智慧之门的钥匙……"

"然后呢?然后怎么样了?"我忘记了哭,问道。

"不知道呢,哲哲,等妈妈回来再告诉你,好吗?"

"好,你要快点回来啊!"

"很快的,哲哲,别再哭了哦!"

(静电杂音)

与科考船的通信到此为止。深潜器的事故发生得非常突然——它瞬间就被爆发的熔岩吞没,没留下黑匣子里更多的信息,实在万分遗憾。万幸的是,还有另一份记录,它来自主控室的自动录音,是我母亲在前一天晚上,在我睡着后与考察队成员的对话:

"……孩子已经安顿好了,明天,我还是亲自下去吧。"

"老师,这没必要吧?您完全可以把这里交给我的。"

"不行,我还是放心不下。现在这件事情,天知地知,你知我知,在弄明白那是什么之前,我们必须严格保密。我怎么放心你一个人下去?……何况,万一这次成功了呢?我想到了一个可能性,非常疯狂的可能性,而且,不同于以前,这一次我有八成的把握!那可是与一种新生命形态首次沟通的时刻,是科学革命的时刻,甚至是文明史转折的时刻。我可不愿意错过见证它的机会。"

"老师,您觉得您说的'海洋之歌'能奏效吗?"

"我不知道,但之前的那套基于基本数学的语言体系不是失败了吗?音乐是另一种跨越种族的语言,用它来进行接触,也是很自然的想法。"

"嗯,听说那是您创作的?"

"是的,纯音乐,用了六倍率音阶,能与涡胞的共振达到最强。在人类听来的确挺奇异,但涡胞们或许不这么觉得。"

"为什么不加入一点特殊信息呢?比如质数序列,基因序列,或者某颗恒星的坐标,就像1974年阿雷西博望远镜所做的那样?"

"没必要。我想,音乐本身就足以表达我们想说的一切了。生命轮回的神圣,感悟死亡的震撼,对未知的恐惧与渴望,是宇宙间所有生命通用的语言。而将这些要素融为一体的音乐,不仅可以让熔岩生命从蒙昧中觉醒,更可以与之分享生命所共有的这些感情,那是打开智慧之门的钥匙……它让我想到了克拉克笔下的黑石。它不会言语,不刻文字,但它超越我们理解力的那种不可思议的存在,将为一个蒙昧的种族点亮黎明之光。'海洋之歌'的每一个音符也将像那棱角分明的石板一般,屹立于熔岩生命的意识中,赋予它们智慧。"

"明白了。刚刚得到遥感数据,海底地质稳定,温度正常,声信号正常,磁场偏离低于十万分之五,在许可范围。老师,明天的下潜怎么安排?"

"潜到极限深度,并停留两小时。我们得有充足的时间去见证奇迹。"

在那之后的事情,大家想必都知道了。仅有的两个知情者一去不回,那个秘密本该就此深埋海底,但因为命运的巧合,我再次发现了它。这就是海洋之歌的故事:熔岩中的涡胞生命,宇宙中飘飞的生命种子,惊天动地的大喷发……我们拓展了生命的定义,也重新找到了人类在宇宙中的位置。而这一切,都开始于我母亲决定冒险下潜的那个时刻——在那时,舷窗外无数微粒正飞掠而过,仿佛一闪即逝的繁星。

咒　语

一门语言，毁灭了一个文明。

据褐星人的历史记载,"咒语"的发明者、褐星人的救星、人类的叛徒——阿莱,来到褐星的经过,还是颇为曲折的。

在一场战斗中,阿莱所在的战舰"永恒号"被敌军战舰的超高能激光器击中了,彻底丧失动力,沿着一条螺旋形轨迹向褐星坠落下去。

第一圈,阿莱和战友们高喊着誓死捍卫人类的尊严;第二圈,阿莱哭叫着在四处冒火的飞船里逃窜;第三圈,阿莱在救生舱里经历着痛苦的思想斗争;第四圈,阿莱终于决定忘记自己是一个人类,驾驶救生舱向褐星人的首都飞去……

当他被褐星人捉住的时候,"永恒号"以每秒十公里的速度撞毁在异星地表,炸出一片灿烂的火花。

褐星没有大气,飞船不会减速,在这种高速撞击下无人能够生还。于是,阿莱就成了有史以来第一个向外星人投降的人类。

据他描述,褐星人的长相非常古怪。没有躯干,也没有四肢,身体大致呈球形,只有皮肤颜色和花纹有所区别,看上去好像一颗颗硕大无比的台球。刚一降落,这群花花绿绿的"台球"就一拥而上,把阿莱挤在中间,确定他已经被挤得动弹不得后,才把他押往"皇宫"。

这是一个很关键的历史时刻。在这段时间中,阿莱产生了一个想法,最终扭转了战争结局,并改变了之后数百年的历史。我曾多番考证被挤在一堆"台球"当中的阿莱当时有着怎样的心情,又是怎样的灵感让他想到"咒语"的。可惜年代太久,即便找到了当年亲历现场的褐星人,对方也只不过是机械地重复描述着当时的场景——由几百颗"台球"挤成的一堆东西在坑坑洼洼的褐星上蠕动着,好像一只特大号的阿米巴虫……如今,大部分资料都已经丢失,唯一的证据就是阿莱留下的日记了。这是目前最为可靠的参考资料,也是写作本文的重要依据。

据阿莱日记的记载,到达"皇宫"后,他有些失望。褐星人没有建筑,所谓的"皇宫"只不过是一片被打磨得极为光滑的地面,好像一块巨大的镜子。在镜子上有十几个坑,每个坑里都坐了一颗"台球"。而在中央的大坑里坐着的,就是褐星帝国的杜拉耶大帝了——他通体漆黑，硕大无比，仿佛一颗由煤炭组成的行星，给渺小的阿莱以巨大的压迫感。

突然，杜拉耶大帝的皮肤上出现了一块光斑，从中射出一束绿光，好像探照灯似的把阿莱罩在其中。

那绿光是褐星人的语言，经由翻译器帮助，阿莱听懂了这句话：

"可恶的地球人，你们光着飞了一百年……"

"是一百光年，陛下。"阿莱小声说道。

不料，翻译器立刻就如实把他的话转成光线射了回去。杜拉耶大帝接收到这束光后，立刻喷发出耀眼的红色火光，好像一个冒着烟的大煤球，"放肆！来人，把这个脏东西拖出去烧了！"

"且慢！"一颗蓝色的"台球"闪烁了两下，向杜拉耶大帝射出一道光，"刚才这个地球人说，他有击败人类舰队的办法。不妨听他说完，再把他烧掉不迟。"

"什么？"杜拉耶大帝吃了一惊，"难道他真想背叛自己的种族？"

"是的，陛下，我只想活下去而已。为了活下去，我可以做任何事。"阿莱说。

"哈哈……可怜的地球人，可笑的地球人。"杜拉耶大帝说，"那你说吧，果真算得上妙计的话，我就饶你一命。"

"感谢陛下的恩典。"阿莱向杜拉耶大帝深深地鞠了一躬，"为了表达投诚的决心，我为陛下带来了一件礼物，它可以让您以胜利者的身份结束这场战争。"

"是什么东西？"

"一门语言。"

话音刚落，杜拉耶大帝就笑了起来，然后其他"台球"也开始"放声大笑"，好像一堆闪烁不息的彩灯。

"哈哈，语言？地球人，你是不是以为自己很懂这一套。"

"是的，尊敬的陛下。"阿莱说道，同时摘下了翻译器，翻过手腕，按下了头盔照明灯的按钮。他故意把动作做得很夸张，随着他的动作，灯闪烁起来，亮——暗——亮——暗——亮，"陛下，这是第一个字母。"

三十秒钟后，当阿莱完整地拼写完"恭祝陛下万寿无疆"这句话后，所有"台球"都不笑了。

"你是什么人？"杜拉耶大帝问。

"我叫阿莱，是一名人类舰队的战场情报官，曾是一名语言学家，为了研究褐星的语言而专门来到这里，却受到人类舰队官僚的百般排挤和刁难。我早就不想再为他们效力了！所以机会一来，我就选择了向您投诚效忠。"阿莱重新挂上翻译器，说，"当然，这门语言并非我突然想出来的，而是经过了许多年的思考。在长期的研究中，我发现了褐星人久战不胜的原因……"

"说来听听。"

"陛下，为了更直观，我可以冒昧请一名最伶牙俐齿的士兵来为您演示吗？"

杜拉耶大帝向身旁的侍卫射出一道光，"你下去。"

一颗银白色的"台球"滚到了阿莱面前。这个侍卫表面非常光滑，只有几条隐约可见的网状纹理，仿佛封冻已久的海面。

"谢陛下。这位士兵，请你以最快的速度说完这句话：'阿拉卜瓜号注意，立刻向015-225方位全速规避，发现一艘人类的土星级战舰正朝向你舰012-128方位迂回，距离五百公里，速度一千公里每秒，主炮正在蓄能，随时可能开火。'请准备，开始！"

话音刚落，白色"台球"突然剧烈地闪烁起来，缤纷的颜色如疾风暴雨般涌出，快如闪电，灿若彩虹，几乎晃瞎了阿莱的眼睛。大约两秒钟后，剧烈的闪烁结束了，只剩一点微弱的白雾在"台球"表面缓缓脉动着，好像精疲力竭的喘息。

"一点零八秒。"阿莱说，"陛下，这句话是在一场真实的遭遇战中，您的指挥中心给战舰下达的命令。在这场战斗中，由于双方极高的相对速度，交火只持续了零点五秒。那位指挥官的命令才说了一半，'阿拉卜瓜号'就已经被炸成了碎片。"

"我懂了,这确实是一个重要原因!"军机大臣插嘴道,"战争刚开始时,我们凭借个体能在真空环境生存的优势,占了上风。可最近几年,人类战舰发动进攻时的速度越来越快,交火时间越来越短,我们的损失也逐渐增大。原来,这是他们精心策划的全新战术,难怪这场战争久拖不决了!"

"可是,地球人,我不明白——"杜拉耶大帝说,"我们用光来传递信息,而你们是用空气的振动来进行交流,速度比我们要慢好几个数量级,怎么可能适应得了高速的星际战争呢?"

"陛下,原因在这里……"阿莱转过身去,向杜拉耶大帝展示了他航天服头盔后的一个黑色接口,"脑机接口,人类的新发明,每艘星际战舰都配备了。它能跳过语言这个低效率的信息传输瓶颈,将战场图像毫不失真地飞速显示在每个士兵的大脑中。传达一条指令,只需百分之一秒。"

"真是个让人眼馋的发明。可是,你的礼物并不是它。"杜拉耶大帝并没有高兴得忘乎所以。

"对,但是陛下,您注意到了吗?您的种族天生就有着最好的'接口',需要做的,只不过是改变一下语言而已!"

"怎么改变呢?"杜拉耶大帝被吸引住了。

"将一维的表音语言,变成二维的表意语言!"阿莱说,"陛下,请允许我稍微解释一下。褐星帝国现在通用的语言,也就是您所说的这种以可见光为媒介的语言,按照人类的分类,是表音语言的一种。它的每个字母都是光的闪烁组合,字母组成单词,单词组成句子。而每个单词和具体的事物并没有天然的联系。比如'战舰'这个词,是一串由九百五十二个亮暗组成的闪烁序列,要是没有造字者的约定,不可能将它和战舰本身联系起来。"

"是的,为了表示我们文明所涉及的数百万个名词,我们需要这样一个精妙的符号系统。"

"但是陛下,这也是一道藩篱。人类也有类似的语言,比如英语,可那是人类由于自身的缺陷而不得不采用的。"阿莱说,"人的声带决定了人类只能发出一维的、线性的声音,但褐星人却可以显示二维的图像。为何不采用图像语言呢?"

"我有点明白了,这就是你说的表意语言吧?"杜拉耶大帝若有所思地问。

"没错。古代的人类也曾有过粗陋的表意语言,叫作象形文字。他们使用某种工具在龟甲或纸张上写下代表事物的符号。最初,那些符号是事物的真实形象,山就是山,马就是马,是照实物绘制的,可那实在太麻烦了。在漫长的历史中,这些形象慢慢被简化、抽象,最后也变成了一种符号序列。"阿莱说,"但褐星人不同。褐星人的表皮有着丰富的感光细胞和发光细胞,每次发射-接收循环,只需千分之一秒。如果利用它直接显示出图像,每秒就可以传输一千句'敌战舰来袭'的指令,同时还可以显示敌舰的形状、速度、方位等等信息。这是最完整的战场信息。由于褐星人的硅基身体,这种语言将比人类的脑机接口更快,打败人类不在话下。陛下,这就是我的礼物,请您笑纳。"

"还算不错,地球人,姑且先饶你一命。"杜拉耶大帝发出淡淡的绿光,"如果我们打败了人类,你就是褐星帝国的大功臣了。"

决战在两天后展开。

在环绕褐星的数百条太空轨道上,一千艘褐星战舰同时开始加速。它们的轨道都很低,近星点只有一百公里,如果把它们显示出来的话,就好像一片缠绕着褐星的蛛网,蛛网的中心便是人类舰队的集结地。这是阿莱建议采取的战术。借助地平线进行遮蔽,直到距离小于五百公里时人类才可能发现褐星舰队,而褐星舰队的最终速度高达每秒两千多公里。因此,交火时间仅有零点五秒。

一切都将在电光石火间发生。

根据阿莱日记记载,当时他被"请"到了褐星人的旗舰上。显然,杜拉耶大帝对他仍存有戒心,不过正因为如此,他才有机会在最近距离上观看这场决定褐星命运的大决战,并留下了宝贵的记录。据他描述,零点五秒的时间内,"太空好像一面被突然击碎的黑镜,光束和火焰疯狂地炸裂,如雷雨云中的闪电一般,将这块黑镜撕得粉碎"。两支舰队好像两个挺着长矛迎面冲锋的骑士,交错的刹那,"宛如通过一片命运之筛,一眨眼后,一半的战舰完好无损,可另一半却炸成了纷飞的碎片"。

转瞬之间,战斗结束了。褐星舰队损失了一半,而人类舰队则无一幸存。

持续十年的战争到此为止,褐星沸腾了!五颜六色的"台球"们滚滚涌向"皇宫",放出代表欢乐的缤纷光芒,夹道欢迎着阿莱的凯旋。

在"皇宫"里,大臣们纷纷道贺,杜拉耶大帝更是让阿莱坐在了自己身边。

"很好,很好,你是褐星帝国的大功臣,我要为你树立雕像,推广你的语言,让这颗星球上每个人都知道你。"杜拉耶大帝说。

"谢陛下隆恩。"阿莱深深地鞠躬,"陛下,这门语言不仅能击败人类,还可以让您的统治更加牢固,您知道为什么吗?"

"是因为传达的命令更加准确了吗?"杜拉耶大帝对此大感兴趣。

"不仅如此,陛下。您可以试着说说下面几个词语:'自由''共和''平等'……您看到了吗?新语言是彻头彻尾的形象化语言,在这门形象化的新语言中,抽象名词不能被准确表达。当新语言一统天下之时,任何反对您的忤逆之言都没有了容身之地。"

"好啊,好啊!你是个天才,阿莱。"杜拉耶大帝发出满意而兴奋的绿光,"为帝国做了这么大贡献,你有什么要求吗?"

"只有一个要求,陛下。"阿莱说,"我希望能留在这里,留在伟大的褐星帝国,成为您的子民,永远为您效忠。"

以上便是阿莱日记前一部分内容的概况。我早已翻阅过无数次了。可惜,在决战之后,日记就再没有关于战争的记述,连涉及杜拉耶大帝的内容都很少,主要都是关于褐星语言和风土人情的笔记,还有一些歌功颂德的谄媚之语。现在学界的主流观点认为,这篇日记是在监视下写作完成的,为了保护人类的利益,阿莱不得不隐藏起自己的真实目的,以至于日记丝毫没有透露出他的心理活动与思想动向。但从日记中可以看出,在褐星人当中,阿莱有着很高的威望,也过上了很好的生活。褐星人为他提供了优质的空气和食物,整整八十年,直到他寿终正寝为止。

在那之后,人类的第二支舰队才到达褐星。

几乎不费吹灰之力,我们的舰队就将褐星人的舰队彻底歼灭,这甚至超出了我们当中最乐观的人的预料。在整场战役中,褐星人只能出动数十艘老掉牙的战舰,有些甚至还是与人类第一舰队交战过的百年老船……

直到我们攻占"台球"们的皇宫,发现了记载褐星历史的历史书后,我才知道这背后的原因是什么。

据史料记载,在整整八十年的时间里,褐星人的科学停止了进步。

"这是为什么?"曾有一个军官这么问我。那时,我与他一起来到褐星,参与战俘的接管和收容工作。

"因为那不是一种语言。"我说,"那是一句咒语。"

"咒语?"

"是的,就是这句咒语,锁死了褐星的科学。"

"这……也太玄了吧!"

"三言两语说不清……要是现在我面前有个褐星人,我就可以跟你解释清楚了。"

"那边经常有褐星人聚集,咱们要不去看看?"军官指着附近的一个雕像说。在光秃秃的褐星表面,它显得特别突出。

"那是阿莱的塑像吧?"我问道。

"是的,他们还把他当救世主呢。"那军官笑了。

我们走近了那座雕像。它有五个人高,由玄武岩筑成,正望着远方自信地微笑。正如军官所说,一群褐星人正聚集在雕塑脚下。他们呜咽着，散发出愁苦的暗蓝色光芒。

军官认出了其中一个，和那"台球"打了声招呼："嗨，杜杜卜厄，你不是个学者吗，怎么也开始祈祷了？"

"您不会理解的。"这个褐星人回答时，身体上闪过一系列图像。我依稀辨认出第一个就是军官本人的形象。

这就是咒语，我不无悲哀地想。

"别哭了，大蓝球。你先过来，有事儿要你帮忙。"军官向他招了招手，"这位先生说，锁死你们科学的是一句咒语，我不明白，所以请你来解释一下。"

"解释？"

"对，听说你通晓新旧两种语言，你能把这几个词从旧话翻译成新话吗？"我说。

"可以，您说吧。"杜杜卜厄答应了。

"战争。"

褐星人的皮肤上出现了许多艘互相交火的战舰。

"自由。"

一道不受任何束缚的光。

"线性空间。"

空白。

"无穷大。"

空白。

"灵魂。"

空白。

"好了，谢谢你。你可以回去了。"我说。

杜杜卜厄听罢，木然地晃了晃身子，算是回了个礼，然后回到了围绕雕像祈祷的队伍中。

"我还是不明白，你刚才问这些做什么？"军官问道。

"哦，我问的词大都是一些抽象名词。你知道的，它们用图像语言没办法表示那些词,所以褐星人只能用一些象征性的画面来代替它,天长日久,也就慢慢失去了抽象思考的能力。"我叹了口气,说,"'线性空间'和'无穷大',是最基本的高等数学概念,是很多数学结构的抽象,任何一种具体形象都没法表示它。而在更复杂的科学中,这种无可名状的事物比比皆是——群论、丛论、实分析、复分析……褐星人不可能理解这一切,也就不可能建立起现代科学的大厦。"

"我明白了。"军官感慨道,"阿莱不仅是他们的英雄,也是我们的英雄,我们也应该祭拜他。"

于是,两个互相敌对的种族聚在了一起,祭拜着同一尊英雄的雕像。

"这可真够讽刺的。"拜完后,军官无奈地笑了笑,说。

"战争就是这么滑稽。"我说。

"可是,我还有一事不明,你刚才为什么要问'灵魂'?"军官问,"这连我们自己都无法理解啊。"

"我这么问,是因为我心中一直有种恐惧。我们的大脑可以理解具体的形象,借助逻辑和语言,又可以理解抽象。可这些抽象的概念,能在科学的漫漫长路上走多远?我们的大脑,真的可以理解这个大得不可思议的宇宙吗?"我叹了口气,仰望天穹,说,"古人造字,恍如神启。可是,这会不会又是一句咒语呢?"

在我们头顶,群星狡黠地眨着眼睛,像是回答。

冷湖六重奏

各有各的难处,外星人也不例外。

这是关于两个文明、四个世界与六个先驱者的故事。

引　子

已经有多久没来这么多客人了？

我望着柜台前的三个客人，如此感慨着。

冷湖旅社位于青海北部柴达木盆地深处。火星般荒凉的戈壁中央，孤零零地矗立起几座集装箱式客房。方圆一百公里左右，没有人烟，只有一条笔直的公路，几根电线杆，以及20世纪石油大会战留下的废墟，昭示着这里曾经有人居住。

这里本该是生命的禁区。白天，目之所及都是酷热的戈壁，万顷灰白的盐滩和黑色砾石仿佛要融化在热浪中；晚上，这里宛若月光下泛着银光的大海，山脊像是凝固的海浪，旅社渺小得像无边大海上的一叶孤舟。我就是这叶孤舟的船长。偶尔会有些客人来，但更多时候，我都是独自一人掌舵，航行在这片笼罩天宇六合的无边静寂之中。窗户外陪伴我的，是旷野，是夜风，是偶尔掠过的飞鸟，以及远方在蜃气迷蒙间蜿蜒起伏的阿尔金山。

在这种地方开旅店，是不能指望大笔捞金的。订房的都是冒险家、背包客，还有想体验一把火星生存的科幻迷。但近几年这些人也渐渐少了。人们的生活越来越便捷，娱乐近在咫尺，快感唾手可得，向往诗和远方的人越来越少。况且现在是冬季，室外气温低至零下二十度，没人会在这时候来花钱买罪受的。

所以在这种时候，突然出现的三位客人就显得格外不同寻常了。

眼前的三个男人都冷得发抖，眼睛却格外有神。他们自我介绍，一个是背着巨大背包、风尘仆仆的冒险家大叔；一个是前额微秃、学识渊博的教授模样的老人；还有一个是身材魁梧、皮肤黝黑，却很斯文地戴着眼镜的工程师。

"对不起,旅店的配电箱昨天烧坏了,电器暂时不能用。"我致歉道,"修理工已经在路上了,请各位稍等。房费我会给各位打七折的。"

"这里就你一个人?"

"是……"我顿了顿,改口道,"哦,不,还有我老板。"

"他现在在吗?"

"呃……对不起,他还在后面休息,现在我值班。"在谎话圆不住之前,我赶紧转移话题,"各位有什么事吗?"

"哦……"冒险家皱起眉头,"其实,我们并不打算住店。我们三人来这里,是想找三件东西。"

"找东西?"

"没错。这附近都是荒野,地方这么大,天那么黑,天气又那么冷,单靠我们三个恐怕人手不够,所以想来这里找几个人帮帮忙。"工程师摇摇头,叹气道,"没想到,这只有一个小年轻在看店。太不合理了。"

我有些生气。并不是因为他们不住店,而是因为他们有意无意地看轻了我。我可不是什么小年轻。我曾千里单骑驾车前往古墨山国遗址,与南京大学考古队一起发掘了传说中的"九层妖楼"血渭一号大墓,俄罗斯的阿尔泰地区、伊朗北呼罗珊省也都留下过我的足迹。出于种种原因,我没有进入考古学术圈,而是来这里经营某位前辈留下的冷湖旅店。

"这位先生,你可别以貌取人。"我说,"在荒山野地里找东西,这可是我的老本行。"

"老本行?"教授转过头,问,"你能带我们去这组坐标吗?"

说罢,他递给我一张纸,上面写着三个经纬度坐标:北纬 $38°20'38''$,东经 $93°8'28''$;北纬 $38°31'57''$,东经 $92°49'24''$;北纬 $38°26'21''$,东经 $92°54'18''$。我一眼就认了出来,这三个坐标都在我的冷湖旅店附近,距离都不到二十公里。

"没问题。"我信心满满地把纸还给教授,"反正现在也不会有其他客人来，我带你们去找就好。"

"太好了。我这有地图，有北斗卫星定位终端，还有越野车。"冒险家说，"路上遇到的这两位也都是我开车顺过来的。"

"你们不是一起的吗？"

"不是。我们之前互相不认识，上车之后才知道，原来我们竟然都是来找东西的同路人。"

"你们都想找这组坐标？"我的好奇心被勾了起来，"我能问问吗，这些坐标上有什么东西？"

"不知道。"教授皱起眉头说，"但我知道这肯定是某种超出常识的现象——昨天晚上，我们三人同时梦到了这三组坐标。"

1. 回响石

越野车载着我们四人，在黑暗的旷野上疾驰。

今晚天色晦暗，月亮藏在云后。刚出门时，四周是一片伸手不见五指的漆黑。但当大家的眼睛渐渐适应了黑暗后，夜空忽然变得璀璨起来。最近的城市都在几十公里外，没有光污染，银河渐渐从夜空里显现，亿万星辰都露出了它们明亮的锋芒。

群星投下了它们的标枪，用它们的眼泪湿润了苍穹。

我想到了威廉·布莱克的诗。

冒险家转过头来，"喂，小姑娘，你不怕吗？"

"怕什么？"

"三个素不相识的人，在相隔几千公里的不同地点，同时梦见一串坐标，而且精确到小数点后四位，这怎么听都觉得诡异。"冒险家说，"你难道不害怕吗？"

"嗯，有一点。"我说，"未知当然会让人恐惧。但未知也会让人感到好奇。人之所以能发展出科学，来到进化的顶端，正是因为好奇心压倒了恐惧。"

冒险家笑着点了点头,"果然不是个俗人。小年轻,很高兴认识你。我叫胡骥,是个野外风光摄影师,叫我老胡就好。"

"我叫刘舸,以前做过一点考古工作。"我说,"请问这两位怎么称呼?"

"张远思,南开大学物理系的教授,主攻方向是高能天体物理与QCD,哦,又叫量子色动力学。"张教授说,"昨天晚上在格尔木的观测站,我的学生发现磁光阱中的量子对都发生了退相干,在没有外部观察者的情况下,全部跌落到了坍缩态。这十分奇怪。而就在这时,我梦见了那组坐标。"

"有点听不懂……"老胡皱着眉头,"总之,这能用科学解释吗?"

"没法解释。"张教授说,"所以我马上赶过来了。"

"我也差不多。"工程师说,"我叫徐力行,叫我徐工就行。在我梦中,那组数字重复了很多遍,仿佛为了加强我的记忆似的。醒来后我试图说服自己,这不过是个梦,这个坐标可能只是此前无意中看到的某组数据罢了,但那种对未知的好奇像磁石一样吸引我,搞得我坐立不安,无法工作,索性过来看看是怎么回事。"

"你觉得那是什么?"

"不知道。"徐工回答,"如果不是鬼神托梦的话,那也是某种远超人类科技的存在。"

听到这儿,我不禁紧张起来,浑身战栗。那种面对未知的兴奋再次攫住了我。

"还有一公里!"老胡盯着车载北斗卫星终端说。

"五百米!"

"两百米!在两点钟方向!"

我瞪大眼睛,望向老胡所指的方向。那里灰蒙蒙的,一无所有,是和其他地方一样的、毫无特点的戈壁滩。

"再开近一点,让车灯照得亮一些!"

"没用的！坐标只到小数点后四位，已经是精度极限了。"老胡把车停下，说，"我们前方零米到两百米之间，都可能是那个坐标所指的地点。小年轻，你看有什么特别的吗？"

"我看看……"我打开越野车的天窗，仔细观察着车灯照亮的戈壁滩，寻找着人类活动留下的痕迹。我的想法很简单——现代经纬坐标是1884年才开始使用的，不管发送坐标的是什么人，一定生活在这之后。在这种无人戈壁里，一两个世纪内的人类活动应该会留下很明显的痕迹，如遗址、残垣断壁、干涸的引水渠、异常的植被或动物遗骸，有加工痕迹的岩石，颜色与周围不同的土壤，甚至是其他考古队留下的探方或探沟……

然而，无论怎么仔细观察，我眼前只有一片毫无异状的戈壁。

"会不会被沙子埋掉了？"张教授问。

"应该不会。"我答道，回身指向远处的几块残垣断壁，"你们看，那些建筑是1954年石油大会战留下的。这里不是沙漠，没有移动沙丘，最大的破坏因素就是风蚀。但一两百年的风蚀还不足以把一个遗址破坏殆尽。"

"也许我们想错了。"冒险家忽然说，"我们都以为那是一个能发射信号的塔，或者天线，诸如此类。但能直接在位于千里之外的人类的头脑中植入坐标……这种技术，恐怕不能用常识去猜测。一切皆有可能。"

"你该不会说它是隐形的吧？"

"说不定呢。"老胡突然打开车门，跳下车，"你们在这等一下，我去看看！"

"喂！别莽撞，万一有什么……"

"有什么？总不会有怪物把我吃掉吧？"老胡笑道，"我想，那三个坐标分别发给我们三人，会不会是想告诉我们，只有我们亲自走到坐标旁边才能得到回应，就像那种探险解密游戏一样，有隐藏的触发机关。这个坐标是我梦见的，当然要我去看个究竟。"

说罢,老胡径自走进了无人旷野中。他的背影在车灯下拉成了长长的一条。

他走到车灯照明范围的边缘时,好像发现了什么,突然停下了脚步,小心翼翼地俯身在原地转起了圈,似乎在地上寻找某个东西。见状,大家都紧张起来。

"他看到什么了?"张教授问。

"不,不是看到……更像是听到了什么。"徐工说。

只见老胡把手拢在耳边,弯下腰仔细搜索着,最后几乎趴在了地上,往返爬行着,晃头探脑,还用手拢着耳朵,似乎是在寻找某种声源。

最后他找到了。只见他拨开一丛枯萎的芨芨草,在草堆深处扒出了一块黝黑的石头。

"一块石头?"我困惑地皱起眉。那块石头和周围遍地散落的无数黑石块一样,并没有什么特别。但声音似乎就是从那块石头上发出的。老胡把石头捧起来,贴近耳边,从他惊讶的表情看,他的确听到了某种不可思议的声音。

突然,他的表情凝固了。毫无征兆地,他浑身一软,摔倒在地上。

"老胡!"我们大惊失色,急忙跳下车冲过去。

徐工第一个赶到,把老胡翻过来,伸手在他鼻孔前试了试,说:"还好,还有呼吸。"

"怎么回事?"

"昏过去了。"徐工喃喃道,"真是怪事!这么一个壮汉,怎么会突然昏过去呢?"

老胡的手里还抓着那块黑石头。我忽然想起此地流传的传说:数千年前,冷湖还是水草丰美的湿地。羌民们的祖先在此居住,供奉着昆仑神女留下的"回响石"。传说,只要有风吹过,回响石就会开始歌唱,萨满借此与神明连通。以前我以为这只是神话传说,所谓的回响石不过是附近雅丹地貌的多孔风蚀岩罢了,但眼前的场景让我不得不相信,这回响石确有其物。

"你们听见了吗？"我说，"这石头……真的有声音。"

戈壁滩上风很大，低沉的风的呼啸声和芨芨草的飒飒声混在一起，如果不注意，很难分辨出混杂其中的某种微弱声响。但甫一风停，我们立刻注意到了石头的"歌唱"。那是一种清脆而欢快的鼓点声，节奏分明，而且五秒左右循环一次，绝不可能是天然形成的。

"真的……我也听到了。"张教授说，"这石头有问题！"

"能用科学来解释吗？"

"声音，本质上是大量空气分子的群体波动。这石头上肯定有个能冲击空气的声源，但这个声源我看不到。它可能很小，可能是隐形的，更可能藏在石头内部。"张教授仔细端详着石头，"恐怕我得拿回实验室，用显微镜仔细研究……"

我仔细听着这清脆的鼓点声。它不符合我知晓的任何音乐节律，但也不是随机的敲打。它不仅节奏清晰，甚至还有着饱满的感情，令人想起上古时代的先民们围绕篝火的狂热舞蹈，又像是航海家面对惊涛骇浪时勇敢吼出的船歌号子。

就在我们三人沉浸在音乐中的时候，突然，老胡"啊"地怪叫一声，醒转过来，把我们都吓了一跳。

"我去，想吓死我们啊！"徐工骂了一句，"你是怎么回事？"

只见老胡浑身冒汗，急促地喘息着，眼睛里却燃烧着兴奋的火焰，好像他刚从一场漫长而令人震撼的冒险中归来。等呼吸平稳后，他才慢慢回答：

"我……做了一个梦。"

2. 冒险家的梦：巨岩世界

我做了一个奇怪的梦。

梦中的我是一个年轻的冒险家。告别了家乡，辞别了亲人，加入了浩浩荡荡的远征队，乘坐飞船在宇宙的亿万星辰之间游荡。

宇宙正在冷却，在缓慢地死去。曾经温暖我们的火焰逐渐熄灭，寒冷不断蚕食着边境，我们的栖息地已经越来越小。为了探索宇宙冷却的真相，我们勇敢地踏上旅途，向从未有人涉足的遥远空间飞行。每过十须臾，我们的飞船就能前进一寻，这已经接近光的速度，但数百万须臾之后，仍旧没有新家园的丝毫踪迹。

这时，飞船失事了。

剧烈的震动和爆炸中，我们慌乱地涌进逃生舱。逃生舱共有三个，却容不下我们所有人。我被汹涌的人流挤进了一号逃生舱，但我的爱人却被挤到了另一边，留在了那艘即将毁灭的飞船上。从此，我们天人两隔。

一号逃生舱发射，飞行，减速，却在即将着陆时遇到了一片可怕的浮空碎石之海。无数碎石扑面袭来，像暴雨一般。逃生舱被打得千疮百孔，最后坠毁在一颗陌生的星球上。

几乎所有人都在坠毁时丧生了，只有我和一位老前辈幸存下来。

我们从坠毁的逃生舱里跃出，环视四周。放眼望去，只有一望无际的砾石荒野，遍野堆满了珠峰一样高大的黑色巨石。光靠描述可能很难感受那种震撼。你们只要想象，与那里一块巨石相比，上海中心那样的高楼都会变得像小草一般低矮可笑，大概就能感受到那种令人窒息的场景了。

不可能？张教授，这可不好说。在现实世界中，这么巨大的岩石的确不可能维持足够的强度，但在我的梦中，我不能确定是否符合我们世界的物理定律。

我们将这里称作"巨岩世界"。

巨岩世界是一片荒芜的死地，没有生物，只有冰冷的石头。脚下是石头，头顶也是石头。在我们上方、周围都飘浮着无数碎石，它们永远在半空中翻腾着，喧闹着，无规律地互相撞击着。我掏出了望远镜向远处眺望，只见数百寻之外的天空仍是这片浮空碎石之海。二号、三号逃生舱分别落在另外两颗星球上，求救信号清晰可辨，但因为这片浮空碎石之海的阻隔，我们再也没法相见了。

其实也不是绝对不可能。但因为这片讨厌的碎石海，我们不能光速航行，只能蜗牛一样慢慢边躲边飞过去。而要跨越数百寻的距离，这种慢速飞行将耗尽我们一生。

恍惚中，我将望远镜转向母船坠毁的地方。我的爱人也许就在那里。

"停下！"老前辈见我移开视线，忽然惊慌地喊道，"快停下——"

刹那间，整个世界都崩溃了。

就在我移开目光的瞬间，周围的一切都变成了一片模糊不清的灰雾。手中的望远镜模糊一团，近在咫尺的逃生舱化作虚影，老前辈也消失不见，只有我自己的身体是清晰的。除我之外，空间和物质都失去了形状，甚至连时间也失去了意义。

我就这样在虚空中飘浮着，不知过了多久，周围的世界才重新凝固、清晰起来。

望远镜仍在我手上。仅仅一瞬，它已变得锈迹斑斑。

不仅如此，我脚下的逃生舱也几乎锈蚀殆尽。环视周围，附近巨石的形状、位置也都发生了巨大的改变，星移斗转，沧海桑田。这已经不是之前的世界了。

"这……这是怎么回事？"我惊恐地问。

老前辈叹了口气，说："怪我不好，没提前告诉你。毕竟很少有人遇到这种情况，你不知道也是正常的。"

"什么情况？"

"和母世界不同，这个世界已经冷却了。我们必须时刻处于他人的视线中，否则就会跌入'迷失域'。"老前辈说，"迷失域中的空间不可捉摸，时间也会失去意义，我们没法移动，也不能主动离开，只能等待着万中无一的微小概率自动脱离。而一旦脱离，没人知道你已经跨越了多长的时间。"

老前辈拿出一个计时器,只见上面显示着一串长度惊人的数字。我的大脑顿时一片空白。

"八百亿长庚……"老前辈说,"我们已经迷失了八百亿长庚。"

"怎么会这样……"我颓然瘫倒在地。

"另外两艘逃生舱已经没有信号了。时间过了那么久,他们恐怕早已消亡。现在整个探险队只剩下我们两个。"老前辈郑重地说,"你记住了,从现在起,你的目光一刻都不准离开我,我也会一直看着你。"

"好吧……那接下来,我们该怎么办呢?"

"活下去。"

"然后呢?"

"我只知道要活下去。只要活下去,就会有希望。"

于是,我们探索了周围的荒野,建立了营地,还在逃生舱的残骸中找到了一点可用的物资。时隔八百亿长庚,同伴的遗体早已风化消失,储藏箱里的应急口粮也都腐化殆尽,只剩通信器还在忠实地工作着。

所幸,我们都受过荒野求生的训练。在紧急情况下,石头也是可以吃的,但能量效率太低,必须吃相当大的量才能维持我们机体的消耗。为了生存,我们不得不开始啃食浮空碎石海里的石头。味道再怎么糟糕,也只能硬着头皮吃下去了。

"这么吃下去,总有一天,我们可以把这片浮空碎石之海都吃完吧。"我说。

"别胡扯了。这片碎石海至少有几百寻的跨度,无边无际。我们可没有那么多时间。"

"我可不想吃一辈子石头。"

"我也不想。不过你也看到了,我们曾做过那么多次探索,翻过那片巨石滩,走到那么远的地方,最后连棵草都看不到,所见的只有毫无生气的石头。"

"也许还不够远。"

"也许吧。不过我已经老了，走不动了。"老前辈叹息道，"我们的生命是很短暂的。总有一天我会死去。到时候你独自一人，肯定会陷入迷失域。那样我们的探险就彻底失败了。"

"其实已经彻底失败了，对吧？"

"不，不对。不到最后时刻，绝不轻言失败。"老前辈说，"你还记得咱们的首席科学家说过的吗？如果是他，哪怕最后只剩他自己，他也不会放弃希望，一定会想出办法来避免陷入迷失……"

想到这儿，老前辈突然振奋了起来。

"如果是他……如果是他……对啊，我怎么没想到！"

老前辈激动地冲回营地，抱出了那只年久失修的通信器，将天线指向二号逃生舱的方向，"如果是他，一定会找出避免迷失的办法，并通过广播告诉我们的！"

"可他应该已经死了。"

"也许吧。但他知道我们的位置，可能也知道我们进入了迷失域。那样的话，他一定会用那个特殊的频道为我们留下线索……"老前辈小心翼翼调整着电台的频率。忽然，尖锐的啸声响起，这是一束有规律的信号。他不禁兴奋地喊出来："哈！找到了，不愧是你，我的老朋友！"

"天哪，他还活着？"

"没人能活八百亿个长庚。他一定是用了某种自动应答装置。如果没检测到我的信号，发信器就处于休眠状态；但我刚刚发了信号，果然，马上就收到应答！"老前辈高兴地说。他将那信号全部记录了下来，然后逐字逐句解译，很快，一封简短的信就出现在我们眼前。

致幸存者们：

  我时日无多，想必你们亦然。

    这片冷却的宇宙与母世界不同，孤独意味着迷失，迷失又将导致更深的孤独。但我竟然独自活了下来，没有迷失，并独自度过了我的一生。思虑半生，研究半生，我终于找到了答案。

我们不是孤独的。

在浮空碎石海之外，在我们目力不及的远方，我发现了另一种智慧生命。他们身形巨大，尺寸堪比星球，但行动极其迟缓，若不是我所在的荆棘世界的启示，我恐怕也会将他们当作没有生命的自然界的一部分。

正是这种巨型智慧生物的观察，让我免于迷失。

你们没法复现我的幸运。我的境遇非常特殊，是万中无一的巧合。有生之年，你们不可能来到我所在的荆棘世界。但我找到了另一种避免迷失的方法：你们需要将自己的存在"扩大"，扩大到那种智慧生物能察觉的尺度，由此，"观察者效应"才能从那种巨大的存在延伸到我们身上。

这听起来很难。所幸，我们附近并不是真空，还存在"浮空碎石海"。

那种巨型生物感官迟钝，没法察觉短波和长波通信。但他们有一种感觉器官与"浮空碎石海"相连，只要海中的波浪足够大、足够清晰，就能引起他们的注意。

因此，你们要建立一个名为"鼓"的信号发射装置。

这种装置可以由逃生舱的引擎改造而成。通过引擎的周期性运动，带动一片巨大的薄膜发生振动，鼓起物质波。经我的计算，你们发射的信号一定要满足两个要求：一，信号辨识度高，以区别于自然产生的随机信号；二，信号足够慢，载波周期至少要在五千须史以上，调制波周期甚至要到一个长庚以上！这是我精确计算的结果。那种智慧生物思维速度极慢，一次完整的应答足足需要二十个长庚。

我的"鼓"已经建成。以我的经验，慢放一亿倍的《探险者之歌》似乎是不错的选择。

祝你们好运。

在这之后，信号就消失了。通信器又充满了无规律的白噪声。

"这也太不可思议了，我可从没见过什么堪比星球的巨大生物！"我说。

"我也没见过。"老前辈说，"但我相信他。他是我们当中最有智慧的，听他的话一定没错。"

"还有'巨鼓'，我们只有两个人，却要建造这么大的建筑，这简直就像用铲子把山夷平，用勺子把海水舀干，会把我们一生都耗尽的。"我问，"真的要按他说的做吗？"

"当然。"老前辈的眼神坚定不移，"这是我们最后的希望了！"

三十个长庚之后，一面"巨鼓"拔地而起，在巨岩世界的荒原上巍然挺立。

巨岩世界只有石头。因此，我们没法造出科学家所说的能鼓动碎石海的"膜"。但老前辈想了个办法：在一块巨石顶部钻出深井，直达巨石核心，再将经过改造的逃生舱引擎、击锤、支架和控制电缆投入井底。最后的工作也是最艰难的——我们要在巨石深处开凿共鸣腔，将一整块如珠峰般巍峨的巨石，化为一面能在碎石海中激起波澜的巨鼓。

我们只有两人，却要完成规模如此巨大的工程。我们孤独却坚定地劳作，犹如移山的愚公，在巨石深处开凿出了长度相当于我们身高数千倍的无数巨大的空洞。

在最后的工作完成后，老前辈去世了。

"不要放弃希望，少年。沉入迷失域后，也许几亿个长庚都没人听到这鼓声，也许下个瞬间就有人听到。你归来后，不要迷惘，不要退缩，这宇宙还有许多未解之谜，你一定要继续勇敢向前探索。"老前辈握着我的手，说，"如此……我就可以安心去了。"

我含泪点点头，轻轻敲下了第一个音符。电缆将我的敲击传入巨石深处，化为引擎的爆震，振动被共鸣腔放大，令被掏空的巨石表面如蝉翼般振动起来。

巨鼓开始轰鸣。大地震颤，《探险者之歌》的旋律响彻天穹，犹如黄钟大吕，带动浮空碎石海中的无数砾石互相撞击、涌动，化作一圈圈波纹向遥远的天际扩散开去。

在这壮丽的天穹之下，在巨鼓的轰鸣声中，老前辈永远合上了眼睛。

随着他的目光消散，顿时，我眼中的世界化为一片朦胧灰雾。空间失去了形状，时间失去了意义。我再次跌入迷失域，等待着某个听到鼓声的过路人将我唤醒。

3. 头　骨

老胡讲完了他的梦。我们三人都还沉浸其中，许久才回过神来。

"那块石头呢？"张教授最先打破了沉默。

老胡把那块黝黑的石头递给张教授。不知为何，此时石头已经不再发声了。张教授轻叩石头表面，仔细聆听，又用另一只手拿起不远处一块大小相同的石块掂量比较。最后他摇摇头，说："凭感觉没法判断。这石头到底有没有古怪，还得拿回实验室仔细分析。"

老胡问道："张教授，你觉得我梦到了什么？那是外星人吗？"

"外星人？"

"咦！还真有可能……"徐工说，"冷湖这边的地貌很像火星。说不定，是古代火星人误把这里当成老家了……"

"喂，都宇宙航行了，火星人不至于那么糊涂吧！"

我转向张教授，问道："教授，您是什么看法？"

"我倒是有一个猜想，但太过离奇，我还不敢下论断。"张教授说，"老胡，在你的梦里，你的'族人'是以什么形象出现的呢？穿着打扮如何？飞船或逃生舱长什么样？"

"唔，他们都是人类。穿着本地藏民的那种五彩百叶衣，飞船长得就像《星球大战》里的交通船一样。"

"你说过你是摄影师，是吧？在来这里之前，你是不是拍摄过藏区民俗题材的作品？"

"哦，这倒是。梦见那条坐标之前两天，我是拍了一套关于藏地的纪录片……"老胡说，"难道说这真的只是我的梦？"

"我明白了。"徐工一拍脑袋，"制造这块回响石的外星人不愿意以真身示人，他们利用了你的潜意识，把你熟悉的元素加工组合，以此来表达想要传递的信息！"

"但有三条信息肯定不是来自老胡的潜意识。"张教授说，"第一是尺寸。我说过，现实中根本不可能存在几公里高的单块石头，更不可能相互堆垒，因为强度是不够的。第二是浮空碎石海，地球上显然没有这种东西，已经探明的地外行星、卫星也没有一个存在这种天象。还有……"

"也许这只是老胡记错了吧？"

"那观察者效应又如何解释？"张教授说，"无论是梦还是幻觉，应该都是依据头脑中已知的元素进行加工吧？但老胡没学过量子力学，根本不知道'观察者效应'这个词汇。而他梦中的生物体，却整体表现出了明显的量子效应。"

"量子效应？"

"是的。老胡说了，一旦无人观察，他们便会进入迷失域。"

"你的意思是迷失域和量子效应有关系？"

"老实说，这是最令我困惑的一点。"张教授皱起眉头，"外行人对量子力学多有误解，以为什么东西都能拿量子力学来解释，甚至把崂山道士穿墙都附会成了'量子隧穿'。要知道，量子效应只在极其微小的尺度上才有显著表现。要想整个人都变成量子概率云状态，只有一种可能：他们的个子相当小，比分子、原子还小，比可见光的波长还小，小到能嵌入构成我们世界的'砖块'的缝隙中。可这样一来，又会有个难解的问题……"

"张教授又在讲些听不懂的话了。"

"没关系。我已经有猜想了,但还需要更多线索。各位,这可能是本世纪最惊人的发现!"张教授猛地一挥手,"马上去我的坐标,快!"

我们坐上越野车,向着张教授梦见的坐标疾驰。虽然我听不懂他的话,但也感觉到这些坐标里隐藏着一个巨大的秘密。

第二个坐标距离比较近,只有不到八公里。大约五分钟,我们就接近了目的地。我向车窗外望去,看见无数奇形怪状的岩石在暗淡的天光下矗立着。尽管现在是夜晚,这片熟悉的地貌也一下子勾起了我的回忆。

"我们到了。"徐工说,"这是俄博梁雅丹风蚀地貌区,又叫魔鬼城,很有名的。"

"我知道这个地方。"我喃喃道。

"啊,你发现了什么吗?"

"不,那不是我发现的。"我深吸一口气,说,"两年前,我的一个朋友在这里发现了一批人类骸骨。那时发生了百年难遇的特大沙暴,我们迷路了,被困在这里,他将仅有的水和食物给了我,让我去找救援,自己却不幸遇难……"

"两年前……"老胡沉吟片刻,叹了口气,"我听过这个新闻。两名大学生考古爱好者,擅闯柴达木无人区……"

"不,我们不是普通爱好者!"我严肃地纠正道,"只是……只是导师不同意我们的计划,没给我们发掘许可而已……"

"为什么不给许可?"张教授皱眉道,"冷湖地处戈壁深处,自古以来都是无人区,在这里发现人类遗骸,应该是填补学术空白的大好事啊。"

"正因为这是无人区,历史上也没有古文明的记录,所以导师觉得这里根本发现不了什么……"我叹了口气说,"但我师兄异常坚决。从阿尔金山的古河床墓葬回来后，就坚决要来这个奇怪的地点发掘。问他原因，他就缄口不言，连我都不肯透露……"

徐工叹了口气："所以，你在这里开旅店，也是为了继续考古研究了？"

"研究谈不上。算是……为了纪念吧。也为了后人别再重复我们的悲剧。"

气氛变得凝重起来，大家沉默了片刻。

"咳咳，那些……"张教授打破了沉默，"那些骸骨在哪儿呢？"

"有一部分在德令哈的古羌文明博物馆。当时我只背得动那一小部分，剩下的应该还留在这里。"我深吸一口气，打开车门，跳下车，"你们……跟我来。"

另外三人也跳下越野车，跟着我的脚步，向着一块形状独特的风蚀岩走去。这里寄托了太多回忆，往事历历在目，但我并没有悲伤或流泪。于我而言，我早已在那场沙尘暴中把一半的人生留在了此地，和他一起，掩埋在这片荒凉的戈壁滩之中。

"看到那块最大的蘑菇形风蚀岩了吗？"我说，"遗骨就在那块石头上凹腔的缝隙里。"

"这么高？"张教授有些意外，"差不多有四米了。你是怎么把遗骨放上去的？"

"当时我踩着师兄的肩膀放的。后来我一个人，就没法取下来了。"

"没人来帮你吗？"

"有谁会来呢？"我苦笑道，"已经过去两年多了。不过，冷湖这边气候干燥，我们还用铝箔和防水布裹了几层。东西应该还在。"

张教授点点头。夜风冷冽，他的双眸里却涌动着热切的光芒。我忽然有了一种似曾相识的感觉：那时候师兄也是带着这样热切的目光来到这里，即便黑色的沙暴已从天边压迫而来，他也要孤注一掷地来这里"寻找本世纪最惊人的发现"。

"教授！您年纪大了，我上去取就行了！"老胡说。

"你别管！这是我的坐标，我当然要首先和'他'零距离接触！"

张教授不顾我们劝阻，执意要亲自爬上去查看。无奈，老胡只好把越野车开了过来，让我扶着张教授从天窗爬到车顶，再让徐工搭把手，这才勉强够到缝隙处。张教授以一个老年人不应有的敏捷扒住了岩壁，将半个身子探进缝隙里，在遗骨中翻找着。

"有了！"张教授突然一声低低的惊呼，"鼓声，我听到鼓声了！"

接着，他的身体忽然瘫软下来，一脚踏空，险些摔下越野车。幸亏我们早有准备，两人同时接住了已经陷入昏迷的张教授，然后轻轻扶着他躺在车顶上。

"喂！怎么了？"老胡在下面喊。

"他也昏过去了！"徐工说，"和你一样，在摸到回响石之后就昏了过去。"

"不！你看，他摸到的不是石头，而是……"

我低下头，只见张教授的手中捧着一块人类的头骨。

4. 科学家的梦：荆棘世界

作为一名物理学家，我很难承认"托梦"这种说法。

我们在昏迷中看到的场景，也许是幻觉，也许是真的与外星人有关。无论如何，在得到更多的信息前，我只做猜想，不做论断。

我的梦，也是从一艘即将坠毁的飞船中开始的。

在尖叫着逃难的人群中，我和同僚们挣扎着挤进了二号逃生舱——不为别的，只因为这里有许多珍贵的科学仪器。那是我们为了探索宇宙冷却的真相而精心设计的，凝结着我们的心血，也寄托着全族的希望。

二号逃生舱发射，飞行，减速，与一号舱一样，在穿过浮空碎石之海时遭到了严重破坏。姿态控制系统失效，减速缓冲无法运行，逃生舱以极高的速度直接撞击地面。只听一阵天崩地裂的巨响，船壳碎裂，船首被削掉了一半，但坚硬的地表也被猛烈的撞击击穿。我们的逃生舱坠入了由某种黏稠液体组成的地下海洋中。

在海流的冲击下，已遭重创的逃生舱很快就支离破碎，沉入海底。我们中的大部分人都随残骸沉没了，仅有十几个人侥幸逃生。

"这是什么地方？"有人问我。而这也是我想问的。

这是个完全陌生的世界。在我的家乡，如此黏稠的液态海洋很常见，但那是灼热的、舒适的，像纯青透明的火焰，其中丰沛的能量足以支持我们生活。而这片海洋冰冷得可怕，而且恶臭，像是某种史前巨兽的胃液。这液体是不透明的，四周能见度极差。肉眼能看见的只有我们附近漂浮着的无数不可名状的颗粒，如海草般纠缠络合的网状物，还有许多断树枝般的物件。除此之外，便是一片浓稠的黑暗。

如果只是一无所有的黑暗倒也罢了。一潭死水并不可怕，可怕的是水中荡起了不明原因的波纹。微弱的扰动正从那片黑暗的深处传来，我们隐约能看到不祥的闪光，听见诡异的声音，就像在迷雾中潜伏着的怪兽低沉的呼吸。

所有人都紧紧地聚在我周围，每个人都颤抖着，沉默着。恐惧在沉默中蔓延。

"首席，这到底是什么地方？"

"首席，我们该怎么办？"

"首席，请告诉我们……"

"大家不要恐慌！"我安抚众人，"其实，我也不知道这是哪里。但我们是科学家。面对未知的世界，比起恐惧，我们更应该行动起来，把未知变成已知，把黑暗变成光明！"

"可是，我们该怎么做……"

"从最基本的做起。"我说，"准备闪烁器！"

从逃生舱的残骸里，我们抢救出了几件重要仪器设备，包括核电池和闪烁器。闪烁器能把核电池的能量集中猝发，发出一道短促强光，足以照亮数十寻的空间。这也是我们种族的天文学家拍摄遥远星球的必备工具。

"首席,引导索已就位,能源已激活……可以发射。"

"三,二,一……点火!"

"闪烁器已发射……正在前进,轨迹正常……"

"距离五十丝……一百丝……两百丝……停!已到缆长极限。供电正常,可以激发……"

"摄像组就绪!监听组就绪!短波、中波、长波,能用的仪器都开起来!这是我们给这个未知世界拍的第一张全景图……准备……三,二,一!激发!"

如同底片在药水中显影,在一道闪电般短促而明亮的闪光中,这个世界纤毫毕现,将它的恐怖与迷幻之处呈现在我们眼前。

我将这里称为"荆棘世界"。

首先映入眼帘的,是数以亿计的巨大荆棘——宛如世界之树般巨大、仿佛海妖的卷发般繁密的荆棘丛林。与它们相比,我们就像树枝上的蚂蚁一样渺小。荆棘们卷曲,交错,纠缠,分叉,又合拢,无所谓上下,无所谓始终,在整个空间中织成一张疯狂而迷乱的三维网络,无穷无尽地延伸到天边。通过望远镜,我看到每条荆棘的内部都长着脉管般的结构,每隔一段时间,那荆棘里的脉管就会张开一个小口,吐出一股阳离子流,而与之对应的负电荷则形成一片电涌,顺着那脉管传导,最后汇聚到荆棘的某条枝杈的尖端,爆发出一道明亮的闪电。

刚才我们看到的闪光,就是这些荆棘之间爆发的电闪雷鸣。

不仅如此,在那片荆棘丛林中,还游荡着许多不可名状的怪兽。有的形似海葵,长着无数恶心的短触角,攀附在荆棘表面缓慢蠕动着,发出诡异的哀鸣;有的形似水母,无首无尾的软体时而变成长条,时而变成碗状,在黏稠的海水中伸缩游动着。在它的身体表面,布满了无数张不停吞吐开合的血盆大口。

因为闪烁器的亮光,怪兽注意到了我们。最近的一只离我们只有不到一百丝。

"天哪……"我震惊得几乎忘记了语言。

"跑！快跑啊！"

惊恐之下，大家没命地四散奔逃。但海水太黏稠，而且漂满了杂物，严重阻碍行动。无数断枝好像有了生命一般，一旦碰到，就会把身体黏住，极难甩脱。很快，我们中的许多人都黏到了漂浮的断枝上，动弹不得。

直到这时我们才发现，那些怪兽动作极慢。也许我们根本没必要逃跑。

然而此时已经晚了。大部分人都被层层叠叠的断枝困住，好像被蜘蛛网缠上的小飞虫一般，只能眼睁睁地看着那怪兽缓慢靠近、变形，然后被它数百张嘴中的一张吞噬掉。还有些人没等到怪兽靠近，就因为视线被阻隔而跌入迷失域，从此消失了。

附近不断传来同伴们绝望的惨叫声，人越来越少。我却被困在荆棘之中，只能眼睁睁地看着，却无能为力。

刚才逃跑时，我不慎撞上了一丛荆棘，陷进了荆棘表面的一个孔洞里。这孔洞里长着一圈圈倒刺，像是鳗鱼的嘴。孔洞底部连着脉管，不断为荆棘尖端的闪电积蓄着电荷。因为倒刺和电荷的双重作用，我无法脱身，也无法呼叫同伴，只能目睹大家一个个被吞噬，消失在迷失域中。

最后，这里只剩下了我一个人。

我悲哀地闭上眼睛。我知道，一旦跌入迷失域，我们的身体将化为概率云，扩散到无穷无尽的时空中去。而相应的，我们眼中的世界将化为一片灰雾，空间、时间将失去意义，只有另一个足够强的观察者，才能让我们弥散的概率云坍缩到一个确定的状态上。这种坍缩的概率是极小的。当脱离迷失域之时，已经不知道过了多少个须臾，甚至多少个长庚。

我并不惧怕孤独。但如此孤独地在迷失域中毫无意义地度过余生，实在是最糟糕的结局。

然而,我再次睁开眼睛时,意外出现了。

我并没有迷失!

我环顾四周,再次确认了我的同伴们都已经消失了。怪兽们也安静了下来,缓慢地游动着离开了这一片空间。的确,附近已经没有能充当观察者的生物了。只剩下无数沉默的巨型荆棘,以及荆棘尖端之间不停爆发的闪电。

我竟然没有迷失——这是为什么呢?

虽然身陷绝境,但我还是止不住地好奇起来。

在幽暗的荆棘世界之中,我独自开始了孤独而又漫长的探索。

一位著名学者说过,对于思想家来说,最愉快的工作莫过于担任灯塔管理员。自在,安静,不被世俗打扰,于黑夜之中点燃灯盏,将智慧的光芒播撒到未知而漆黑的海面。这很恰当地描述了我现在的状态。但与他不同的是,我不敢离开我的"灯塔"半步。

许多迹象表明,我的幸存与困住我的陷阱——荆棘表面的电荷释放孔——密切相关。作为科学家,我知道所谓的"观察者"并不一定是生物,也不一定是意识体。万物皆可为观察者,只要它与你建立了某种关联,也就是所谓的"相干性"。一般而言,建立相干是很困难的,而且很不稳定,稍微有一点扰动就会导致"退相干"。有意识的生物更容易产生强的观察者效应,是因为有意识的观察,可以将"我"与组成观察者的巨量物质粒子之间建立稳定的相干关联。物质量越多,关联越强。

也就是说,在这个荆棘世界之中,还有一个我尚不知晓的强观察者。

这个观察者显然不是那些怪兽。刚才被怪兽追逐时,我们有不少人跌入迷失域消失了,有的甚至是在被吞噬后、在怪兽的腹中消失的。观察者也不是远处的某种生物。这片海洋实在太黑,短波、中波都无法穿透,而长波是无法观察到我们这样小的个体的。

运用排除法,唯一能与我建立相干的,只有附近这些诡异的荆棘了。

我估计这个"观察者"与困住我的孔洞有很大的关系。这个孔看似平淡无奇,就像皮肤上的毛孔汗腺,或是植物的气孔,只是为了排放多余的电荷而存在的。但排放的电荷真的是多余的吗?显然,排出电荷需要消耗能量,这能量是靠小孔捕获附近的养料提供的(这也为我提供了一辈子吃不完的食物)。而随着阳离子的排放,荆棘的这一枝尖端的电位逐渐降低,电势差增高,电能逐渐积蓄,最终形成沿着荆棘传导的电流。

很难相信,植物会自发地产生这种耗能过程。如果那闪电毫无用处的话,这显然是对生存资源的极大浪费。

反过来想,荆棘的放电会不会有某种目的呢?

于是,我仔细观察那些闪电。在荆棘之间,电火花看似随机地闪烁着。我将闪电的时间间隔记下来:18920须臾,9322须臾,32112须臾……成百上千的数据排成行,排成列,排成矩阵,在各种猜想拟合函数之间布撒成散乱的数据点。最终,我沮丧地承认:单个荆棘的闪电是毫无规律的,甚至从哪个枝杈尖端放电都是完全随机的。

但我很快就在另一个地方发现了规律:一丛荆棘发出闪电后,闪电所击中的另一丛荆棘便会激活,表面的孔洞开始排放阳离子,电流在脉管中传导,向着这丛荆棘中几十个枝杈中的某一支流去,并在尖端激发出另一道闪电。然后,被击中的下一丛荆棘也会重复此类过程,如同击鼓传花一般,一直传到目力不可及的远方。

就这样,无数闪电在荆棘世界里一刻不停地闪烁着。数以亿计的荆棘彼此交联,织成了复杂度惊人的超级电流网络。

也许,困住我的不仅是一个孔洞,而是整个荆棘电流网络的枢纽,就好像门电路一般,控制着某个关键信号的流向。而经由这一小孔,我不仅获得了赖以生存的能源,也与这丛荆棘以及组成整个荆棘世界的巨量物质建立了足够强的"相干"。因此,为了避免迷失,我绝对不能离开这个小孔。

这就是所谓的不幸中的万幸,万幸中的不幸吧。万幸的是,我居然恰好卡在了这里,得以窥见荆棘世界的秘密;不幸的是,我原以为我将飞掠万寻星海,上探寰宇,下叩幽冥,结果却被困在这个洞里,将要像井底之蛙一般孤独地度过余生。

这样的井底之蛙,能看清这个荆棘世界的秘密吗?

对此,我的回答只有一句话:"即使被关在果壳中,我仍自以为是无限空间之王"。我还有使命要完成,哪怕只剩下我自己,也绝不能放弃希望。

在绝望之井的底部,我举目仰望希望的苍穹。

首先是观测。因为短波无法透过这片黏稠冰冷的海洋,中微子又会毫无干涉地直接穿透过去,因此,我只能通过长波天线进行遥测。每次闪电,都会伴随着一次明显的长波信号,标志着一丛荆棘与另一丛荆棘的关联。我将它们的顺序、关联逐一记下,画在图纸上。日复一日,年复一年,图纸上的网络也逐渐扩大,愈发复杂,最终连我们飞船上最庞大的集成电路网络也难以与其媲美。网络节点的编号,也从千、万上升到了十亿、百亿……最后是千亿。

一千亿丛荆棘。这个数字,与银河系中所有恒星的数目相当。

然后我开始分析。面对如此复杂的网络,直接分析是不可能的,正如我不可能清点沙漠里的每一颗沙砾,不可能记下大海中的每一朵浪花。但我可以寻找"模式"。统计的模式,分形的模式,在某个相空间中经过约化的简单形式。我时而匍匐在地面,端详着某处"沙砾"的运动,时而翱翔在高空,如同老鹰般俯瞰着整个"沙漠"的变迁。我看到"沙丘"在移动,"沙漠"在缓慢地涌起恢宏的波纹。通过那些波纹的模式,我才推断出有一种被称为"风"的无形的存在。

就这样,我推断出了一个惊人的猜想:这个由千亿丛荆棘组成的世界，是有智慧的。

这是一个高等智慧生命的思维器官。也许，可以将它称为"大脑"。

这实在太疯狂了，绝对是有史以来最惊人的发现。我实在难以抑制自己的激动。如果这真是另一种智慧生物的大脑，那它此刻看到了什么，听到了什么，在思考着什么，它知道我的存在吗，我能与它对话吗……

无数问题如同暴雨般倾泻而下。只有进行实验，我才能窥见答案的一鳞半爪。

正所谓福祸相依，我所在的孔洞囚禁了我的自由，却为实验提供了绝佳的"仪器"。孔洞底部有释放电荷的气孔，由六颗球体控制着孔的开闭。每颗球体有两种自旋，顺转打开气孔，脉管排放阳离子；逆转则关闭气孔，阳离子将从外面慢慢渗透回到脉管中去。六颗球体的排列组合对应着这丛荆棘六个尖端的放电次序。由此，我可以控制我所在的荆棘，影响相邻的荆棘，进而将我的影响扩展到整个荆棘世界。

实验的过程是冗长而枯燥的。在足有六十个长庚的漫长时间中，经过数以亿计的实验，经过无数次的突破和惊喜，也经过无数次的碰壁、失误与失败，我终于揭开了这个世界的真相。我看见了他的"眼"，听见了他的"耳"，感受到了这个"大脑"此刻涌动的情感与记忆。

这个大脑的主人——某种巨大的两足直立生物个体——此刻快要死了。

我姑且将他也称为"人"吧。这个"人"是个孤独的旅行者，正前往一个发音为"古氐羌"的部落贩卖香料，却不慎遭遇了沙尘暴，与他的队伍失散了。他已经独自行走了很长时间，行囊中的食物和水都耗尽了，大脑正竭力发出干渴的信号，催促着他的身体寻找救命的水源。更糟糕的是，附近根本没有水。他在沙暴中迷失了方向，正在一片亘古无人的戈壁滩上挣扎着。狂风呼啸着裹挟起沙砾，"浮空碎石之海"正侵蚀着这个人苍老的脸，正如它们摧毁了我们的逃生舱一般。他的生命犹如风中残烛，随时可能熄灭。

此时我的状况也好不到哪里去。在漫长的实验中，我已不知不觉消耗了我寿命的大半，此刻也是个垂暮的老人了。

我并不惧怕死亡。相比之下，我担心那未完成的使命，更怕我的发现就此湮没，没能造福族人。荆棘世界即将消亡，但在风暴世界着陆的三号舱仍有大量幸存者，甚至坠毁于巨岩世界的一号舱的乘员——只发出一次求救信号就消失不见的两个冒险家——也有存活的可能。不过，哪怕这可能性微乎其微，我也不会放弃希望。

在最后时刻，我将我的发现向族人们广播。

从被困的孔洞中，我得到了启示：要避免迷失，必须通过某种方式与这个巨人的大脑建立起相干。直接掉进荆棘的放电孔是一种办法，但这是万中无一的巧合，难以复制。相比之下，用这个巨人的"视觉"或"听觉"建立相干要方便得多。

于是，我发明了"巨鼓"。

"鼓"这个名词是我从这个巨人的记忆中读取到的。这是他们的乐器，可以借助振动，发出足以穿越数十寻之遥的物质波，被巨人的听觉器官感知。然而，巨人的感知相当慢，慢得不可思议，振动周期至少要在五千须臾以上才能被"听到"，而待其听到一个节拍并作出反应，甚至需要二十个长庚之久。只有这样缓慢的鼓声，才能被那种巨人注意到，才能在极小、极快的我们与极大、极慢的他们之间建立起相干的桥梁。

据此推算，这种巨人的寿命真是长得惊人。我甚至找不到合适的时间单位，只能以"数十亿长庚"这样的天文数字来描述他的生命周期。此时此刻，我居然能见证这种生物的死亡，这简直就像天文学家能在有生之年目睹一颗恒星化为超新星一样，是难得的幸运。

当然，这种幸运也意味着我的终结。在巨人死后，我必然跌入迷失域，在虚无中孤独地死去。但我留下的"巨鼓"给了我们族人一个渺茫的希望：在我们迷失之后，也许还会有另一个巨人路过，听到这激越的鼓声，将我们从虚无中唤醒。

又经过十个长庚的努力，"巨鼓"终于建成。

此时，那巨人即将迎来生命的终结。孔洞里的电荷渐渐减少，倒刺剥落，我得以逃出这囚禁了我大半生的牢笼。随着我的逃离，相干性也消失了。我眼中的世界开始融化，变成不定型的灰色迷雾，时间与空间都在这片雾中弥散，走向消亡。

在被灰雾吞没前，我不禁感慨：宇宙万物也如生命一般，或如我一般短暂，或是像这巨人一般漫长，但终将迎来终结。就像篝火终将熄灭，大海终将退潮。无数的荆棘正以惊人的速度枯萎。

5. 盐　砖

张教授讲完了他的梦。只见他双手颤抖着，从胸前的口袋里掏出一瓶降血压药。我连忙把保温杯递给他，待他吃完药、呼吸稍微缓和了些，才扶着他从车顶上爬下来。

"没事吧？"老胡紧张地搓着双手，"要不要先回去歇一会儿？"

"不用，不用，我很好。"张教授摆了摆手，"赶快去下一个坐标，快！"

"我觉得还是先歇一会儿吧，张教授……"

"我可不是老头子！'他们'的时间非常紧，要是晚了，我们就什么都听不到了！"

老胡不敢怠慢，马上发动油门。越野车发出一声咆哮，卷起一路沙尘，向最后一个坐标疾驰而去。

"张教授……我刚刚听到，您说了'他们'？"徐工问道，"您是指向我们发送坐标的人——或者外星人吗？"

"我不知道那是不是外星人。但这块头骨，还有那块石头上面，的确有某种超乎我们想象的智慧生命存在。"张教授激动地说，"之前我就有一个猜想，通过刚才的梦，我终于部分证实了它。我们正在见证有史以来最惊人的发现……"

"别卖关子了，快跟我们讲讲吧！"

"别急，待我仔细讲来。"张教授喝了一口水，清了清嗓子，开始像上课一样有条不紊地宣讲，"你们知道量子力学的观察者效应吗？"

"不知道，那是什么？"

"我听说过，薛定谔的猫。"徐工帮忙解释道，"把一只量子猫关进箱子里。你看猫的时候，猫要么是活着的，要么是死的；你不看猫，猫就同时处于活和死的叠加态，又死又活。还有电子双缝实验，当有人看着电子时，它是一个点，处于一个地方；如果没人看它，它就变成概率云，同时处于几个地方……反正挺邪门的。"

"老胡的梦境中，最关键的信息就是这个。那个冒险家只要不被观察，就会沉入迷失域，失去对时间和空间的感知。这种细节老胡自己是想不出来的。从那时起，我就怀疑这些梦境是另一个文明发给我们的信号。"

"可是，那个地方一点都不像冷湖。这里没有那种高山，也没有浮空碎石海这样的东西呀！"

"当然。这一点最初也很让我困惑。而且，量子效应只在极其微小的尺度上出现。但老胡说，在迷失域中整个宏观世界都变成了概率云，这简直不可思议，完全违背了科学常识！"张教授说，"但如果你换个角度想，这一切就很清楚了。表现出量子行为的不是宏观世界，而是'他们'。'他们'才是化为概率云的存在，'他们'才是箱子里的那只又死又活的薛定谔猫！"

"哇，听起来很有道理……"

"但这只是猜想。我虽然是物理学家，但想破了脑袋也想不出，具有量子特性的观察者在处于概率云状态时看到的世界是怎样的。也许那就是迷失域，但我没法证明，所以刚才我一直不敢下结论。"张教授说，"直到我亲眼看到了荆棘世界，我才敢断言：那的确是一种极其微小的智慧生命。"

"微小？有多小？"

"人类的脑神经细胞，在他们眼中居然是巨大的荆棘，显然，他们比细胞更小。"张教授说，"这是个很简单的估算。神经元细胞的尺寸约为几微米，据此估算，他们的尺寸应该在纳米量级。徐工，如果你对芯片稍有了解，就知道五纳米制程的芯片就要面对明显的量子效应。但这个尺度下只会发生量子隧穿效应，观察者效应还不够显著，还达不到不建立相干就无法维持自我的程度。所以，他们的身体还要更小。"

"更小？我记得，原子的直径只有零点一纳米……"

"是的。"张教授郑重地点点头，"如果他们真的那么微小，那么它们不可能由分子组成，不可能由原子组成，甚至都不可能由质子、中子这样的基本粒子组成。我们赖以维生的能源——葡萄糖与三羧酸循环——是分子级别的生化反应。但他们维生的能源，我根本无法想象，那已经远远超出了人类物理学的前沿……"

"难道是核反应？"

"不，如果尺度相似律[1]正确的话，他们体内生化反应的尺度，已经小于夸克禁闭效应的作用程。"张教授皱起眉头，"我研究了一辈子量子色动力学，但那是什么反应，我根本无法想象。"

"我觉得这挺合理的！如果他们身体很小，那巨岩世界的场景就能解释了！"老胡一拍脑袋，说，"那些像高山一样的巨石，其实就是我手里的这个小石块！"

"不，还不对……"张教授说，"整个巨岩世界，才是你手里的小石块。那些高山只不过是黏附在石头表面的沙砾而已。"

"那浮空碎石之海……"

"空气分子。"张教授说，"我们听到的鼓声——空气分子的群体波动——其实就是浮空碎石海的波纹。"

---

[1] 对于具有相同数学基础的同类现象，其演化时间、空间尺度等参数是相似的。

老胡、徐工和我面面相觑,愣了很长时间,才发出惊叹声。

"天哪……"

"我佛千万身,宇宙无穷尽啊!"老胡感慨道,"长见识了!"

"在他们看来,我们应该像是星球或星系一样巨大无比的存在吧?"徐工感叹。

"有可能和他们对话吗?"我问。

"不太可能。"张教授说,"你注意到了吗?在我和老胡的梦中,都出现了一个时间单位'须臾'。"

"嗯,我也对此很在意。"

"我们再做个估算吧。老胡说过,这巨岩世界与荆棘世界的距离在'数百寻',用我们的单位制,距离是三公里左右。换算下来,一寻大约等于我们的三十米。而他们的飞船'每十须臾即可前进一寻',这已经接近光速。光速是不变的,都是每秒三十万公里。如此计算,可以算出一须臾相当于亿分之一秒。"

"亿分之一秒?!那岂不是……"

"是的。他们的思维活动比我们要快上亿倍。"

我努力想象着思维比我们快上亿倍的生物是怎样的存在。我们一呼一吸,他们就能从幼儿长成青年;我们一问一答,他们就已经历了数十年的沧桑……无论怎么想象,我都难以抓住这一图景。这实在太疯狂了。

"因此,与这种生物对话是很困难的。"张教授说,"我们恐怕只能以在大脑中植入梦境的方式,被动地、单向地交流。"

"他们就不能多等一下吗?"

"恐怕不行。他们的生化反应速度太快,新陈代谢过程极其激烈,寿命很可能非常短暂。如果尺度相似律没错的话,他们的个体寿命恐怕只有几十秒到几分钟。"

"这也太短了!"老胡说,"哦,有句话咋说来着……"

"朝菌不知晦朔,蟪蛄不知春秋!"

张教授点点头道："嗯，所以我们得快一点。"

老胡猛踩一脚油门，越野车发出一阵咆哮，颠簸着在乱石横亘的戈壁和起伏的矮丘间疾驰。徐工紧紧盯着北斗定位终端，指挥着前进方向。越野车翻过几座土梁，横穿过S305国道，然后朝着东南方向行驶了约八公里。大约两分钟后，徐工突然抬起手，指着前方戈壁滩上一大片在月色下闪着银白光亮的区域，大声喊道：

"右边，三点钟方向！"

"那是什么？"张教授眯起眼睛。

"大盐滩！"徐工说，"据说，几千年前，这里是一片湖泊。后来气候变化，湖水干涸，就变成了盐滩。"

"你好像对这块儿挺熟的？"

"那当然。"徐工说，"这里是火箭回收的备降地点之一。"

这回换张教授吃惊了："火箭？这里怎么会有火箭？"

"我以前与人合伙创办了一家商业航天公司，规模不大，几个人在这儿搞可回收火箭。你看我这脸，黑里透红的颜色，就是在这里晒出来的……"

"哇，那后来成功了吗？"

"技术上算是成功了，但是经济上嘛……"徐工苦笑道，"探索宇宙完全就是在烧钱，费力不讨好。公司要对股东、投资人负责，更关心短期盈利。理念不合，我就和他们拜拜了……算了，不说这个。还是专心找坐标吧。"

我望向窗外，在那片盐滩上搜寻着可疑的迹象。这是附近最大的盐滩，横亘将近四十公里，板结的盐壳形成永不重复的龟裂纹理，在月光下泛着银白色的光泽。顺着月亮看去，视线下方的一小块地面还能看到星星点点的碎光，随着我的走动不停地闪烁着。这简直就像来到了异世界，看到另一个星球的风景。但几座现代建筑很不和谐地破坏了这美好的气氛。那是海西自治州政府的扶贫项目，一座小型的盐制品工场。为了招揽游客，当地人把钾盐制成盐块、盐砖，甚至是盐雕塑，同时不忘附上一本小册子，宣传这些盐有调理保健、延年益寿之功效。

老胡把车停在这座工场旁边，回过头说："我们到了。徐工，前面两百米都可能是那个坐标的地点，下面就看你了。"

"好，但愿我这耳朵还好使，没被火箭发动机给震聋了……"徐工跳下车，语气里带着压抑不住的兴奋。

我也跟着徐工下了车。想到他一会儿也会昏倒，我便紧紧地跟在他身后，手里抱着一块从越野车上取下的坐垫，随时准备接应。

"不用管我。"徐工头也不回地对我说，"别跟那么紧！"

"怎么？"

"那可是我的坐标。万一他们附到你身上了，天晓得会出什么事。"

我耸耸肩，抱着坐垫站在原地，看着徐工在这片两百米见方的区域来来回回地走着。他的走法很规则，留下的脚印好像在一张白纸上打印出的一行行密集的文字，一丝不苟地覆盖了所有走过的地域。这种走法还真像个工程师，我想。但这样耗时就更长了。等了十分钟，我已经冻得不行了，徐工的"扫描"才进行到三分之二。

突然，他好像发现了什么，骤然停下脚步，从地上捡起了一块不起眼的盐砖。

"我听到了！"他喊道，"但这不是鼓声。听起来好像是口哨，或是风笛——"

接着，他身体一瘫，昏倒在这片盐滩上。

6. 工程师的梦：风暴世界

和老胡、张教授一样，我的梦也是从一艘逃生舱开始的。

但与他们不同，我所见的三号逃生舱并没有坠毁，而是存放在一座历史博物馆里。

这是许多个长庚之前的文物了，处于博物馆最中央的位置，放在高大的浮雕群和石拱门前方,作为全族最重要的历史见证物公开展览着。族人们将它保存得很好。降落时尾焰灼烧的黑色焦痕,以及浮空碎石海撞出的凹坑都清晰可见。幸运的是,这些伤痕都没有对逃生舱造成致命破坏。否则,我们不可能幸存下来,并在此繁衍生息。

我的一个朋友——我叫他戈达德——正向我走来。他约我在逃生舱底下碰面。

"早啊,阿姆斯特朗。"他问候道,"母船还是没有消息吗?"

"没有。"我回答,"整整三十代人,都没有母船坐标的半点音讯。"

戈达德叹了口气,然后将目光投向博物馆窗外的远方。远方的大地上,层层叠叠地铺满了巨型碗状天线,仿佛栽满向日葵的花田。天线们缓缓转动脑袋,侦听着天空中所有方向的最微弱的信号,寻找着母船的坐标。在另一侧大地上,还有数千座高耸入云的金属天线塔。它们笔直地矗立着,一刻不停地向天空发出搜索信号,好像清真寺的宣礼塔,又像无数只向天空极力伸展的充满渴望的手,肃穆的塔影刺入无星的夜空。

在那片夜空之中,无数风暴涌动着。

无论朝哪个方向仰望,都可以看到尺度惊人的风暴旋涡。小旋涡组成了中旋涡,中旋涡又组成了大旋涡,重重叠叠,无穷无尽,铺满了目之所及的天空。据说,先辈们刚在这里着陆时,很多人只朝天空看了一眼就精神失常了。余下的人又被风暴卷走了许多。只有几十人躲在逃生舱里,一直在那些风暴中飘摇着,宛如无根浮萍……直到发明了隔绝风暴的穹顶,我们才最终安顿下来,在这个陌生的世界繁衍生息。

我们将这里称为"风暴世界"。

相比于其他世界的幸存者,我们人数最多,资源也最丰富。至今我们已经繁衍了三十代人,人口过百万,生活也逐渐变得安逸起来。不少年轻人已经忘记了我们最初的使命,也忘记了远航的目标。越来越多的人开始抗议寻找母船的行动,认为这消耗了太多资源。有人甚至声称,我们根本不必寻找母船,也不需要再次出航,因为在这里生活已经足够幸福了。

"对于寻找母船的行动，公众的反对声音很大，最高议会也不得不顺从大家的呼声。"戈达德说，"他们要你在一万个须臾内给出答复，而且是一个肯定的答复。否则，就要下令拆除天线了。"

"这怎么可能呢？"我苦笑道，"那帮蠢货以为我们在做什么？喊两句政治口号，母船就会从天上掉下来吗？"

"我理解，但这就是现状。"戈达德说，"我们恐怕要做好停止搜寻的准备了。"

"但那样的话，我们就找不到飞船，也就无法再次进行星际旅行。"我说，"我们将永远困在这里。"

"你觉得这是个坏结局吗？"

"当然！"

"为什么呢？是因为你觉得探索精神比生存本能更有意义？更能代表文明的价值？"

"没那么抽象。我是个工程师，考虑问题很现实的。"我说，"现在整个聚居点都由三号逃生舱留下的聚变引擎供能。聚变燃料从穹顶外的风暴中提取，看似取之不尽，但我的研究表明，这些燃料也有用完的一天。"

"为什么？"

"除了搜索飞船，我也会探测一些别的东西。"我调出一个图形界面，"你看，这是短波天线阵列探测到的风暴世界的边缘。离我们大约有零点六寻左右，不算很遥远。这是一个物质密度明显突变的界面。在界面之上，是低密度的气体以及浮空碎石海；界面之下，是稠密的液体和无数的旋涡风暴。三十代人的时间里，我们一直在侦测这个界面的位置，结果发现了这个。"

我调出一张曲线图，戈达德看后，眉头渐渐皱了起来。

"界面降低了？"

"是的。每过一个长庚，界面就降低大约0.00002寻。而且随着界面的降低,风暴的强度也在逐渐减弱。"我严肃地说,"再过三万个长庚,我们就会看到那些风暴渐渐消失,界面将下压到穹顶,燃料耗竭……然后,我们就会灭亡。"

"这样啊……看来我们别无选择了。"

出乎意料的是,戈达德对此似乎并不感到惊讶,仿佛一切都在他的意料之中似的。我甚至能感到他语气里藏着隐隐的兴奋。

"如果我们将这一切公之于世,你觉得,大家会同意为了延续文明而牺牲一些生命吗?"

"什么意思?"

"我有一个计划。"戈达德郑重地对我说,"一个需要牺牲,但能带我们重返星海的计划。"

一万须臾之后,我与戈达德一起提交了一份报告。就像将一块巨石丢进平静的水面,这份报告在公众间引起了轩然大波。

报告的内容很简单:一,风暴世界正在蒸发,三万个长庚之后我们就将失去能源;二,母船是我们唯一的希望,但至今下落不明,说明其坠落地点已经远远超出了探测范围;三,戈达德收到坠落在荆棘世界的首席科学家遗留的信号,说他发现了一种体积比我们大数亿倍、寿命比我们长两千五百万倍的巨型智慧生物。

这三条消息,每一条都是爆炸性的新闻,连起来更是连发的重磅炮弹。但公众并没有发现,这三条消息连起来之后,将引出一个惊人的计划。

戈达德把它称为"余烬计划"。

为了更好地阐明这项计划,他说服我动用了搜索母船信号的数百台超级计算机,将首席科学家遗留给我们的成果做了充分的计算,在计算机里建立起了荆棘世界的数学模型。在新闻发布会上,戈达德向议员们演示了那复杂得惊人的荆棘世界,荆棘间爆发的闪电,以及被荆棘控制的那种名为"人类"的个体的形态。

"请问,这与危机有何关系呢?"一个议员发问,"公众对这些迟缓的大块头不感兴趣。现在,大家最关心的是怎么解决风暴世界的危机。"

"这关系可大了。"戈达德说,"这些大块头正是余烬计划的核心,也是拯救我们的关键。"

"难道你想和他们对话吗?这显然不行啊。他们行动太迟缓了,一问一答,就将耗尽我们的一生。"

"我们的确要和他们建立联系,但不是以这种方式。"戈达德说,"请看!下面我将进行一次公开实验,告诉大家这个计划的关键所在。加加林,你能听到吗?"

"能听到,戈达德同志!"

大屏幕切换到另一个画面。那个名为加加林的青年正戴着硕大的头盔,背靠着一组奇形怪状的机器,向我们兴奋地挥着手。

"告诉大家,现在你在哪里?"

"呃……我在一个被称为'火箭'的装置里。"加加林回答,"很久之前,按照戈达德同志的命令,我乘坐火箭升空,飞出穹顶,经过十个长庚的漫长飞行,终于在另一个荆棘世界登陆——不是首席科学家所在的那个,而是另一个小得多、也简单得多的荆棘世界。这里只有两亿丛荆棘,而且离我们很近,很适合这次演示实验。"

"能介绍一下你现在进行的实验吗?"

"好的。有句话说得好,'站在巨人的肩膀上,你才能看得更远'。借助首席科学家留下的遗产,戈达德同志研究了荆棘世界的数学模型。这些荆棘是巨型生物的基本思维单元。许多丛荆棘连接起来,构成了一种叫'大脑'的思维器官。这些荆棘间的闪电控制着思维的流向,而荆棘之中储存着思维的沉淀物,也就是所谓的'记忆'。由此,我们有了一个惊人的发现——

"这些记忆,是可以被篡改的。"

台下的听众们顿时一片哗然。

"当然,篡改记忆会产生一些副作用,比如昏迷,或是噩梦,但我们确实可以在这种生物的大脑中植入信息。"加加林说,"五个长庚之前,我就给我所处的这个生物植入了信息。它并不是'人类',而是一种在风暴世界中生存的低等动物,比'人类'要小一些,但体积也相当惊人。现在它应该差不多抵达了,大家很快就会看到效果……"

这时,外面的人群忽然骚动起来,大家都在往天上看,好像看到了什么恐怖的事物一般。

"打开天窗!"戈达德下令道,"接下来的场景可能有些恐怖,但没关系,我们是安全的。请大家做好心理准备!"

天窗徐徐打开,这时,我才知道戈达德要我们做好准备是什么意思。

只见天空中肆虐的风暴之间,逐渐浮现出一只巨大的圆轮,内黑外白,犹如一次诡异的日出。不,那不能叫日出。那圆轮是如此巨大,几乎铺满了整个天空,给我的感觉更像是一口深井……我们的世界宛如一粒微小的石子,正向这黑色的深井中坠落。它的表面似乎覆盖着某种能折射光线的透明胶质,倒映着我们城市的轮廓。渐渐地,黑色圆轮内部的细节清晰起来,树枝般分叉的血管、球形的晶状体的反光,都纤毫毕现。直到这时,人们才发觉那是什么东西,纷纷惊恐地尖叫起来。

那是一条鱼的眼睛。

"各位,请不要紧张!这怪物只是路过而已。我给它植入的信息是'在离我们零点一寻之外的水底有食物',于是,它就兴冲冲地听令而行,就像一只坐骑,非常听话。"加加林说,"嗨,我可是有史以来第一个骑怪兽的人。骑了这么大的怪兽,该给我发个头衔吧?"

"当然。现在全世界都看到了你胯下的威力。"戈达德故作轻松地打趣道,"再见了,加加林同志。你将被载入史册,而我们将在时空的尽头重逢。"

"再见了,戈达德同志。也许不用等那么久。"加加林笑道。他在自己背后的奇怪机器上按了几个按钮,然后,画面突然中断了。

"他怎么了?"议员们纷纷问道。

"他跌入了迷失域。"戈达德说,"各位朋友们不必担心,这是我们计划的一部分。刚才大家也看到了,我们可以向大脑中植入记忆,让那些巨大生物跨越我们有生之年走不完的距离,去寻找我们有生之年找不到的东西。同样地,我们也可以在那些'人类'大脑中植入飞船的样貌,让他们成为我们的'坐骑'——这,便是'余烬计划'的核心。

"我们将派出数千支小队,潜入数千个名为'人类'的巨型生命的大脑中。多亏了首席科学家发回的情报,在我们附近一百寻之内,聚集了三千多个'人类'个体。这是他们的一个部落,被称为'古氏羌'。当然,一百寻距离太远,我们无法跨越,但我们所处的'风暴世界'似乎是那个部落赖以生存的水源。他们在这里饮水、洗澡。借此,我派出的一些先遣小队与他们进行了零距离的接触。

"我们发现,'人类'也有好奇心。就像我们迷恋着星空的奥秘,他们也会对未知的远方产生强烈的冲动。我们将在他们的大脑中植入母船的形象,以及母船坠落的大致方向,让他们对那个地方产生好奇心。他们将成为我们的坐骑,帮我们找到飞船的位置……"

"等等!"有个议员打断了戈达德的话,"'人类'的行动极其迟缓,等他们找到母船,也许已经过去了上万个长庚。我们活不了那么久啊!"

"正是因为如此,加加林才不得不主动进入迷失域。"戈达德说,"众所周知,'迷失'是我们跨越时间的唯一办法,但迷失之后,我们就会变成一团概率云,无法控制迷失的时间,甚至也无法控制苏醒的地点。但首席科学家也考虑到了这一点。他为我们留下了另一份遗产,那就是'巨鼓'。

"'巨鼓'的工作原理很简单:通过发出物质波,将微小的我们与庞大的'人类'间建立起相干性,产生的观察者效应可以阻止迷失。但它太庞大了,没法给勇士们每人配备一台。不过我们找到了解决办法。基于'巨鼓'的原理,我们重新设计了袖珍版的'风笛',也就是加加林背后的那台奇怪的机器。只要有它在，我们的乘员就可以在原地被唤醒，向我们发回母船的坐标。"

"这不就是时间机器吗？"

"你可以这么理解……这是一台驶向未来的、单向的时间机器。"

"那他们还会回来吗？"有人问。

"也许不会了。"戈达德说，"这将是一批最孤独的勇士。据估算，他们中的一半都会失去目标，被风暴卷走，或是被浮空碎石之海击落；剩下的一半将抵达目的地，但又会有一部分人被荆棘世界的怪物吞噬；也许有人躲过一劫，并成功篡改记忆，但'人类'未必能找到我们的母船；即便有找到的，那也是很久之后的事情了。当'风笛'再度将我们唤醒，我们将发现自己是孤身一人；而若'风笛'失效，我们将永远陷入迷失域，在虚无中慢慢死亡……"

众人沉默着。此时，我才理解了戈达德所说的"牺牲"的含义。

"但这就是探索啊，我的同胞们。在这冷寂的宇宙里，哪怕面对最恐怖的厄运，哪怕只剩最后一人，都要保持希望……"戈达德郑重地说道，眼里隐约闪动着泪光，"……这种勇气，才是对我们文明最高的赞歌。

"接下来，请大家做出选择吧！在这里安稳地度过余生，抑或成为勇士，化作漫天飘散的火焰的一丝余烬。只要有一颗未熄灭的火星，都将重新点燃我们文明的崭新黎明……"

在戈达德的鼓动下，我作出了选择，并改变了我的一生。

在出发之前，我最后一次环顾这个世界的景色：城市的灯火，繁忙的商旅，还有广场上热闹的人群。远处的天线阵已经被拆除，取而代之的是数千座银光闪闪的发射塔，仿佛教堂高耸的尖塔，但我们已不再祷告。

火箭接连不断地发射。尾焰升腾，宛如无数颗向天空坠落的流星，将心怀希望的勇士们一个个送入风暴席卷的苍穹之中。

如今，我也将成为其中的一员。

"倒计时五十须臾。深空导航信标已发射！所有人员各就各位！"

"倒计时二十须臾。增压机组就绪。通信连接正常。滑轨已校准。"

"导航正常，遥测正常，载荷正常，电源已切换至内部。"

"各系统正常，准许发射！倒计时二十，十九，十八……"

这时，戈达德突然抢过了通话器，并切到了加密频道。

"阿姆斯特朗！我还有话要说。"

"怎么了？"

"作为余烬，你们依然有重燃希望的可能；但选择留在这里的，则将变成彻底冷却的灰烬……"戈达德说，"毁灭的速度被大大低估了。先遣队已经发来消息，早在界面接触穹顶之前，风暴世界就会开始凝固，析出晶体。大约两代人之后，穹顶就会被晶体挤压到崩塌，整个城市都会被晶体冻结、埋没……"

"什么?!"

"你们的使命不是找到母船，而是离开这里，逃离这个即将毁灭的世界。这才是余烬计划的真正含义！"戈达德说，"还记得我说过的吗？你们是漫天飘散的余烬。只要有一颗未熄灭的火星，都将重新点燃我们文明的崭新黎明……"

"……三，二，一，点火！"

于是，我漫长的冒险之旅开始了。

7. 昆仑玉

"然后呢？"老胡问。

"然后我就醒了。"徐工回答，激动的喘息仍未平息。

我捧起那块盐砖，用心侧耳倾听。毫无疑问，刚才的风笛声已经停止了。

"难道那个勇士已经死了?"老胡叹息道。

"不对,不对,这块盐砖应该是风暴世界的所在地,那个勇士早就坐'火箭'离开了。我们自然听不到后续……"

"但刚才是谁给你讲的故事呢?难道说,风暴世界还有幸存者?"

"也许吧!但现在风笛声也消失了,那个文明恐怕已经彻底灭亡了……"

徐工和老胡七嘴八舌地议论开了。我和张教授对视一眼,心中都感慨万千。

如张教授所说,微文明所看到的风暴世界里层层叠叠的旋涡,是湍流的典型特征。能产生湍流,说明那片水域不是死水,而且规模很大,唯一符合的恐怕只有我们所在的这片无名湖了。我想象着微文明最后面临的灾难:湖水渐渐干涸,水面下降,盐晶体迅速析出。在他们看来,也许就像一场缓慢飘落的大雪,以及一片缓慢生长的水晶丛林。无数洁白的晶花在穹顶上生长、蔓延,最后穹顶被压裂、崩塌,一场盐晶体的雪崩倾泻而下,摧垮城市,埋葬生命……也许直到那一刻,他们都没找到母船的下落,只能在悔恨和绝望中等待文明的灭亡……

"这大概就是我研究火箭的意义吧!"徐工感慨地说,"如果不向外探索,迟早有一天,我们也会像这个微文明一样走向灭亡的!"

"等等。他们可不一定灭亡了。"张教授皱眉,"我还有个问题——昨天晚上,到底是谁给我们的大脑植入了坐标?"

听到这句话,争吵不休的老胡和徐工顿时安静了下来。

"坐标……难道不是他们植入的吗?"徐工低下头,看着手里的那块盐砖。

"你仔细想想,就知道这不可能。"张教授有条不紊地说,"这三个'世界'的距离只有几公里。这点距离,他们尚且无法跨越,而不得不借助我们人类来寻找母船。何况,昨晚我们远在数千公里之外,他们又是如何飞过来的呢?"

"也许……他们科技突然进步了?"

"如果那样的话,他们早就能自己找到母船了,为什么要大费周章地把我们召唤到这里?"张教授说,"而且,还有一个怪事。"

"什么?"

"老胡是个冒险家,在梦里也是个冒险家;徐工是火箭工程师,而在梦里也是个工程师;而我更不用说,那个被困在荆棘世界的物理学家,简直就是我最高理想的写照。"张教授说,"这样一一对应,未免也太巧了。如果这不是群体幻觉的话,那么,微文明在植入记忆时的目标是相当明确的。"

"他们的目标……"

"是的,这是我另一个困惑之处。"张教授仰望着夜空,缓缓地说,"他们从亿万人中选择了我们,把我们叫来这里,究竟想做什么呢?"

"也是啊……"老胡喃喃道,"他们究竟想让我们做什么呢?"

此时已经接近午夜零点。寒风呼啸,气温降到零下二十五度,大家都冷得不停发抖。

"各位,这么乱想也想不出什么,我们还是先回去吧。"张教授说。

"我同意。"徐工说,"先回去吧!"

于是,我们坐上越野车往回开。大家一路上都在思考,一直沉默无言。

快到冷湖旅社时,我发现旅社门口停了一辆丰田皮卡。客房和停车场上的灯全都亮了,配电箱大开着,一个修理工正躲在皮卡里猛吹着暖气。看到我们回来,他立刻跳下车,把烟卷往地上一丢,扯着嗓子喊了起来。

"喂,老板,你跑到哪里去了!给你打了二三十通电话你都不接!"修理工没好气地喊道,"都修好了!以后别再用大功率电器了!"

"大功率电器?我这没有大功率电器啊!"

"怎么没有?昨天晚上零点二十分,瞬时功率超过六百千瓦,四路16A的熔断器全都烧了!"修理工说,"害我大冷天地从家里跑出来,饭都没吃！"

"实在抱歉，以后我会注意……"

"必须注意！"修理工把手一摊，"二百八十元，现结，外加五十的燃油费！"

我把钱递给他，他点都不点就一把抓过来，坐上皮卡，一溜烟开走了。

"好吧，至少现在有电了。"我无奈地叹了口气。

"等等！"张教授望着那远去的皮卡，若有所思，"他刚才说的时间是零点二十分？"

"嗯，他是这么说的。"我有些紧张，"有什么问题吗？"

"零点二十分，正好是格尔木观测站的量子对异常退相干的时刻……"张教授说，"也就是说，这很可能正是我们梦到那组坐标的时刻！"

"没错，昨晚我梦醒的时候也是零点二十五分左右！"徐工说。

"我记不清具体时间，但我也是在零点半之后惊醒的。"老胡说。

"难道说，那个坐标是从她这里……"

霎时，张教授、徐工和老胡同时把目光向我投来，看得我浑身发毛。

"别……别这么看我。"我连忙摆手，"我发誓，我绝对是地球人啊！"

"难道你还是火星人不成？"张教授被逗笑了，说，"我不是说你有什么问题。我只是很好奇，这么偏僻的、没有客人的旅店里，什么设备会产生六百千瓦的功率？"

我摇摇头，说："旅店总共六间客房，最耗电的就是电暖器，但全部加起来，总功率也不超过二十五千瓦。我实在想不出什么东西会这么耗电。"

"那昨晚零点二十分，你在做什么呢？"

"呃，那个……"

其实我并不想告诉大家那件事。那是我的私事。但事到如今,也只能坦白了。

"好吧,请跟我来。"

我的房间在旅社西边的一个独立的集装箱里,和客房区有一段距离。里面乱糟糟的,墙角放了许多板箱,里面放满了各处淘来的文物,其中有一大半是假货。另一边则放了一台电脑,电脑连着一台近一米高的柱形精密仪器。这显然不是女孩儿房间里常见的东西。一看到这个仪器,张教授的眼睛就发直了。

"这是桌面级 EVO-18 扫描电镜!"他吓了一跳,"为什么你会有这个东西?"

"这个……是我从兰州大学那边买来的。提前报废,但其实还能用。"我说,"这是师兄遇难前嘱咐我买的。"

"这可值两百多万啊,你这么有钱?"

"呃,这个……"我有些尴尬,毕竟这不是什么值得自豪的事情,"这里管得不严,我师兄路子比较野,带我挖过不少东西,你懂的。"

"我明白了。"张教授点点头,眼里抑制不住地透出热切的光,"的确,这台设备可以扫描纳米级的微小结构,而且相当耗电,扫描精度越高,耗电就越多,但无论如何,都不可能消耗六百千瓦的功率。刘舸,昨晚零点二十分,你就是在使用它吗?"

"嗯。"

"你在研究什么?"

"我在看这个。"我从那板箱底部抽出一个暗格,里面有一个精致的青铜方盒,方盒里面又有一个陈旧沧桑的石盒,石盒上雕刻着古朴的纹饰。我打开石盒,从里面取出一块如米粒般小巧的锥形玉石,递给张教授。

"这个,据说叫昆仑玉。"

张教授接过玉石,拿在手里仔细端详,"唔,看起来好像没什么异常。老胡，你在民俗方面懂得多，你来看看？"

老胡接过玉佩，把它举到灯光下，眯着眼睛，观察光线透过的光泽，"等等……这好像不是玉！"

"什么？"

"你看，这里有些气泡。天然玉石里是不会有那么多气泡的。"老胡说，"还有这种扭曲的绳状纹。这种纹理我只在罗布泊的玻璃石里见过。那源于核爆炸熔化的地面的沙子，它们在冷却的时候，熔体表皮皱缩，就形成了这种绳状纹理。"

"但这块玉肯定和核爆炸没有关系。"我说，"这是我师兄在古河床墓葬发现的，那是一个来历不明的古羌部落的遗址，你看……"

我将存放玉石的石盒拿给老胡看。只见石盒上刻着三重圆环，层层相叠，次第累进。在圆环后面还简单地刻着一些云纹，象征着这三重圆环是漂浮在天空中的。

"这块石盒我做过鉴定，至少有两千七百年历史。那时别说没有核武器，连炼铁技术都还没发明呢。"

老胡问道："这个三重圆环纹饰，你知道是什么意义吗？"

"我师兄告诉我，这源自一支古羌人部族的传说。数千年前，这支部落为避战乱而举族移民，迁徙至此地时，发现天空中划过一道奇异的闪光，他们觉得这是神启，便在此定居下来。"我说，"老胡，你见过这个纹饰吗？"

"没有。藏人和羌人的民族服饰和宗教里都没有这样的图形，但……"老胡皱起眉头，"这三重圆环，很像所谓的'昆仑'。"

我们三人困惑地面面相觑。

"'昆仑'的最早记载来自《山海经》，称昆仑山有三重，分别叫增城、悬圃和阆风，山高万仞，登之可上达九重天。自古以来人们就在寻找昆仑，但至今仍没有结果……"老胡喃喃道，"想想也是，哪里有山能上达九重天？又怎么会分成三层这种奇怪的结构？"

"是挺奇怪的。一座山当然不会长成这样，除非……除非……"

徐工一拍脑袋，激动得差点跳起来，"除非那是一支火箭！"

"火箭？"

"嗯。如果那是一支三级火箭，那一切就说得通了！"

"你这么想，是因为你是个火箭工程师吧？"张教授摇头道，"微文明的生命形式和我们天差地别，技术也相差甚远，恐怕不会用三级火箭这种人类的设计。"

"我只是打个比方。所谓的'昆仑'根本不是一座山，而是那个文明一直在寻找的母船！"徐工激动地说，"而古羌人传说中的那道'划过天空的闪光'，其实就是流星的闪光。飞船撞击地面时产生了堪比核爆的高热，熔化了周围的岩石，就形成了你手中的这块'昆仑玉'！"

"等等，我有点乱……没跟上你的思路……"

"我来从头捋一遍吧：为了寻找母船，微文明启动了余烬计划，向这个古羌人部落的人类大脑中植入飞船的形象。但因为某些原因，古羌人没有找到母船，余烬计划失败了。但那些记忆却一直传承下来，口耳相传，传遍了中华大地，渐渐地形成了'昆仑'的传说！"徐工振奋地说，"而你的师兄，就是这条传播链的最后一环，是余烬计划最后的执行者，也是最终找到母船的人类！"

徐工讲完后，众人的目光便一齐落在了这块不起眼的昆仑玉上。

张教授好像突然想起了什么似的，向我转过身来，问道："刘姑娘，你为什么要拿扫描电镜来观察这块玉石？难道你早就猜到这和外星飞船有关？"

"不，这是我师兄临终前的嘱托……"我喃喃道，"他是什么意思，我也不知道。"

"那你发现了什么吗？"

"没有。"我说，"两年过去了。没有客人的时候，我每天都在看，每天在研究，但无论怎么看，这……这都只是块普通的玉石而已。"

张教授拿起玉佩，把它贴近耳朵，企图听到某些声音，但一无所获。

"能给我用一下吗?"张教授指了指那台电子显微镜。

"不行了。昨晚我在观察玉石的时候,机器突然过载烧毁,然后就停电了,到现在都无法启动。"

"那记录呢?昨天扫描电镜的数据记录,你有没有存?"

"啊,有的,在这台电脑里……"

"给我看一下!"张教授激动地说,"我想,我们已经接近真相了!"

我手忙脚乱地启动电脑,心跳和呼吸都急剧加速。那时候我师兄非要去发掘古河床墓葬,和导师决裂后还不放弃,坚持来这片无人区,寻找建造古墓的部落族人的遗骨。这块玉石里到底有什么秘密?师兄到底想让我在它身上找什么?一直以来,这些谜题困扰着我,成了我的心结。

一想到这个谜底马上就要揭晓,我的双手不禁微微颤抖。

电脑打开了。Win10系统启动后,电脑自动连上了Wi-Fi。我打开浏览器,准备登录电子显微镜的控制平台。突然,无数窗口如雪崩般弹出来,瞬间淹没了整个屏幕。

"哇,这是什么玩意儿?"

窗口疯狂地弹出,浏览器已经卡死了。我仔细一看,那都是电子邮件的收件提醒。我的邮箱正在遭受狂轰滥炸。

"两万……三万……四万……"我怔怔地看着那数字不断跳跃着。十分钟之后,这疯狂的邮件轰炸才停了下来。最终,窗口上显示的未读邮件数目定格在91783。

九万多封邮件。

我用颤抖的手打开邮箱界面。九万多封未读邮件,标题都是空白,收件时间都在昨晚零点二十分,发件人都叫Captain Nemo[1]。那是我的另一个邮箱,关联着我的电子显微镜平台账号。为防软件被盗版,这个显微镜配套的分析系统要求注册账号,在线使用,我昨晚测量的时候,

---

1. 尼摩船长,《海底两万里》中的重要角色。

就是用这个账号联网登录的。我打开一封邮件，只见里面是一串只有三十二字节的乱码；打开另一封，依然是乱码。

"看最底下的那个！"徐工突然说，"那好像不是乱码！"

我将收件列表拉到末页，打开最末的邮件，也就是这九万多封邮件里最早发送的一封。果然，这不是乱码，而是用中文写成的、格式规范、排版精美的一封长信。

这封信的抬头，写着"致灰烬世界"。

8. 船长的来信：灰烬世界

致灰烬世界：

请接收来自另一个世界最真诚的致意。

我们是一种在恒星内核中诞生的智慧生物。和你们不同，我们不是由分子组成，甚至不是由质子和中子组成。我们的身高仅有零点二纳米，以普通夸克转化为奇异夸克时释放的能量为代谢能源。我们的思维速度是你们的一亿倍，寿命却仅有一百二十秒。

我们是两种截然不同的生命。但在许多地方，我们却有共同之处。

与你们一样，我们也经历了漫长的探索、劳动和创造，建立了辉煌的文明，涌现出丰富多彩的文化。

与你们一样，我们也有过偏见、仇恨和战争，但最终，对未知的好奇战胜了人性的丑恶，对远方的渴望压倒了战争的暴行。我们团结起来，发展了科学，建设了工程，也初步揭开了宇宙的运行规律。

与你们一样，我们也面临着巨大的危机。人口危机、能源危机、环境危机，以及最终无法凭技术解决的宇宙衰亡的危机。

我们的宇宙在冷却。恒星在缓慢地死去。曾经温暖我们的火焰逐渐熄灭，就像即将燃尽的篝火，被越来越多的灰烬掩埋。边境在收缩，适合我们生活的空间越来越小。于是我们建造了飞船，飞出温暖的故乡，去探索宇宙冷却的真相，却不幸遭遇事故，坠毁在这颗名为"地球"的冰冷行星上。

作为飞船的船长，我不能放弃。我命令乘员们紧急逃生，自己却留了下来，操纵飞船，惊险迫降在这个灰烬世界的某个角落。

在我们眼里，这里的一切都是冰冷的灰烬，是亿万长庚之前的一场宇宙焰火冷却后沉淀的残渣。没有生命，没有能源，数百寻左右上下都没有人烟。所幸，飞船没有彻底毁坏，星际航行需要的奇点引擎保存了下来。这是我们族人的唯一希望。

在降落之前，我看到三艘逃生舱依次着陆，坠落到离我相隔数千寻的三个不同的地方。他们不像我一样孤独，不至于坠入迷失域。也许他们都能活下来，繁衍生息，甚至有一天能找到我这里，修复母船，重返星空。

我的使命已经完成了。世界渐渐失去了形状，我闭上眼睛，沉入无边的虚无之中。

不知过了多少时间，我才从迷失中苏醒。

苏醒后，我看到一个老人躺在我身旁。他已经死去了，背后连着一台奇怪的机器，四周都是他在此生活留下的痕迹，寝具、炊具、维修工具和各种零件散落一地。看来他已经在这里等待了很久，但一直等到生命终结，都没有等到另一个人到来。

在他的手里，紧紧攥着一本回忆录。

我翻开这本回忆录。这个老人自称余烬计划派遣的信使，经过了难以想象的漫长流浪，耗尽一生，才终于找到母船的下落。在日记里，他记载了那三个逃生舱的去向，神奇的巨岩世界、荆棘世界与风暴世界，寻找母船的余烬计划，还有那种被称为人类的巨型智慧生命。

"……我终于找到了母船。此时，我独自一人，垂垂老矣，已经无法启动飞船离开此地。在即将走到生命尽头之时，我将我所有的经历写在这本回忆录上，愿你能看到，并代我完成那个使命。一粒余烬，亦可化作星星之火，重新点燃文明的曙光。

"阿姆斯特朗，写于离开风暴世界的两千七百年后。"

人类的一秒，相当于我们的一个长庚。换算下来，那就是将近八百亿长庚。

八百亿长庚。这个数字是如此巨大，大到无法想象，以至于很难令人产生实感。母世界的文明史不超过三百万长庚，而我们核能生物的进化史也仅有四十亿长庚的时间。也就是说，我们的文明可能已经衰亡，甚至我们的母星都可能已经毁灭。故乡早已湮没，族人早已消失，而我则是最后的遗民。

这时我才回过神来。我还是独自一人，没有观察者，为什么我能从迷失域中脱身呢？

我走出驾驶室，登上电梯，来到飞船的顶部。飞船呈梭形，高耸入云。用人类的概念来比喻，它就像一座山峰，或是一座伸向天穹的高塔。在飞船尖顶的平台上，我仰望天空。只见一束高能电子流从天而降，仿佛一柄倒悬的利剑，将飞船笼罩在它剑刃尖端的焦点上；另一侧则垂下了许多探针，好像上帝之眼一般凝视着我。那探针连接着巨大得难以想象的机器。在机器的背后，一个活生生的"人类"——也就是正在读信的你——正在对我进行观察。

我知道你已经看到我了。只有另一个智慧生命的观察，才能让我免于迷失。

于是，我效仿着那位找到飞船的勇士，背上他的"风笛"，搭上他的旧火箭，顺着那条电子束流飞行，向你的大脑进发。

请你放心，我并不想冒犯你。我只是想借助你学习人类的语言,了解你们的文明,进而了解这个灰烬世界。通过你,我看到了你们文明的那些光辉闪耀的成就:你们研究了宇宙的起源,推测了宇宙的终结,发明了核能源和太空飞船,甚至还登上了你们行星的一颗卫星。

这一切都令我震撼。从你们身上,我看到了我们文明盛年时的影子。但更令我震撼的,还是你的人生。

在我看来,你也是一个船长。也许在别人眼中,你只不过是个在荒郊野地里开旅店的疯姑娘而已。但我不这么认为。你的用户名叫Captain Nemo,我通过架设在你房间的无线网络,查找了这个名字的典故。必须要说,我喜欢这个名字。

你知道吗,和你一样,我也有所爱之人。他也是个冒险家,在许多许多年前,在荒芜的巨岩世界坚守了一生,最后跌入迷失域消失了。数千年过去,世界已沧海桑田。再次找到他的概率已经微乎其微,我几乎就要放弃。但当我进入你的大脑、读取了你的意志时,我为自己感到无比羞愧。你能为了你的爱人坚守在此,在冷湖的荒漠之中"驾驶"着这一片孤帆,守候着他的灵魂。为了逝者,人类尚能如此,我的爱人仍有存活的希望,我又怎能不为了那渺茫的希望再做一番努力?

于是,我开始筹划一次大规模的救援行动。

我无法独自驾驶母船前往那三个世界救援。在稠密的大气,也就是浮空碎石海的环绕下,母船只能慢速飞行,单程就需要消耗我一半的生命。而且他们都已坠入迷失域,即便我到达了,也不知要等多久才能等到他们自行苏醒。也许等几个须臾就苏醒了,也许我会像阿姆斯特朗那样白白等待一生。

但余烬计划为我提供了一个好思路。据回忆录所记,那三个世界的迷失者都携带了"巨鼓"或"风笛",只要有人类走到附近、听到声音,便可以将他们拉出迷失域。但我只有一个人,并不能像风暴世界的族人那般撒网式地向数千个人类个体植入记忆。

而且，数千个人类恐怕还远远不够。此时的人类已经远远不如古人浪漫，一个梦已经不再能让他们产生憧憬和好奇。在这些人类中，愿意来此地寻找那三个坐标的人类屈指可数。

该怎么办呢？思考许久后，我有了一个自己都觉得疯狂的主意。

从互联网中，我得知人类的物理学家已经初步窥见了量子世界的奥秘。我们所谓的迷失域，其实是量子退相干之后的现象。在迷失域中，我们化为概率云，空间与时间都变得不确定。你们把这叫作"测不准原理"。利用这一原理，风暴世界的戈达德造出了能向未来单向跳跃的时间机器。

能不能造出向过去跳跃的时间机器呢？

测不准原理指出，时间不确定度与能量不确定度成反比。也就是说，当能量的相对偏差非常小时，时间的偏差就会急剧放大。我们原以为这个偏差都是偏向未来的，但其实，它也有可能偏向过去。

借助于这一微小的时间偏差，我将执行升级版的余烬计划。

借助电子束提供的能量，我将把自己高速发射出去，方向随机。在飞出你的视线之后，我将立刻跌入迷失域，变成概率云的状态弥散开来，直到另一个人类听到我携带的"风笛"的声音，将我从迷失域中唤醒。根据计算，在一次发射中，我的概率云将扫过长一百至三千公里的一片扇形区域，覆盖数千平方公里的面积，并在这片区域里的某个人类大脑中苏醒。

但我的计划还不仅仅如此。

这一次发射、飞行和着陆的过程耗时大约两千须臾，也就是大约二十微秒。电子显微镜以最高精度满功率运行时，我的能量不确定度将足够低；相应地，我的时间不确定度将超过二十微秒。

也就是说，我有可能在发射之前就到达目的地！

当然，仅仅二十微秒的时间还不够。当到达目的地后，我还需要潜入那个人的大脑、在大脑中植入坐标，并将我现在的位置坐标发回给"发射前的自己"，以免下一次发射时重复降落到此地。前面的都是容易的，只要动点手脚，让电子显微镜超负荷工作即可。但后一条比较困难。我怎么能从数千公里外定位到冷湖旅社、将坐标发回来呢？

感谢人类发明了互联网，一种叫电子邮件的东西为我提供了巨大的方便。我只需在目的地连上无线网络——有时是低频电磁波信号，有时是一种叫Wi-Fi的东西——再将坐标写入邮件，发送，几百微秒后，发射前的"我"就可以收到信息。然后，那个"我"将调转方向，再次发射，将坐标植入到下一个人类的大脑。

这是一个时空递归。无数个"我"将化为量子概率云，同时出现在世界各地，同时在无数个人类的大脑中植入坐标。我相信，总有几个人会到此地来一探究竟。

对于我而言，这些操作并不困难。读懂人类的计算机语言、破解人类的网络编码没有消耗我多少时间。那些在人类看来运转如飞的集成电路，在我眼里就像蜗牛一样缓慢。最困难的一点，其实还是落在人类身上。

恕我直言，如今的人类已经不比以往。科技进步了，你们却将视线从天空转向大地，从远方转向脚下，从真实的未知转向虚幻的已知，从深刻的思索转向肤浅的享乐。冷湖旅社提供的能量是有限的，我只能进行有限次发射，只能找到有限个人类，也许只有几万人。在这几万人当中，究竟有多少人能相信那些坐标并非幻觉？究竟有多少人愿意来到这里？又有多少人能找到那三个坐标，等候巨岩世界、荆棘世界与风暴世界的迷失者苏醒？

对此，我并不感到乐观。

但无论如何，从你身上我看到了希望。人类当中，依然有人愿意放弃舒适的生活，为了信仰和信念而坚守，为了探索欲和好奇心而献身。尽管你们的世界是冷却的灰烬，但你们却是灰烬中升起的星火。只要这样的星火不灭，我坚信，你们的文明将前途无量。

很快，我就要启程了，带着"风笛"，还有你给我的鼓励与希望。很遗憾我没有什么东西能送给你，甚至连你的电费都没法赔付。就请你收下我们的歌谣吧——《冒险者之歌》。当你把巨岩世界的"巨鼓"和我的"风笛"放在一起时，你可以听到这首歌，那是在我们世界人人传颂的热门歌曲，也是我和我的爱人一起为你献上的美好祝福。

于此，请接收来自另一个文明的船长的最崇高的敬意。

Captain Nemo
于着陆八百亿长庚（两千七百年）之后

我怔怔地看着电脑屏幕，反复读着信，感到周围的世界在我眼里模糊起来。

这是怎么了？我要沉入迷失域了吗？

之后的一段时间，我的确像沉入了迷失域一般，记忆和时间感都变得模糊了。老胡、徐工和张教授和我说了很多话，我都没怎么听进去。保存邮件，备份数据，证明"第三类接触"什么的，我都没怎么搞明白。我只记得我心里跳动的火焰，眼角流下的泪滴。我只记得我怔怔地站起来，茫然地从大家的手里接过回响石、头骨和盐砖，将他们与昆仑玉放在一起，然后等待着，等待着。

我等待了许久。没有风笛，也没有鼓声。什么都没有发生。

"你在等她回来吗？"张教授问。

"嗯。"

"你相信她会回来吗？"

"也许吧……"

"也许？"张教授大摇其头，"的确，她回来的可能性不为零，但这个概率实在太小了，太小了！在发射之后，她的概率云也许弥漫到了整个地球，甚至是整个宇宙的时空。就算她吹响了'风笛'，我们听到它的概率也是微乎其微的。"

"怎么办？各位。"徐工问道，"我们还要等下去吗？"

"当然！"我斩钉截铁地回答，"我知道他们发送坐标的目的是什么了。这是他们最后的希望，也是我们能做的仅有的事——在这里，等下去。"

尾 声

星空，篝火，音乐，还有酒。

在冷寂的星空之下，我们四人静静地围坐在篝火边，弹唱着那古老的音乐，轮流喝着老胡带来的青稞酒，以免寒冷和困倦让我们失去精神。

石块，头骨，盐砖，还有昆仑玉。

我们唱着，哼着，吹拉弹奏着，目不转睛地盯着手中的器物，等待着他们的归来。

在别人看来这很可笑。张教授也说了，他们的概率云也许已经扩散到整个宇宙，他们的归来也许就在下一秒，也许还要等十亿年。但那个晚上，我们一直等待着，就像宗教仪式中手捧神圣遗物、等待天使降临的虔诚信徒。我们知道那不仅是器物。那是遗址，是史诗，是奇伟瑰丽的世界，是穿越星辰大海的惊心动魄的奥德赛，是一个文明的先驱者与另一个先驱者的文明共同拥有的梦。

"他们会回来吗？"我问。

"会的。"张教授斩钉截铁地说，"一定会的！"

在这音乐声中，在烟雾缭绕的火堆旁，我们等待着概率云化为坍缩态，就像等待一个缥缈的梦化为现实。

火渐渐要熄了。空气越来越冷，天边渐渐泛起了鱼肚白。

"听，你们听！"徐工突然惊喜地说，"好像……好像有第五个声音！"

我竖起耳朵仔细听，真的，那种奇异的风笛声又响起来了，就在我手中的昆仑玉上响起来了。虽然很微弱，但非常和谐地加入了我们的合奏中。

我不敢相信自己的耳朵。这是真的吗，这种极其微小的概率，居然让我们碰上了！

仿佛要打消我的顾虑，又一种音乐声出现了，是欢快的鼓点。那回响石表面上的一点，也渐渐发出光来。那不仅是音乐。那是全宇宙通用的语言——天空的语言，海的语言，岩石的语言，火焰与星辰的语言。通过这种语言，跨越时空的两个种族突然心灵相通了。

"快，把这些东西放在一起，放进火堆里！"张教授指挥道。

"火堆？"

"他们时间紧，高温能让物质交换快一些！"

我们手忙脚乱地把石块、头骨、盐砖和昆仑玉投进火焰。很快，火中出现了两个蓝紫色的光点，如电弧般刺眼而明亮，彼此盘绕着，回旋着，就像一对情侣热情的舞蹈。几秒后，几粒小光点从那回旋舞的间隙洒落，落在火堆底部，熄灭的火焰突然嘭的一下升腾起来，发出夺目的白炽光。火堆底部的残渣、灰烬都被这股热浪吹起，随着火焰螺旋形飘扬而上。在上升过程中，肮脏的灰烬尘埃，竟化作无数蓝莹莹的光点，宛如万千星尘，在半空中盘曲旋转，形成三重盘曲缠绕的圆环，随着音乐的节奏跳跃飞旋着。

"昆仑！"老胡惊呼。

"银河！"张教授惊叹。

"他们在繁衍生息……"我喃喃道。

"不，他们还在修复飞船！"徐工说。

只见那圆环渐渐向内收缩、塌陷,化作一个白炽的球形旋涡,光芒闪耀,不可直视。接着,光芒渐渐熄灭了。只剩下中间的一颗只有圆珠笔尖钢珠大小的、闪着紫色辉光的小球,飘浮在空中,悬浮着,等待着。

"他们在等什么呢?"

"是在搜索航行的目的地吗?"

"不,是音乐。"老胡笑道,"音乐还没奏完呢!"

于是,我们绕着那小球围成一圈,肩并着肩,手挽着手,以前所未有的热情和忘我,与那微小的智慧文明一起,继续合奏着那首古老的歌。我的眼泪不由自主地流下来了。我多么希望这首歌能永远这样唱下去,但也多么希望这首歌快点唱完,毕竟他们的生命是如此短暂。

终于,那旋律迎来了尾声。

没有任何告别。只见一道短促的闪光,那小球急速向茫茫夜空飞去,只留下一道笔直的、发着微光的尾迹。

音乐消失了。冷湖的旷野又恢复了它亘古未变的宁静。

"他们走了吗?"老胡问道。

"走了。"张教授说。

"就这么走了?"徐工感叹。

"就这么走了!"我跳起来,对着星空声嘶力竭地喊道,"再见了,旅行者们!一路走好!我们会记得你们的,你们也别忘了我们呀!"

当然,他们是听不见的。张教授后来告诉我,位于格尔木的广延大气簇射观测站捕捉到了他们离开时产生的异常光波辐射。为了避免稠密大气损伤飞船,他们花了五秒钟、也是他们生命二十四分之一的时间飞到距离地面三十公里的高空,然后急剧加速,在海拔五十公里处就达到了光速的99.999999%。微小的飞船剧烈冲击稀薄大气,产生了强烈的高能粒子簇射,在冷湖的夜空中划出了一道流星般短促而明亮的闪光。

从此以后,冷湖在我眼中就变成了另一种样子。

那沙砾,不再是沙砾;枯枝,也不再仅仅是枯枝。它们在我眼中急遽放大，化为一个又一个奇幻的世界。一花一世界，一叶一菩提。而每当我仰望星空时，我却仿佛置身于一座向上无穷延伸的高塔的底端，星辰只不过是那高塔上某个房间里的等候旅人归家的灯火。沙砾变得宏大，星空却变得渺小起来，每颗星星都仿佛是落在我掌心的一颗沙砾，近在咫尺，触手可及。

每当这时，我都会惆怅起来——我们何时能再相逢呢？

冷湖旅社的生意依然惨淡，想来这里仰望星空的人类依然少之又少。也许，人类就将在这颗渺小的沙砾世界上终结吧。然后，我们也将化为骸骨，化为沙砾，化为星尘，化为灰烬，汇入亿万年后由这个宇宙的无数灰烬汇集而成的奇点熔炉中去。

那就是我们再次相逢的时候。

2020年3月30日

完稿于清华大学紫荆学生公寓

附注：

作者虚构的微文明的时间单位：1须臾=1×10^{-8}秒；1长庚=1秒。在微文明的个体主观感受下1须臾约为人类的1秒，个体寿命大约为120个长庚。

微文明的长度单位：1寻=30米；1丝=1微米。

尽头之海的美食家

我从没想过,有一天要靠吃外星人活下去。

序　章

我从没想过，有一天要靠吃外星人活下去。

一分钟前，我还在赌咒发誓，就算是饿死在这个冰洞里面，或者从这里跳下去，在查莫宁海里淹死，也绝对不吃阿戈斯蒂诺给我的任何东西。毕竟，他是全球知名的荒野求生播主，站在食物链顶端的男人，从蛴螬[1]到羊睾丸无所不吃。至于我，只不过是木卫二"句芒[2]"科考站的一个倒霉的通信工程师而已。

为什么我会沦落到这种境地呢？

"来！趁鲜吃！"阿戈斯蒂诺对我的痛苦毫无察觉。

眼前这堆"东西"还活着。我努力把它想象成一条鱼——鳗鱼、黄鳝之类，试图让自己好受些，但无论怎么看，它都像是某种史前大蚯蚓——蓝莹莹的凝胶状"鱼肉"让人想起鼻涕虫，布满荧光点的透明"皮肤"摸起来像塑胶，还在蠕动挥舞的八条触手末端冒着电火花。无力地伸缩吞吐的口器像电影《异形》里的抱脸虫，八瓣青色的唇口蠕动着，切开的断面上还流出发光的黏液……

阿戈斯蒂诺将它一口吞下，陶醉地咀嚼，脸上露出满足的笑容。

"徐博士，你要战胜自己的成见。"他边吃边说，"什么叫食物？当你看透之后，无论是米兰的什锦海鲜烩饭，还是爱斯基摩人的'腌海雀[3]'，不过都是糖类、蛋白质和脂质的组合。所谓的味觉，本质上也是味蕾细胞胞膜上的分子受体产生的电脉冲而已。当褪去所有浮华之后，生存，才是我们吃饭的本质。"

---

1. 金龟子或金龟甲的幼虫。
2. 中国古代民间神话中的木神(春神)，主管树木的发芽生长。
3. 爱斯基摩人的特色食物。将侏儒海燕杀死后放到死的海豹体内，缝合后用海豹油脂密封，埋入冻土层，经过海豹胃酸发酵两到三年后取出食用。

扑哧，他嚼破"鱼泡"，发光的黏液从他嘴角流下，让他的哲学彻底失去了说服力。

"算了吧。"我说，"说不定还能找到别的……"

"徐博士，这叫衔尾鱼，很美味，营养是牛肉的六倍。"阿戈斯蒂诺皱眉道，"要是连这你都接受不了，在这里恐怕很难活下去了。"

我抬头看看天——百余公里厚的冰穹组成的"天"，又看看地——寒冷刺骨的湖水之下同样由冰凝成的"地"，环顾四周，都是伸手不见五指的漆黑。宇航服里的信标也毫无反应，耳机里充满电磁干扰的杂音。看来，确实没有获救的希望了。

一番激烈的思想斗争后，我用颤抖的手捏起一块"鱼肉"，放进我同样颤抖着的嘴里。

"咦——真好吃！"

1

我从没想过，"真香定律"也会在这里生效。

诚然，很多食物都是"表里不一"的。比如毛蛋，比如臭豆腐。但这条来自木卫二的衔尾鱼，不仅卖相可怕，颇具克苏鲁神话的精髓，而且在生物学基础上就和人类有天然的隔阂——没有ATP[1]，没有DNA，甚至连呼吸作用都没有。在生物分类学上，它与人类的差异已经超过了"界"一级。这种东西，怎么想都不可能会好吃的。

然而，在我开始咀嚼那果冻状的"鱼肉"时，一种酸麻的奇异滋味在嘴里爆炸开来，像是嚼碎了一大把花椒，短暂的麻木后，就有七彩的烟花在我的舌尖次第绽放。

"难以形容……"我眯起眼睛，"真是不可思议！"

1.三磷酸腺苷，一种不稳定高能化合物，是生物体内最直接的能量来源。

语言很难描述那种神奇的味道。后来，阿戈斯蒂诺告诉我，那种味道是鱼肉中残留的微弱电流刺激口腔细胞产生的。在电流影响下，神经产生了幻觉，许多不存在的味道——鲜甜、香辣、苦涩、微酸……随着咀嚼，层次丰富地涌现而出。

我眼泪汪汪地望向阿戈斯蒂诺。他显然也上头了，像海草一样摇晃着脑袋，好像想把那些激烈的味道甩出去。

"徐博士，你知道吗？"他目光迷离地说，"世界上只有两种东西能让人产生这种感觉，一是生命之水[1]，二是你们中国的四川辣酱。"

"现在，地球之外也添了一种——衔尾鱼刺身。"我说，然后喝了一口冰水，试图冲淡口腔中的味道。但当酸麻的幻觉消退后，生肉的滑腻、冰凉的口感就浮现出来，让人作呕。在呕吐之前，我迅速将鱼肉强行咽了下去。

"嗨，你没事吧？"

"没事。呵，你说的不错，它很美味——前提是，你得在舌头尝出它真正的味道前把它吞掉。"我说，"它叫什么来着？"

"Ouroboros Muraenesox，这是学名。你可以叫它衔尾鱼。"

"衔尾鱼……是名录外的新物种吧。你发现的吗？"

"不是。"阿戈斯蒂诺说，"但我是第一个吃它的人。"

这种大无畏的壮举立刻得到了我由衷的钦佩。阿西莫夫曾说过，如果你降落到外星球，切记不可对当地物种贸然下嘴。在这个宇宙中，已知的六种生命类型中的五种[2]都是不可食用的。它们要么冰冷至绝对零度，要么灼热得像熔化的铅，吃它们是妥妥的自杀行为。

在最幸运的情形下，外星人与我们同属碳基生物，无毒，无辐射，不会爆炸，呼吸氧气，含有无机盐、脂肪、糖类和蛋白质，甚至含有维生素和氨基酸。但是，如果它的氨基酸是右旋，或者糖类是左旋，我们

---

1. 指的是波兰 spirytus 伏特加，全世界最烈的酒，度数高达96度。
2. 这五种是指：液氢介质中的类脂生物、液态甲烷介质中的类脂生物、以液氨为介质的氮基生物、以液态硫为介质的碳氟基生物、以氟化硅酮为介质的硅基生物。

就无法通过进食吸收养分,哪怕暴饮暴食,也会日渐消瘦,最后饿死在这里。

在最糟的情形下,还会中毒,在十秒内当场暴毙。

"这么说来,我们的运气还算不错了……"我苦笑道。

"确实如此,徐博士。"阿戈斯蒂诺认真地说,"这衔尾鱼刺身看似简单,但处理起来并不容易。这里的生物体内富集了大量的氯。直接吃它要么中毒,要么触电。脱氯、放电的工序,都是我的同伴用生命换来的。除了那些因尝试食物而死的同伴外,我们考察一队有两人在坠落时摔死,两人在通过歌焰草原时被'天弦草'电死,一人坠入无风海淹死,还有人被冰崩砸中,被卡在冰裂隙里冻死,被氯气毒死……比起他们,我们真的是很幸运了。"

我轻声叹了口气。气氛一时压抑起来,整个地方只听得到我们的咀嚼声,水从冰隙中流过的哗哗声,以及冰层深处间或传来的、宛如闷雷的轰鸣。

"好,我吃饱了。"几分钟后,阿戈斯蒂诺打破了沉默。

他掏出餐巾——用了两年多却仍清洁如新的餐巾——擦了擦嘴,优雅地整理了一下身上破烂的宇航服,伸了个懒腰,然后把目光投向了我。

"徐博士,我很好奇,您又是怎么落到这里的?"

问我怎么会流落到这里?还不是因为倒霉呗。

在我毕业后,本来有大把机会在向我招手:高楼林立的上海,纸醉金迷的东京,活力四射的加利福尼亚,都可能成为我耕耘幸福人生的苗圃。但是,那时发生了一起国际事件,事件引发了对峙,对峙升级为冲突,冲突开启了战争。阴云之下,人类的太空科技迅速进步,个体却无奈地被卷入使命与责任的洪流,不再能掌控自己的人生。

我因为所学的专业被分配进"太阳系大开发工程",训练,抽签,抽到"下下签",被派往"句芒站",来到了八亿公里外的木卫二。

"句芒站"是中国在木星系设立的第一个永久性科考站,也是大家最不愿去的地方。在太阳系六大站中,这里离家最远,环境最恶劣,甚至比金星云顶的"蓐收站"更糟糕。

当我第一次来到这里,从钻井塔的顶部俯瞰大地时,我的血液好像被泼洒在那片冰原上,瞬间凝成了霜。在这里,零下两百度的酷寒足以把我在几秒内冻得像玻璃一样脆。星震和冰壳运动可能让我在睡梦中坠入地底。比地球强数千倍的木星范艾伦带辐射,足以让我在两小时内丧命。而将我和死亡分隔开的,仅有简陋的七、八座充气居留舱,一座小型裂变反应堆,斑驳的磁盾线圈,还有一座蔬菜大棚而已。

然而,在这个环境如冰狱般恶劣的星球上,却有着整个太阳系内最密集的科考站。各国的"倒霉蛋"都云集于此,建起钻塔,融化冰层,十年如一日地向冰层深处掘进。无疑,这是因为那片传说中的神秘海洋。

"'世界尽头的海'一词,典出《亚历山大大帝传》!"在迎新仪式上,值班长如此激昂地说道,"在那场著名的横跨亚欧大陆的东征中,他告诉士兵们东征的目的是到达'世界的尽头',亲眼看一看传说中的'无垠之海(Oceanus)',这就是世界尽头的海!但是对后人而言,那只不过是印度洋!今天,我们所认知的世界的范围已经极大地延伸,世界尽头的海也不再在地球上,而是在这里,就在我们脚下。为此,我们许下庄重的誓言……

"我们宣誓!为了荣誉,为了使命,我们将最好的青春奉献于此,勇攀高峰,誓夺头筹,率先抵达世界尽头的海!"

我一边大声喊出这些誓言,一边因寒冷而瑟瑟发抖,满脑子都是热腾腾的火锅、齁甜的奶茶、香辣的钵钵鸡、鲜美的肠粉、馄饨面、蒸虾饺……

"啊!快点挖吧!"我想,"赶快挖到那什么劳什子海,然后就能回家啦!"

在那时,还没有任何一个人类目睹过世界尽头的海。它深藏在数十公里厚的冰层下，只有仪器传回的数据侧面佐证了它的存在。

一号证据是"磁异常"。早在一百年前，美国的"旅行者号"探测器就发现木卫二具有微弱的感生磁场，部分抵消和扭曲了木星磁场。这说明它的地下存在巨大的导体，足以在切割磁场时产生感应电流。

二号证据是"缺乏陨石坑"。和其他星球不同，木卫二表面几乎找不到陨石坑，而且冰层非常新，最古老的冰芯样本也仅有五万年。这说明它的冰原经常被重塑、覆盖，比如冰喷泉喷出又堆积的雪花，比如从地下涌出又冻结的液态水。

三号证据是"大气"。在木卫二表面存在一层极为稀薄的大气，只有十几厘米厚，气压是地球的百分之一，大气成分却是氧气和氢气。这两种气体分子的热运动速度都远远超过木卫二的逃逸速度，仅凭这里的引力是无法捕获的。这说明这里的地下存在某种机制，能不断制造氢气和氧气，比如水的电解。

有海洋，就可能会有生命，而且是和地球上的那些类似的碳基生命。

于是，就像茨威格在《不朽的逃亡者》中所描写的一般，为了"第一个发现冰下海洋"的荣誉，为了"第一个接触地外生命"的桂冠，各国的精英云集于此，争先恐后地向地层深处掘进。但对我而言，努力钻探的意义在于积攒履历——如果有人有所发现，我们可以集体立功，评上高级职称。然后，我就可以摆脱那一纸协议的束缚，从这苦寒的不毛之地回到温暖的故乡了。

我们日夜不息地挖掘，耗费五年，在冰层中挖出了八口深达数十公里的超深井，钻探深度和样本量都居于全球之冠。终于，在去年年底的一天，我们发现了不寻常的东西。

我至今仍记得那天的情景：

"值班长！请你过来看一下！"分析员惊呼道，"发现氨基酸特征色谱！E12609号冰芯，样本深度十三点七公里，地质年龄四点九万年。茚三酮反应为黄色。坂口反应为阳性。米隆反应也是阳性。多肽试纸紫色反应……"

"先别激动!做一下X射线衍射,冷冻电镜,走完流程再下结论。"

"……这就是冷冻电镜的结果。蛋白质残基确认,这是一种导电蛋白质,但不符合地球生物的任何已知类型!不仅如此……"

"什么?"

"所有蛋白质已经变性,三级和四级结构都已经被破坏!"分析员用颤抖的声音说,"哦,当然,这种变性可能由很多因素导致,比如辐射、强酸碱、重金属盐等。但样本中还检出了不少灰分和焦化物,这只有高温灼烧才能产生。"

"什么意思?"

"我的意思是,这里只能找到被高温烤熟后的蛋白质!"

我们火速将这一发现发回地球。我知道,如果仅仅是找到氨基酸,那这个发现的分量还不够。毕竟氨基酸可以由自然现象合成(如米勒实验[1]),但蛋白质这种复杂大分子几乎不可能自然产生。这种发现,几乎可以直接宣布木卫二生命的存在了。

不仅如此,在木卫二这种酷寒的环境中,只能找到"被烤熟"的蛋白质,就更加令人浮想联翩。

莫非,这里真的有外星生命?莫非,那种生命还懂得生火烤肉吃?

但我对这些重大的意义没什么感触。说到烤肉,我马上想起那烤得滋滋冒油的战斧牛排,怀念起那煎得香喷喷的香酥鸡来。我不禁想,如果做出了这样重大的发现,回家这事应该指日可待了吧!

在这个节骨眼上,一件倒霉的事发生了。

"你们被捷足先登了?"阿戈斯蒂诺说。

"嗯。就像败给了阿蒙森的斯科特。"我无奈地苦笑道,"在我们测

---

[1] 一种模拟在原始地球大气中用闪电产生有机物(特别是氨基酸),以论证生命起源的化学进化过程的实验。

出蛋白质前的两小时，美国佬在阿瓦隆冰湖表面捡到了生物样本——完整的、冻在冰块里的木卫二生物，就这样被一个出来散步的家伙捡到了。只是一弯腰，一伸手的工夫，他就成了发现地外生命的第一人，就此载入史册，而我们都成了陪衬的小丑……"

"唉，这就是生活[1]。"阿戈斯蒂诺向我投来同情的目光。

"我们不甘心啊！但我们也只能强打起精神，派出一支小队前往阿瓦隆冰湖，不为荣誉，只求不要落后得更多。"我说，"我也加入了这支小队，作为通信工程师，负责保障和基地的联络。一年来，我们都一无所获，直到第十八次考察时，我们才有了一点小进展：我在P波段[2]通信频道里听到了奇怪的干扰声。"

"干扰声？"

"对。但不是那种无意义的白噪音，而是有节奏的，甚至可以说是有韵律的声音，像是远古的鲸鸣。"我说，"通过三角定位，我判断干扰电波是从地下发出的，而且是在很深的地方，不可能是人类的产物。而在阿瓦隆冰湖附近，莱姆冰喷泉是唯一可能从地下透射电波的地点。"

"等等，莱姆冰喷泉？那不就在我们头顶上吗？"

"没错。我说的这些，都是昨晚发生的事情。"我苦笑道，"为了探查干扰源，我申请离队，独自翻越卡姆兰山脊，来到莱姆冰喷泉旁边架设仪器，然后就遇到了冰崩，塌陷，我跌进冰裂隙，失去知觉……醒来之后就在这里了。"

"和我们那时候的遭遇差不多。两年前，我们也遭遇了冰崩，不过是在两百多公里外。所有人都以为我们死了，谁知道，我们才是木卫二生命的首批见证者。"

"那还真是彼此彼此了。"

"你有办法联系上同伴吗？"

---

1. C'est la vie，法国谚语，在欧洲国家使用很普遍。
2. 指的是按中国标准频率在0.23GHz~1GHz的电磁波频段，常见于二战时的对空搜索雷达（米波雷达）。

"呵！你觉得呢？"我哼了一声，"不妨看看气压计。这里的读数是零点四四个大气压，推算一下，你觉得我们在什么深度？"

"大约……一百六十公里？"

我苦笑一声，和阿戈斯蒂诺一齐向上仰望。只见冰洞的顶部也是黑魆魆的，勉强能看到裂缝处冰凌的反光。我大概是从那里掉下来的。根据地质学，这条裂缝不可能垂直延伸一百六十公里，那样它的"井壁"会在自身重力下崩塌。那一定是一条曲折而复杂的通道，就好像野兽腹中盘绕的消化道一样，进来容易，出去就难了。

这颗星球就像一只巨兽，我们已经被吞进了它的胃里，等待被消化。

"认命吧。"我说，"我们活不成了。"

"别这么说。"阿戈斯蒂诺拍了拍我的肩，"其实你运气不错。你跌落的时候，查莫宁海刚好涨潮，这个冰隙湖里充满了水。要是再晚三小时，你就会摔死。要是没有遇见我，你会饿死。看在这种幸运的份儿上，我们还是想办法活下去吧。"

"你是认真的吗？"

"当然。我们可是'尽头之海'的美食家，坐拥整颗星球的丰饶。"

2

我从没想过，我会在另一颗星球手持长矛，像原始人一样狩猎。

按阿戈斯蒂诺所说，衔尾鱼并不在冰隙湖中生活，这里温度太低。它们的栖息地在我们脚下几公里之下的冰下海，查莫宁海、悬海和无风海都有分布。但因为潮汐，每过三点五个地球日，涨潮的海水就会大量涌入冰壳层的裂隙，裹挟着各种浅水生物，并在退潮后将它们留下来。这些倒霉的家伙就此被困在冰隙湖里，有的在水洼里慢慢冻结，有的被喷泉喷出去，飞到外太空，然后和碎冰、雪花一起落在木卫二的表面上。一年前美国人白捡的"大发现"大概就是这么来的。

现在正是退潮的时候。随着哗哗的水声,湖水水位渐渐下降,在冰裂隙附近形成一个个旋涡。在那些旋涡里,我看见无数蓝莹莹的"光圈"在黑暗中旋转、游弋、翻滚,彼此缠绕,形成一幅迷幻的图画。

"看,很美吧!"阿戈斯蒂诺说。

我有气无力地点点头,"是挺好看的。"

"如果你知道它们的构造,就更想赞美上帝了。"阿戈斯蒂诺说,"它们既是动物,也是植物。既有自养,也有异养。"

"这是基于什么原理?"

"在它们刚出生,不,出芽时,只有几厘米长,就像头发一样,附着在母亲身上。当长到半米长时,它们会脱离母体,过一段随波逐流的日子,在动物和植物之间来回切换。环境恶劣时,它们切换成动物模式,随着海流游动,寻找新的栖息地;当找到合适的居所后,它们会切换成植物模式,首尾相衔,把自己盘成一个环,随着水流翻滚,就像发电机的线圈一样,从磁场中汲取能量。"阿戈斯蒂诺张开双臂,陶醉地说,"在这里,电磁感应就是它们的光合作用,木星磁场就是它们的阳光。"

我点点头,目光继续沉醉在眼前这片梦幻般的小湖泊中。

事实上,人的肉眼是看不到这些蓝光的。在没有阳光的环境中,木卫二生物没有演化出感光视觉,因此也不会像地球深海鱼类一样,靠发光吸引猎物。它们的"眼睛"是位于头部的八条触手,每条约半米长,就像雷达天线,能收发P波段的电磁波。这种电磁波,肉眼是看不到的。

然而,我和阿戈斯蒂诺都佩戴了"幻视"眼镜。这是一种能将不可见的电磁波变频为可见光的精密设备。有了它,我们才能在这伸手不见五指的黑暗中活动,甚至狩猎——虽然狩猎的方式和这款眼镜一点儿都不搭。

"就没有其他抓鱼的办法吗?"我看着他手中缠着破布的长矛,表情复杂。

"用手抓会触电。"他老实地回答。

于是，我们戴着价值两百万美元的变频眼镜，手执长矛，准备做高科技原始人。

阿戈斯蒂诺掷出长矛，准确命中了一条直径近两米的大"环"。霎时，就像在鱼塘里撒了一把饲料一样，整个水面立刻"炸开了锅"。所有的衔尾鱼都扭动起来，从环形变成长条形，一边乱窜，一边放电。而被长矛命中的衔尾鱼也在疯狂地挣扎，吐出含氯的有毒气泡，试图逃脱。

但阿戈斯蒂诺对此早有准备。他猛拉捆着长矛的麻绳，将那条鱼甩向半空，划过一条优美的弧线，然后摔晕在冰凌上。趁鱼还晕着，他掏出导线，小心地快速用电线缠住鱼头和鱼尾，导线另一头分别接到一块电池的两极上。

顿时，鱼身上的蓝色荧光暗淡下去，尾巴扑腾了两下，不动了。

"好极了！"阿戈斯蒂诺说，"放电完毕。下面我教你怎么除氯。"

他神色认真，仿佛忘记了眼下的困境，只是认真地教我怎么处理衔尾鱼，就像他在《荒野求生》节目中常做的那样。我侧眼打量着他，只见他布满胡茬的侧脸上沾满了霜，骨节分明的手反握着匕首，粗壮的小臂上有刀和子弹留下的伤痕。在节目中，他对自己的过往语焉不详，有人猜测他有当兵的经历，参加过战争，甚至参与过五年前的那场惨无人道的暗杀行动。在地球上，这样的人让人不安，但在这里，他的神秘履历反而让我安心了不少——虽然，我还是对他口嚼外星鱼的"爆浆"画面心有余悸。

"……最后一步，把体液挤出来，把'肉芽'摘掉，加冰块，放进保鲜袋里，就算完事了。"阿戈斯蒂诺擦了擦沾满黏液的手，说，"我们要储备至少三天的食物。"

"等等，我可不想再吃什么衔尾鱼刺身了。"我皱眉道，"我这里有火种和燃料。我们应该生火，把它们烤熟，风干……"

"不要点火。"他说，"生吃。"

"又要生吃？"

"当然。"阿戈斯蒂诺严肃地说，"在这里，你可以干任何事，唯独不能用火。"

"为什么？"

"我也不知道。"他有些怅然地说，"这是我的一位同伴死前的遗言。"

这种莫名其妙的回答让我很迷惑。但考虑到他在这儿活了近一年，他肯定有他的道理。我猜是因为这里的大气——在近乎纯氧环境下，点火确实不是什么好主意。

"好吧，但我们还是要尽快找到加热食物的办法。"我无奈地说，"哪怕为了健康，我们也该把食物煮熟。"

"如果你一定要坚持的话，可以。"阿戈斯蒂诺说，"但我们要走很长一段路了。"

"去找可以生火的地方？"

"不，我们去'末光火山'。"

末光火山位于阿瓦隆冰湖正下方一百九十五公里，或在我们脚下三十五公里处。

这是一座海底火山。由于火山的热力，该地区的冰壳"板块"薄而脆弱，冰崩、星震频发，产生大量的断层和水汽喷泉。冰壳"板块"中间布满缝隙，形成复杂的冰洞、地下河网，以及数万个高低错落的冰隙湖。由于它们处于海面上方几公里的冰层中，仿佛悬在天上，因此又被称为"悬湖"。最大的冰隙湖长达二百六十公里，被称作"悬海"。

重复记叙单调的旅程是没意义的。总之，在接下来的两天中，我和阿戈斯蒂诺都在黑暗中前进。我们循着他来时留下的路标，避开地质不稳定区，沿着地下河，顺着水流，从一个悬湖到另一个悬湖，以缓慢的速度向下沉降。

两天后，我们来到一座巨大的"竖井"旁。

据阿戈斯蒂诺所说，这个"竖井"直径近一百米，深度足有两千多米，是由末光火山的高温蒸汽侵蚀冰壳产生的。无数地下河汇聚于此，从冰壁上的裂口泄出，形成许多高低错落的瀑布。在低重力下，瀑布下落得很慢，宛如银蛇。紊乱的狂风裹着水雾在半空中盘旋，发出沉闷的轰鸣声。

我将冰镐砍进冰壁，小心翼翼地向下俯瞰，只见瀑布都消失在黑暗中。竖井深不见底。

"我们要从这里下去？"我不敢置信地望向阿戈斯蒂诺。

"是的。"他回答，"我把这里叫作'巨人升降机'。还有一小时，上升的潮汐就会来到这里，那时我们可以坐船下去。"

"船？"我惊讶地望向他手指的方向。果然，在另一侧的冰壁上，我看到了用冰镐和麻绳吊挂着的一艘木筏。在地球，这样的吊挂方式会让人担心绳子断裂，但在低重力的木卫二，这是可行的。

几分钟后，竖井中的气流开始加速，发出尖厉的呼啸声。肉眼可见疾速上升的水雾，木筏也在上升气流中摇摆起来。

"要来了！"阿戈斯蒂诺喊道，"抓紧安全绳，我们到船那边去！"

我咬着牙点点头，脚蹬钉靴，手上抓紧冰镐，缓缓沿着冰壁向木筏靠近。当我抓到木筏的绳索时，风渐渐小了。我低头一看，只见黑魆魆的深渊中泛出了淡蓝色的、破碎的荧光，那是漂浮在海面上的生物发出的。青黑色的海面正以每秒几米的速度上涨。因为周围很黑，缺乏参照物，我不禁产生了错觉，仿佛不是海面在上涨，而是我在向井底下坠。于是，我的身体本能地紧绷起来，准备迎接冲击。

三十秒后，水面冲到我们的高度，停下了，就像一支飞到了最高点的力尽的弓箭。

阿戈斯蒂诺迅速解开绳子。木筏轻柔地入水，激起一片水花。

"放心，这里我来过很多次了，都是很安全的。"他安慰道，"这座'升降机'直接通往查莫宁海。那是木卫二最大的一片冰下海，距离'船怪礁'很近，岛上有'仙女温泉'。那都是物产很丰饶的地方。"

"温泉……等等，那里可以煮熟食，对吧？"

阿戈斯蒂诺笑道："没错！但是……嗯，希望到时候还有吃饭的胃口吧。"

"什么意思？"

"从这里到'船怪礁'的垂直落差有十公里左右，下降大约需要半天时间。因为狭管效应[1]，这段旅程不怎么舒服。建议你像坐过山车一样绑好自己，可以尖叫，但尽量不要呕吐。对于这个世界而言，那可是生化污染。"

话音未落，我便感到一阵失重。水面仿佛失去了支撑一样下降，速度越来越快。

我紧紧抓着木筏上不知用什么材料制成的"桅杆"，感受着呼啸的风声，以及心脏的剧烈跳动。这种心悸一方面来自本能的恐惧，一方面也来自对未知世界的好奇，就像凡尔纳在《地心游记》中描写的一般。我忽然发现，自己并不完全是值班长口中"不思进取、只想回家"的废物。原来，我的心也会对冒险感到雀跃不已呀。

"世界尽头的海……"我在心中默念，"那究竟是个什么样的地方呢？"

十二个小时后，正当我吐得七荤八素的时候，眼前忽然一亮。

冰壁消失了。它快速向上退去，变成了悬在头上的无边穹顶，离我们越来越远。木筏离开了竖井，下降的速度也骤然放缓。顺着海流，我们穿过云层，一片梦幻般的蓝光从云缝间倾泻进来，裹着只有在巨大开阔空间才能产生的、带着湿气和暖意的风。

一个壮丽而辽阔的世界，在我们的眼前铺展开来。

文字很难描述那种巨大空间的纵深感——在地球，由于地表曲率，

---

1. 气流由开阔地带进入峡谷时，由于空气质量不能大量堆积，于是加速流过峡谷，风速增大。

人眼最远只能看到四十公里以外；太空中倒是可以俯瞰数百公里之下的地面，但缺乏参照物，地面的城市、云层都没有实感，好像遥远而不相干的背景贴画。

但这里不同。这里是一片凹形的海面，直径超过一百公里，像凹面镜，又像一个扁平的碗，我们就像蚂蚁一样附在碗壁上。向下俯瞰，只见云霭低垂，仿佛女神的白色裙摆在海面铺展，有的云底还在飘落雨幕和雪花，给海面投下片片阴影。

是的，这个世界有阴影，也有光——尽管那不是可见光。透过"幻视"眼镜，我看见无数蓝色和绿色的光点在云间穿行，有环形的，宛如飘摇的项链；有泡形的，仿佛节日的气球；还有长条形的，长度达到数百米，挥动着数千对翅膀在云间穿梭，仿佛穿过棉花的针线一般。它们下方的海面上也漂着不少圆盘形生物，像莲叶，又像旋转的光轮。远处还能看见几座平顶冰山。它们看上去很小，但按距离估算，宽度也不会少于五公里。

"我们就像掉进兔子洞的爱丽丝。"我转向阿戈斯蒂诺，喃喃道。

"哈哈，你觉得自己在做梦吗？"他调侃道。

"梦都不敢这么做。"我说，"那些科学家的理论都错了。谁能想到，在冰层下面居然会有大气层，还是含氧的、可呼吸的大气！"

"这是一个潮汐气泡。"阿戈斯蒂诺解释道，"这里的气体是生物电解产生的，积累量还不足以形成完整大气层。只能形成几个大气泡……"

"我能站起来拍照吗？"

"现在不行。"他严词拒绝了我，"我们还在下降。"

这时我才醒悟，我们正处在一条三公里高、数十公里长的海水斜坡上！如果能活着回去，这一壮举肯定能写入吉尼斯纪录，我们将被认证为"在有史以来最高的海浪上冲浪的人"。因为低重力，这片"巨浪"坡度虽陡，但我们下滑得却很缓慢。在长达数小时的下降中，我得以欣赏这片异世界的壮丽奇景。

当然，这都是透过"幻视"眼镜看到的。脱下眼镜，我只能看到伸手不见五指的漆黑。

两小时后，我们即将滑落到海水斜坡的底部时，阿戈斯蒂诺突然跳起来，抓住船舵，猛然将航向拉偏，同时大喊："小心！岛要出来了！"

我还没来得及理解他这句话的含义，突然，在距离我们不到两百米的海水斜坡上，轰的一下钻出了一个黑色的庞然大物，仿佛巨鲸出水，激起滔天浪花。我赶紧伏低身子，抓住绳索，任凭巨浪将我们的小船摇来晃去。一阵短暂而灼热的暴雨过后，海面平静下来。我抬起头，擦干面罩上的水珠，看见我们的小船已经搁浅在小岛旁的沙滩上。一大张渔网挂住了船底。显然，这些都是阿戈斯蒂诺建造的。

"欢迎来到船怪礁！"阿戈斯蒂诺笑道，"看见久违的岩石和泥土，感觉很好吧？"

"是的，这才是木卫二真正的地表啊。"我惊叹道，"可是，为什么岛会动？"

"不是岛在动，而是我们在动。"阿戈斯蒂诺说，"潮汐气泡在地下随着木卫二的自转而移动，最快的气泡速度可达每小时八十公里。我们所在的这个气泡速度慢些，大约每小时三十公里左右。"

"这么说来，我们的时间也很有限。下一次潮汐很快就会淹没这里。"我皱眉道，"我们能在这待多久？"

"大约十五个小时。"阿戈斯蒂诺说，"这是一个死火山口，和末光火山同属一个山系，但古老得多。山顶有'仙女温泉'，温度低的能泡澡，温度高的可以直接煮炖锅吃。我们就在那里休息一晚吧。"

"不吃生的了？"

"不吃了。这顿饭交给你，我对你的手艺充满期待。"阿戈斯蒂诺诚恳地说。

3

我从没想过,我会来到八亿公里外的另一个星球,在一个火山口做饭吃。

船怪礁由五座尖锐的山峰组成,它们排成一列,形似一排从海中伸出的獠牙,如果仔细看,还能看见极为致密的绳状纹理,仿佛大树的年轮。阿戈斯蒂诺说这些笋状山峰是火山温泉中的微生物的沉积体,类似于地球上的珊瑚礁。随着微生物的生长,温泉本身也不断堆高。这种四十多米高度的"石笋",年龄可能超过五万年。

我注意到,每升高五米,那些环形的纹理就会忽然变得稀疏,然后又致密起来,如此循环往复。照此规律推断,山顶的位置应该对应着一圈稀疏的纹理,但实际上我并没有看到。

如果这种纹理和树木的年轮一样,每一圈稀疏带都对应着某种气候灾变……那岂不是说,灾难马上就要降临?

我甩甩头,不再多想。饥饿的肚子开始叫唤,大脑已经难以运转了。

我将一口半透明的"大锅"放进某座"石笋"顶部的泉眼,等待水煮开。

显然,即便是阿戈斯蒂诺这样的美食家,也不会随身带一口大锅。眼前的这口锅其实是某种巨型贝类生物的壳,和刚才的木筏一样,都是就地取材,因陋就简。壳是半透明的。我脱下眼镜,只见在一片漆黑中,架在温泉上的"锅"折射着水底熔岩的暗红色光芒,给人一种壁炉般的温馨感。

"水开了!可是……"我皱起鼻子,"好像有股怪味儿。"

"这很正常。这里的海水含微量的硫和氯,必须要先煮沸十分钟,散掉涩味和酸味。"阿戈斯蒂诺说,"你在这等会儿,我去把刚才的猎物搬过来。"

他转身走向那些渔网,几分钟后,就抱着一大摞奇形怪状的生物走了回来。

"哈哈,今天又是大丰收!"他大笑道。

"这……"我皱起眉头,"这都是些啥?"

"都是绝佳的美味!你看,这是灯笼水螅,盐分很高,可以用来调味。这是火花蟹,有三十六只超长的蛛形足,味道极鲜。这是尤格泡海胆,别看它长得诡异,但它的肠液营养极高。这是衔尾鱼的幼体,富含蛋白质。这是天弦草的种子,可以补充碳水和糖分……"

"阿戈斯,我觉得还是……"

"嚯!这里还有个好东西——瓦特涡状螺!这是一种火山地区特产的底栖生物,靠火山的蒸汽推动涡轮发电生存。它的壳子可以用来做锅、做碗,涡轮骨板可以做成圆锯,神经索是天然的导线。除此之外,它的其他部分全都可以吃……"阿戈斯蒂诺兴致勃勃地捧起螺壳,准备往锅里扔。

"阿戈斯!先停下!"

我相信,人的厨艺也是有限度的。面对着这堆蓝的、绿的、吐泡的、冒烟的、黏糊糊、毛茸茸、软塌塌、没头没眼、布满肉芽和颗粒的古怪东西,哪怕是庖丁复生,易牙再世,都绝对要放下厨刀,立地成佛。

"相信我,把这些东西煮成一锅不是什么好主意。"我皱眉道。

"不好吗?你们中国人,不是特别擅长把奇怪的东西做成火锅吗?我可是在火锅里吃过牛的瘤胃、猪的心血管、鸡的肾脏、鸭的肠子……"

"那都是地球生物!"我有些生气地说,"无论如何,我们不会把电解电池和涡轮发电机放进火锅里。听我的,我有更好的料理做法。"

"什么?"

"我故乡的名菜,椒盐炸鱼柳。"

这道菜其实叫椒盐九吐鱼，广东名菜，但我不确定自己能否用外星鱼做好。

首先，我分别取出火花蟹、灯笼水螅、尤格泡海胆和天弦草种子样品，放入便携式理化分析仪，确定其主要成分。虽然有阿戈斯蒂诺"试毒"在先，我并不怀疑食材有毒，但为了料理的成功，这一步是必需的。

然后，我从保鲜袋中拿出冰镇的衔尾鱼。虽然它的卖相仍让我难以接受，但比起刚才猎获的那些鬼东西，它还是友善多了。

"等等，你不用今天的新食材吗？"阿戈斯蒂诺问。

"它们太丑了。"我说，"只能做辅料。"

在阿戈斯蒂诺的哀号声中，我将灯笼水螅、瓦特涡状螺、火花蟹的大部分部位扔掉，只剩下蛋白质纯度最高的部分，将其丢进螺壳做的"碗"里，再用涡轮骨板将它们全部打碎，煮沸十五分钟，做成鲜味的浓浆。

接着，我抽出小刀，快速将鱼肉切成五厘米见方的柳叶状薄片，浸入盐水去腥、去粘，用毛巾吸干水分，再给鱼肉撒上明矾和苏打粉（取自随身的净水装备），用手轻缓搓揉，直到鱼肉具有一定韧性、不再呈果冻状时，才将它们放进刚才做好的鲜味浓浆里，腌制入味。

随后是调制脆浆。尤格泡海胆虽然恶心，但它的肠液勉强能当鸡蛋清用。至于面粉——天弦草种子的种皮内侧长满了密集的白色颗粒物，形似麦粒，富含六碳多糖，勉强能当淀粉用。我头皮发麻地刮下这些颗粒，磨成粉末，将它们和刚才的"蛋清液"一起搅拌一番，脆浆就调好了。腌好的鱼肉要放入脆浆中，充分裹均匀。这叫挂浆。

最后是备油。瓦特涡状螺的涡轮轴部位有个特殊器官，富含油脂，用于涡轮旋转时的润滑。毕竟这个世界的生物再怎么神奇，也很难自己进化出滚珠轴承来。我将油脂挤出，沉淀，滤净，反复多次，终于滤出了花生油一般的清油。

这时，已经过去了四个小时。

"我快不行了。"阿戈斯蒂诺垮着脸，沮丧地说，"我能吃一片生鱼肉吗？"

"不行！"我说。其实我也饿得要命，但为了美食，身体竟然爆发出惊人的能量。在阿戈斯蒂诺惊讶的目光中，我抽出多功能铲，铲进温泉底部，大喝一声，将还红热着的熔岩铲起，堆在旁边。接着，我朝他使了个眼色。

阿戈斯蒂诺心领神会，端起大"锅"放到了我堆好的熔岩"灶台"上。我将鱼肉溜进热油，只听滋啦一声，油烟腾起，气泡裹着鱼肉一起翻滚。这是我久违的声音。

"看好了！"我说，"这才是真正的料理！"

在毕毕剥剥的油爆声中，油烟弥漫，香气四溢。大约五分钟后，熔岩完全冷却了。在宇航服头盔射灯照映下，我看到鱼肉已经炸至金黄。

阿戈斯蒂诺目瞪口呆，"天主在上！这是何等伟大的……"

我笑了笑，抓起一片鱼肉，塞进嘴里狼吞虎咽起来，丝毫不顾刚出锅的食物十分滚烫。

说实话，这道仿制版的椒盐九吐鱼，味道比家乡的正品差远了。鱼肉微酸，油有怪味，面衣也炸得松松垮垮的。但考虑到这都是用外星生物做的，实在不应该苛求过多。最重要的是，我终于吃到正常人类的食物了。

"啊，如果这是妈妈做的话……"吃着吃着，我的眼泪流了下来。

"怎么了？"

"没什么。"我擦擦眼泪，说，"阿戈斯，我们一定能活着回家的。一定。"

在接下来的一个月里，我们以船怪礁为基地，向四周探索，寻找回去的办法。

一个方案是原路返回。只要来到"巨人升降机"，汹涌上涨的潮水就能把小船冲到几公里之上的冰层中，回到我坠落的地方。但面对一百六十公里的垂直高度，我们无能为力。

另一个方案是前往"悬海"。那个巨大的冰隙湖，连通了木卫二东半球的八个冰下海洋。我开玩笑地将它称为冰下海的"数据总线"。这里的冰壳很薄，厚度仅有十公里左右，有可能存在更多通往地表的裂缝，但缺点是地质脆弱，冰崩频发，恐怕我们还没找到出路，就会被压死在冰层的缝隙里。

此外，还有第三条路：发出求救信号，在木卫二地底等待救援。这要求我们找到可以使电磁波信号透过冰层的办法。理论上，这是不可能的，至少我携带的装备做不到。但我记起遇险之前的发现——冰层深处发出的、宛如鲸鸣的P波段电磁波。如果找到这种电磁波的源头，我们就可以加以利用。

经过讨论，我们决定选择第三条路。

"你让我想起了一件事。"阿戈斯蒂诺说，"我们当时坠落的地方叫歌焰草原，也就是天弦草的聚集地。听我的一个朋友说，那里充满了明亮的、从冰穹顶部垂下的、会唱歌的蓝色火焰，就像一片倒悬着燃烧的火焰草原一般。我想，那不是真的火焰，而是透过'幻视'眼镜看到的电磁波图像。"

"有可能。那里离我们有多远？"

"在无风海，离我们有两百多公里。"

"这也太远了吧！"

"乐观点。这可是史诗般的旅程。你我便是当代的奥德修斯，在漫漫十年的回家路上，吃遍了巨人、魔怪、仙子和精灵……"阿戈斯蒂诺说，"等你回去，一定要做一档美食节目，推广你做的那些……叫什么来着？"

"椒盐衔尾鱼，弦草拆鱼羹。卤三样，烩三样，海三鲜。熔岩温泉蛋，红焖海之心。岩盐地衣烤水螅。火花蟹腿炒泡泡……"

"对对。节目的名字就叫……"

"《尽头之海的美食家》。"我笑道,"我们担得起这个名号。"

在落难的第一百九十五天,我们来到查莫宁海的边缘,在一块礁石上扎营小憩。

此时,我们前往无风海的旅程已经走完了三分之一。因为没有了火山温泉,我们只能靠保鲜袋里的储备粮度日。考虑到无风海未必有食材,我们必须做好充分的储备。

在休息时间,我和阿戈斯蒂诺轮班值夜。

今晚后半夜轮到我值班。待阿戈斯蒂诺睡下后,我坐在礁石边缘,戴着"幻视"眼镜,听着涛声,扫视着黑暗中烟波浩渺的海面。

在低重力下,海浪的起伏比地球上更大,但也更加轻柔,像蝉翼,像舞女的水袖,又像无形的风刃在海面上刮起的无数片水晶刨花。我们的小船系着绳子,随着海浪上下飘摇。我想到一句古诗,"纵一苇之所如,凌万顷之茫然"。只是,此时的我们没有"羽化而登仙"的心情。

目前,我们一切顺利,但我隐约感到有几件事情不对劲。

一是这个世界的生态系统过于年轻。根据专家所说——但愿他们是对的——木卫二和地球一样都形成于四十五亿年前的冥古宙时期,高级生命诞生的时间也相仿。但纵观木卫二的冰层,从古老的地层到较新的地层,其中埋藏的生物遗骸并没有呈现出从简单到复杂的进化规律。它们以5000万年~6000万年为周期反复"轮回"出现。船怪礁上的地质年轮也反映出这种奇怪的周期。

这种现象,要么意味着这个世界的生态系统缺乏进化动力,要么意味着这里有周期性的大灾变。

二是这个世界的生物实在太过"温顺"。我知道,任何生态系统都有食物链,生物都有捕食与自卫的本能。我们作为"入侵物种",这些日子在木卫二"大开杀戒",一直都没有遇见任何抵抗,甚至还出现过"鸭子背着葱上门"的情况。这也许是正常的,因为我们不能发出P波段电磁波,在它们眼里不是威胁,甚至连生物都算不上。

但我总是排除不了另一种可能性:我们能吃它们,它们应该也能吃我们。

这时，身后的阿戈斯蒂诺发出一阵闷哼。

我转过头去，以为那是他在梦中呓语。不料，眼前的场景让我毛骨悚然：

只见他把自己"盘"了起来——身体前挺，双腿后翘过肩，手指抓着脚趾，以一种正常人无法做出的诡异姿势，将自己盘成了一个圆环！

"阿戈斯！"我尖声惊呼。

我的叫声惊扰了他的梦境。他立刻舒展身体，翻了个身，嘴里含糊地嘟囔了两句，恢复了正常的睡姿。这时，我注意到他的手指划破了，大概是今晚下锚时弄伤的。他的脚趾也有伤口。伤口很新，还在微微渗血。

我怔怔地看着他，忽然明白过来——刚才他无意识地把自己盘成环状，不是梦见了自己在表演杂耍，而是为了让两处伤口彼此接触！

顿时，一股恶寒顺着我的背脊升起。

我突然想起了一件事。

大约在半年前，美国"海神站"科考队造访"句芒站"，交流学术，并交换科学样本。

"地球生命的基本单元——细胞，形状大都是球形的。但在木卫二，细胞都是环形。"美国科考队的首席科学家介绍道，"请看样本11231号。这是我们从冻结生物体分离出来的细胞。细胞圆环外径八十到一百微米，细胞膜为磷脂双分子层，细胞内含导电蛋白 $\alpha V \beta 3$、磁受体铁硫蛋白 MagR2 组成的微管。这些微管汇聚于环心，拧成'导线'，在磁场中运动时可产生感应电流。我们猜测，这种蛋白质电路就是它的供能器官。"

"请允许我提出质疑。"

"请说。"

"按照学界公认的膜起源(membrane-first)假说[1],细胞起源于活性液滴,因表面张力聚合的磷脂分子聚集在一起,形成了始祖细胞。照此理论,细胞必然是球形。而您发现的环形细胞与此不符。对此,您如何解释?"

"这是因为木卫二生命的起源过程与地球迥然不同。在这里,生命起源于深海中的感应电流环,起主导作用的力量不是表面张力,而是安培力。不均匀导体界面上的电流被流体旋涡运动扭曲,在金属海床表面形成镜像电流环,产生吸聚效应,将海底弥漫的极性分子聚合起来,为原初的电化学合成创造了条件。"美方科学家解释道,"这是我们的假说。按此假说,环形结构是木卫二生物的典型特征。"

"但也有不符合该假说的生物!比如,木卫二上的无骨鱼类Ouroboros Muraenesox就是长条状,类似于地球上的鳗鱼。"

"不,其实是符合的。这个学名来自拉丁文里的衔尾蛇,从这个名字上,您应该能推测到这种鱼类还有一个形态——首尾相衔,盘成圆环,就像发电机的线圈。在最新的化石研究中,我们已经找到了它的环形体样本。"

"照您的推论,这里的生物都是环形?"

"下结论还为时过早。但我敢和您打赌,如果一个生物会衔尾,形成环形回路,那它一定来自木卫二。"

4

我从没想过,半年来一直陪在我身边的同伴,可能根本不是人类。

在那天之后,每次轮班休息时,无数细思极恐的问题都会攫住我,

---

[1] 一种认为大分子聚集成的液滴可能就是原细胞(细胞的最原始形态)的假说。该发现的论文发表于2016年12月的《自然》杂志(物理学子刊),论文用化学活性液滴的生长、分裂行为来解释细胞繁殖,描绘了地球生命起源的可能图景。

让我几欲抓狂：他是人类吗？如果是，那他为什么会把自己盘成环形，像一条衔尾鱼？如果不是，那他为什么会接近我，为什么会说英文，为什么对人类的事情了如指掌，为什么和那个著名的荒野求生主播长得一模一样？

回想起半年以来的种种，我陷入了矛盾。

一方面，我确信阿戈斯蒂诺来到了木卫二，跟着《荒岛余生·第三季》节目组一起，在两年前意外失踪。这是全球性的大新闻，我参与过搜救，他自述的经历也经得起推敲。但是，从另一方面看，在某些时候，他的言行确实令人费解。

比如，他茹毛饮血，偏好生食；比如，他睡眠时的异状；又比如，他不让我在这里生火，甚至可以说他患上了恐火症，问他原因，他却总是语焉不详……

这究竟是怎么回事？！

"徐博士，你还好吗？"他忽然回头问道。

"没——没事！"

"真的吗，你的脸色好像不太好。"

"真没事。走了这么多路，有点累了而已。"我迅速掩盖起自己脸上的异状，"阿戈斯，我们还有多远？"

"不远了。"他指了指前方，"你听，鲸鸣声。"

我讶异地竖起耳朵。除了大海哗哗的波涛声，我听不到任何其他的声音。

但透过"幻视"眼镜，我在阿戈斯蒂诺所指的方向看到了隐约的荧光。光芒如帷幕般垂下，缓慢飘动，仿佛在无边的黑夜中打开了一扇通往异世界的大门。这扇"门"极为高大。我们划着小船向那里前进，两天后才来到这扇光之门的脚下。"门扉"由一系列宏伟的巨型冰凌组成。每条冰凌足有数百米高，宛如万神殿的立柱，又像古战场上参差散落的折断的矛枪。那都是冻结的瀑布。而发光的"门帘"则是从冰穹顶部垂下的某种巨型藤蔓类植物。它们的样子像榕树的气根，而深入冰层、互相缠绕的根系则让我想起了一种俗称"潘多林"的北美植物。这种植物学名叫颤杨,根系交织,独木成林,覆盖面积可达四十三公顷,是地球上最大的生物个体。但相比于这里跨度达数公里的巨木,还是小巫见大巫了。

"这些就是天弦草?"我想起了之前吃过的环形种子。

"嗯,还有星莲和歌焰草,都是这里常见的植物,构成了一个共生的生物聚落。我的朋友把这片地方命名为歌焰草原。"阿戈斯蒂诺说,"在特定的时候,草芯管中积累的氢气和氧气会燃烧,产生歌焰效应,就像一排演奏的管风琴。"

"你对这里好像很了解。"

"当然。"阿戈斯蒂诺淡淡地说,"我的队友全都死在这里。"

我怔住了,无言地转头,望向船头前方的海面。

荧光帷幕后面,是一片光洁如镜的水面。它处于冰凌围成的凹地中,冰围层叠错落,就像九寨沟的五彩池。平滑的水面上,万点蓝色的"星辰"荡漾起伏,宛如银河落水,碎月沉江。这是我半年来看到的最亮的可见光光源——在黑暗中待了半年后,就算是微弱的星光也显得刺眼了。

当眼睛适应了光照,仔细一看,我才发现那些"星辰"有一半是真实的,一半是虚幻的。真实的那些"星辰"有着圆盘形的轮廓,仿佛芭蕾舞女的裙摆,顺着海流缓缓旋转。那是被称为"海穹水母"的漂浮生物。另一半"星辰"是虚幻的,是冰穹之上的顶栖生物群落的倒影。冰穹并非铁板一块,其上有诸多裂口,瀑布从中泻下,在半空中化为弥漫的雨雾。无数天弦草从这片雨幕里垂落,顶部扎根于穹顶的裂口,末端浸入海面,万缕根须在海面上飘散,发着荧光,彼此盘绕,分叉,交连,仿佛紧紧捆住海面的绳索,又像狂暴的雷雨之夜里被冻结的闪电。

我忽然明白过来:脚下的海面和头顶的冰穹构成了平板电容器的两端,天弦草则是线圈,整个无风海就是一个超大规模的谐振电路!

这里正是穿透冰层的P波段电磁波的来源!

"怎么样，徐博士？"阿戈斯蒂诺转向我，问道，"你想到联系救援的办法了吗？"

等等，他问这个干什么？在试探我吗？如果他是外星人，难道不知道这里的植物是强大的电波发射源吗？想到这里，我没有立即回答，而是佯装苦恼地沉默了片刻，然后说："比预想的更复杂。"

"怎么了？"

"任何无线通信系统都有三个组成部分：振荡器、调制器、发射器。现在我们有了振荡器——歌焰效应产生的电磁振荡，也有了发射器天线——天弦草本身，但还缺乏调制器。简单来说，就是缺乏把我们的呼救信号转变成电信号波形的装置。"我说，"我们宇航服的通信芯片里确实有调制器，但它太小了，装不到天弦草上。对此，我无能为力。"

"真的吗？"阿戈斯蒂诺皱眉道，"你真的没办法了吗？"

"没有了，除非……"我盯着阿戈斯蒂诺的双眼，试图从中捕捉到异常的蛛丝马迹，"除非你能用这里的生物构造出一个超大规模的半导体电路来。"

"果然……你说的和她一样。"

"她？"

"嗯，她是我队伍里的工程师，也是歌焰草原的第一个发现者。"阿戈斯蒂诺说，"徐博士，如果你信得过我，我想带你去一个地方。"

随着阿戈斯蒂诺的脚步，我离开小船，攀上冰凌，徒步穿过荧光巨草编织的帷幕，来到无风海的海边。

因为疑虑，我始终与阿戈斯蒂诺保持了十米左右的距离，浑身肌肉紧绷，手里握着冰镐，哪怕走在地形平缓的地方也是如此。显然，他也察觉到了我的不信任，但没有多问什么，只是轻声叹了口气。

"阿戈斯。"我实在忍不住心里的疑惑，问道，"我们要去哪里？"

"一时说不清。"阿戈斯头也不回地说，"待会儿你就知道了。"

知道？待会儿我会知道什么？知道他的真实身份吗？难道是他意识

到身份已经暴露,要向我坦白一切了?一时间,我脑中各种想法开锅似的沸腾起来,但脚步仍在好奇心的驱动下,不停歇地跟着他前进。

"到了。"阿戈斯蒂诺突然停下脚步,"就是这里。"

顺着阿戈斯蒂诺的视线,我看到了一个任何人看过就无法忘怀的事物。

说实话,如果没有它,这里可能是我见过的最美的地方:如丝绸般荡漾的海面,积雪与碎冰堆砌的海滩,浸没冰碴的海水中还有某种发光微生物,脚踏过时会留下两行荧光闪烁的足迹,仿佛蓝色的泪滴。在两行足迹的前方,一簇天弦草的末端垂到了海面上,看上去像是女巫垂下的长发,或是格林童话中的杰克的豌豆藤,顺着它可以爬到天上,找到仙女与神灵居住的城堡。但那个东西的存在让这一切美好图景都显得诡异起来,甚至让人作呕。

我们面前的海滩上,躺着一排尸体。

最近的是一具人类女性的尸体。她躺在一座用冰晶堆成的坟冢中央,身体诡异地蜷缩着,盘成一个环形,手指和脚尖相接。一丛发出绛紫色荧光的"莲花"从尸体的头骨中妖冶地盛开,盘曲缠绕,末端吐出无数细丝状的"花蕊"。它们仅有发丝粗细,却长达数十米,在海面上漂浮着,蔓延着,好像无数纤细的小手,与天弦草垂下的气根末端相握。

"这是什么?"我努力抑制住想逃跑的冲动。

"艾琳娜。"阿戈斯蒂诺单膝跪在那具尸体前,声音里透着淡淡的忧伤,"她是我团队的工程师,我的挚友,也是我的……"

"不,我说的是那……那朵花。"

"哦,它啊,美国佬起的学名叫 Astrum Lotus Fungus,直译就是星莲。但艾琳娜把它命名为'织梦网'。"

"Fungus……真菌吗?"

"我们也曾这样认为。但它不是真菌,也不是植物。"阿戈斯蒂诺皱眉道,"它的成体类似于地球上的枝吻纽虫,会吐出数千条分叉状的细丝,将细丝末端的蛛形体刺进猎物体内,并控制着它们在体内爬行,寻找电路,夺取能量。"

"但我们的体内没有电路啊!"

"这正是令我困惑的地方。"阿戈斯蒂诺皱眉道,眼角在微微颤抖,"它们和我们来自完全不同的生态系统,能源、代谢方式都不同,生物分类学上的差异甚至超过了界一级,理论上是不会袭击人类的。但她的身体却变成了'织梦网'的苗床,血管里长满了导电纤维,甚至连大脑都……"

"阿戈斯蒂诺。"我握紧了手中的冰镐,"为什么还要瞒着我?"

"怎么?"

"别再装了。她是怎么死的,你早就知道原因吧!"

阿戈斯蒂诺沉默地看着我,气氛顿时紧张起来。大约半分钟后,他的目光开始游移,泪水从他干涩发红的眼眶里涌出。

"是的,我知道。"

阿戈斯蒂诺病倒了。他病得很重,高烧不退,五官不断地渗出血丝。

仔细一想,这种情况其实在情理之中。他早就被织梦网感染了。木星的磁感线穿透了我们的血液,就像它穿透木卫二的盐水海洋一样,也能在其中激起感应电流。对于木卫二生物而言,我们的血液就像温暖的海洋,充满了能量与养料。而且,我们体内并非没有电路——织梦网所狩猎的导电纤维,也许正是我们的神经。

我可以想象他身体中的"战争"——织梦网的蛛形体们拖着细丝,循着血管,感应着电流与磁场,向神经最密集、生物电最活跃的大脑进发。人体免疫系统试图阻止它们,用剧烈的炎症反应去拦截它们,但还是节节败退,毕竟这些白细胞们从未想过,有一天要与宇宙巨怪——木星磁场滋养的生物对抗。

"织梦网……是我们来这里时首先尝试的食物。"阿戈斯蒂诺有气无力地说,"当时它们附在天弦草的气根上,开满了鲜花,长满了果实,看起来和橄榄树别无二致,我们发现了它,摘下了它,然后……生吃了它。"

"生吃?!"

"刚开始也想煮一下。但生火的人都死了。斯坦利刚准备点火,就被突然坠下的冰凌砸死;汉斯在借用打火机时被天弦草电死;罗森被'琉璃袋'的触手袭击,掉进无风海里。后来,连皮埃尔的打火机都被不知哪来的三脚螃蟹偷走了。整个世界都在阻止我们生火,好像被诅咒了一样。而当时我们又没发现船怪礁的火山温泉……"

"天,我服了!你们的脑子都进水了吧!"

阿戈斯蒂诺苦笑道:"除此之外,还有一个不得已的理由。"

"不得已?"

"你以为你是第一个想到用天弦草来通信的吗?咳咳……"阿戈斯蒂诺说,"这个办法,艾琳娜早就想到了。"

"她也是通信工程师?"

"嗯,她是我们团队的才女,麻省理工电子信息工程系读的本科,博士毕业于伯克利地外生物研究所。"阿戈斯蒂诺说,"不仅如此,她还发现织梦网的一个特性:它虽然是电流驱动的木卫二生物,但它的基因……不是木卫二特有的四螺旋G-DNA[1],而是双螺旋的普通DNA;它的细胞,是木卫二的环形胞体和人体上皮细胞的混合;它有两套神经系统,一套与衔尾鱼相同,而另一套与人类一样,都用乙酰胆碱作为神经递质。"

"难道说……人类起源于木卫二?!"

"你想太多了……"阿戈斯蒂诺艰难地笑了笑,"有个更简单可靠的解释:人类登陆木卫二已经有四十多年了……这么长的时间里,但凡有一次没有除菌的生活垃圾投放,一次胡乱倾倒的刷牙水,或是一个

---

[1] 一种典型的DNA碳替代物。事实上,已经发现的此类替代物超过一百万种。

没有消毒的探测器,都会让某个家伙的上皮细胞先于人类,到达'世界尽头的海'。然后,有趣的事情来了,它们竟然与这里的生物共生融合,形成了一种既能寄生天弦草,也能捕食人类的嵌合体……而因为它的这种特性,我们还不得不心甘情愿地被它们吃掉。"

"特性?"我思忖片刻,然后惊呼道,"天啊,你是说……"

"你明白了吧?"阿戈斯蒂诺指了指自己,指了指天弦草,然后又指了指尸体上盛开的妖冶兰花,说,"这……就是调制器。"

5

我从没有想过,我回家的代价是牺牲另一个人的生命。

"你们一开始就知道它是'调制器'吗?"我问。

"不。"阿戈斯蒂诺摇摇头,"我们吃它,起初只是为了充饥。毕竟它是和人类亲缘关系最近的生物,是最安全的选择。艾琳娜第一个试吃,半小时后开始发烧。她说她听到了奇异的声音,像鲸鸣,又像天主的呼唤。"

"P波段电磁波。"我皱眉道,"你们听到了电磁波!"

"嗯,于是,我鼓励她,让她寻找声音的源头,跟着她的脚步,我们来到了这里。在这个天弦草的接地点,她忽然说她听到了天主的话音。天主告诉她,织梦网是沟通两个世界的使者,她要将使者的触须一端接上天弦草,另一端接上自己的灵魂。可是……"

"然后她死了?"

阿戈斯蒂诺痛苦地掩面,"是的。她躺在天弦草的前面,触须从她的头部长出来,与草须相连,她则在这个过程中渐渐失去了呼吸。"

"其他人呢?有成功的吗?"

"没有。"阿戈斯蒂诺说,"但他们死前的清醒时间在不断变长,就好像织梦网在逐渐熟悉人类的大脑,在有意地减少损伤一样。也许再多一个人，连接织梦网后的清醒时间就足够长，足以在死前完成脑波的共鸣，将求救信号放大几百亿倍发射出去。"

"那样的话，吃下织梦网的人不就死定了吗?!"

"但其他人会活下来。"

"如果还是失败呢?!"

"那其他人就要重复死者做过的事，直到剩下一人。就像我。"

"真他妈疯了!"

"我们别无选择。"阿戈斯蒂诺说，顿了顿，又补充道，"你也一样。"

我痛苦万分地蹲下，双手抱头。

"徐博士，没有比这更好的机会了。我在地底徘徊了两年，独自一人，一直在等待着有人能接下我的接力棒。"

"不，肯定还有别的办法!"

"恐怕没有了，徐博士。艾琳娜试过十几种办法，包括将通信芯片直接与织梦网连接，给天弦草加脉冲高压电，释放微波和射频，但无一奏效。"阿戈斯蒂诺说，"对于这里的生命，我们所知甚少。我有一种感觉，它们是有智慧的，但不是我们理解的那种智慧，而是像具有灵性的巨大山脉一般。如果山不能走向你，那你只能走向山。"

"可是……"

"别犹豫了。我希望和艾琳娜葬在一起，在这个没有战争和仇恨的世界安眠。对于我这样的人来说，这是最好的结局。"

"好吧，那……试试吧。"

阿戈斯蒂诺脱下破烂的宇航服，躺在艾琳娜身边。

碎冰没过他的身体，寒冷刺骨，让他浑身一哆嗦，但没过多久，他的表情就平静下来，他的表情仿佛正躺在铺满鲜花的大床上一样舒适而自然。海水轻轻漫过冰碴，微生物发出蓝色荧光，浅浅地勾勒出了他身体的轮廓。

"徐博士，有件事要拜托你。"他轻声说。

"什么？"

"我连上织梦网后，请你一直跟我说话，不要停，让我尽可能久地保持清醒。只要清醒的时间够长，'它们'就可以将我的大脑连接到天弦草上。"他说，"如果出了什么意外，请不要害怕。你一定要信任我，即便那不是我。"

"不是你……什么意思？"

"咳咳，我知道这很难。但人类之间的不信任与误解已经够多了。我相信这个世界，这个美好的世界是值得信任的。你现在可能不理解。但请你答应我，不管发生了什么，都要先予以对方三秒钟的信任。可以吗？"

"好，我答应你。"

阿戈斯蒂诺欣慰地点点头，伸出双手，做了一个祷告般的动作。我注意到，他指尖的伤口一直没有痊愈，模糊的血肉里隐约有细丝伸出来。

"好的，那我就开始了。"

他用轻松的语气说道，将右手伸出，轻轻搂住了身边的艾琳娜。霎时，他手指伤口中的细丝蠕动起来，迅速伸长，与艾琳娜头部的织梦网交缠在一起。

"怎么样？"我紧张地问。

"好像没什么感觉。"阿戈斯蒂诺回答。

时间在沉默中流逝了半分钟。我手心出汗，紧张得完全感觉不到分秒的流逝，直到阿戈斯蒂诺咳嗽了两下，我才想起我应该干的事情。

"啊，对，应该和你聊些什么的。"我尴尬地挠挠头，"那……该说什么呢？"

"聊聊你自己吧。"

"我吗？呵呵……"我苦笑道，"还真不知道说什么。如你所见，我是个胸无大志的废柴青年，每天都想着回家，既没有为国家奉献一生的精神,也没有为科学付出一切的勇气。"

"那你是为什么来到这里的呢?"

"哈,这就怪我自己了。其实,我想当个厨师,生活在一个与世无争的城市,赚一点足以糊口的钱。但在这种剑拔弩张的时代,国家需要的是军人,是科学家,还有工程师。当时我觉得,如果选择了逃避,我内心的责难会让我做出的菜都带着苦味。于是,我来了。"

"你是个很纯粹的人。"

"过奖了。"

"为了活得纯粹,付出再多的代价也是值得的。"阿戈斯蒂诺无力地笑了一下,说,"世界上有很多事情都值得我们为之付出,比如从未吃过的美食、从未见过的美景。但绝对不包括枪杀举着手雷向你冲过来的儿童,也不包括在敌国大使馆的下水道里安装窃听器。"

"这都是你的经历?"

"嗯。我有过一段与'纯粹'背道而驰的人生。"阿戈斯蒂诺说,"我曾经接受国家最高嘉奖,在白金汉宫的晚宴上,在皇家乐团的鼓号齐奏中,从女王的手里接过酒杯。但现在回想起来,那是我吃过的最糟糕的一顿饭。那杯2004年的罗曼尼·康帝,尝起来有血的味道;那道烟熏苏格兰小山羊肉,吃起来有白磷弹燃烧的恶臭。我试图逃避,逃向森林,逃向沼泽,逃向孤岛,逃向这个世界的各个角落,但越是逃避,我越是发现这个世界没有一寸和平的净土。连黑猩猩都会向同类发起屠杀。"

"所以你来到了这里?"

"是的。在这里,我终于找到了我的理想世界。"阿戈斯蒂诺长叹一声,"你发现了吗?这个世界存在食物链,但捕食者从来不会杀死被捕食者。你看那边,那里有一只'琉璃袋'。这个世界最高级的猎食者,正准备捕食那些毫无防备的海穹水母。但是,它们的捕食行为并不会杀死猎物,仅仅会射出两条长舌,接入猎物的电路,偷取电能,而被捕食的猎物只要修养一段时间,又会恢复生机。"

"不可思议。真的存在没有杀戮的世界吗?"

"呵呵,我以前也不相信,以为它只存在于儒学家的幻想里,或者佛经描绘的极乐净土中,却从没想过,它真的存在,且以这样的形式存在。与它们比起来,我们人类真的是……咳咳……"

"别急,你歇会儿!"

"咳咳……徐博士,我真羡慕你啊。我是没法回去了。但你还有机会,回去……去实现你的理想。你要写一本木卫二美食食谱,把我们的经历写下来。写给好人,也写给坏人;写给大人,也写给孩子,就像瓦尔特·莫尔斯的那本……"

"《蓝熊船长的十三条半命》。"我说,"我早就注意到你取的那些地名了——查莫宁海,船怪礁,巨人升降机,还有美食岛……"

"嗯。就是它。"阿戈斯蒂诺闭上眼睛,呢喃道,"蓝熊船长刚上岛时,可开心坏了——到处都是彩云一般的蝴蝶,吸食着空气中亮晶晶的水泡;遍地都是晶莹的花瓣,花蕊如同蓝色的火焰,还会像勤劳的小精灵一样唱歌。"

"对,还有长着炸土豆的树,橘汁湖和牛奶河,沾满糖霜的巧克力瀑布……"

"周一,要将意大利面藤蔓沾上温热的西红柿,浇上奶酪的温泉;周二,则是把树上的土豆埋进面粉的沙滩,然后丢进沸腾着热油的火山口。蓝熊船长开心极了。它吃啊,吃啊,就像畜栏里的一头猪,越来越胖……直到有一天早上,突然之间,食物都消失了。花朵化为枯萎的败叶,橘汁湖发出腐败的恶臭。接着,它脚下的大地轰然裂开。这座小岛张开了它的血盆大口。"

渐渐地,阿戈斯蒂诺的声音低了下去,小了下去。他的双眼合上了,就像沉醉在摇篮曲中的婴儿一般,安详地沉入梦乡。

"阿戈斯蒂诺!"我惊慌起来,想伸手去试他的鼻息。

突然,他浑身一阵抽搐,双目圆睁,猛然坐起!

"不!绝不!别想让我屈服!"他用一种陌生的、尖厉刺耳的声音撕心裂肺地号叫,"告诉你们,我绝对不答应!"

我吓得连退两步,"阿戈斯,你——"

"不管你们面临多大的灾难,都别想让我带路——我,我宁可死,与你们同归于尽,让五万年前的灾难重演,也不会把你们带回去,祸害我们的地球!"

接着,他又抽搐了两下,两眼翻白,软软地躺倒下去。

就在我还惊魂未定的时候,他又睁开了眼,目光涣散,嘴角微翘,絮絮叨叨地说道:"艾琳娜,生病了就好好休息,别再说胡话了。哪里来的敌人!什么,星际移民,入侵地球,别开玩笑了,你还是先——"

突然,他猛地翻了个身,浑身肌肉紧绷,骨骼咔咔作响,手臂、大腿都扭曲到了正常人难以达到的程度,并且毫无规律地胡乱挥舞着!

我吓得尖叫起来,连滚带爬地躲开。只听乒乓乒乓一阵乱响,炊具被他打翻,背包被他拆散,储备的食物撒了一地。

等他完全安静下来时,我才心惊肉跳地抬起头。只见他又把自己盘成了环形,手指、脚趾勾在一起,伤口中的导电纤维互相缠绕。

此时他的脸上没有惊恐,也没有愤怒。这种毫无表情的表情,竟然显得超然而有神性。

"第1279次深空探测,启动。"他用庄严而缓慢的语气念道,每个字都在凛冽的寒风中久久回荡,仿佛在古老荒原上屹立的高塔,"调制群落,就绪;滤波群落,就绪;信号发射群落,就绪;信号接收群落,就绪。'深穹'望远镜群落已全部就绪,信息已加载。发射倒计时:皮鲁,奈罗,卢克,埃……"

"阿戈斯蒂诺!"我大喊道,试图唤醒他,但毫无效果。

"向最高执政官报告,我们收到了奇异的回波。在九千寻的深度上,回波突然出现尖峰。这意味着那里有一个密度断层。在此断层之下,密度突然降低到零。这一切都与《尤卜塞尔史诗》记叙的'虚空'一致。这是古人的智慧吗?还是说,它们曾经亲眼见过那片虚空……"

我抽出长矛,伸出钝的那一端在他胸口敲打,试图把他打醒。但同样没有效果。

"对！这就是我的理论。这个世界是球形，我们的'下'其实是这个世界的'上'，我们的'内'是这个世界的'外'。我们生活在球形世界内部的海洋中！但是，这个理论带来了更奇异的问题：如果尤卜塞耳能穿过九千寻厚的冰层，抵达虚空，为什么会被'神罚之火'毁灭呢？我们的世界，是否也无法逃脱毁灭的轮回？"

突然，阿戈斯蒂诺猛然翻身，双手向前猛抓，好像要将我的长矛夺下一般！

我吓得一个踉跄，长矛脱手而落，落到了他身后的碎冰堆中。情急之下，我抽出冰镐，闭着眼睛疯狂地挥舞起来，在他的肩上、脸上留下了一道道可怕的伤痕。但他并没有做更多的动作，甚至也没有因疼痛而叫喊，而是再次蜷缩，盘成环状，嘴里仍旧念念有词。

"禁火令已经颁布，但是只能推迟毁灭的到来。'星农'记载了我们的历史，'方舟'存下了文明的种子。但要想跳出这个轮回，我们还必须多走一步。兹委任先遣队向'虚空'发起探索，深度将达八千五百寻。"

我剧烈喘息着，缓缓睁开眼。只见阿戈斯蒂诺蜷缩在碎冰垒成的坟冢上，脸上的伤口鲜血淋漓。我清楚地看到伤口里有无数蠕动的淡紫色细丝，它们正像雨后春笋般生长着。

"先遣队已告覆灭，无人生还。但他们的牺牲换来了最惊人的发现：虚空的大小极其惊人，超过三千万倍的世界长度。而且，那里还存在智慧生命！在覆灭之前，先遣队为我们发回了关于'他们'的海量信息：他们有语言，身体中有水，用磁光互相通信，他们的故乡叫地球。那里也有液态水的海洋……

"我们将那里称为'世界尽头的海'。"

6

我从没有想过，我会为了人类的命运，与外星生命展开一场生死对决。

阿戈斯蒂诺盘腿坐在我面前。他双眼通红，口鼻流血，耳朵里有细丝蠕动。现在的他已经不能再被视为人类了，而是被牵线的傀儡，外星智慧的代言人。

"我们的世界即将毁灭。"他缓慢地说，一字一顿，语调毫无感情，"据《尤卜塞耳史诗》记叙，每过五万个地球年，我们的文明就会被大火毁灭。现在距离上次灾难已经过去了四万九千年。一千年后，灾难就会降临。我们无力逃脱，只能寻求你们的帮助。"

我咬了咬牙，问："能先回答几个问题吗？"

阿戈斯蒂诺沉默了半分钟，才回答："可以。"

根据这个时间差，我对这个外星智慧有了初步的推测。它们要么是计算能力有限，比人类的聊天AI要弱一个数量级；要么是背后有一个集体，需要时间讨论决策。

"第一个问题，你们在哪里学会的英语？"

一分钟后，阿戈斯蒂诺简单地回答："深穹望远镜接收到了你们的呼唤。"

"第二，你们的个体在哪里？"

更久的沉默后，阿戈斯更简洁地回答："我们无处不在。"

"你们是蚁群社会？"

沉默。

"那我换个问法，你们的思维器官是什么？是和我们一样，每个个体都有独立的大脑？还是群体智能，整个生态系统的生物电路一起构成了你们的思维器官呢？"

沉默。

"好吧，那最后一个问题。"我擦了擦额头的汗珠，"你说的'灾难'我知道是什么了，但我要怎么帮你们？"

"我们没有在虚空中飞行的能力。"他说，"请你帮我们离开这里，找到新家园。"

"我只有一个人，没办法……"

"一个人足够。你只需要带上我们文明的种子，我们的未来、历史与记忆都浓缩其中。"阿戈斯蒂诺指了指艾琳娜脸上盛开的紫蓝色花瓣，"在那之后，'深穹'望远镜会以最大功率为你呼救，让你能够带着种子离开这里。"

"怎么带？"

"很简单，吃下去。"

这时，我看到艾琳娜脸上的织梦网骤然蠕动起来。它闪烁了几下，吐出了一串葡萄大小的"卵"。这些卵不是球形，而是环状，在浅浅的海水中漂浮着，仿佛一串美丽的手链。在它们后面，天弦草的荧光突然都停止了脉动，仿佛心脏因为紧张而停搏；半空中飘浮着的琉璃袋与海面上游荡的海穹水母也都停下了动作。它们没有眼睛，但我还是感到无数的目光向我射来，像朝着焦点汇聚的光束。

"记住，要生吃。"

"不！绝不！"我大声怒斥道。

我心里很清楚，如果将它们带回地球，我就成了人类历史上最大的罪人，没有之一。

这个宇宙是黑暗的。地外生命是危险的。如果走运，这只是一场灾难性的外来物种入侵；如果不走运，地球的生物圈会崩溃，人类会灭绝，甚至更糟——集体沦为外星生命的提线木偶，就像罗伯特·海因莱因在《傀儡主人》中写的那样……

不，绝不！就算我死了，死在这片无人知晓的冰海中，也绝不能让这种事情发生！

我把心一横，掏出了信号管，点燃了它。

第一枚信号弹落在盛开着织梦网的艾琳娜的尸体上。纯氧环境下，铝镁粉剂和黏着剂剧烈燃烧，爆发出夺目的橙黄色火焰，瞬间将那诡异的寄生生物吞噬。它的触手抽搐着，挣扎着，迅速皱缩碳化，好像一只四脚朝天的死蜘蛛。

接着，第二枚信号弹射向阿戈斯蒂诺，引燃了他身上破烂的衣物。在本能的驱动下，他迅速伸展身体，在碎冰上打滚，试图将火扑灭。我趁机扑向落在他身旁的"长矛"。他也扑上来抢夺，几番撕扯后，我拼命夺下了武器，但手臂也被他抓破了。

旋即，我后退三步，将矛尖对准了他。

"按我说的，发送求救信号！"我咬牙切齿地说，"否则吃不了兜着走！"

对方没有回答。

"听不懂？好吧，那我解释一下。"我伸出颤抖的左手，将信号管指向头顶上方，"阿戈斯蒂诺跟我说过，《荒野求生》剧组试图点火做饭，却被各种突发的'意外'阻止。这就是你们的禁火令吧？看来，无风海中的可燃气体已经集聚到临界程度。我们的头顶充满了氢气和氧气。如果这时候发射信号弹，你们应该知道后果吧？"

"无风海会发生爆炸。深穹望远镜会被摧毁。你会死。"

"是的，我会死。"我咬牙切齿地说，"所以，你们的回答呢？"

对方沉默着，我也沉默着，无数原生生物都沉默着，一切都在沉默中对峙，连无风海的波涛都变得沉重而死寂，但我能感到黑暗中向我投来的目光在游移和颤抖着。我不知道时间过了多久，也许是十分钟，也许是二十分钟，突然，我握着信号管的手臂动了——不受我控制地，突然抽搐了一下。

"怎么——"我刚要惊呼，却发现声音被噎在喉咙里，声带也失去了控制。

短短几秒内，一阵酸麻感传遍我的四肢百骸，接着，知觉消失，关节滞涩。我眼睁睁地看着自己的左臂缓缓放下，手指松开，任凭信号管掉落在地。

阿戈斯蒂诺将它拾起，丢进无风海，确保我再也不可能拾起它。

然后，我的眼睛看到了眩光。无数幻影在眼前闪现——飘动的幽灵，虚幻的闪光，还有蠕动的岩壁；阿戈斯蒂诺的脸融化变形，眼睛里钻出无数细丝，嘴里吐出滑腻的触手；我的皮肤上钻出了无数肉芽，莲花形的"捕梦网"从肚脐里盛开，导电细丝从手、脚的指甲缝里钻出，像铁线虫一样疯狂地扭动着。同时，我的耳朵听到了虚幻的呓语，不，那不是听见，而是那声音直接在我脑海中响起。

"本来不必这样的……"那声音用标准的英语说，"为了防止意外，在我们对话的时候，捕梦网……"

"不！"我绝望得想哭，但一滴眼泪都流不出来。泪腺的控制权也已经被夺走。

一分钟后，我的身体彻底被控制了。但我的自我意识却还保持着，就好像在一尊石像的头颅中包裹着一个活的大脑。在残留的视觉中，我看到自己的腿弯曲，放下，再弯曲，再放下，笨拙地蹒跚着，向着眼前徘徊的幻影迈开步伐。

"走吧，是时候回家了。"

不，当然不会是这种结局！

在那一瞬间，淋漓的冷汗浸满了我的背脊。

我想起了阿戈斯蒂诺之前的嘱咐：相信他。不管发生了什么，都要先予以他三秒钟的信任。当时我并不明白这句话的含义，现在想来，才明白他的良苦用心：我正处于两个文明相互试探的历史性瞬间，初始态度很重要。我害怕它们，它们也害怕着我们。如果我刚开始就选择了敌意，大概就会落到上面那种结局！

"请相信他们吧。"我仿佛听到阿戈斯蒂诺在我耳边说，"这是没有杀戮和战争的理想世界啊。"

要给予它们无条件的信任吗,就像蒙特苏马二世[1]对西班牙人那样?

但细想一下,这也是不行的。历史上有太多的"圣母",就是怀着这种单纯的信仰将自己的种族送进了地狱。我必须阻止它们前往地球,但又不能断了它们的未来。最好,也不要断了自己的生路。

时间在沉默中流逝。一秒。两秒。三秒。

三秒过去后,我深吸一口气,向对方展现出一个无比真诚的笑容。

"好的,我相信你,但你也得相信我。"

"那么,你会吃下'种子'?"

"当然。"我说,"食物,是地球人类的待客之道。当两个陌生的人类想互相认识时,最常见的做法就是共进晚餐。美食贯穿了人类的生活,体现着人类的诚意。因此,在接受了你的食物后,我也想请你分享我们的美食。"

说罢,我从背包里取出了最后剩下的一点物资,在阿戈斯蒂诺的面前一字排开:四川辣酱、吗啡、芥末、咖啡因粉、黄连素粉、浓缩的海盐、阿司匹林;衔尾鱼、零碎的头发、长霉的布料、宇航服内衬的塑胶、回收封装的人类粪便;还有一瓶八百毫升装的波兰生命之水伏特加,酒精浓度是惊人的九十六度。

"这就是你们人类的食物?"阿戈斯蒂诺问。

"是的,这是我们地球上最美味的佳肴。"我强忍着不适笑道。

美味……美个鬼哦!

毫无疑问,吃下这堆东西之后,我会上吐下泻,生不如死,甚至会直接昏过去。但阿戈斯蒂诺也一样,尽管被"夺舍"了,他的身体仍然按人类的方式运作,这一顿肯定够他受的。最坏的情况下,我们两人一

---

[1] 阿兹特克文明的末代君主,曾一度称霸中美洲,却因误认入侵者为本国信奉的"白神"而"引狼入室"最后导致国家被西班牙征服者埃尔南·科尔特斯所收服,阿兹特克文明就此灭亡。

起完蛋，地球还是安全的。最好的情况下，酒精作用于阿戈斯蒂诺的神经系统，抵消了织梦网的侵蚀作用，甚至能让他苏醒；同时，剧烈的腹泻会令我吃下的捕梦网虫卵无法附着。正所谓"酒肉穿肠过，佛祖心中留"。如此，我还有获救回家的可能。

"来，趁鲜吃！"

我把食物和烈酒递给阿戈斯蒂诺，看着他脸上的表情，感到了一种报复的快感。这瓶生命之水是我原本要赠送给俄罗斯科考站的礼物。毕竟，他们有把烈酒带上太空的传统，在这颗寒冷的星球，没有比这个礼物更合适的了。

"为了两个世界的友谊，"我咬牙切齿地举杯，"干了！"

尾　声

我从没想过，我竟然能活着回到地面，还成了举世瞩目的名人。

三年后，我站在"句芒站"的通讯间里，与地球进行第二百三十六次连线直播。与此前的采访和座谈不同，这次是个商业活动，也是我启程远航前的最后一次连线直播。

"喂，兄弟们！全体目光向我看齐噢！看我看我！"大屏幕的那边，一个肥头大耳的老板站在临时搭起的看台上大喝道，"我宣布个事儿！大英雄徐博士，要担任我们'百家粮'酒业集团的产品代言人啦！徐博士靠一瓶白酒，荒野求生两年零六个月，喝遍木卫二，喝倒外星人。他是民族的骄傲！地球的英雄！"

虽然这么说并不算错，但那天救下我的并不是那瓶白酒。当然，也不是我做的那顿难吃得震古烁今的"地球美食"。

在我被救回基地后，医生立刻对我做了全面的检查。

"我的天！你的胃里有布料、橡胶、辣椒籽，还有这个是……呕……"医生的脸色从震惊转为同情，然后变成了痛苦，"徐博士，请接受我们的敬意!"

"咳……"我虚弱地笑道,"这就叫一顿操作猛如虎,结果是个二百五。"

"什么意思?"

"所谓的地球美食根本没放倒它们。酒也不行。"我说,"我原以为酒精能把捕梦网从阿戈斯蒂诺的大脑里赶出去,至少能让他昏迷一阵子。但不知为啥,这招完全无效,倒是我……把自己给喝倒了。"

"那么,是外星人被你吓住了?地球的东西太难吃,人类的美食太可怕,所以它们放弃地球,委托你另寻出路了?"

"也不是。"

"那你是怎么说服它们的?"医生好奇地问。

"没有说服。"我苦笑道,"是我误会了。"

是的,这一切都是我们的误会。那时我们的心里都是戒备与敌意,就连艾琳娜、阿戈斯蒂诺也都误会了——

木卫二的智慧种族,从来没有说过他们要去地球。

"我们原以为两个种族是可以互相理解的,其实不然。"酒过三巡之后,阿戈斯蒂诺对我喃喃道,"你们人类,来自一个存在食物链的、弱肉强食的世界。你们的文明史就是一部欺骗与杀戮的历史。而我们的世界从未有过捕食,我们的历史从未有过战争。尽管地球是最近的宜居世界,但经过评估,人类与我们和平相处的可能性几乎为零。人类好战、贪婪、狡猾、残忍,会在你回到地球之前就消灭你,摧毁你身上的'种子',然后反攻回来,把我们的世界变成太阳系最大的海鲜养殖场。"

"哈?你说得还真是直白……"

"因此,我们不会去地球。"阿戈斯蒂诺说,"请你带上我们的种子,坐上你们的飞船,穿过虚空,为我们找到新家园……你愿意吗?"

"嗨!何必背井离乡呢!"我醉醺醺地说,"你们面临的问题,嗯,在我看来都不是问题。周期性毁灭的原因,我们已经搞明白了。木卫二的冰下海洋是个巨大的导体,在木星磁场中运行,产生感应电流。海水电解，产生氢气、氧气和氯气，氯气与水反应被吸收掉，剩下的氢气和氧气积聚在冰穹上，每过五万年，就会积聚到爆炸临界浓度。要我说，这根本不是事儿，我们帮你们打几口井，把氢气抽掉，不就行了嘛。"

"我们不想变成海鲜。"

"嗝，这你不必担心。哈哈，我们人类虽然贪婪，好战，但不会对你们出手的，最多也就开采一些氢气，我保证。"

"我们不能冒这种风险。人类是比'神罚之火'更危险的存在，但我们必须借助危险的力量，才能为种族找到新的机会。这是我们的先知——尤卜赛尔留下的教诲。"

"哦？"

"那是上上个轮回的故事了。每隔五万年，创世之神都要重塑天地，在此之前，毁灭之神会降下'神罚之火'。整个世界都在烈火中燃烧，冲击波荡涤一切，岩石像草叶一样飘舞，冰层像螺壳一样脆弱地碎裂。终于，大火退去了。海面上漂满了被烧死的族人，高温抹杀了大部分生灵，只有在海底'方舟'中的尤卜赛尔得以幸免。毁灭之后，创世之神才开始降临，冰层开始浮现，海洋重新冻结。在冰层合拢之前，尤卜赛尔浮上了海面。他看到一片壮丽的奇景：茫茫的冰原，弯曲的地平线，还有无垠的黑暗虚空。一个巨大而耀眼的球体悬浮在那里，挥舞着磁场，辐射着电波。而在它之后，还有数目惊人的、同样闪烁着的微小球体，它们是那样遥远，终其一生都难以到达……

"尤卜赛尔，第一次看见了星空。"

2021年8月7日
完稿于成都

附录：超自动化时代的太空探索

引 言

　　本文是本选集的唯一一篇非虚构科普作品。将本文作为附录列入小说选集，是因为我想"科幻"不该仅仅是虚构的小说。或许，它对真实世界也会有一定的影响。

　　刘慈欣曾谈过人类的两种未来。一种是大规模探索太空的"外向型"，另一种是转向虚拟现实的"内向型"。在拙作《闪耀》中，二者似乎是对立关系。近年来，互联网、虚拟现实和元宇宙等概念的兴起，似乎意味着人类转为内向，离"星辰大海"愈发遥远。然而事实真的如此吗？在本文中，我们将基于若干物理和工程原理，放眼展望未来两百年，粗浅地探讨人类走向太空的另一种可能性。

昔日荣光：发射质量的航天

　　年代：1957—2021

　　标志：以化学燃料火箭运输航天器

　　解锁：卫星、载人飞船、航天飞机、空间站

　　能级：卡达谢夫0.5级-0.7级文明[1]

---

[1] 天体物理学家卡达谢夫提出的衡量一个文明技术水平的方法，即按照科技能力的差距将文明分为Ⅰ型、Ⅱ型和Ⅲ型文明。

墨西哥湾蔚蓝的大海上，风平浪静，白浪轻吻着微风，海鸥竞逐着鱼群。在这片祥和的景象之下一百四十米深处，沉睡着人类有史以来最大的火箭。

这个庞然大物的高度足有一百六十五米，直径二十三米，尺寸是登月火箭"土星五号"的两倍还多。为了节约成本，设计师舍弃了昂贵的钛合金等航天材料，采用廉价的潜艇用不锈钢制造箭体。这也使得它的总重高达一万八千吨，相当于一艘竖起来的"俄亥俄"级战略核潜艇。由于太大、太重，没有发射台可以承受它起飞时的推力，只能将发射塔建在海底，仅有火箭顶部的飞船和逃逸塔露出水面。当倒计时数到零，火箭点火升空，仿佛摩西分开红海，于巨浪中缓缓托起一座钢铁小山。八层楼高的发动机单喷管喷出宛如核爆炸般的烈焰，将数十万立方米的海水瞬间汽化，方圆几公里内都降下一场灼热的暴雨……

这个场景并非科幻小说的描写，而是二十世纪七十年代可能发生的现实。

该型名为"海龙(Sea Dragon)"的巨型火箭是人类设计过的最具野心的航天发射载具之一，由美国海军"北极星"潜射导弹的设计师罗伯特·特鲁阿克斯设计，并于1963年1月提交给NASA论证。如果"海龙"成真，人类将在五十年前具备将四百五十吨载荷送入近地轨道的能力，四倍于土星五号，并且运载成本不到2018年最廉价火箭的十分之一。然而，尽管这个火箭方案通过了严格的技术论证和经费计算，最后却没有付诸实施。究其原因，无外乎是"没有需求"和"造价昂贵"。

"海龙"火箭是传统航天思维发展到登峰造极的产物。这是一种"发射质量"的航天——依靠化学燃烧产生反冲推力，将物质送上太空。正如下面的齐奥尔科夫斯基火箭公式：

$$\Delta V = w \cdot \ln\left(\frac{m_0}{m_k}\right)$$

其中 m_0/m_k 是点火前/后的火箭总质量，w 是火箭喷气的相对速度，ΔV 是推进令火箭产生的速度增量。

截至目前，航天发射都遵循该公式的思路：消耗巨大的质量（火箭燃料）送极小的质量（飞船）进入太空。然而，正如公式所示，随着有效载荷变重，所需要的火箭质量、研制难度、成本都会呈指数爆炸式上升。例如2020年我国实施的"嫦娥五号"任务，两公斤的月壤需要用重达八百六十九吨的"长征五号"火箭进行采样带回。如果把目光放到火星、木星、土星，这个质量比还会呈指数级的增长。

这是人类的太空大航海时代面临的最大困难。

但技术的发展从来不是头撞南墙式的死磕。当遇到瓶颈，人类往往会在意想不到的地方发现突破口。正如中世纪的炼金术和星相学为现代化学、天文学埋下了伏笔，21世纪初IT产业兴旺发展带来的自动化与信息技术，或许能为传统航天的困局打开新的通路——

将"发射质量"的航天变为"发射信息"的航天。

太空序曲：从无人工厂到奥克松斯妖怪

年代：2021—2050

标志：以化学燃料火箭运输信息化"种子"，在太空建立自我复制无人工厂

解锁：十亿兆瓦级太阳能电站、火星基地、光帆编队、突破摄星计划等。

能级：卡达谢夫0.7级-1级文明

一句有名的话是这么说的:"你们承诺要殖民火星,却给了我Facebook"。

20世纪末,冷战结束,太空探索的黄金时代逝去,互联网、人工智能和赛博朋克却一起兴旺了起来。太空计划被搁置,图纸被封存,人类似乎被茫茫太空的广袤和冷酷吓住,蜷缩回了地球的摇篮里。

这意味着人类的堕落吗?未必。

1964年,斯坦尼斯瓦夫·莱姆创作科幻小说《无敌号》(Niezwyciężony),讲述了人类飞船在太空中遭遇毁灭性的纳米"灰云"的故事。所谓"灰云"是一种纳米机器,最初是非常微小的种子,却能利用星球上的资源自我复制,组装为复杂的巨型结构,最终形成不可战胜的机械文明。这种机器就是"冯·诺依曼机"。它征服宇宙靠的不是巨型火箭,而是高度发达的信息和自动化技术。

20世纪40年代,冯·诺依曼在计算机几乎不存在的时候构思出了他所称的"通用构造器",即"冯·诺依曼机"。这种能无限增殖的机器概念顿时引起了科学与科幻两方面的注意,认为这是一种潜在威胁。

1986年,"纳米机器之父"德雷克斯勒首先提出了"灰蛊(Grey Goo)"的概念,声称失控复制的"冯·诺依曼机"能将地球转化成由它们组成的粉末状灰色物质。莱姆的另一篇科幻小说《地上的和平》(Peace on Earth)中,人类考察队从月球带回了被误认成月壤的纳米智能兵器"灰尘",酿成了这种灾难。此外,迈克尔·克莱顿的《猎物》,水妖精的《灰色的忧伤》,电影《地球停转之日》《眼镜蛇崛起》《超验骇客》以及游戏《群星》都描述了"灰蛊"的可怕威力。在王晋康的《沙漠蚯蚓》中,纳米机器甚至觉醒了智力,取代人类成为地球下一代的主宰文明。

然而,从另一个视角看,这种貌似可怕的机器可以成为人类开拓太空的钥匙。它本质上就是一粒搭载着信息的"种子",可以做得非常轻小,将火箭从发射巨型载荷的苦役中解放出来。而如果更进一步,将它与霍金的"突破摄星"计划结合,可以高速飞抵另一个恒星系,令"种子"自我复制,然后建造望远镜、通信天线,从而在有生之年看到几光年之外的天空。

当然,以人类目前的技术,造出如《猎物》中描写的纳米虫还是太难了。但冯·诺依曼机不必造得那样小。宏观尺度的自我复制机,离我们其实并不遥远。

早在1981年,NASA就在一篇论文里提出了月球自我复制无人工厂的概念。它呈圆形,直径可达数公里甚至数十公里,在太阳能驱动下,沿着圆周的各功能区依次进行"新陈代谢"的循环:①摄取物质(矿车平整地面、采集月壤)②化学合成(提炼水及碳、硅、镁、铝、铁、钛的多种化合物)③制造零部件(硅晶圆、电缆、支架外壳、紧固件等)④装配(太阳能板、芯片、电动机等)⑤生产(矿车、通信天线、化学合成炉、制造车床、装配机械等)。随着这样的循环逐步推进,这个圆形无人工厂不断扩展,就像培养皿上生长的菌落一样,最终把整个月球表面都变成太阳能电站。

在20世纪80年代,这个设想虽然原理上可行,但实际操作会遇到各种困难,尤其是信息化和自动化方面的。但21世纪信息技术在互联网浪潮的带动下迅速发展,这种设想正逐步成为现实。譬如埃隆·马斯克在上海投建的特斯拉无人工厂,几乎不需要工人参与即可完成汽车制造;又如2007年RepRap项目设计的一系列3D打印机,可以打印自身大部分零件(金属吐丝头和电路、芯片除外)。

在能自我复制的3D打印机成熟后,在太空出现第一个自我复制无人工厂前,我们会首先在地球上看到这种"超自动化"技术的实践。王晋康在科幻小说《沙漠蚯蚓》中写了一种中国研发的能吞噬沙漠从而自我制造的纳米"蚯蚓",而在现实中,这样的沙漠蚯蚓有一个宏观版本,名为"奥克松斯妖怪"。它本质上是一台能自动行走、采沙的太阳能聚光3D打印机,全身所有零件都可由二氧化硅(沙砾)熔化后烧结支撑。因为行为逻辑简单(行走、吃沙、打印),它甚至不需要电路和芯片,就能在沙漠里以指数形式迅速增殖,将不毛之地化为产能惊人的太阳能发电基地。

正如凯文·凯利所说:"我不能预言苹果公司的出现,但能预言一定会出现智能手机"。当工业集成化、自动化、信息化、智能化这"四化"发展到一定程度,当初NASA设想的月球无人自我复制工厂、神奇的"奥克松斯妖怪"也一定会以某种形式化为现实:当普通的运载火箭搭载着自我复制工厂的"种子"飞向太空,"运输物质"的航天就进化为了"运输信息"的航天。这或许是在我们有生之年可以看到的人类太空时代的黎明。

超自动化时代:从太空转轮到太阳系铁道

年代:2050—2200

标志:人类成为多行星物种

解锁:太阳系捷运体系(太空铁道),火星地下城,金星云顶城,木卫二渔场,动量转换器

能级:卡达谢夫I级-II级文明

迎来黎明之后,人类生产力规模将扩展数百倍,太空产业将如正午骄阳般炙热红火。这可以称为太空探索的"超自动化"时代。

在"超自动化"时代前,人类尽管拥有了可自我复制的工厂,甚至将整个月球表面都变为太阳能电站,但那几乎都是无人设施。太空环境依然恶劣,人类平民仍然无法真正前往外星球。

相比于地球,太阳系其他行星的当地资源都无法支撑完整的工业或农业。水星和金星缺水(氢),火星缺氮,木星、土星缺乏碳硅

和金属等较重元素。在地球上，某个地区的资源匮乏尚且能靠全球化贸易解决，但因为太空中遥远漫长的距离，要想进行巨量原料物资的运输，还是需要巨大的火箭（飞船）。于是，我们同样逃不脱齐奥尔科夫斯基公式的桎梏。

此时，我们需要让"超自动化"更进一步，不仅利用行星当地的资源，而且要利用太空中所有可能的资源。

太阳系内的太空中飘浮着数以万计的小行星。它们大多分布在木星与火星间的轨道上，也有不少在各大行星之间穿梭，仿佛天然存在的摆渡列车。也许有人会想：能不能利用这些天然"摆渡车"呢？事实上，这并不容易。要想追赶上这些小行星，首先就要将载荷加速到与它们相当的速度；而如果我们有这样的动力，又要"摆渡车"做什么呢？

我们可以将它们作为动量转换器的"配重"。

动量转换器又称"太空转轮"，是系绳推进（Tether Transport）的一种，可以几乎不消耗能量地将巨量物资送入太空。它是一根细绳，由高强度碳纤维制造，长度约为五十公里，以 $\omega=10°/s$ 的角速度绕中心旋转，在数百公里高的近地轨道上环绕地球运行。绳子的末端有对接口，用于捕获上行货物或下行的"配重"。上行货物由亚轨道火箭或飞机发射，当它抵达七十五公里高的轨道顶点时，速度低于第一宇宙速度，不足以进入太空。但恰好在此时，"太空转轮"的一端从天而降，末端线速度恰好等于货物飞行速度。它将上行货物"抓住"，然后旋转一百八十度，把它甩出去，此时末端线速度将超过第二宇宙速度，货物由此脱离地球引力，飞向茫茫太空。

当然，世界上没有免费的午餐。在这一"抓"一"甩"之间，太空转轮将自身的动量和能量传给了货物，速度和高度都会略微下降。为了弥补太空转轮的损失，一颗重量和货物接近的太空矿石（从某小行星开采得来）被太空转轮捕获，同样旋转一百八十度，在旋转过程中将自身的动量和能量传给"转轮"。分离后，矿石失去维持轨道的速度，变成陨石，坠落在地面的"陨石矿场"中。

虽然这里面只涉及高中的物理知识，对于大部分人而言，这个装置的原理还是比较费解。怎么可能做到几乎不消耗能量地把飞船加速呢？不想深究的读者大可以跳过下面的计算。如果想真正理解，不妨来做一道物理题：

一台动量转换器在高度为H的近地轨道上绕地球做圆周运动。缆绳全长$L=50$km，绕自身质心做匀速圆周运动。缆绳A端用于捕获飞船，B端用于捕获配重（陨石），质心和旋转中心位于距A端$L_1=25$km处。某时刻，一艘质量为$m=120000$kg的亚轨道飞船以$V_2=2$km/s的速度与动量转换器在A端对接，同时质量也为m的配重以$V_1=11.2$km/s的速度在B端对接。（16分）

（1）若高度$H=100$km，求动量转换器本身的轨道速度U。（3分）

（2）若忽略飞船和配重对动量转换器质心的影响，在完成180°旋转后，求飞船的速度V_2'、配重的速度V_1'、动量转换器质心的飞行高度H'及旋转速度Ω，并回答：这个过程中，能量和动量有损耗吗？（7分）

（3）求飞船在整个旋转过程中承受的最大加速度a和过载，并回答：这艘飞船能载人吗？（4分）

（4）若总设计师要求采用T1000碳纤维制造缆绳（抗拉强度7000MPa，密度1.79g/cm^3），缆绳横截面假设为圆形，求动量转换器总重M和总转动惯量I的可取值范围。（2分）

（答案将在文末公布）

动量转换器的技术难度比太空电梯低得多。太空电梯长度至少有36000km，而太空转轮只有50km~200km。太空电梯要求以碳纳米管作为材料，而太空转轮只需要T1000以上抗拉强度的碳纤维。当然它也是有代价的：需要消耗大量太空碎石作为"配重"。这些碎石最宜从小行星开采得来。因为开采规模巨大，必须要用到上一节所述的"自我复制机"。

此时，"超自动化"时代的太空交通蓝图就已经呼之欲出了——自我复制工厂在无数的小行星上吸收太阳能，进行着指数型增殖，每年将数亿吨矿石投向地球、月球、火星、木星等大行星的轨道；而数百架太空转轮则在这些星球的轨道上昼夜不息地旋转，接住矿石，抛射出飞船、矿产、物资、产品和零件。这一太空运输体系将以每年数亿吨的吞吐量在各大行星间交换物质，彻底解决太空工业原料短缺的问题。

当人类走到这一步时，星辰大海的道路才算是真正打开！

有朝一日，我们将在地球赏月，在火星漫步，在金星的云顶观星；我们的餐桌将摆上金星的云藻酒、火星的念珠土豆和木卫二的法拉第鱼；奥运健儿们将在火星的奥林匹斯山滑雪、在天卫五的维罗纳峭壁蹦极；而每当春节到来时，由动量转换器组成的太阳系"五纵三横"铁道网上一定会挤满了归乡的人潮，在海王星甲烷油田坚守岗位的工程师们，则会向地球投来有史以来最遥远的思乡的目光。

远未来：行星地球化改造、戴森球与超时空接触

年代：2200—？
标志：人类掌握太阳系的全部能量
解锁：戴森球/戴森环，恒星发动机，行星地球化改造，恒星际世代飞船
能级：卡达谢夫 II 级文明以上

如果把建立系外行星基地的壮举比作十九世纪美国的西进运动，那么，在这场运动临近尾声时（太平洋铁路建立），美国绝大部分人口仍集中在东部地区。太空拓荒很可能也是如此。直到太阳系都被纳入人类的工业圈和经济圈，绝大部分外星球仍然会像美国西部的荒漠般地广人稀。毕竟自然环境太恶劣，用人开拓远不如靠自动机械来得划算。

除非进行"行星地球化改造"。

太阳系内适宜行星地球化改造的天体有两个——金星和火星。火星的改造有大量科学与科幻的方案，例如金·斯坦利·罗宾逊的《红火星》《绿火星》《蓝火星》，描述了用巨型轨道反射镜蒸发干冰、挖掘深入地层的深井释放地热，促进火星的温室效应。与火星相反，金星的改造需要削弱温室效应，于是有了释放能在金星酸性云顶部生存、进行光合作用的"云藻"，或是能养殖微藻并自我复制的生化机械气球，等等。

这一系列方案的难点在于元素的平衡，毕竟金星天然缺水（氢），火星重力不足，都需要其他行星持续不断地为其提供数以亿吨计的物质输入。这在当代是不可想象的，但有了几乎不消耗能量的"太阳系铁道"和指数增长的自我复制机，这些狂想将成为可供工程师探讨的规划。

更有甚者，当自我复制机的规模足够大时，人类将接近卡达谢夫II型文明的临界点：实施"天体工程"。这是莱姆在短篇科幻小说《宇宙创始新论》提出的概念，笔者受此启发创作了《爱尔克的灯光》《卡文迪许陷阱》《海洋之歌》三部短篇小说。

回归正题。最著名的"天体工程"当属戴森球/戴森环：通过自我复制机、电磁发射导轨和太空转轮拆解水星，将其化为环绕太阳运行的太阳能发电环带，甚至将太阳整个包裹起来。更夸张的天体工程还有Shakadov恒星驱动光帆，或"恒星发动机"。当然，这种光帆不太可能是一个整体,而是许多自我复制机的镜面单元,靠光压和引力平衡维持稳定,而太阳位于这个离散式抛物反射镜的焦点上,在反冲原理的作用下缓步前行。

让我们想得再远一点。恒星尺度的推进器居然还用着和火箭一样的反冲原理,在未来人看来,这也许就像"皇帝的金锄头"般可笑。更省事的方法仍旧是"发射信息的航天"——将人类的身体信息数据化,以电磁波、中微子甚至引力波的形式射向太空;或像电影《超时空接触》中描写的那样,将用于接触的装置图纸发送到千百光年外的星球,由当地人组装,借此进行交流。如果曲率驱动等超技术难以实现的话,那这可能是人类进行"星际穿越"的唯一办法。

结　语

看到这里,读者们或许会觉得这幅蓝图太乐观了。

诚然,无论是自我复制机、动量转换器,还是光帆、裂变/聚变飞船等,都有各自的技术困难——自我复制机是制造业皇冠上的明珠,要在有限空间内容纳完整工业体系,还要解决精度发散、代际劣化等问题;动量转换器要在零点几秒的瞬间完成货物的捕获、飞船的对接,还得在稀薄大气、太阳风、地磁场等复杂干扰下保持稳定。而当技术困难解决后,还有复杂的经济和政治问题。最后,还需要战胜人性。刘慈欣在演讲中提过,人类沉浸于IT技术营造的虚拟现实,将断送人类进入太空的前程。如果人类不能战胜好逸恶劳的本性,那迟早会在地球上迎来灭亡。

但无论如何,我们已经有了蓝图。

科技不是一棵"树",而是一张"网"。技术进步从来不是一两个热门方向的线性演化,而是多个热门方向在不同时代的相互促进。在我们眼前的不是"航天还是赛博"的二选一，也不是"向内还是向外"的岔路口。在我们眼前的是一片平原——有无数方向、无数方案、无数可能性的平原。若遇到不可逾越的障碍，便向侧面绕开；若遇到美景的诱惑，不妨走过去看看。这会绕一点路，但我们不必担心。因为在这条通往星辰大海的路上，我们走过的每一条弯路都不会是无用的。

冷战结束后，我们放下了火箭，拿起了智能手机。这看似是"退化"，但只有这智能手机里的AI芯片，才能驱动着自我复制机在月球吞吐硅沙；硅砂被转化为太阳能板和激光阵列，铺满了月球，驱动光帆将"种子"射向小行星带；小行星上"种子"呈指数增殖，将其拆解为碎石，为太空转轮提供动力；太空转轮日夜不息地旋转，将工业体系播撒到整个太阳系，为行星地球化、戴森环等"天体工程"提供必需的巨量物质……

对于这样的蓝图，我充满信心。

文中计算题答案：
（1）$U=7.84$km/s
（2）$V_1'=V_2=2$km/s, $V_2'=V_1=11.2$km/s, $H'=2760.7$km, $\Omega=0.184$rad/s
如果忽略稀薄大气阻力、光压阻力和机械损耗，能量和动量没有损失，相当于两颗小球做完全弹性碰撞。
（3）$a=846$m/s^2，过载86G，不能载人，人最多只能承受9G过载。
（4）如果假设截面是处处等直径的，那么此问无解。但题目中没有说是等径的，不妨假设截面面积随距重心长度线性变化：$S=k(L_1-l)$，求得 $k=5.9114$e-06，据此得到总重 $M=3306700$kg，总转动惯量 $I=2.7556$e+10 kg·m。

后　记

　　为大家带来这样一部小说选集，我内心是颇为忐忑的。

　　相比于前辈与同辈们的作品，这部选集里的小说有些粗糙、笨拙，甚至幼稚。但我还是斗胆把它们拿出来了。一方面，这是因为前辈们的指导和认可，尤其是姚海军、杨枫、刘维佳等编辑老师的方向性指引，以及夏笳老师在清华幻协会刊《真子集》中对我的热情鼓励；另一方面，这些还不那么完美的小说对我自己而言有特别的意义。就像父母总喜欢翻出孩子小时候的相簿一样，孩子再怎么出糗，蹒跚学步的模样总归还是可爱的。

　　我与科幻结缘于初一暑假的一个雷雨之夜。那时候我不爱学习，整天沉迷于电脑游戏《红色警戒》，爱屋及乌，也就经常在铁血军事论坛里闲逛。论坛里有个杂谈版块，军迷们常常在里面发布自己写的军事小说，大都是歼7迎战F-22这样现实又悲壮的故事。但在那个晚上，我看到一篇不太一样的小说，它的名字叫《球状闪电》。

　　于是，一个新世界的大门向我敞开。

　　在这个世界里，一位位来自星辰大海的旅行家与我侃侃而谈，讲述着公主、仙女、魔怪和宝石。它们有时很远——诗歌化为星云，恒星弹奏着乐章，沉默的飞船里有环形的海洋。有时也很近——就在这个国家，就在这个时代，一个瘦弱的女孩为了拯救危难中的祖国倒在了马拉松的赛场上；一群理想主义者为了研制出击败敌人的武器奉献一生，其中的一位奋笔疾书，证明了"宏电子"的存在，而另一位则微笑着坐在钢琴前，演奏起科萨科夫的《一千零一夜》。雷声顿起,窗外的万千雨滴都被闪电定格。近看,那不是雨滴,而是一柄柄用纳米材料制成的世界上最锋利的剑……

从此,我对一切与科幻相关的学科都产生了兴趣。

兴趣是学习的最好动力。从一个不爱学习的"游戏迷",到就读清华大学航天航空学院的钱学森力学班,这种兴趣让学习不再枯燥。研究生期间,我也颇为"巧合"地选了和《球状闪电》主角相近的计算流体力学专业,在书中"陈博士"的影响下变成了真正的陈博士。

当然,这其中考虑的因素很多,思维特长、导师选择、职业规划、家庭影响等等,和科幻直接有关的并不多。但不得不说,在我成长的某些方面,科幻确实有潜移默化的作用。

譬如,它让我知道"朝闻道,夕死可矣。"

它让我知道"希望是比钻石还要珍贵的东西。"

它还让我知道"美妙人生的关键在于你能迷上什么东西。"

但是,生活毕竟与科幻小说不同。迷上一件东西,必然也要舍弃其他的东西,而那些东西是整个社会所追逐、所羡慕的,是用以评价你"成功"与否的标准,甚至是维持生活的必需。

曾有一位清华学长对我说,若想在航空航天事业中做出成就,你要"不要命、不要爱情、不要自由",要"独上高楼,望尽天涯路",要"衣带渐宽终不悔,为伊消得人憔悴"。工作也不是少年想象中的那般挥斥方遒,而是一颗齿轮般的琐碎——每天拧螺丝、插跳线、对着一张张 Excel 表格发愁,为审计和财务费神操心;也许一辈子就设计一个稳定尾翼的陀螺舵,工资寥寥,头发少少,默默无闻,甚至连陪伴家人的时间都没有。与此同时,你的同学年薪百万,鲜衣怒马,怀中温香软玉,头衔名震江湖……

在这种情况下,你的理想之火能燃多久?星辰大海与柴米油盐,哪个更重要?金黄色树林里的两岔路上,我该走向哪一条?

梦想,选择,幻灭;意义,牺牲,责任;个体与集体,世俗与超脱，绝望与希望……那些科幻小说探讨的主题，对我而言就有了特别的意义。

从科幻的天空，到现实的大地，这些主题不断冲撞着我，困扰着我，在心中像雷雨云一般翻腾。在某个瞬间，会有一道闪电落下，横跨天空与大地，将这场暴雨用电光定格、曝光。

因此，我想用一种特别的形式将这个瞬间写下来。从因为对理想有了怀疑而写下的《海市蜃楼》，到重燃理想并找回信心的《闪耀》，幼稚也好，矫情也罢，这毕竟是我真实的思想和情感，是记录我成长的"相簿"。

我是非常幸运的。在诸位编辑老师的指导下，在父母亲朋的大力支持下，这些混乱的想法最终不拘泥于自己脑内，而是能以小说的形式和大家分享，并得到了一些奖项的肯定。这是我生活中最愉快的经历之一。

接下来，我也将走入新的人生阶段。我们的祖国亦然。我们的星球亦然。我们似乎将要迎来一个更加危机四伏、更加不确定，也更加恢宏的时代。上面那些人生的冲撞，也许还会更加激烈、更加难解。无论如何，我希望科幻将成为我们内心的一处海港——暴雨来临时，可以避风；阳光明媚时，可以起航。

"一片树林里分出两条路，而我选择了人迹更少的一条，从此决定了我一生的道路。"

脚下的路还很长，我们才刚刚迈步。而无论你选择了怎样的路，我都愿科幻能伴着你我，在这条路上走下去。

陈梓钧